Gabrielle Tozer • Mein teuflisch glamouröses Praktikum

© Simona Janek at gm photography

DIE AUTORIN

Gabrielle Tozer ist Lektorin, Journalistin und Werbetexterin. In den letzten Jahren hat sie für verschiedene Magazine und Zeitungen gearbeitet, u. a. für die Cosmopolitan. Geboren und aufgewachsen in New South Wales, lebt und arbeitet Gabrielle heute im Herzen Sydneys.

Gabrielle Tozer

Mein teuflisch glamouröses Praktikum

Aus dem Englischen
von Kathrin Wolf

cbt

Kinder- und Jugendbuchverlag
in der Verlagsgruppe Random House

MIX
Papier aus verantwortungsvollen Quellen
FSC
www.fsc.org
FSC® C014496

Verlagsgruppe Random House FSC® N001967

2. Auflage
Deutsche Erstausgabe Oktober 2015

Die Originalausgabe erschien 2014 unter dem Titel
»The Intern« bei Angus&Robertson an imprint of
HarperCollins Publishers Australia Pty Limited,
Sydney, Australia.

Aus dem Englischen von Kathrin Wolf
Lektorat: Larissa Rabe
Umschlaggestaltung: init | Kommunikations-
design, Bad Oeynhausen unter Verwendung des
Originalmotivs © Hazel Lam, HarperCollins
Design Studio
jb · Herstellung: kw
Satz: Buch-Werkstatt GmbH, Bad Aibling
Druck: GGP Media GmbH, Pößneck
ISBN: 978-3-570-30988-9
Printed in Germany

www.cbt-buecher.de

Für JT, meinen ersten Leser,
der genauso ein Schleckermaul ist wie ich

1.

Melonen. Airbags. Spaßbommel. Für meine Brüste hätte ich aus dem Effeff jeden Spitznamen der Welt runterrasseln können. Ups, beinahe hätte ich Hupen vergessen. Aber das änderte nichts an der Tatsache, dass sie klein waren. Beschämend klein. Man denke an Weintrauben statt Melonen, Murmeln statt Ballons, Schnapsgläser statt Krüge.

Insofern hätte es mich nicht wundern dürfen, dass meine jüngere Schwester bei meinem Anblick in schallendes Gelächter ausbrach. Und das am Abend vor einem wichtigen Tag – einem ÜBERAUS WICHTIGEN TAG.

»Du lieber Gott, pack deine Möpse weg«, sagte Kat, die grinsend im Türrahmen meines Zimmers stand. »Ich habe noch nicht zu Mittag gegessen und will mir den Appetit nicht verderben.«

Ich hörte auf, in dem zerknitterten Kleiderhaufen auf meinem Bett zu wühlen. »Bitte was? Ich habe keinen Schimmer, wovon du …«

»Dann schau mal nach unten«, sagte sie, während sie

ihren rabenschwarzen Pferdeschwanz nach hinten warf. Ich hasste es, wenn sie das tat.

Als ich an mir herabblickte, sah ich, dass mein linker Nippel aus dem BH herauslugte. »Aaaaaaaah!«, kreischte ich und zerrte an dem verwaschenen Stoff. »Sofort raus hier, Kat! Raus!«

Aber meine Schwester warf sich nur kichernd auf mein Bett und zerdrückte die wogenden Kleiderberge. Ich war zu müde, um mich mit ihr herumzustreiten, also setzte ich mich neben sie, aber vorher vergewisserte ich mich, dass mein Nippel nicht schon wieder entwischt war.

Kat fummelte an ihrem Pony herum. »Und, für morgen schon was zum Anziehen gefunden, Jose?«

Kaputte Schuhe, fleckige Shirts, ausgefranste Kleider – all das quoll aus meinem Schrank. Ein unglaubliches Chaos, und nichts davon konnte man guten Gewissens anziehen. Eine persönliche Stylistin wäre jetzt praktisch gewesen. Eine, die mir gesagt hätte, dass man Sneakers nicht mit Klebeband repariert, sondern sich schlicht und ergreifend ein neues Paar kauft, und die mir außerdem erklärt hätte, wie sich ein ganz normales siebzehn-, fast achtzehnjähriges Mädchen anzieht.

»Jup. Das heißt, vielleicht. Wahrscheinlich. Nein. Oh Gott, ich bin so was von geliefert! Meine Schwester hat meinen Nippel gesehen und ich bin geliefert.«

Fluchend legte ich mich aufs Bett, während Kat ihren Lipgloss frisch auftrug. Er roch nach Kirschen, ein bisschen wie ein Sommerdessert.

»Hey Jose?«, sagte sie.

»Ja?«

»Ich verrate niemandem, dass ich deinen Nippel gesehen habe.«

»Danke.«

»Außer Tye«, fügte Kat hinzu. »Dem sag ich alles. Du weißt schon, Fester-Freund-Regel und so.«

Ich seufzte. Einen dieser melodramatischen Ich-hasse-mein-Leben-Seufzer, wo die Luft tief aus meinem Bauch aufstieg und mit einem wütenden »Zischschsch« entwich. Falls Kat das aufgefallen war, ließ sie es sich nicht anmerken.

»Hey Jose?«, sagte sie erneut.

»Ja?«

»Dir ist doch klar, dass du morgen umwerfend aussehen musst, oder?«

»Ich weiß.« Ich weiß, ich weiß, ich weiß.

»Und damit meine ich: *absolut umwerfend.* Ernsthaft, das morgen ist wirklich wichtig. Mum quatscht schon allen die Ohren davon voll.«

»Ist ja gut, ich hab dich schon beim ersten Mal verstanden.«

In den letzten paar Wochen hatte mich Kat mit Ratschlägen für meinen ÜBERAUS WICHTIGEN TAG bombardiert (manchmal kommt sie mir vor wie eine Sechzehnjährige, die auf die Dreißig zugeht): Zieh dies an, lass die Finger von jenem, tu dies nicht, tu das, sag dies nicht, sag das. Okay, ich wusste, dass sie mir helfen wollte, das

Risiko einer Blamage auf ein Minimum zu reduzieren, aber das machte mich nur noch nervöser. Ihr müsst nämlich wissen, das Leben machte sich einen Spaß daraus, mir zuerst etwas zu schenken und mir gleich im Anschluss daran so richtig eins auszuwischen. So war es bis jetzt immer gelaufen. In der achten Klasse zum Beispiel, als mir der wunderbare Pete Jordan nur Sekunden nach meinem ersten Kuss vor die Füße gereihert hat. Er hatte eine Lebensmittelvergiftung und sprach danach nie wieder ein Wort mit mir. Oder damals in der Zehnten, als man mich in der Aula zur »Schülerin mit den größten Erfolgschancen« gekürt hatte. Auf dem Weg zurück zu meinem Platz bin ich der Länge nach hingefallen und mit dem Gesicht auf den Boden geknallt. Irgendein debiler Volltrottel hat meinen historischen Sturz gefilmt und über Nacht einen YouTube-Hit draus gemacht. Und was mir in der Zwölften auf meinem Abschlussball passiert ist, darauf gehe ich lieber gar nicht erst näher ein – aber es hat was mit einer Punschbowle mit Schuss, neunzig Klorollen und einem matschigen Feld zu tun. Keine Ahnung, wieso ich gedacht hatte, der morgige Tag – DER ÜBERAUS WICHTIGE TAG – würde anders verlaufen, aber irgendwie hoffte ich wohl auf ein Wunder. Ihr wisst schon, eins von der Sorte, wo einem eine gute Fee beispringt und alles gut wird.

Genau wie Kat gaben die meisten Mädchen, die ich kannte, ihr Taschengeld oder ihr Selbstverdientes für Make-up, Schmuck, Klamotten, Musik, Handyguthaben und allen Ernstes für *Zeitschriften* aus.

Meiner Ansicht nach waren Zeitschriften nichts anderes als Hochglanzfantasien mit lächelnden und strahlenden Menschen, die in einer Tour viel zu glücklich in die Gegend glotzten. Das hielt mich nicht davon ab, Kats Zeitschriften durchzublättern, wenn sie nicht da war – aber statt mir den Modekram anzuschauen, las ich die Leitartikel, merkte mir, wer sie geschrieben hatte, und suchte nach Rechtschreibfehlern.

Sechs Jahre lang hatte ich mich an der Highschool abgerackert, weil ich mich dazu berufen fühlte, Journalistin bei einer Zeitung oder einem Radiosender zu werden. Für die meisten – mich eingeschlossen – war es ein ziemlicher Schock, als sich herausstellte, dass ich als Praktikantin bei einer Zeitschrift würde arbeiten müssen, um mein zweites Unisemester abzuschließen. Und wir sprechen hier nicht von irgendeiner Zeitschrift, nein, man hatte mich für ein Praktikum bei *Sash,* dem angesagtesten Frauenmagazin des ganzen Landes, »eingeteilt« (soll heißen: Man hatte mich dazu gezwungen), wo ich ab jetzt einmal in der Woche mein Dasein fristen würde.

Als ich Kat davon erzählte, freute sie sich zu dreizehn Prozent für mich und zu siebenundachtzig Prozent war sie neidisch. Für sie bedeutete meine Unfähigkeit, einen Lockenstab zu benutzen, dass ich die Stelle nicht verdiente. Und ihre Warnung »Sag ja nichts Dummes zu den *Sash*-Mädels und ruinier mir nicht die Chance, irgendwann mal selbst dort zu arbeiten« war auch nicht gerade förderlich für mein Selbstvertrauen. Vielen Dank auch.

Ich würde garantiert einen Weg finden, in irgendein Fettnäpfchen zu treten, es sei denn, ich unterzog mich der ersten Persönlichkeitsumwandlung der Welt.

Kat griff nach einem schäbigen Blümchenkleid, das zuoberst auf meinem Kleiderberg lag, und warf es in den Papierkorb neben meinem Schreibtisch.

»Hey! Was machst du da?«, rief ich entrüstet. »Das hab ich schon ewig!«

»Eben«, gab sie zurück und verdrehte ihre blauen Augen, die nur aus Wimperntusche, Eyeliner und Lidschatten zu bestehen schienen. »Du musst morgen heiß *und* cool aussehen, da kannst du doch nicht diese scheußlichen alten Dinger anziehen. Schau, ich hab mir das so gedacht ...«

Ich seufzte und hörte schon nicht mehr zu. Noch mehr »Zuspruch« konnte ich einfach nicht ertragen. Sie moserte ja sowieso nur über meine ausgelatschten Sandalen, die nicht zusammenpassenden Socken, meinen Haarspliss, die ungezupften Augenbrauen und darüber, dass ich keinen knalligen Lippenstift trug.

»... also los, Zeit für ein Umstyling. Wir gehen shoppen«, bellte meine Schwester und merkte gar nicht, dass ich ihre Predigt komplett ausgeblendet hatte.

»Ich krieg das schon alleine hin. Vertrau mir.«

Meine Schwester grunzte ungläubig, griff nach einem ausgeleierten blauen Rock und wirbelte ihn herum. »Ich fass es nicht. Eine solche Gelegenheit ... Perlen vor die Säue. Vor die Säue und deine kleinen Möpse!«

Sie schleuderte den Rock auf den Stapel zurück und stürmte mit wippendem Pferdeschwanz hinaus. Ich hörte, wie die Tür zu ihrem Zimmer krachend ins Schloss fiel – zwei Mal, für den Fall, dass ich es beim ersten Mal nicht gehört hatte. Ich hielt mir den Rock vor die Hüfte und betrachtete mein Spiegelbild. Unauffällig braunes Haar, ein bisschen verstrubbelt, aber sonst okay. Große grüne Augen – das, was ich am liebsten an mir mochte. Etwas schwer zu zähmende, aber durchaus annehmbare Augenbrauen. Ein pinkfarbener Schmollmund, kein Grund zur Klage, nur dass er hin und wieder ein bisschen clownsartig aussah. Eine Nase ohne warzenartige Höcker oder irgendwas in der Art, also auch ganz okay. Zwei ganz offensichtlich zu klein geratene Brüste, die aber selbstsicher genug waren, um mal eben aus meinem BH zu hüpfen. Von der Taille abwärts verschwammen meine Körperteile ineinander. Hüften, Oberschenkel, Beine, das alles war einfach … da.

Ich starrte auf den Rock. Zugegeben, ich besaß ihn schon fünf Jahre und hatte ihn von meiner komischen Cousine Tracey geerbt, aber er war nun mal mein Lieblingsstück. Ich brauchte eine zweite Meinung.

»Mum, kannst du mal kurz kommen?«

Einen Augenblick später stand meine Mutter mit einem überquellenden Wäschekorb auf der Hüfte im Türrahmen. Ihr zerzaustes braunes Haar hatte sie im Nacken zu einem lockeren Knoten gezwirbelt und mit einer rostigen Klammer festgesteckt. Hinter ihrem rechten

Ohr lugte ein Gänseblümchen hervor. Mum liebt es, im Garten Blumen zu pflücken und sich so lange damit zu schmücken, bis sie verwelken. Ihr Kleid – wie so vieles ein Schnäppchen aus dem Secondhandladen – war von einem verwaschenen Pink und betonte ihre Figur an den falschen Stellen. Doch das konnte alles nicht von ihrem hübschen Gesicht ablenken, das auch ohne Foundation, Rouge oder Wimperntusche ganz wunderbar strahlte.

»Ja, Schatz?«, fragte sie, während sie den Korb zurechtrückte.

Ich hielt den Rock hoch. »Was meinst du, wie hässlich ist der? Ich-werde-nach-Hause-geschickt-um-mich-umzuziehen-hässlich oder eher ich-kann-bleiben-aber-hinter-meinem-Rücken-wird-gelästert-hässlich?«

Mum zuckte die Achseln. »Josephine Browning, du siehst doch immer großartig aus.«

»Das musst du ja jetzt sagen, du bist schließlich meine Mutter.«

»Das stimmt nicht. Als Kind warst du pummelig und hattest riesige Ohren, du hast ein bisschen ausgesehen wie ein kleiner Elefant. Damals war ich die Erste, die die Dinge beim Namen genannt hat.«

»Mum!«

»Aber der Rock gefällt mir wirklich.«

»Kat meint, ich bräuchte ein neues Outfit. Neue Klamotten, Schuhe mit Absätzen – das ganze Programm. Du weißt schon, wegen morgen.«

»Moment mal, ist das etwa mein Rock? Ich dachte, ich

hätte ihn deiner Cousine Tracey vererbt. Wenn der jetzt wieder in Mode kommt, hätte ich ihn wohl lieber selber behalten sollen, was?«

Ich zwang mich zu einem Lächeln. Auf einmal kam mir Kats Anfall wegen meiner nicht vorhandenen Auswahl an Klamotten gar nicht mehr so hysterisch vor. Es war Zeit, der selbst ernannten Fashion-Queen des Hauses meine Niederlage einzugestehen, und das kam gleich auf Platz zwei meiner »Dinge-die-ich-hasse«-Liste (Platz eins: Geländelauf).

Ich klopfte an Kats Tür. Über der Klinke hing das »Draußen bleiben«-Schild. Drinnen hämmerte Rockmusik, und ich konnte mir vorstellen, wie sie sich in ihrem Tagebuch über ihre hässliche, trutschige Schwester ausließ. Entweder das, oder sie stieg gerade aus dem Fenster, um sich mit Tye zu treffen. Die Möglichkeit, ihr Zimmer aufzuräumen, zog sie bestimmt nicht ernsthaft in Betracht. Andererseits: Bei Kat wusste man nie.

Die Tür öffnete sich einen Spalt. »Was willst du?«

»Ähm, wie war das noch mal mit dem Einkaufen?«

»Mehr brauchst du nicht zu sagen, ich höre deine unmodischen Hilfeschreie laut und deutlich«, antwortete Kat, hob ihre Handtasche vom Boden auf und warf sie sich über die Schulter. »Schnapp dir deinen Geldbeutel, Jose, du wirst ihn *todsicher* brauchen.«

Ich sah aus wie eine aufgedonnerte Schönheitskönigin. Als ich in den großen Spiegel starrte, sah ich große grüne Augen, einen pinkfarbenen Mund, riesige auffällige Klunker, große grelle Muster und Schuhe mit hohen Absätzen. Alles war auffällig, sogar die Preisschilder. Außerdem roch ich wie eine ganze Parfümerie, und meine Haut juckte wegen der dicken Schichten Foundation und Bräunungscreme, die man mir aufs Gesicht gespachtelt hatte. Strahlend bewunderte Kat ihr Werk. Sie hatte mich auf einen schwindelerregenden Trip quer durchs Kaufhaus geschleppt und an jeder Theke irgendein Make-up getestet. Jetzt rief sie nach der Verkäuferin, die ganz in der Nähe stand, ich hatte keine Chance, sie daran zu hindern.

»Sie sieht fantastisch aus, finden Sie nicht? Wirklich *fantastisch*«, jubelte Kat.

»Oh ja, *fantastisch*«, schwärmte die Verkäuferin, angestachelt von der Aussicht auf einen lukrativen Verkauf. »Sie sollten sich das ganze Outfit zulegen, Liebes.«

Ich wurde rot. Mir fiel ein, wie mir Mum in der sechsten Klasse meinen ersten BH gekauft und die Ladenbesitzerin in die Kabine geholt hatte, damit sie meine »sprießenden Knospen« bewundern konnte. Kat hatte genau wie unsere Mutter das Feingefühl einer toten Raupe, wenn es darum ging, mein Unbehagen zu erspüren. Ich drückte meinen Geldbeutel etwas fester an mich, während mich die Verkäuferin umkreiste und von oben bis unten musterte. Schon als ich in den Laden gekommen und »Ist das ein Gürtel oder ein Rock?« gerufen hatte, hatte sie meine Furcht gewittert. Im Geiste sperrte ich mein Sparschwein zweimal ab, vergrub es dreihundert Meter tief und postierte Sicherheitsleute und Überwachungskameras darüber.

Ich warf noch einmal einen raschen Blick in den Spiegel und schauderte angesichts der grellen Farben. Das Kleid fühlte sich eng an, aber Kat war felsenfest davon überzeugt, dass es perfekt saß. Und ich musste zugeben, es zauberte Kurven an Stellen, die ich für gewöhnlich unter ausgeleierten T-Shirts und Baby-Doll-Kleidern versteckte.

Rechts von mir trug eine Schaufensterpuppe genau dasselbe Outfit wie ich, inklusive der leuchtend gelben Peeptoes, und wirkte dabei auch noch ausgesprochen stylish. »Wie machst du das nur?«, flüsterte ich ihr zu.

»Okay, ich sag jetzt einfach mal, wie es ist: Du hast noch nie so gut ausgesehen«, meinte Kat. »Wenn du das morgen anziehst, rockst du die Bude. Das Kleid ist echt heiß.«

»Ging es nicht ursprünglich mal um heiß *und* cool?«

Kat verdrehte die Augen. »Jetzt werd mal nicht übermütig, Jose, schließlich sprechen wir hier von dir.«

Die Verkäuferin räusperte sich. »Zahlen Sie bar oder mit Karte?«

In Gedanken ging ich ein letztes Mal meine Garderobe durch, eine Zusammenstellung aus uralten Overalls, unförmigen Kleidern und abgetragenen Schuhen, allen voran der blaue Rock. Ich hatte keine Wahl – ich musste mir das Outfit zulegen.

»Ich zahle bar, danke.«

Ich reichte ihr meine zerknitterten Geldscheine. Jetzt gab es kein Zurück mehr.

2.

An meinem großen Tag weckten mich magazinförmige Schmetterlinge, die in meinem Bauch herumflatterten. Ich packte Kleider zum Wechseln, Kats Make-up-Utensilien und etwas zu essen für die Mittagspause ein. Vor und nach meinem jeweiligen Praktikumstag würde ich bei meinem Cousin Tim in der Stadt übernachten, nur heute, an meinem ersten Tag, würde ich direkt zur Redaktion von *Sash* fahren.

Mum begleitete mich zum Bahnhof und zog mich immer wieder fest an sich. Ihre Umarmungen rochen nach Putzmitteln und einem Hauch Zigarettenqualm. Seit Dad weg war, hatte sie mit dem Rauchen angefangen, und ich versuchte, ihr deswegen nicht allzu viele Vorwürfe zu machen.

Wieder drückte sie mich an sich. »Gib dein Bestes, Schatz.«

Ich biss mir auf die Lippe, um nicht in Tränen auszubrechen. Kat hatte mich in der Früh frisiert, geschminkt und mir die Nägel lackiert, und das Letzte, was ich jetzt brauchen konnte, war verschmierte Wimperntusche.

»Rufst du an, wenn du da bist?«

»Ja, Mum.«

Ich hasste es, sie allein zu lassen, und sei es nur für eine Nacht. Sie gab es nicht zu, aber ich wusste, dass sie Dad vermisste. Er hatte uns letzten November urplötzlich verlassen.

Wegen einer Freistunde war ich früher als sonst nach Hause gekommen und hatte ihn die Auffahrt entlangstürmen sehen, die Sonnenbrille auf der Nase und zwei Rollkoffer hinter sich. Seine Crickettasche und eine Kühlbox lagen bereits im Auto. »Hallo«, rief ich, doch er drehte sich nicht um. Bis heute war mir nicht klar, ob er mich gehört hatte oder nicht. Ich redete mir ein, dass er mit seinen eigenen Gedanken beschäftigt gewesen war und mich wohl nicht gehört hatte.

Als Mum von der Arbeit nach Hause kam, erzählte ich ihr, dass Dad weggefahren war. Sie nickte, ging ins Schlafzimmer, schloss die Tür hinter sich und kam den ganzen Abend lang nicht mehr heraus. Ich lehnte mich mit dem Rücken an die Tür und hörte zu, wie sie stundenlang schluchzte. Kat weinte ebenfalls. Sie lag mit Kopfhörern auf der Couch, und die Tränen strömten ihr nur so übers Gesicht.

Am nächsten Tag stellte Mum fest, dass Dad einen ganzen Batzen Geld vom gemeinsamen Konto abgehoben hatte. In meiner Vorstellung mutierte er zu einem wütenden Spieler, der nach Las Vegas verschwunden war, um dort unser gesamtes Vermögen zu verschleudern. Was wirklich passiert war, wusste ich nicht, und ich würde es wahrscheinlich nie erfahren.

Seitdem hatten wir – abgesehen von einem hingekritzelten Brief zu Kats Geburtstag – nichts mehr von ihm gehört.

Im Moment nagten schreckliche Schuldgefühle an mir, weil ich gleich in den Zug steigen und in die Stadt fahren würde. Dabei war es genau genommen Mum gewesen, die mich ermutigt hatte, die Stelle anzunehmen. Sie wünschte sich mehr für mich und Kat. Das tat sie immer.

»Julie sagt, Tim freut sich schon auf deinen Besuch«, erklärte sie.

Ich grinste. Warum mussten Verwandte immer so übertreiben? Tante Julie war Mums ältere Schwester. Ihr Sohn Tim war zweiundzwanzig. Ich hatte ihn vier Jahre nicht gesehen, und wahrscheinlich wusste er schon gar nicht mehr, wer ich überhaupt war. Als wir uns das letzte Mal gesehen hatten, hatte er wie bekloppt mit seinem Fahrrad angegeben und die Schule geschwänzt, um mit seiner Freundin rumzumachen. Alles, was ich von ihm wusste, war, dass er schon viermal das Studienfach gewechselt hatte und dass er mich jetzt auf seiner Couch pennen ließ.

Ich nickte. »Super.«

»Du hast doch seine Nummer im Handy gespeichert, oder? Ruf mich einfach an, wenn du irgendwas brauchst. Die Stadt ist riesig, Schatz. Lauter Verrückte.«

»Mum!«

»Weißt du was, ich ruf dich heute Abend an. Oder du mich. Oder wir uns. Ja genau, wir rufen uns gegenseitig an.«

»Ja, Mum. Hab dich lieb.«

Mum drückte mich noch einmal fest an sich und ließ mich dann los, um sich die Nase zu putzen. »Nun geh schon, du kriegst das hin«, sagte sie halb zu mir, halb zu sich selbst und scheuchte mich in den Zug.

Ich fand zwei freie Sitzplätze, schmiss die Tasche neben mich und blickte nach draußen auf den Bahnsteig. Mit ihren wilden Locken und dem noch wilderen Outfit war Mum nicht zu übersehen. Sie trug ein traditionelles hawaiianisches Kleid, das mit orangefarbenen Lilien übersät war.

Nur wenige Augenblicke später erwachte der Zug zischend zum Leben. Als wir langsam davonruckelten, winkte ich und verrenkte mir dabei fast den Hals.

Dann lehnte ich mich in meinem Sitz zurück und sah zu, wie die Landschaft an mir vorbeiflog, während mir die Gedanken fast genauso schnell durch den Kopf flogen. Es war nicht nur mein teures neues Outfit, das mich so nervös machte. Ich wusste: Das hier war der Anfang von etwas Neuem, Aufregendem.

Ich hatte mich bei den besten Zeitungen des Landes um ein Praktikum beworben, doch die Stellen waren allesamt an ältere Studenten vergeben worden. Mein Journalismus-Dozent, Professor John »Filly« Fillsmore, hatte gesagt, es gäbe nur noch zwei Möglichkeiten: *Sash* oder

Cats Quarterly. Aber selbst er konnte sich ein Grinsen nicht verkneifen, als er mir die teeschlürfende, schrullige *Quarterly*-Leserschaft geschildert hatte. Bei *Sash* war offenbar in letzter Sekunde jemand abgesprungen, sodass dort ein Platz frei war. Bei seiner Beschreibung benutzte Filly Worte wie »exklusiv« und »äußerst begehrt«. Ich hatte nicht die leiseste Ahnung von Mode oder Beauty, aber ich war wild entschlossen, mein Praktikum mit Auszeichnung abzuschließen, und wenn ich mich dafür durch zwölf Wochen Zeitschriftenpraktikum schummeln musste. Abgesehen davon hatte ich von renommierten Magazinredakteuren gelesen, die einen kometenhaften Aufstieg hingelegt und bei Zeitungen und Fernsehsendern Karriere gemacht hatten. Meine Entrüstung hielt sich also in Grenzen. Und ich war erleichtert, dass ich wenigstens den Katzenstreu-Artikeln bei *Cats Quarterly* entgangen war.

Seit ich das Praktikum angenommen hatte, versank ich immer wieder in Tagträumen, wie es bei *Sash* wohl zuging. Ein Meter achtzig große Models würden an Cocktails nippen, Handwerker mit wohlgeformten Körpern würden die Kopierer reparieren und bezaubernde Moderedakteurinnen kichernd ihre Firmenkreditkarten schwenken. Models, Musiker und Promis würden sich in den Büros in Hängematten fläzen, während die Mitarbeiter mit kreativen Einfällen nur so um sich warfen und früh Feierabend machten, um shoppen zu gehen. Sie hätten allesamt einen auf makellos getrimmten Teint, gebleachte Zähne und einen Freund, der ihnen Rosen ins Büro schickte. Zu alledem gesellte sich meine größte Sorge: die Frage, wie ich den Tag mit hohen Absätzen überstehen sollte. Ich konnte mich ja schon in Ballerinas kaum aufrecht halten.

Auf der Straße waren Glamour-Amazonen mit glänzendem Haar, Designer-Handtaschen und Killer-Absätzen zu sehen. Der Geruch nach Kaffee, Speck, Parfum, Busabgasen und Zigarettenrauch hing in der Luft. Großstadtsnobs standen vor Obstgeschäften Schlange oder spielten abwesend mit ihren Handys herum, während sie vorüberhasteten.

Die Menge verschluckte mich. Ich ließ mich an Sushi-Läden und Hochhäusern vorbeitreiben, stieß mit meiner großen Tasche ein paar Leute an und entschuldigte mich, wenn sie mich böse anstarrten. Außerdem trug ich noch eine Handtasche, die auf meiner rechten Hüfte auf und ab hüpfte, und eine etwas kleinere Tasche, in der sich mein Lebenslauf und meine Zeugnisse befanden.

Obwohl ich sechs Mal falsch abbog, kam ich zu früh bei *Sash* an und setzte mich in ein Café auf der gegenüberliegenden Straßenseite. Ich hatte gehört, dass man als Praktikantin jede Menge Kaffee holen musste. Ob man von mir erwartete, dass ich sämtliche Bestellungen auswendig herunterbeten konnte? Ich hatte bereits Visionen von kreischenden Frauen, die mich mit ihren Krallen zerkratzten, weil ich ihnen einen Caffè Latte mit entrahmter

Sojamilch ohne Zucker gebracht hatte statt Tee mit Reismilch und drei Stück Zucker. Ein schnuckeliger Ober mit engen Jeans und einer schwarzen Krawatte unterbrach meine Schreckvorstellungen.

»Tee? Kaffee? Umarmung?«

Ich sah auf. »Wie bitte?«

»War nur Spaß. Was darf ich dir bringen, Püppchen?«

Ich wurde röter als der Lippenstift, den Kat mir aufgezwungen hatte.

»Ein Wasser wäre toll, danke.«

»Kein Problem«, erwiderte er. »Ich hab dich noch nie hier gesehen.«

»Ich bin neu in der Stadt.«

»Ach ja? Und was führt dich her?«

Verdammt, anscheinend ließ ich meinen inneren Glamour noch nicht so richtig fließen. Vielleicht brauchte ich mehr Lidschatten.

»Ein Praktikum bei einer Zeitschrift.«

Er nickte. »Klasse. Ich dachte, Zeitschriften und Zeitungen wären am Aussterben. Laufen ihnen die neuen Technologien nicht den Rang ab?«

Vor lauter Verblüffung wusste ich nicht, was ich antworten sollte. »Oh. Ich, äh, ich …«

»Naja, was weiß ich schon davon … Wird bestimmt super. Ich hol dir ein Wasser«, sagte der Kellner. »Viel Spaß beim Praktikum, du kleines Magazin du.«

Er ging summend davon, und ich lachte über den Spitznamen, den er mir gegeben hatte. Großstadtmenschen sind doch nicht so übel, dachte ich. Aber dann sah ich die Mädchen, die das Bürogebäude auf der gegenüberliegenden Straßenseite betraten und den Frauen aus meinem Tagtraum erschreckend ähnlich sahen: zauberhafte große, dünne Modeltypen. Ich stellte mir vor, wie sie über ihr Wochenende plauderten, das sie auf der Jacht ihrer Eltern verbracht hatten, oder über irgendeine Dinnerparty vom Samstagabend, auf der nur stylische Menschen zugelassen waren. »Ich trinke Wasser aus einer finnischen Quelle, die von einer Nonne gesegnet wurde«, würde eine der Dinnerparty-Damen mit makellosem Teint einer anderen erzählen. Und die würde antworten: »Habt ihr diesen Sommer was von Angelina, Brad und den Kids gehört? Wir haben versucht, sie zu erreichen, aber ihr wisst ja, wie die beiden sind: immer nur Arbeit und keine Freizeit. Zum Glück hatte George nichts vor und konnte uns ein bisschen herumführen.« Ich war so in meinen Tagtraum versunken, dass ich fast nicht mitbekam, wie der Kellner mir mein Wasser brachte (leider stammte es nicht aus einer finnischen Quelle).

Ein rascher Blick auf die Uhr an der Wand sagte mir, dass es Zeit war zu gehen. Ich stand auf und betrachtete mein Spiegelbild im Fenster. Normalerweise hatte ich die schlechte Angewohnheit, die Schultern nach vorne fallen zu lassen, sodass ich aussah wie Quasimodo, der sich nach einer Münze bückt. Doch heute war kein normaler Tag, denn ich trug Absätze – hohe, Ich-werde-mir-vermutlich-die-Knöchel-brechen-Absätze, die mich größer machten. Ich nahm die Schultern zurück, stellte mich aufrecht hin und reckte das Kinn in die Höhe. Du schaffst das, sagte ich mir. Weißt du nicht mehr? Du bist die mit den größten Erfolgschancen. Du hast die Schule ratzfatz durchgezogen, trägst ein neues Kleid, und es ist dir vorherbestimmt, eine brillante Journalistin zu werden. Du schaffst das!

Ich schwang mir meine Taschen über die Schulter und wandte mich Richtung Tür. Nur Sekunden später rutschte ich in einer Saftpfütze aus und stürzte mit Getöse zu Boden. Das gesamte Café drehte sich nach mir um, was vielleicht auch mit meinem markerschütternden Schrei zu tun hatte. Doch niemand kam mir zu Hilfe, nicht mal der süße Ober. Ich rappelte mich hoch, drängte mich aus der Tür und verfluchte Kat dafür, dass sie für meinen ersten Bürotag auf hohen Absätzen bestanden hatte.

Erst an der Ampel merkte ich, dass ein riesiger Saftfleck auf meinem Kleid prangte.

»Nein, nein, nein, das darf doch nicht wahr sein«, murmelte ich.

Mit einem spuckedurchtränkten Taschentuch darüber zu rubbeln, half schon mal nicht. Ich begriff, dass ich den ganzen Tag mit einer Hand vor dem Fleck würde rumlaufen müssen. Optimal ist das nicht, aber es wird schon gehen, sagte meine überraschend motivierende innere Stimme (überraschend deshalb, weil sie mir normalerweise vorgeschlagen hätte, auf der Stelle klein beizugeben. Ich wusste diesen positiven Ansatz durchaus zu schätzen, selbst wenn es sich nur um einen einmaligen Vorfall gehandelt haben sollte).

Ich nahm mir einen Augenblick Zeit, um die schiere Größe des Gebäudes auf mich wirken zu lassen. Laut Firmenhomepage waren hier an die sechzig Magazinredaktionen und mehr als eintausend Angestellte untergebracht. Und eine neue Praktikantin, rief ich mir in Erinnerung.

Ich stakste über den glatten Marmorboden des Foyers. An den Wänden hingen reihenweise gerahmte Magazincover. Trotz meiner hohen Absätze hatte ich neben den Frauen von klassischer Schönheit, die durch die Türen schwebten, das Gefühl, ungefähr zwei Zentimeter groß zu sein. Mit einer Hand zogen sie ihre Sicherheitskarte durch den Schlitz, während sie in der anderen einen Kaffee hielten und nebenbei noch in ihre Handys schnatterten. Ein stämmiger Sicherheitsbeamter überreichte mir meine Karte und befahl mir, zu warten, bis ich abgeholt würde. Ich setzte mich auf eine unbequeme Couch und überprüfte noch mal, ob ich meine Hand korrekt auf dem Fleck platziert hatte. So weit, so gut.

Eine Frau in den Dreißigern mit glattem blondem Haar kam auf mich zu und begrüßte mich. Sie trug ein fließendes Oberteil, Jeans und Ballerinas. Ja genau, *flache Schuhe!* Kat würde es büßen müssen, dass sie mich in diese Folterinstrumente gezwungen hatte, ich würde sie umbringen. Die Frau strahlte mich an und streckte mir die Hand hin – und in diesem Moment scheiterte mein Plan, den Fleck zu verstecken.

Falls sie ihn bemerkte, dann ließ sie es sich nicht anmerken. »Hallo, du bist sicher Josephine. Ich bin Liani, die stellvertretende Chefredakteurin von *Sash.*«

»Ah, hi. Ja genau, Josie. Browning. Ich meine: Hi, ich bin Browning. Josie Browning.«

»Hallo.« Liani kicherte. Es klang vergnügt und ich hätte fast vergessen, dass ich der größte Idiot war, der je dieses Foyer betreten hatte. Aber nur fast.

»Ähm, nur um das klarzustellen, das sollte gerade nicht wie James Bond klingen«, sagte ich.

»Verstehe.«

»Darf ich noch mal von vorne anfangen? Ich bin Josie. Vielen Dank, dass ich hier sein darf.«

»Freut mich, Josie.«

Liani meldete mich im Gebäude an, führte mich in einen riesigen Lift voller Spiegel und plauderte währenddessen über ihren Mann, das Wetter und ihren kleinen Sohn Dylan. Sie erinnerte mich an Mum. Am liebsten wäre ich ihr sofort auf den Schoß gekrabbelt, um mich wegen des Saft-Unfalls bei ihr auszuweinen. Zum Glück konnte ich mich zurückhalten.

Liani führte mich über den Flur zur Redaktion von *Sash.* Ich hatte keine Ahnung, was mich hinter den großen Glastüren erwartete, aber ich würde es bald herausfinden.

3.

»Hübscher Fleck.«

»Was ist denn mit deinem Kleid passiert?«

Meine Hand-über-Fleck-Taktik scheiterte erneut, nachdem ich die Kommandozentrale von *Sash* betreten hatte. Liani ließ mich mit zwei perfekt gekleideten Mädchen auf einer Couch vor der Rezeption zurück und ging in ihr Büro, um meine Tasche abzuladen und irgendwelchen Papierkram zu holen. Als sich die beiden zu mir herüberbeugten, um das Malheur zu begutachten, überlegte ich mir, ob das Sofa nicht vielleicht einen Knopf hatte, der mich unsichtbar machen oder an einen anderen Ort beamen könnte. Von Aliens entführt zu werden, wäre mir auch recht gewesen. Stattdessen schaltete ich in den künftige-Journalistin-Modus und versuchte, die beiden abzulenken.

»Und, weshalb seid ihr hier? Wegen eines Foto-Shootings?«

»Für ein Praktikum«, erwiderte die größere, schlankere, älter aussehende von beiden grinsend. »Aber manchmal modele ich tatsächlich, wenn ich nicht gerade singe oder schauspielere. Ich bin Ava.«

Ava hatte langes lockiges Haar, wohlgeformte Augenbrauen und dunkle, stechende Augen. Ihrem Aussehen nach zu urteilen, musste sie ungefähr Anfang, Mitte zwanzig sein, aber ganz sicher war ich mir nicht. Sie setzte sich aufrecht hin und überkreuzte ihre geschmeidigen Beine an den Knöcheln. Im Gegensatz zu mir war sie von Kopf bis Fuß makellos zurechtgemacht. An ihrem Finger glitzerte ein Verlobungsring mit einem Diamantsolitär, der zweifellos sehr teuer gewesen war.

Das andere Mädchen hatte kurzes, verstrubbeltes blondes Haar und grüne Augen. An ihrem Handgelenk entdeckte ich ein Tattoo, doch sie trug so viel klobigen Schmuck, dass man es nur schwer erkennen konnte.

»Hi, ich bin Steph«, sagte sie. »Ich mach auch ein Praktikum.«

Im Gegensatz zu Ava, die sich in ein Kleid und hochhackige Schuhe geworfen hatte, hatte Steph ihren ganz eigenen Style, der irgendwo zwischen Grunge und Glamrock lag. Sie sah aus wie einem Modemagazin entstiegen. Als Ava sie über ihre beruflichen Stationen des letzten Jahres ausfragte, zuckte sie bloß die Achseln und sagte, sie sei durch Asien gereist und könne es kaum erwarten, sich ein Ticket für eine Weltreise zu kaufen und sich wieder auf den Weg zu machen. Ich bewunderte ihr Selbstbewusstsein. Ihre Antworten auf Avas neugieriges Verhör waren einsilbig und kurz angebunden, nicht mehr und nicht weniger. Ich hingegen plapperte wie eine Idiotin drauflos, als Ava ihre Fragen auf mich abfeuerte.

»Und was hast du letztes Jahr so gemacht, Josephine?«

»Ähm, du kannst mich Josie nennen. Was ich so gemacht habe? Naja, ich war hauptsächlich auf der Highschool. Abschlussjahr und so. Und jetzt bin ich an der Uni.«

Ava beugte sich vor. »Du lieber Gott, wie alt bist du denn?«

»Siebzehn. Fast achtzehn.«

»Da darfst du ja noch nicht mal offiziell Alkohol trinken! Ich fühle mich wie Methusalem!«

Steph warf mir einen Blick zu. »Und wie lief's, Josie? Alles gut hingekriegt?«

»Jup, hab bestanden«, antwortete ich.

Zum Glück redete Ava erneut dazwischen, bevor ich mit meinen Noten angeben konnte.

»Dann willst du also Journalistin werden? Im Printbereich?«

»Ja, wahnsinnig gern.«

Steph lächelte. »Erst siebzehn und schon so zielstrebig. Nach einer Tochter wie dir würde sich mein Vater die Finger lecken. Ich bin neunzehn und hab immer noch keinen Plan, wo's langgehen soll.«

Doch Ava war noch nicht fertig mit mir. Als Nächstes wollte sie wissen, was ich karrieremäßig in den nächsten fünf Jahren anstrebte.

Ich erzählte dies und das, zitierte meine Lieblingsjournalisten und -autoren und peinlicherweise auch meinen Englischlehrer. Jetzt war es offiziell: Ich war eine dämliche Schleimerin, die den Monologen ihrer Lehrer viel zu viel Aufmerksamkeit geschenkt hatte. Ava wurde es schnell langweilig – genaugenommen hatte sich ihr Blick schon von meinem gelöst, als ich den Mund aufgemacht hatte. Ich beendete meine Ansprache mit einem genuschelten »Das also wäre der Plan«, obwohl ich gar keinen Plan hatte (naja, höchstens den, eine weltberühmte Journalistin zu werden … und mich vielleicht in einen wirklich scharfen Märchenprinzen zu verlieben).

Als wir mit der Karriere-Prahlerei durch waren, verstummten wir. Ava machte einen Schmollmund und schlug erneut die Knöchel übereinander. Steph warf einen Blick auf ihr Handy, nur um eine Minute später gleich noch mal draufzugucken. Ich strich mein Kleid glatt, holte tief Luft und betrachtete die Poster an der Wand.

Der Empfangsschreibtisch war mit Zeitschriften, Ordnern und Büchern übersät, und wie an so vielen Orten der Stadt roch es auch hier nach frischem Kaffee.

Drei Mädchen, drei Praktikumsplätze. Filly hatte gar nicht erwähnt, dass ich zwei Mitstreiterinnen haben würde. Der Gedanke erschreckte mich. Wie bitte schön sollte ich bei *der* Konkurrenz zur Premium-Praktikantin aufsteigen? Die anderen beiden waren älter als ich und sahen auch so aus. Ich schob meine Zeugnisse tiefer in die Umhängetasche. Es war mir peinlich, dass ich sie überhaupt mitgebracht hatte.

Klack, klack, klack, klack. Klack, klack, klack, klack.

Zuerst dachte ich, die Uhr an der Wand wäre kaputt, doch dann begriff ich, dass es Stöckelschuhe waren, die hinter uns über den Flur klapperten. Wir drehten uns gleichzeitig um und sahen, wie Rae Swanson, die berühmte Chefredakteurin von *Sash*, selbstbewusst die Hände in die Hüften stützte.

Sie trug ein knielanges, tailliertes Kleid und Stilettos. Ihr Haar war zu einem strengen schwarzen Bob geschnitten und streifte ihre Schultern, wenn sie den Kopf drehte. Ihre Laseraugen tasteten mich ab. Dann nickte sie Steph und Ava wohlwollend zu.

»Ihr müsst die Praktikantinnen sein«, sagte sie. »Kommt mit, Mädchen. Legen wir los.«

Sie stolzierte zu ihrem Büro, und wir folgten ihr und tauschten nervöse Blicke aus. Ich fragte mich, ob die anderen auch kurz davor waren, sich vor Angst in die Hose zu machen. Sie sahen jedenfalls nicht danach aus. Ava zog immer noch ihren Schmollmund, und Steph warf einen letzten verstohlenen Blick auf ihr Handy, bevor sie es in die Handtasche gleiten ließ. Meine Hände waren feucht vor Schweiß, aber ich verzichtete darauf, sie an meinem Kleid abzuwischen. Es hatte für heute schon genug Flecken abgekriegt.

»Ich kann nicht fassen, dass sie sich persönlich um uns kümmert«, zischte Ava. »Das kommt so gut wie nie vor, schon gar nicht bei einem Magazin wie diesem hier.«

»Wie läuft so was denn sonst?«, flüsterte ich zurück. Ich sollte es nicht mehr herausfinden, denn inzwischen waren wir vor dem Büro der Chefredakteurin angekommen.

Davor stand Liani mit einem Stapel Zeitschriften und Notizblöcken. Ihre Wangen waren gerötet, aber sie lächelte noch immer. Ihre Lippen formten die Worte »Entschuldigt die Verzögerung«, dann öffnete sie die Tür. Ich stolperte hinter Ava und Steph in die glamouröse Wirkungsstätte der meistbewunderten und gefürchtetsten Chefredakteurin des Landes und fragte mich, was das Schicksal wohl für mich bereithielt.

Ava, Steph und ich ließen uns auf pinkfarbenen Hockern nieder und warteten darauf, dass Rae das Wort an uns richtete. Ihr Schreibtisch war übersät mit Wasserflaschen, Beautyprodukten, Schreibwaren und Zeitschriften, in denen Post-its klebten. Leere Teetassen standen auf Büchern und Notizblöcken. Auf der Fensterbank brannten Vanillekerzen und verbreiteten einen luxuriös-erlesenen Duft.

»Vergesst Hollywood«, setzte Rae an, während sie sich in ihrem Bürostuhl nach vorne lehnte. »Ihr wollt Glamour? Willkommen in der Welt der Magazine. Hier gibt es Cocktailpartys, Produkt-Launches, Gratisgeschenke ohne Ende, Promis und einen riesigen Bestand an Modeartikeln, die euch zur Verfügung stehen.« Sie sah, wie mir vor Überraschung die Kinnlade herunterklappte. »Klingt das gut? Nicht zu vergessen den schier endlosen Vorrat an Beautyprodukten, der eure kühnsten Träume übertrifft, die Fotoshootings, die Fernseh-Auftritte, die bahnbrechenden Interviews und last but not least die Kontakte, die euch ein Leben lang von Nutzen sein können.«

Rae stand auf und ging zur Wand, wo glänzende *Sash*-Titelbilder hingen. Mit einem Lineal schlug sie auf ein Exemplar, und wir zuckten zusammen.

»Super Foto, durchschnittliche Titeltexte.« Sie schlug auf das nächste Cover. »Wunderbarer Promi, spannende Storys.« Und das nächste. »Die bestverkaufte Ausgabe der letzten vier Jahre. Nicht zu toppen.«

Sie warf uns einen Blick zu, und ein verschlagenes Lächeln umspielte ihre Mundwinkel. »Aber die Sache ist die, Mädchen, wir müssen das toppen.«

Wir nickten und grinsten nervös.

»Dieses Jahr wird das Jahr von *Sash*«, sagte Rae. »Vergesst das Online-Geschäft, vergesst Apps, vergesst Zeitschriften fürs Handy, vergesst die Konkurrenzzeitschrift *Marilyn* und ihr ödes Kennen-wir-schon-High-end-Fashion-Gequatsche. Unser Magazin wird so brillant, dass es jeder haben will.«

Avas Augen leuchteten auf, Steph hingegen unterdrückte ein Gähnen.

»Aber das wird nicht leicht«, fuhr Rae fort. »Die Arbeit wird fordernd, inklusive Überstunden, und wir müssen Grenzen sprengen. Ich will Exklusivberichte. Viele Exklusivberichte. Und damit das klappt, muss sich das Arbeitspensum des Teams verdoppeln, wenn nicht gar verdreifachen. Und hier, meine lieben Praktikantinnen, kommt ihr ins Spiel. Dass für diese Chance Tausende Mädchen töten würden, dürfte kein Geheimnis sein.«

Für meinen nächsten Trip in die Stadt sollte ich mir dann wohl besser eine Rüstung zulegen, dachte ich. Und einen Wachhund. Und ein vierköpfiges Bodyguardteam könnte auch nicht schaden.

»Glückwunsch, dass ihr so weit gekommen seid. Eure Bewerbungen haben mich aus ganz unterschiedlichen Gründen beeindruckt. Wer von euch ist Josie?«

Zu verängstigt, um etwas zu sagen, hob ich die Hand.

»Deine Noten und dein Schreibstil sind phänomenal«, sagte Rae. »Gut gemacht.«

Ich wurde rot. »Danke.«

»Dein Dozent hat dich in den höchsten Tönen gelobt. Allerdings hat er auch erwähnt, dass du dich ursprünglich für ein Zeitungspraktikum beworben hattest. Ist das wahr?«

Ich schluckte. »Ähm, ja. Aber ich bin sehr glücklich, hier sein zu dürfen. Das ist alles wunderbar gelaufen.«

Rae neigte den Kopf. »Das will ich auch hoffen.«

Ganz toll, Filly, dachte ich, während ich verlegen auf meinen Schoß starrte.

Rae fuhr fort: »Und wer ist Steph?«

Steph hob kurz die Hand. »Das bin ich.«

Rae starrte sie an. »Ohne Zweifel die Tochter deines Vaters.«

»Davon gehe ich aus«, erwiderte Steph, doch ich sah, dass sie den Blick abwandte.

»Willkommen bei *Sash*«, sagte Rae. »Ich bin schon von dir fasziniert, seit er letztes Jahr deinen Lebenslauf bei einer Verlagskonferenz herumgereicht hat. Ich hoffe nur, sein Handicap hat sich nicht verbessert, seit er und mein Mann zum letzten Mal gemeinsam auf dem Golfplatz waren. Scheint, als hätte er allen die Show gestohlen.«

»Nein, bestimmt nicht«, erwiderte Steph scharf.

Rae lehnte sich zurück, sodass wir ihre lackierten Fußnägel sehen konnten. Dann wandte sie sich an Ava, die ihr Haar nach hinten warf. »Dein Portfolio ist beeindruckend, wirklich, ganz fantastisch. Aber das weißt du ja schon.«

»Danke, Rae. Ich freue mich schon sehr darauf, Ihnen zu beweisen, wozu ich noch fähig bin«, antwortete Ava, die das Kompliment der Chefredakteurin ohne zu zögern annahm. Offensichtlich war ich nicht die Einzige, die Erfahrung im Schleimen hatte.

»Was für ein talentiertes Dreiergespann«, sagte Rae. »Aber eines solltet ihr noch wissen ...«

Oh nein, dachte ich. Noch nie war auf diesen Satz etwas Gutes gefolgt. Ich erinnerte mich daran, als Mum gesagt hatte: »Eines solltet ihr noch über euren Onkel Phil wissen ... Erinnert ihr euch an ihn, der mit dem Riesenkopf? Der nach altem Käse riecht? Er hat einen Job als Schülerlotse an eurer Highschool bekommen. Jetzt kann er euch und euren Freunden jeden Tag über die Straße helfen. Ist das nicht toll?« Oder, mein Lieblingsschocker: »Eines solltet ihr noch wissen ... Whiskers wurde von einem Eiswagen überfahren. Wir haben ihn hinterm Haus neben den Hortensien begraben. Die gute Nachricht ist, dass wir in Zukunft auf jedes Eis zehn Prozent Rabatt bekommen.« Noch drei Monate später musste ich beim Wort »Eis« jedes Mal würgen.

»Aufgrund eurer eindrucksvollen Bewerbungen habe ich die Latte etwas höher gelegt«, fuhr Rae fort. »Wie ihr wisst, dauert euer Praktikum zwölf Wochen, und ihr werdet Gelegenheit haben, einen Blick hinter die Kulissen unseres Magazins zu werfen. Ihr werdet Zeit mit den Fachleuten jeder einzelnen Abteilung verbringen, von ihnen lernen und mit ihnen üben. Zusätzlich gibt es noch einen Bonus – genauer gesagt einen Fünftausend-Dollar-Bonus.«

Die Zahl schrillte in meinen Ohren.

»Am Ende der zwölf Wochen werden wir uns bei zwei Praktikantinnen bedanken und sie anschließend in ihr altes Leben entlassen. Sie haben dann eine unschätzbare Erfahrung gemacht und eine hervorragende Referenz in der Tasche. Die dritte Praktikantin, die beste, bekommt fünftausend Dollar, die sie nach Belieben ausgeben darf. Das Ganze ist ein Geschenk von Lint Gesundheitspflege, unserem großzügigsten Anzeigenkunden.«

Erschrocken schlug ich mir die Hand vor den Mund.

»Und das ist noch nicht alles«, sagte Rae. »Die Gewinnerin bekommt ihre eigene Kolumne, inklusive Foto und Verfasserangabe – eine Gelegenheit, von der jeder Journalist träumt. Noch irgendwelche Fragen?«

Benommen schüttelte ich den Kopf. Ich verlor mich in einem Traum, in dem ich in einem Pool voller Goldmünzen badete, während Mum an einem Cocktail mit Diamanten nippte und Kat in einem Baströckchen tanzte, das aus Hundert-Dollar-Scheinen bestand.

»Okay, dann bekommt ihr jetzt eure Goodie-Bags von Lint«, sagte Rae, während sie jeder von uns eine riesige braune Papiertüte überreichte. »Ich werde Liani sagen, dass sie euch über die Praktikumsrichtlinien informieren soll. Habt einen schönen Tag, gebt euer Bestes und noch mal: willkommen.«

Rae ließ sich wieder in ihrem Stuhl nieder und wandte sich ihrem Laptop zu, um uns zu signalisieren, dass das Gespräch beendet war.

Wir umklammerten unsere Tüten, in denen sich ein, wie es schien, lebenslanger Vorrat an Wattepads und Tampons befand. Der Reihe nach traten wir auf den Flur hinaus, wo Liani uns bereits erwartete und jeder von uns einen Ordner in die Hand drückte.

»Da stehen die Regeln drin. Lest sie euch durch, wenn ihr einen Moment Zeit habt. Steph, du bist heute im Design. Ava, du kannst ins Beautyressort, wie du es dir gewünscht hast. Josie, damit bleibt für dich das Modeteam.«

Das Modeteam? Was sollte ich denn da? Sehnsüchtig starrte ich in die Textredaktion, wo fünf Mädchen an ihren PCs hockten. Eine hatte den Kopf in ein Wörterbuch gesteckt, eine zweite tippte auf ihrer Tastatur herum und telefonierte nebenbei. Fluchend legte sie auf und rief nach den anderen, um zu hören, was sie von ihrer Story hielten, und die fünf brainstormten gemeinsam.

Eines Tages werde ich dort sitzen, sagte ich mir.

»Josie, ich bringe dich in die Moderedaktion«, sagte Liani und holte mich mit einem Schlag in die Gegenwart zurück. »Ava, Steph – euch wird jemand aus eurer Abteilung abholen.«

Ich ging hinter Liani her, vorbei an farbenfroh gekleideten, wunderschön geschminkten Frauen, zu einer Tür, die mit Modestrecken beklebt war. Dahinter hörte ich Leute sprechen und kichern. Vielleicht würde es gar nicht so schlimm werden, ja vielleicht war das sogar meine Chance, von der Mode-Niete zur Fashionista aufzusteigen.

Die Moderedaktion war ein einziges Katastrophengebiet. Kleider lagen auf Links gedreht über den Teppich verstreut, dazwischen Schuhe, und aus unzähligen Tüten und Schachteln quoll Schmuck. Der Raum war stickig, er hatte keine Fenster und war bis oben hin mit Krimskrams vollgestopft – mit einem Wort: hier sah es ganz anders aus als das glanzvolle Büro, das ich mir vorgestellt hatte.

Liani stellte mich Carla, *Sashs* jugendlich-frischer Moderedakteurin, vor, die das Chaos gelassen hinnahm. Offensichtlich war sie daran gewöhnt.

»Es ist ganz einfach, wirklich, du musst nur die Kleider aufhängen, die Schuhe paarweise anordnen und den Schmuck entwirren«, erklärte sie. »Ich fürchte, es wird etwas dauern, bis du alle Paare beisammen hast, aber das schaffst du schon irgendwann. Wenn du etwas brauchst, schrei einfach ›Carla‹, dann komme ich und helfe dir. Aber jetzt muss ich erst mal ein Modelcasting organisieren.«

»Klingt gut.« Ich zwang mich zu einem Lächeln, während ich mich insgeheim fragte, was mir das Aufräumen für die Uni und eine erfolgreiche Journalistenkarriere bringen sollte.

»Danke … Jodie, richtig?«

»Ähm … eigentlich heiße ich Jos…«

»Cool, du bist die Beste. Oh, und wenn du noch Zeit hast, könntest du dann die Stiefel im Nebenzimmer putzen? Und sollte dir die Arbeit ausgehen: Marg kommt mit der Bügelmaschine nicht klar, Gen hat irgendein Problem mit den Bikinis und Tina könnte bei den Produktbestellungen Hilfe brauchen. Aber schau einfach, wie du zeitlich hinkommst, Jodie. Ciao.«

Mit diesen Worten eilte Carla zur Tür hinaus. Ihre Stiefel hämmerten auf den Boden, und ich hörte sie mit schriller Stimme in ihr Handy sprechen, während sie auf den Lift wartete.

Jetzt, wo ich allein in der Abteilung zurückgeblieben war, hatte ich einen Moment Zeit, um über Raes Ankündigung nachzudenken. Fünftausend Dollar. Fünf mal tausend Dollar. Ich wusste, dass Mum in finanziellen

Schwierigkeiten steckte, seit Dad weg war, auch wenn sie alles tat, um es vor uns geheim zu halten. Ich hatte ihr Telefonat mit Tante Judie belauscht, in dem sie sich Sorgen gemacht hatte, wie sie die Rechnungen bezahlen sollte. Mum arbeitete hin und wieder in der Bücherei und verdiente ein paar Extra-Dollar mit irgendwelchen komischen Jobs wie Kuchen backen, Unkraut jäten oder Hunde Gassi führen. Trotzdem war ihr Konto alles andere als gut gefüllt. Mit fünftausend Dollar würde sie sich eine Weile keine Sorgen mehr machen müssen. Ava und Steph waren allerdings eine harte Konkurrenz. Und eigentlich war ich angesichts ihrer sorgfältig frisierten Haare und ihrer coolen Klamotten schon von vornherein aus dem Rennen. Aber ich wollte die Kolumne und die fünf Riesen mehr als die beiden.

Ich drehte mich zu dem Kleiderberg um, bereit, mich an die Arbeit zu machen. Da ich nicht wusste, wo ich anfangen sollte, griff ich nach dem erstbesten Top – eine hellrote Tunika – und warf es über einen Kleiderbügel. Gut, das war einfach.

Drei Stunden lang hängte ich auf, putzte, bürstete ab, entwirrte, wischte und ordnete, was das Zeug hielt. Da mir niemand etwas anderes sagte, schlang ich mittags mein Sandwich und meinen Apfel hinunter und räumte dann weiter auf.

Als ich eine Schuhschachtel vom obersten Regal holte und dabei eine riesige Staubwolke aufwirbelte, bekam ich einen dramatischen Hustenanfall. Ich sah eine

Maus unter der Tür hindurchschlüpfen und schrie wie am Spieß. Und ich fand Schmuck. Verloren gegangenen Schmuck, kaputten Schmuck, reparierten Schmuck. Abgesehen davon fiel mir auf, dass die meisten Kleider auf Bügeln wirklich seltsam aussehen. Zwischendrin probierte ich ein fantastisches Paar Stiefel an und musste feststellen, dass sie mehr kosteten, als Mum im Monat verdiente.

Als endlich alles verstaut war oder ordentlich auf Bügeln hing, zog ich die Praktikumsvorschriften hervor.

SASH-RICHTLINIEN FÜR PRAKTIKANTEN

1. Der Praktikant findet sich für die Dauer von zwölf Wochen einmal wöchentlich in der *Sash*-Redaktion ein (es sei denn, ein leitender Angestellter legt etwas anderes fest).
2. Die Arbeit beginnt um 09.30 Uhr. Ausnahmen gibt es nicht.
3. Das Ende der Arbeitszeit ist mit einem leitenden Angestellten abzusprechen.
4. Die Praktikanten haben die Interessen von *Sash* nach bestem Wissen und Gewissen zu vertreten.
5. Der Dresscode ist einzuhalten. Trainingsanzüge und Sportschuhe sind nicht erlaubt. Bei unangemessener Kleidung werden die Praktikanten nach Hause geschickt.

6. Der Gewinner des 5000-Dollar-Bonus wird von Rae Swanson, der Chefredakteurin, bestimmt.
7. Der Gewinner kann das Preisgeld nach Gutdünken ausgeben.
8. Bei Nichteinhaltung der Richtlinien wird dem Praktikanten fristlos gekündigt und der Vertrag aufgehoben.

Die Regeln waren eigentlich ganz in Ordnung, wobei mich Nummer fünf überraschte. So gehandicapt ich in Sachen Mode auch sein mochte – sogar mir war klar, dass es ein totales No-Go war, in Turnschuhen und Jogginganzug bei *Sash* aufzukreuzen. Doch im Moment beschäftigte mich etwas anderes, zum Beispiel die Frage, wie lange ich noch in der Moderedaktion eingesperrt sein würde.

Vorsichtig steckte ich den Kopf aus der Tür und sah mich um. Ein Mädchen um die Zwanzig mit kurzem braunen Haar und grellroten Lippen stand neben einem summenden Kopierer, nuckelte an einem Lolli und klebte Post-its in Zeitschriften. Als sie aufblickte, sah sie, wie ich sie neugierig anstarrte.

»Hey, du musste eine von den Neuen sein.«

»Jep, richtig. Ähm, ich bin Josie. Hi.«

»Ich bin Gen. Sag mal, hast du mal 'ne Minute?«

»Klar. Carla sagte irgendwas von Bikinis?«

»Jup, komm mit.«

»Brauchst du Hilfe, um was Hübsches auszusuchen?«,

fragte ich, während ich ihr in einen kleinen, dunklen Raum folgte. »Oder soll ich dir vielleicht einen Kaffee holen?«

Gen fand den Lichtschalter. Beim Anblick der zwei kleinen Waschbecken, des großen Weidenkorbs voller Bikini-Ober- und -Unterteile und der zwei mit Waschmitteln vollgestopften Regale verstummte ich.

»Es wäre großartig, wenn du die für mich waschen könntest«, sagte Gen. »Für den Waschsalon sind sie nämlich zu empfindlich.«

Ich starrte den riesigen Korb an. »Alle?«

»Ist das okay? Ich bin heute einfach total mit Kopieren und PR-Meetings ausgelastet, und das wäre wirklich eine Wahnsinns-Hilfe. Ich versprech dir auch, ich schaue nachher vorbei und helfe dir. Das heißt, falls ich Zeit habe.«

Ich schluckte. »Ja, okay, klar.«

»Danke, danke!« Eilig verließ Gen den Raum und ließ mich mit dem überquellenden Korb zurück.

Als ich das erste Waschbecken mit Seifenwasser und das zweite mit klarem Wasser volllaufen ließ, wanderten meine Gedanken zu Kats und Raes Ansprache über die glamouröse Seite der Modeindustrie. Bei ungefähr neunundachtzig hörte ich auf, die Bikinis zu zählen.

4.

Ich fummelte mit dem Schlüssel an Tims Wohnungstür herum, öffnete sie und wartete, dass sich meine Augen an die Dunkelheit gewöhnten. Taten sie aber nicht. Als ich einen Schritt nach vorne machte, stieß ich mit der Hüfte gegen etwas Glattes, Spitzes und schrie auf. Ich rieb mir die schmerzende Stelle und tastete mich an der Wand entlang, bis ich den Lichtschalter fand. Bingo! Der Flur erstrahlte in hellem gelben Licht. Ich ließ die Umgebung auf mich wirken: Auf dem Boden stapelten sich riesige Türme an Büchern, DVDs, Vinylplatten und CDs, die jeden Moment zusammenbrechen konnten.

Ich drehte mich um, weil ich sehen wollte, gegen was ich da eben gestoßen war. Beim Anblick der überlebensgroßen Gestalt schrie ich auf, bis ich begriff, dass es eine Schaufensterpuppe war. Ungläubig schüttelte ich den Kopf und lachte über den pinkfarbenen Blumenkranz, der ihr um den Hals hing. Tim hatte die Puppe in seiner rasch hingekritzelten Nachricht, die unter der Fußmatte hervorgelugt hatte, nicht erwähnt. Da stand nur, ich solle den Ersatzschlüssel aus dem Rosenbusch neben der

Eingangstür fischen (eine recht dornige Angelegenheit), zum Duschen das frische Handtuch auf der Couch benutzen und es mir ansonsten gemütlich machen, er habe einen Konzertauftritt.

Ich ging ins Wohnzimmer, wo ein Stapel eingestaubter Kartons in einer Ecke stand. An den Wänden hing ein Poster neben dem anderen. Couch und Fernseher sahen aus, als wären sie funkelnagelneu, was nicht recht zum sonst eher schäbigen Aussehen der Wohnung passte. Die Couch würde heute Nacht mein Bett sein, daher war ich erleichtert, dass sie sauber war. Nach allem, was ich bislang gesehen hatte, hätte ich fast erwartet, von einer singenden Mäusefamilie begrüßt zu werden. Ich stellte meine Tasche ab und beschloss, mir den Rest der Wohnung anzusehen. Es lag ein Geruch nach irgendeinem moschushaltigen Aftershave in der Luft, der stärker wurde, je näher ich dem Badezimmer kam. Ich hielt mir die Nase zu und steckte den Kopf durch die Tür. Es überraschte mich nicht, dass der Raum klein war – sehr klein. Eine Besenkammer war dagegen vergleichsweise geräumig. Hingegen überraschte es mich, wie sauber es hier drinnen aussah, fast so sauber wie bei uns zu Hause. Mein Blick fiel auf ordentlich gestapeltes Toilettenpapier, einen Lufterfrischer, der auf dem Spülkasten stand, und auf die winzige Badewanne, die man auch als Dusche benutzen konnte.

Keine Minute später plätscherte das Wasser in der Wanne, Badeschaum blubberte, Musik dröhnte aus meinem Handy, und meine Kleider lagen über den Boden verstreut. Tim war nicht da, ich hatte also die ganze Nacht Zeit, um in meinem Badeblubber-Fantasieland schlechte Popsongs zu schmettern und die Schrecken meines ersten Arbeitstags in die neblige Erinnerung zu schieben. Ich grölte die Lieder mit und steckte eine Zehe ins Wasser, um zu testen, ob es die richtige Temperatur hatte. Dann ließ ich mich in das Schaumbad gleiten.

Meine Ein-Frau-Karaoke-Party wurde jäh unterbrochen, als es dreimal laut und entschieden an der Tür klopfte. Hastig stellte ich mein Handy auf lautlos und tauchte unter. Wasser mit Schaumfetzen in der Größe von Golfbällen schwappte auf den Boden.

Es folgte eine unbehagliche Stille. Schließlich räusperte sich eine tiefe Stimme.

Ich tauchte wieder auf. »Tim?«, rief ich zaghaft. »Bist du das?«

Nichts.

Scheiße, dachte ich, während ich mir rasch einen Waschlappen vor die Brust hielt. Ich zog die Knie an, um mich wie ein nervöser Igel zu einem Ball zusammenzurollen. Aber ich konnte mich nicht verstecken. Ich saß in der Falle. Und ich hatte keine Ahnung, ob ich die Badezimmertür abgeschlossen hatte – oder ob die Tür überhaupt ein Schloss hatte. Nicht, dass es irgendwie von Belang gewesen wäre – ein echter Einbrecher würde so eine klapprige Tür ohnehin innerhalb von Sekunden aufbrechen.

»Tim?«, flüsterte ich.

Ich schloss die Augen und wartete darauf, dass ein Mann mit Sturmhaube hereinstürzen und seinen Mitstreitern – einer korpulenter als der nächste – Befehle zubrüllen würde. Mums Warnung vor den Verrückten der Stadt kam mir in den Sinn. Warum hatte die Frau eigentlich immer recht?

Wieder hörte ich, wie sich ein Kerl räusperte. Doch diesmal sagte er auch etwas: »Ähm, entschuldigen Sie, aber wer sind Sie und was tun Sie in meinem Bad?«

Das klang nicht nach Tim. Mein Cousin wirkte immer etwas zerstreut, so als träumte er die ganze Zeit vor sich hin. Diese Stimme hier war tiefer. Freundlich, aber auch selbstsicher.

»Ihr Bad? Wo ist Tim?«

»Tim ist mein Mitbewohner.«

»Von einem Mitbewohner hat er nichts gesagt.«

»Ach, wirklich? Naja, er hat mir auch nicht gesagt, dass ich beim Nachhausekommen eine jodelnde Fremde in …«

»Jodeln …? Das war … Ach, egal.«

»Wunderbar. Dann hätten wir das ja geklärt.«

Ich sah mich nach einer Waffe um. Mums besserwisserische Worte tönten mir in den schaumdurchweichten Ohren. Doch alles, was hier im Bad herumlag, war weich und flauschig. Was sollte ich tun, den Typ mit einem Handtuch ins Koma prügeln? Ihn zu Tode shampoonieren?

»Woher weiß ich, dass Sie mich nicht einfach nur nach

draußen locken wollen?«, fragte ich. »Ich habe Krimiserien gesehen und weiß, wie so was läuft.«

Der Kerl lachte. »Okay. Dann testen Sie mich doch.«

»Was?«

»Stellen Sie mir zu drei Gegenständen aus dem Bad eine Frage. Sollte meine Antwort falsch sein, rufen Sie die Polizei. Sie haben doch Ihr Handy da drin, oder?«

Das Handy glitzerte im Waschbecken und erinnerte mich daran, dass ich mit einem Anruf sofort Hilfe holen konnte. Abgesehen davon hatte ich immer schon eine Schwäche für Ratespiele gehabt.

»Also gut. Drei Versuche.«

»Hervorragend.«

Seine Stimme schien jetzt näher. Ich stellte mir vor, wie er sich an die Tür lehnte und auf meine Fragen wartete. Rasch blickte ich mich nach einem Gegenstand um, mit dem ich meinen Test beginnen konnte.

»Okay, los geht's. Erste Frage: Welche Farbe hat der Waschlappen über dem Duschhahn?

Er kicherte. »Das ist ja leicht. Grün.«

Ich betrachtete den Lappen eingehend. »Sicher?«

»Jup, definitiv grün.«

Jetzt musste ich kichern. »Lindgrün wäre die richtige Antwort gewesen. Ein scheußliches Lindgrün, um genau zu sein, aber ich lass das gelten.«

Mein Blick fiel auf einen schmuddeligen burgunderroten Lappen am Boden. »Die Badematte ist noch schlimmer.«

Wieder kicherte er. »Hey! Das ist unter der Gürtellinie – außerdem gehört die Tim. Also los, die nächste Frage.«

»Okay. Von welcher Marke sind die Kerzen auf der Fensterbank?«

Pause.

Na also, dachte ich. Hab ich dich. »Nun?«

»Das ist eine Fangfrage. Wir haben gar keine Kerzen auf der Fensterbank. Sie geben sich aber keine besondere Mühe.«

Einbrecher oder nicht, der Typ ließ sich nichts vormachen. »Okay, letzte Frage. Wenn die Antwort richtig ist, glaube ich Ihnen, dass Sie mich nicht abmurksen wollen und das hier in der Tat Ihr Bad sein könnte. Nach was riecht die Seife?«

»Das ist die letzte Frage? Ernsthaft? Ihnen ist schon klar, dass Ihr Leben davon abhängt?«

»Ja, das ist mir klar. Und ja, das ist die Frage.«

»Das ist ja einfach. Lavendel ... Floral, blumig, wie auch immer man es nennen will.«

Ich grinste. »Ich hoffe, Handschellen stehen Ihnen, Mister, ich hol nämlich jetzt die Bullen.«

»Aber das stimmt! Ich hab die Seife doch selbst gekauft!«

»Die richtige Antwort lautet Vanille. V-A-N-I-L ...«

»Ich hätte es wissen müssen! Tim hat sie ausgetauscht. Er findet, Lavendelseife riecht zu mädchenmäßig. Na los, stellen Sie mir noch ein paar Fragen!«

Ich stieg aus der Wanne und wickelte mir das Handtuch um. »Abgemacht waren drei Fragen, und Sie haben selbst gesagt, alle drei Antworten müssen richtig sein.«

»Okay, jetzt reicht's mir. Ich bin am Verhungern. Ruf von mir aus die Bullen, wenn du unbedingt willst, aber ich ess inzwischen meine Pizza.«

»Pizza?«

»Ja. Pizza Hawaii.

Pizza Hawaii war meine Lieblingssorte. Die ganze Situation hatte mich so sehr in Anspruch genommen, dass ich den Geruch nach saftiger Ananas, geschmolzenem Käse und Speck, der durch die Tür drang, gar nicht wahrgenommen hatte. Bis jetzt.

»Willst du vielleicht was abhaben?«

Wie aufs Stichwort knurrte mein Magen und erinnerte mich daran, dass ich seit heute Mittag nichts mehr gegessen hatte.

»Nein danke«, presste ich hervor und begann dabei fast zu sabbern. »Von potenziellen Kriminellen lasse ich mir keine Pizza andrehen. Außerdem muss ich jetzt telefonieren.«

»Vergiss nicht, der Polizei zu sagen, dass ich charmant und gut aussehend bin.«

Ich hörte ihn davonschlurfen. Mein Handy piepte, und ich sah Tims Namen auf dem Display aufleuchten. Seine SMS lautete: *Sorry Cousinchen, hab vergessen, dir zu sagen, dass mein Mitbewohner heute zu Hause ist. Er ist cool. Bis später.*

»Vollidiot«, murmelte ich.

Ich befand mich in einer fremden Wohnung, in ein fremdes Handtuch gehüllt, während ein fremder Typ am anderen Ende des Flurs Pizza in sich reinstopfte. Noch ein peinlicher Vorfall dieser Art, und das Ganze könnte sich in eine romantische Komödie verwandeln.

Ich öffnete die Tür und spähte heraus. Als ich sicher war, dass die Luft rein war, sprintete ich in Tims Zimmer. Endlich in Sicherheit! Doch als ich mich hastig umschaute, stellte ich fest, dass ich mich in der Tür geirrt hatte. Diese Jungshöhle hier miefte nicht nach schmutzigen Socken. Auf dem Boden stapelten sich Bücher und Platten zu wackeligen Türmen. Eine Bassgitarre lag auf dem Bett, und an der Türklinke hing ein gebügeltes Nadelstreifenhemd. Den Indizien nach zu urteilen, war dies zu 99,9 Prozent das Zimmer des Unbekannten. Und ich stand mittendrin, in ein Handtuch gehüllt und ohne meine Klamotten, die ich im Bad auf dem Boden liegen gelassen hatte. Offenbar wollte mich die Welt wieder mal verarschen.

Ein Klopfen ließ die Tür erzittern. Auf der anderen Seite ertönte die Stimme von Tims Mitbewohner: »Hier ist deine Tasche, ich stell sie dir vor die Tür. Oh, und ich habe dir ein bisschen was von der Pizza aufgehoben für später.«

Ich biss mir auf die Lippen. »Danke. Auch wenn wir vermutlich über die ganze Vorstell-Chose hinaus sind – ich bin Josie, Tims Cousine.«

Pause. »Ich weiß. Er hat mir gesagt, dass du kommst.«

Ich brach in Gelächter aus. »Da sieh mal einer an.«

»Und wenn du schon dabei bist, bei mir rumzuschnüffeln, wirf doch gleich mal einen Blick auf meine Musiksammlung. Die ist ziemlich cool.«

»Ich schnüffle nicht … ja okay, ich schau sie mir an.«

»Ich bin übrigens James. Und die Pizza wird langsam kalt.«

Ich hörte, wie er sich entfernte, öffnete die Tür und zog meine Tasche ins Zimmer. Als ich mir Shorts und ein T-Shirt überstreifte, wurde mir bewusst, wie weit weg mein Leben mit Mum und Kat auf einmal war.

Ich zwang mich, auf ein Stück (kalte) Pizza zu James ins Wohnzimmer zu gehen. Als ich mit knallrotem Gesicht hereinkam, lachte er und strich sich das verstrubbelte braune Haar aus den Augen. Er war süß – genau genommen sogar total heiß – mit seinem olivfarbenen Teint, warmen blauen Augen und athletischem Körperbau.

»Willst du ein Bier?«, fragte er, während er mir bedeutete, Platz zu nehmen.

Ich verzog das Gesicht, was mich auf der Lässigkeitsskala mindestens zehn Punkte kosten musste.

Doch James schien nicht im Mindesten irritiert. »Dann also Tee«, sagte er und setzte Wasser auf.

Seit Suzy Heywood ihren achtzehnten Geburtstag auf der Bowlingbahn gefeiert hatte, stand ich mit Alkohol auf Kriegsfuß. Nach ein paar Gläsern Champagner war ich heulend auf der Toilette zusammengebrochen, weil ich wegen eines stehen gebliebenen Pins keinen Strike erzielt hatte. Ich hatte es schwer genommen, sehr schwer. Und das Mal davor, als ich zu viel getrunken hatte, war ich in einem Hühnerkostüm beim Highschool-Ball aufgetaucht. Mehr muss ich wohl nicht dazu sagen, oder?

Nachdem uns James eine Kanne Tee gemacht hatte, ließ er sich neben mich auf die Couch fallen. Meine Nerven flatterten wie verrückt, doch dann geschah etwas Wunderbares: Er brach das Schweigen, und die nächsten paar Stunden quatschten wir, bis ich heiser war, meine Wangen wehtaten und wir eine zweite Kanne Tee vernichtet hatten.

James berichtete von seinem IT-Abschluss, von dem er in etwa so begeistert schien wie von einem Tritt in den Unterleib. Und er erzählte coole Geschichten von seinem Job in einem nahe gelegenen Musikladen, von seinem Chef, der wie eine riesige Eidechse aussah, von Filmen, die er sich heimlich auf dem Laptop ansah, wenn im Laden nichts zu tun war, und von einer Kundin, die mit einer weiblichen und mindestens drei männlichen Angestellten (nicht mit ihm) im Bett gelandet war. Meine Augen wurden immer größer und ich kam mir vor wie die Unschuld vom Lande. Zum Schluss verriet mir James sogar noch sein größtes Geheimnis: Er hasste die IT-Branche und wollte eigentlich Musikproduzent werden, doch sein Vater glaubte nicht, dass man da Karriere machen konnte.

Seine blauen Augen schauten in meine. Als er mich nach meinen Plänen fragte, stammelte ich, dass ich davon träumte, eine weltberühmte Journalistin zu werden.

»Ich habe eine Idee«, sagte er, während er mir noch eine Tasse Tee einschenkte. »Ich interviewe dich und teste dabei meine journalistischen Fähigkeiten. Dann interviewst du mich und zeigst mir, wie man's richtig macht.«

Ich setzte mich aufrecht hin. »Meinst du das ernst? Ein Interview, nur wir beide?«

»Ja! Stell dir vor, ich wäre ein berühmter Moderator, Oprah Winfrey zum Beispiel oder Ellen DeGeneres oder Phil McGraw.« Er lachte über seinen lahmen Witz, und ich musste mitlachen.

»Na gut«, grinste ich. »Hat dir schon mal jemand gesagt, dass deine Tour ziemlich billig ist?«

»Das höre ich jeden Tag.« Er grinste und entblößte seine geraden weißen Zähne unter weichen rosafarbenen Lippen. »Also, fangen wir an … Nein, warte! Ich brauche noch ein Mikrofon.« James griff sich eine halb leere Wasserflasche von der Fensterbank. Inzwischen suchte ich sein Gesicht nach Makeln ab: eine schiefe Nase, zu kleine Ohren, schlechte Haut … irgendwas musste doch zu finden sein. Doch da war nichts (zumindest nichts Sichtbares), nur zwei zum Sterben schöne Grübchen und schwache Sommersprossen. Ich war geliefert.

Er hielt die Flasche wie ein Mikrofon und führte sie an die Lippen. »Herzlich willkommen bei *James*, der Show, in der ich Fragen stelle – *juhuuuu!*« Er imitierte ein jubelndes Saalpublikum, und ich lachte.

Er wandte sich zu mir. In meinem Bauch tanzten vorfreudige Schmetterlinge. Hier gab es kein echtes Publikum, keine Kameras, keine Regisseure und keine Millionen Zuschauer, die von zu Hause aus zusahen, nur ihn und mich. Und doch hätte ich nicht aufgeregter sein können.

»Josie«, begann er und fuhr sich mit einer Hand durchs Haar. »Dies ist dein erstes Exklusiv-Interview, also sollten wir am Anfang beginnen. Also wirklich ganz am Anfang. Erzähl mir von deinem peinlichsten Kindheitserlebnis.«

»Wow!«, platzte ich heraus. »Solltest du mir nicht zuerst ein bisschen Honig ums Maul schmieren und mich mit Komplimenten und Gratisgeschenken bestechen? Vielleicht brauch ich jetzt doch ein Bier.«

James lächelte. »Denk dran, du hast später Gelegenheit, dich zu rächen.«

»Worauf du wetten kannst«, erwiderte ich und hielt inne, um mir eine gute Antwort einfallen zu lassen. Aber das war gar nicht so einfach. Mein ganzes Leben war eine einzige Aneinanderreihung peinlicher Vorfälle, verstaut in einer Kiste Scham und zugeschnürt mit einem Schleifchen Unbeholfenheit. »Naja, ich wurde mal vom Weihnachtsmann durch ein Einkaufszentrum gejagt. Oder würdest du lieber die Geschichte von dem kleinen Mädchen hören, das so viel Lakritze gegessen hat, dass es auf einem Schulausflug, ähm … Aber das ist eigentlich gar nicht passiert, es ist nur ein Großstadtmythos, ich schwör's.«

James beugte sich zu mir hinüber und hielt mir das Wasserflaschen-Mikrofon hin.

»Wir wollen natürlich beide Geschichten hören«, sagte er und imitierte noch mehr Gejubel. »Siehst du, das Publikum lechzt danach. Es gefällt ihnen!«

Gut, wenn James unbedingt wollte, würde ich ihm meine peinlichen Geschichten eben erzählen, Blamage mit einem Schuss Schmach obendrauf. Ich verriet ihm, dass der Weihnachtsmann, der mich und Kat durch die Läden gejagt hatte, in Wirklichkeit mein Onkel gewesen war, der es wahnsinnig lustig gefunden hatte, uns zu erschrecken, während sich ein paar Schaulustige vor Lachen bogen. Dann erzählte ich, dass meine Überdosis Lakritz im Bus zu einem sehr unglückseligen Zwischenfall geführt hatte, dem ich den Spitznamen Josie Braunhose verdankte. Den war ich den Rest meiner Grundschulzeit nicht mehr losgeworden (gesegnet sei Mum, die mich dann auf eine Highschool schickte, wo mich niemand kannte). Ich gestand James meine Leidenschaft fürs Schreiben, meine Träume und wie besessen ich von Schreibwaren war. Aber dass Dad uns verlassen hatte, erzählte ich nicht. Das konnte ich nicht.

Und dennoch vertraute ich ihm häppchenweise Dinge an, die ich nicht mal meiner besten Freundin Angel erzählt hatte. Und was mich umhaute, war die Tatsache, dass James zuhörte. Wirklich zuhörte.

Und er lachte. Als ich ihm erzählte, dass mich Kat ausgesperrt hatte, als ich zwölf war, und ich nur mit einem Sport-BH und einer ausgeleierten weißen Unterhose auf der Straße gestanden hatte, lachte er so sehr, dass er seinen Tee auf den Teppich und den Couchtisch verschüttete, doch das schien ihn nicht zu kümmern. Er hielt sich den Bauch und lachte mit weit aufgerissenem Mund.

Als es drei Uhr schlug, sprang er abrupt auf und verkündete, er müsse jetzt ins Bett. Ich hatte schon stundenlang ein Gähnen unterdrückt, das Interview aber nicht beenden wollen.

James ging auf sein Zimmer zu, blieb noch einmal stehen und sagte: »So, das war die erste Folge von *James.* Ich freue mich schon sehr auf die erste Folge von *Josie.*« Er verschwand und ließ mich allein im Wohnzimmer zurück.

»James!«, flüsterte ich laut. Keine Ahnung, weshalb ich mir wegen des Lärms Sorgen machte, schließlich war Tim immer noch nicht zu Hause.

James steckte den Kopf wieder aus der Tür. »Ja?«

»Noch mal sorry wegen der ganzen Du-bist-ein-Einbrecher-und-willst-mich-killen-Sache.«

Er lächelte. »Nacht, Josie.«

Damit verschwand er erneut und läutete das Ende einer Nacht ein, die als eine der wunderbarsten Erfahrungen aller Zeiten in die Geschichte eingehen würde. Ein umwerfender Typ hatte stundenlang neben mir gesessen, über meine Witze gelacht, mit mir geflirtet und mich mit seinen strahlend blauen Augen verzaubert. Als ich es mir auf der Couch bequem machte, musste ich lächeln. Das Leben gönnte mir eine Pause vom Pech. Eine große, herrliche Pause mit verstrubbelten Haaren.

Das Dröhnen eines LKWs, der auf das Fenster zudonnerte, weckte mich, und in Erwartung meines unmittelbar bevorstehenden Todes vergrub ich mich tief unter der Decke. Es wäre ein dramatischer Abgang gewesen. Wahrscheinlich hätte ich es in die Abendnachrichten geschafft oder zumindest als kleine Meldung in die Zeitung. Ich ignorierte die Tatsache, dass ich dann a) als Jungfrau gestorben wäre, b) meinen achtzehnten Geburtstag nicht mehr erlebt hätte und c) in meinem ausgeblichenen Sesamstraßen-Pyjama gefunden worden wäre. Hoffentlich würde der Journalist, der über meinen Tod berichtete, Mitleid mit mir haben und diese Details weglassen.

Wenige Augenblicke später war klar, dass mich der Tod nicht hier im Wohnzimmer ereilen würde: kein zerborstenes Glas, keine zertrümmerten Möbel, kein Bericht über meinen Pyjama – sehr erfreulich. Ich spähte unter der Bettdecke hervor und blickte mich um. Das Wohnzimmer sah noch genauso aus wie vorher: Auf dem Couchtisch standen zwei Teetassen, meine Tasche war offen und ihr Inhalt lag über den gesamten Teppich verstreut. In einer Ecke glänzte der Fernsehbildschirm.

Ganz falsch hatte ich aber nicht gelegen: da war ein LKW, ein ziemlich lauter sogar, aber er stand draußen vor dem Haus. Naja, es hätte ja auch ein Spiderman-Truck sein müssen, wenn er durch ein Fenster im zweiten Stock hätte rasen wollen. Der Motor heulte auf, während der Wagen vor jedem einzelnen Gebäude hielt und kurz darauf wieder anfuhr. Willkommen in der Stadt, dröhnte der Motor und beschimpfte mich, weil ich versucht hatte auszuschlafen. Raue Männerstimmen übertönten den Lärm und schrien einander irgendetwas über verwesenden Fisch zu und über Leute, die »zu faul waren, ihren Müll zu trennen«. Dann stritten sie sich, welche ihrer Ehefrauen den schönsten Hintern hatte.

Der Müllwagen fuhr davon, und einen Moment war es ganz still im Zimmer. Das Piepen meines Handys brachte mich in die Gegenwart zurück. Eine SMS von Tim. *Kannst du mal kurz kommen? Bring Saft mit.*

Kopfschüttelnd schälte ich mich aus den Laken und ging zum Kühlschrank. Die Zwei-Liter-Flasche mit Ananassaft war nicht schwer zu finden. Abgesehen von einer abgelaufenen Milch und einem halb gegessenen Kebab herrschte im Kühlschrank gähnende Leere. Ich griff nach dem Saft und einem Plastikbecher, der auf der Küchentheke stand, und ging in Tims Zimmer. Auf mein Klopfen folgte ein genuscheltes »Herein«.

Tim lag, alle viere von sich gestreckt, auf dem Bett und starrte auf einen altmodischen Deckenventilator, der bei jeder Umdrehung ratterte. Sein magerer Körper steckte in einer engen Jeans, die Augen waren halb geöffnet, und sein braunes Haar stand wild vom Kopf ab. Auf dem

Nachttisch lagen ein unberührter Burger und ein halb ausgetrunkenes Bier.

»Cousinchen, lange nicht gesehen«, sagte er mit einem Krächzen, das klang, als hätte er zum Abendessen ein ganzes Päckchen Zigaretten verdrückt. Und irgendwas sagte mir, dass es vielleicht tatsächlich so gewesen war. »Hilfe. Saft. Mund.«

Ich schraubte den Deckel auf und griff nach dem Becher.

»Nein«, murmelte er und deutete auf seinen Mund. »Direkt da rein.«

Ich hielt einen Moment inne, während mir die Absurdität der Situation bewusst wurde. Ach, was soll's, dachte ich. Es gibt für alles ein erstes Mal. Also hockte ich mich vor ihn hin und ließ den Saft in seinen Mund rinnen. Die gelbe Flüssigkeit spritzte aufs Bett. Nach gefühlten Stunden hielt er endlich die Hand hoch, um zu signalisieren, dass er genug hatte.

»Du hast mir das Leben gerettet«, sagte er.

Ich atmete durch den Mund, um die Mischung aus Bier und Hamburger nicht länger riechen zu müssen.

»Popeye hat Spinat, ich hab Saft«, fuhr er fort. »Danke. Normalerweise macht das James, aber ich glaube, er musste heute früh zur Arbeit.«

Verdammt, dachte ich. Ich hätte ihn so gerne noch mal gesehen, bevor ich wieder nach Hause fuhr.

»Oh Mann, was für eine Nacht. Ich hab dich doch nicht geweckt, als ich nach Hause gekommen bin, oder?«

»Nö«, log ich und dachte daran, wie Tim um 4.19

Uhr brüllend vor Lachen in die Wohnung geplatzt war und mit irgendjemandem namens Luca telefoniert hatte. Beim Versuch, sein Zimmer zu finden, war er wild in der Gegend herumgestolpert und über die Schaufensterpuppe gefallen, bevor er schließlich die Küchenbank mit seinem Bett verwechselt hatte. Ich brachte es nicht über mich, ihm zu sagen, dass ich aufgestanden war und ihn in die richtige Richtung geschubst hatte.

»Cool«, antwortete er. »Also, ähm, schön, dich zu sehen.«

»Ja, ebenso.« Wenn man Schlafentzug als »schön« bezeichnen wollte.

»Wie lief dein Praktikumsdings? Schon zur Geschäftsführerin aufgestiegen?«

Ich seufzte. »Ganz gut. War okay.«

»Also war's schlimm?«

»Nein! Naja … Das Büro war toll und die stellvertretende Chefredakteurin nett …«

»Aber?«

»Aber ich bin mir ziemlich blöd vorgekommen. Die haben mich total vergessen, sodass ich bis halb acht geblieben bin. Die Mädchen dort waren alle hübsch und … Ach was soll's, warum soll ich es nicht sagen, wie es ist! Ich hab mein Kleid versaut, wurde nicht mal in die Nähe eines Computers gelassen und musste stundenlang Bikinis waschen. Es war beschissen.«

Tim streifte sich ein schwarzes T-Shirt über, das er vom Boden aufgeklaubt hatte. »Dann kündige doch.«

»Was? Nein, das ist für die Uni, das kann ich nicht.«

»Kannst du wohl.«

»Kann ich nicht.«

»Hör zu, ich kann noch den ganzen Tag so weitermachen. Kannst du wohl, kannst du wohl, kannst du wohl. Ob du kündigst oder nicht, liegt allein bei dir.« Tim trank noch einen Schluck Saft. »Wie auch immer, war schön, dass wir uns nach so langer Zeit mal wieder gesehen haben, richtig?«

Ich nickte, obwohl unser »Wiedersehen« lediglich in einer hingekritzelten Nachricht und einem fünfminütigen Schwatz bestanden hatte. Und darin, dass ich ihm Ananassaft eingeflößt hatte. Der Ausflug in die Stadt war schön gewesen, richtig schön sogar, aber das hatte nichts mit unserem Wiedersehen zu tun.

»Ähm, am besten, du erzählst unseren Müttern nichts von dem hier«, schlug er vor und deutete auf sein Zimmer.

Ich lachte. »Alles klar. Aber jetzt gehe ich mal lieber packen. Ich seh dich draußen, okay?«

Ich ging ins Wohnzimmer zurück und blieb nur einmal kurz stehen, um mit den Fingern über James' Tür zu streichen.

5.

Meine beste Highschool-Freundin Angela Michaels (oder Angel, wie sie genannt werden wollte, seit sie Yoga, Linsen und Meditation für sich entdeckt hatte) hasste es, wenn man sie ignorierte. In ihren Augen gab es keine deutlichere Du-kannst-mich-mal-Botschaft, als wenn ein süßer Typ ihre flippige neue Frisur nicht bemerkte oder – noch schlimmer – wenn sie nicht auf irgendeine unglaublich coole Party eingeladen wurde.

»Ich fass es nicht, dass Holly Bentley mich schon wieder vergessen hat«, jammerte sie, während sie eine Ausgabe von *Sash* durchblätterte. Es war der erste Abend nach meinem Ausflug in die Stadt, und wir fläzten uns gemütlich auf meinem Bett.

Ich verdrehte die Augen. »Sollte dieses ganze Theater nach der Highschool nicht vorbei sein?«

Nach Jahren unzähliger Zurückweisungen war ich es gewohnt, nicht zu Partys eingeladen zu werden. Sechs Monate jünger zu sein als der größte Teil unseres Jahrgangs hatte auch nicht gerade dazu beigetragen, dass ich in der sozialen Hackordnung aufgestiegen wäre.

Während meine Klassenkameraden mit ihrem vorläufigen Führerschein durch die Gegend cruisten, wurde ich nach wie vor von meiner Mum zu sämtlichen Veranstaltungen gefahren. Für gewöhnlich saß auch Kat auf dem Rücksitz, streckte mir zum Abschied die Zunge raus und zeigte mir den Mittelfinger.

Einen noch größeren Rückschlag erlitt mein Sozialleben, als nach und nach alle achtzehn wurden und offiziell trinken durften. In dem seltenen Fall, wo ich tatsächlich mal irgendwo eingeladen war, musste ich um zehn oder elf nach Hause, also genau dann, wenn die anderen in ein Pub oder irgendeinen trashigen Nachtclub weiterzogen. Ich hingegen wurde, genau wie Cinderella, noch bevor es Mitternacht schlug, ins Bett gesteckt. Allerdings musste man Aschenputtels hässliche Stiefschwestern durch meine beliebte kleine Schwester ersetzen, die es dank ihres gefälschten Personalausweises schon in mindestens zwei Clubs geschafft hatte. Meine beste Freundin, die arme Angel, stand jedes Mal vor der unerfreulichen Entscheidung, ob sie sich ohne meine Unterstützung ins Pub trauen sollte oder lieber nach Hause ging. Neun von zehn Malen wählte sie die zweite Variante.

Kurz und gut: Für die Leute in unserem Jahrgang waren wir nach wie vor nicht vorhanden – und das konnte Angel nicht leiden.

Sie starrte mich an. Das kurze Haar betonte ihre durchdringenden haselnussbraunen Augen. So sehr sie auch versucht hatte, sich nach der zwölften Klasse neu zu erfinden – ihre Augen sagten etwas anderes. Ihr Haarschnitt schrie »Das interessiert mich einen Scheißdreck«, aber im Inneren war sie immer noch meine blonde beste Freundin, die Tierärztin hatte werden wollen und dann gerade noch so den Abschluss geschafft hatte. Das Mädchen, dem einer der beliebten Jungs das Herz gebrochen hatte, als er während einer Schulversammlung mit ihr Schluss gemacht hatte, weil er sie zu »seltsam« fand. Einfach brutal.

»Mal im Ernst, Angel, ist es nicht langsam Zeit, dass wir aufhören, uns darüber Gedanken zu machen?«

»Dir ist aber schon klar, dass Pete Jordan auch auf der Party ist?«

»Ja und?«, gab ich zurück.

»Der Typ, den du schon seit der Achten anschmachtest, obwohl er dir vor die Füße geko…«

»Sag's nicht.«

Angel tat so, als würde sie ihre Lippen mit einem Reißverschluss versiegeln, doch schon wenige Sekunden später redete sie weiter. »Aber du musst wissen, Alana hat ihm vor zwei Wochen den Laufpass gegeben. Er ist allein. Einsam. Einsam und allein. Weißt du, was das bedeutet?«

Ich seufzte. Angel hatte noch nicht aufgegeben, nicht mal annähernd.

»Angela!«, zischte ich. »Sei leise! Du weckst Mum noch auf.«

»Erstens: Es heißt Angel. Und zweitens sage ich ja nur, dass es lustig werden könnte.«

»Okay, okay, ich bin dabei. Können wir jetzt das Thema wechseln?«

Angel wedelte mir mit *Sash* vor der Nase herum. »Wie war's überhaupt? Lauter Babes und hochnäsige Tussen?«

»Mehr oder weniger.«

»Ich wusste es.« Sie schüttelte den Kopf. »Und, haben sie sich um einen Lippenstift geprügelt?«

»Halt die Klappe.« Ich verdrehte die Augen und biss mir auf die Zunge, um ihr nicht vorzujammern, wie grottenschlecht mein erster Tag gelaufen war. Miss Kunststudentin würde sowieso nur eine Augenbraue hochziehen und mir ein »Hab ich dir doch gesagt« reinwürgen. Seit sie an der Uni war, hielt sie die reinsten Volksreden und band jedem, der es hören wollte, ihre Ansichten auf die Nase. Und allen anderen auch.

Mein Zusammentreffen mit James hatte ich ebenfalls nicht erwähnt. Fürs Erste wollte ich diese wunderbare Erinnerung für mich behalten, ganz besonders, da ein kleiner Teil von mir immer noch glaubte, halluziniert zu haben. Typen wie James unterhielten sich für gewöhnlich nicht stundenlang mit mir. So war es nun mal.

Angel warf die Zeitschrift aufs Bett. »Ich kann echt keine Seite mehr von dem Zeug lesen. Willst du wirklich darüber schreiben, wie man einen Typen im Bett zum Stöhnen bringt?«

Ich zuckte die Achseln. Das war nur einer von Angels

vielen emotionalen Ausbrüchen. Und sie hatte ja recht: Ich wollte wirklich nicht darüber schreiben, wie man einen Typen im Bett zum Stöhnen brachte, denn a) wäre das mein Todesurteil, sollte ich je eine seriöse Journalistin werden wollen, und b) hatte ich keine Ahnung, wie man einen Typen zum Stöhnen brachte. Wie man ihn dazu brachte, sich zu winden, schnell das Weite zu suchen und nie wieder anzurufen – kein Problem. Aber stöhnen? Schwierig.

Angel stand auf und strich sich übers Haar. »Wie auch immer, ich treffe mich jetzt mit jemandem, der uns zwei Einladungen zu Holly Bentleys Party besorgen kann. Versprich mir, dass du dich freust.«

Ich wedelte wie ein Cheerleader mit den Händen. »Versprochen.«

Angel warf einen Blick in den bodenlangen Spiegel. »Herrje, wann wird denn bei dem ganzen Yoga mein Hintern endlich mal kleiner?«

»Du hast einen tollen Hintern.«

»Zu liebenswürdig. Mein Hintern und ich sind dir sehr verbunden.« Sie grinste. »Jetzt muss ich mich aber beeilen! Hab dich lieb.« Sie wirbelte aus dem Zimmer und ließ mich mit der *Sash*-Ausgabe auf dem Bett zurück. Ich griff nach dem Magazin, blätterte darin herum und fragte mich, wie ich es nächste Woche über mich bringen sollte, für einen ganzen langen Tag in die Redaktion zurückzukehren und mich mit Haushaltstätigkeiten abzurackern.

***

Mum hetzte durch den Supermarkt und grabschte nach Äpfeln, Spinat und Brotlaiben, und Kat und ich schleppten uns mit dem Einkaufswagen hinter ihr her. Sie murmelte irgendwas vor sich hin, schaute auf ihre Einkaufsliste, ließ den Blick über die Regalreihen wandern und preschte dann in einen anderen Gang. Zeit für Kat, zum Angriff überzugehen.

Die Hände in die Hüften gestützt, wandte sie sich zu mir um. »Also?«

»Was, also?«, antwortete ich und schob den Einkaufswagen an ihr vorbei.

Meine Schwester packte mich am Arm. »Warum erzählst du mir nicht, wie es bei *Sash* gelaufen ist? Du hast mich schon die letzten vier Mal ignoriert, als ich nachgefragt habe.«

»Wie ich schon sagte, es war okay.«

»Mums Versuch, Chinagemüse zu machen, ist okay. Mit einem süßen, aber langweiligen Typen auszugehen, ist okay.«

»Von mir aus, es war mehr als okay. Es war sehr okay. Über-okay.«

»Du hast ihnen die Geschichte erzählt, wie du dir als Kind in die Hose gemacht hast, weil du zu viel Lakritz gegessen hattest, stimmt's?«

»Nein, hab ich nicht!«

»Was dann? Ist dein Gehirn implodiert, weil du so nah an ein paar umwerfenden Zeitschriftenmenschen dran warst?«

Am anderen Ende des Gangs warf ein schreiendes Kind einen Eierkarton auf den Boden. Seine Mutter trug einen fleckigen Jogginganzug und wirkte erschöpft. Sie stieß einen traurigen, müden Seufzer aus, den ich als »Jetzt geht das schon wieder los« interpretierte. Kat hörte nicht auf, mich zu bedrängen, und ich hätte nicht übel Lust gehabt, auch einen Eierkarton auf den Boden zu schmeißen. Aber diese arme Mutter hatte schon genug Probleme und sollte sich nicht auch noch darüber Sorgen machen müssen, ob die Trotzanfälle ihres Kindes ansteckend waren.

Kat gab immer noch nicht auf, sondern sprach stattdessen einfach lauter und schneller.

Beim Gefriergemüse drängte sie mich in die Ecke und setzte das Verhör fort. »Im Ernst, was ist schiefgelaufen? Ich bin deine Schwester. Du musst mir solche Sachen erzählen. Wenn du die peinliche Lakritzgeschichte ausgeplaudert hast, sag ich es keinem weiter, versprochen. Also, keinem bis auf Tye, dem hab ich's schon gesagt. Komm schon, Jose. Du kannst mir vertrauen.«

Ich verdrehte die Augen. Das letzte Mal, als ich diese berühmt-berüchtigten vier Worte aus Kats Mund gehört hatte, hatte sie mir anschließend zehn Zentimeter Haar abgeschnitten und mir einen Pony verpasst, der zu einem Notfall-Besuch beim Friseur geführt hatte. Kat zu vertrauen war in etwa so empfehlenswert, wie sich auf einen Taschendieb mit charmantem Lächeln zu verlassen. Ich wusste nie, wann sie als Nächstes zuschlagen würde, und wenn mir etwas schwante, war es meistens schon zu spät.

Ich ignorierte ihren Wortschwall und sagte: »Mum braucht aber ziemlich lang.«

»Ich geh sie suchen«, antwortete Kat und stürmte davon. Nach ihrem eiligen Abgang hatte ich Zeit für einen Tagtraum. Wie aus dem Nichts tauchte James' Gesicht vor meinem geistigen Auge auf, und plötzlich wurde mir ganz heiß und ich wurde rot. Um mich abzulenken, konzentrierte ich mich auf eine Thunfischdose. Cool, in Quellwasser konserviert, dachte ich, doch innerhalb von Sekunden schaffte es James wieder in meinen Kopf. Ich fragte mich, was er wohl gerade machte. Während der Arbeit heimlich Filme gucken? Sich seine atemberaubend große Musiksammlung anhören? Mit Tim zu Mittag essen? Garantiert träumte er nicht von einer siebzehn-, bald achtzehnjährigen Josie. Oder vielleicht doch?

Mein Handy piepte, und einen Moment glaubte ich, das Universum hätte meine Wünsche erhört. Aber nein, mal wieder nicht. Die SMS war von Angel.

Ich warte immer noch auf Rückmeldung wegen der Party, aber die Sache läuft. Der liebe Pete sollte sich in Acht nehmen. Du wirst echt superscharf aussehen.

Verwirrt scrollte ich nach unten und suchte nach weiteren Informationen, aber da war nichts.

Piep, piep!, machte mein Handy erneut. Als Nächstes sah ich ein Bild von einem super-kurzen Minirock, und darunter stand: *Ich kann's kaum erwarten, dass Josie mich trägt und dabei mit Pete rummacht.*

Folge zwei des Umstylings schien in vollem Gange, und Angel hatte es sich offenbar auf die Fahnen geschrieben, jeden Zentimeter Stoff an meinem Körper zu reduzieren. Auf keinen Fall würde ich dieses Teil anziehen. Da hatte ich ja schon Unterhosen getragen, die größer gewesen waren. Die SMS, in der ich Angel mitteilte, wo sie sich ihren Rock hinstecken konnte, war schon halb fertig, als …

»Hab sie gefunden«, ertönte Kats Stimme. Sie zog Mum am Arm hinter sich her.

»Entschuldige, Schatz, ich bin in der Nähe der Joghurts aufgehalten worden«, sagte Mum, während sie mir den Einkaufswagen abnahm. »Also, was willst du zum Abendessen? Weißt du was, ich koch dir dein Lieblingsessen. Schließlich müssen wir deinen großen Erfolg feiern.«

»Nein Mum, es gibt nichts zu feiern. Wirklich, das Praktikum ist keine große Sache.«

»Ich bitte dich, Schatz«, antwortete sie. »Wie wäre es mit Bœuf Stroganoff? Das mochtest du doch immer so gerne.«

Während Mum losging, um nach dem Sauerrahm zu suchen, überlegte ich, ob ich ihr sagen sollte, dass Bœuf Stroganoff eigentlich das Lieblingsessen unseres Vaters war und nicht meins.

Ich wandte mich zu Kat um. »Weiß Mum nicht mehr, dass das Dads …«

»Lass gut sein«, blaffte Kat. »Lass es einfach gut sein.«

Sie schob sich die Kopfhörer auf die Ohren und ließ mich stehen.

Was war denn bloß los mit ihr? Auch wenn Kat einen guten Tag hatte, war es nicht gerade ein Traum, in ihrer Nähe zu sein, aber das hier war eine ganz neue Ebene von Zickentum.

Mum tauchte mit einer Softdrink-Flasche wieder auf. »Das war's dann wohl für heute«, sagte sie.

»Und der Sauerrahm?«

»Ich wusste, ich hab was vergessen«, sagte sie, während sie sich ihr struppiges, ungekämmtes Haar aus dem Gesicht strich. »Ich laufe noch mal los und hole ihn.«

Ich glaube, sie merkte gar nicht, dass sie ihren und Dads Hochzeitssong vor sich hin summte, während sie sich eilig entfernte.

Kurz darauf kam sie mit einer Menge Sauerrahm zurück, die für eine ausgehungerte Fußballmannschaft gereicht hätte. »Den gab's zum halben Preis, Schatz! Ist das nicht toll? Irgendjemand dort oben ist mir gewogen.« Sie gab die Summe in den kleinen Taschenrechner ein, den sie seit Neuestem immer dabeihatte, um den Überblick über unsere ständig wachsenden Ausgaben zu behalten.

»Toll, Mum«, sagte ich. »Wirklich toll.«

»Jetzt können wir die ganze Woche Bœuf Stroganoff essen. Ich wette, du stirbst vor Freude.«

»Jup, ich sterbe«, murmelte ich.

Ein Teil von mir wünschte sich, Dad würde auftauchen, mich wie früher auf die Schultern nehmen und sagen, alles würde gut. Aber das würde nicht geschehen, denn er war Kilometer, ja vielleicht sogar ganze Ozeane weit weg.

Seit ich ihn das letzte Mal gesehen hatte, war so viel Zeit vergangen, dass ich mich fragte, wie er jetzt wohl aussah. Vielleicht hatte er sich einen Bart wachsen lassen, seinen Bierbauch abtrainiert oder sich eine neue Brille zugelegt? Während ich mit Mum an der Kasse wartete, hatte ich Schwierigkeiten, zu glauben, dass wir tatsächlich mal eine vierköpfige verschworene Familie gewesen waren.

»Und da sitze ich also im Hubschrauber, schaue auf den blitzblauen Ozean runter und denke: Das ist der schönste Tag meines Lebens. Ich wäre glücklich gestorben. Ich meine, ich bin froh, dass ich nicht gestorben bin, aber im Ernst, es wäre okay gewesen.«

»Verstehe ich total, Mann. Mein Tag war auch der Wahnsinn. Ich saß da, hab mir das Interview angeschaut und dachte: Das ist es, ich hab es so gut wie geschafft. Richtiger, echter Journalismus, direkt vor meinen Augen. Ich konnte die Angst des Oppositionsführers geradezu riechen. Es war sensationell.«

Meine Unikollegen Tony und Jeff übertrafen sich anlässlich ihres ersten Praktikumstags gegenseitig. Und ich? Ich war deprimiert. In den letzten fünf Minuten hatte Tony uns in einer Tour vorgemacht, wie ihn der Pilot den Wetterbericht-Hubschrauber hatte lenken lassen, und Jeff, unser zukünftiger Politreporter, bekam immer noch das große Sabbern angesichts der Tatsache, dass er einem der renommiertesten Journalisten des Landes beim Interview hatte zuschauen dürfen. Die beiden überschlugen sich geradezu vor Begeisterung und übertrumpften sich mit ihren Geschichten.

Tony wandte sich an mich. »Was ist mit dir, Josie? Wie war dein Tag bei der Zeitung?«

»Genau, wurde schon was von dir gedruckt?«, fragte Jeff.

»Ich, ähm, bin bei keiner Zeitung. Die Stellen waren alle schon weg.«

Tony neigte den Kopf. »Ach wirklich? Ich habe gehört, Fiona McClay hat eine bekommen. Und sie soll schon gemeinsam mit einem Nachrichtenredakteur für einen Artikel recherchiert haben.«

Mir fiel die Kinnlade runter.

»Wo bist du denn gelandet?«, wollte Jeff wissen. »Beim Radio? Ich fand dich ja immer schon perfekt fürs Radio.«

»Äh, danke.«

»Sag schon, wo bist du?«

»Bei *Sash*«, murmelte ich.

»Wo?«

»*Sash.*«

Jeff zuckte die Achseln. »Nie gehört. Ist das eins dieser Independent-Magazine? Wofür bist du eingeteilt? Interviews, Recherche, Redaktion?«

In meinen Gedanken blitzte das Bild der schmutzigen Bikinis auf und wie ich stundenlang in der Moderedaktion ausgeharrt und kein Mensch mit mir gesprochen hatte. »Ja, so ungefähr«, antwortete ich. »Dafür und, ähm, für andere Sachen.«

Vergiss diesen Moment nie, sagte ich mir. So fühlt es sich an, mit einer riesigen Lüge zu leben. Zum Glück rief mich Filly in diesem Moment in sein Büro. Er hatte uns aufgefordert, ihm zu unserem ersten Praktikumstag Rückmeldung zu geben, und ich war mehr als bereit, ihm *genau* zu erklären, was ich von alldem hielt.

Als ich ihn über die deprimierenden Details in Kenntnis gesetzt hatte, schüttelte er seinen kahlen Kugelkopf. »Tut mir leid, Josie, ich kann Sie nirgendwo anders unterbringen.«

»Wirklich nicht? Aber es muss doch *irgendwas* geben, das ich stattdessen tun kann.«

Filly lehnte sich zurück und verschränkte die Wurstfinger hinter dem Kopf. Unter seinen Achseln zeichneten sich tellergroße Schweißflecken ab. »Nein, es gibt nichts.«

»Nicht mal bei *Cats Quarterly?*« Mir stand die Verzweiflung so deutlich ins Gesicht geschrieben wie einem winselnden Welpen.

»Nein, nicht mal da. Wenn Sie mich fragen, gibt es zwei Möglichkeiten: Sie machen Ihr Praktikum bei *Sash* zu Ende und sehen zu, dass es läuft, koste es, was es wolle. So wie es die echten Profis tun. Oder Sie bleiben hier in meinem Büro, beschweren sich noch eine Stunde lang und gesellen sich dann zu den ganzen Möchtegern-Journalisten, die es nie geschafft haben, weil sie ihre Träume aufgegeben haben. Also?«

Fillys knallharte Antwort erschreckte mich. »Ich mache das Praktikum«, stieß ich flüsternd hervor, denn meinen Traum vom Journalismus aufzugeben, stand nicht zur Debatte.

Filly lächelte, und sein Gesicht wurde weich. »Eine gute Wahl, Josie. Sie sind eine ausgezeichnete Studentin und arbeiten hart, aber Sie müssen noch ein bisschen Gas geben. Na kommen Sie schon, zeigen Sie diesen Magazinmädels, wo's langgeht. Und Sie fanden es anstrengend, Bikinis zu waschen? Dann stellen Sie sich mal vor, Sie müssten das Ihr ganzes Leben lang machen. Das hier ist nicht mehr die Schule, und Sie sind auch nicht mehr den ganzen Tag unter Freunden. Sie können natürlich aufgeben, aber zu Ihrem Ansehen wird das nicht beitragen. Abgesehen davon ist mir zu Ohren gekommen, dass es bei *Sash* einen hübschen Bonus zu gewinnen gibt.«

»Ja, ich weiß«, krächzte ich. »Danke, Filly.«

Ich griff nach meinen Büchern und wandte mich um. Als ich in der Tür stand, ergriff er noch mal das Wort.

»Ach, und vergessen Sie Jeffs und Tonys Sprüche. Unter uns: Tony hat während des gesamten Fluges wie ein Baby nach seiner Mami geschrien.«

Ich prustete los.

Als ich aus dem Büro ging, fühlte ich mich um einiges leichter und glücklicher als in den letzten Tagen. Ich war bereit für einen weiteren Abstecher in die Kommandozentrale von *Sash.* Ich musste mich einfach nur von meiner besten Seite zeigen. Schließlich ging es hier um fünf Riesen. Fünf Riesen, die meine Familie gut gebrauchen konnte.

6.

»Stephanie, gib mir mal die Schachtel«, befahl Ava, die selbst gerade mal einen Meter davon entfernt stand. »Ja, die malvenfarbene. Nein, nicht die lila, die malvenfarbene!«

Wortlos reichte Steph ihr die Schachtel und machte sich dann wieder daran, alte eselsohrige *Sash*-Ausgaben zu sortieren und in wackeligen Stapeln ins Regal zu schichten.

Ava hatte sich zur inoffiziellen Anführerin der Praktikantinnen ernannt und bellte nun wie ein Hochglanz-Diktator Befehle. Sie selbst übernahm keinerlei Aufgaben, sondern deutete nur irgendwohin, winkte oder schnippte mit den Fingern – zweifellos, um in ihren patentierten Lederabsätzen Energie zu sparen. Nach einem nicht abgeschlossenen Online-Einrichtungskurs schien sie der Meinung zu sein, über die geforderte Design-Expertise zu verfügen. Steph und ich waren nicht so ganz überzeugt davon.

Vielleicht hatte Ava vor der Arbeit zu viel Haarspray geschnüffelt und das Memo nicht gelesen, in dem stand, dass wir bei *Sash* in etwa so wichtig waren wie der Postbote. Aber im Vergleich zu uns gehörte der zum Adel. Wir hingegen waren der Pöbel, der Abschaum, das unterste Ende der Nahrungskette. Das Paradebeispiel: Man hatte uns in einen muffigen Raum verbannt, in dem man von einer Klimaanlage nur träumen konnte, um Tausende alte Magazine zu sortieren. Doch aus irgendeinem Grund glaubte Ava, dass wir wichtig wären, oder genauer gesagt, dass *sie* wichtig wäre.

Stephs lustlose Reaktion auf ihr herrisches Gehabe stellte sie nicht zufrieden, also ging sie auf mich los: »Hattest du dieses Kleid nicht schon mal an, Josephine? Ich meine, ich will ja keine große Sache draus machen, aber es kommt mir ziemlich bekannt vor. Schön auch, dass du den Fleck rausbekommen hast.«

Ich wurde rot. Das Kleid war das von letzter Woche. Da ich keine Zeit mehr für einen zweiten Shoppingtrip gehabt hatte, hatte ich mir Kats Stöckelschuhe geborgt, mein Haar anders frisiert, anderen Schmuck angelegt und gehofft, dass es keinem auffallen würde. Und normalen Menschen wäre es wohl auch nicht aufgefallen, und wenn doch, hätte es sie nicht gekümmert. Aber ich hatte es hier mit keinem normalen Menschen zu tun, sondern mit Ava, die ein zweimal getragenes Outfit schneller entdeckte als ein Polizeihund einen mit Drogen vollgestopften Rucksack.

»Keine Ahnung, könnte sein«, erwiderte ich, während ich mich wieder den Magazinen zuwandte.

Sie rümpfte die Nase. »An deiner Stelle würde ich mich in Acht nehmen. Ich bezweifle, dass es Rae gefällt, wenn ihre Leute immer wieder in denselben Klamotten aufkreuzen. Weißt du, hier geht es ja auch um das Image von *Sash.* Nur mal so als Denkanstoß für dich.«

Steph knallte ein Magazin auf den Boden. Wir zuckten zusammen. »Ava, was hast du für ein Problem?«

»Was ich für ein Problem habe?«, blaffte sie. »Gar keins. Und du? Warum bist du überhaupt hier? Du willst das alles doch offensichtlich nicht so sehr wie ich oder unsere Miss-Note-Eins hier.«

»Woher willst du das wissen?« Steph wandte Ava den Rücken zu und sah mich an. »Hey Jose, ich hab genug von der dämlichen Sortiererei. Soll ich dir die Nägel lackieren?« Sie hielt ein Fläschchen mit silberfarbenem Nagellack hoch, das sie vorhin aus einem Regal genommen hatte.

Ich hielt ihr meine Hände hin: Meine Nägel waren immer noch vom gleichen Zartrosa wie letzte Woche.

Steph ließ sich zu Boden sinken und krabbelte mit dem Nagellack zu mir herüber. »Gut, dann lackier ich dir eben die Fußnägel.«

»Okay«, antwortete ich und merkte, wie Ava wütend Stephs Hinterkopf anstarrte. Ich betete zum diensthabenden Gott oder der diensthabenden Göttin, dass Steph nicht auffallen würde, wie seltsam meine Füße waren. Kat nannte sie Clownsfüße, und Schuhverkäufer sagten immer etwas wie »Huch, sind die lang.« Doch Steph schien das egal zu sein, als sie den Lack auf meine Zehennägel auftrug.

»Wenn ihr zwei wie die Kinder hier Übernachtungsparty spielen wollt, bin ich weg«, stieß Ava hervor.

»Warte …«, setzte ich an, doch es war zu spät. Ava war schon hinausstolziert und hatte die Tür hinter sich zugeschlagen.

»Und tschüss«, sagte Steph.

Zum ersten Mal waren wir allein. Ich wusste nicht, was ich sagen sollte. Steph war immer so cool und selbstbewusst, das komplette Gegenteil von mir. Wie ein Profi lackierte sie meine Nägel, eine Schicht Lack über der anderen, bis meine Zehen wie silbrige Knöpfe glänzten.

»Hast du heute wieder was zum Mittagessen dabei?«, fragte sie.

»Ja, aber nur ein Sandwich und einen Apfel«, antwortete ich, während ich meine Zehen bewunderte. »Ziemlich langweilig, aber es war alles, was ich in der Eile hinbekommen habe.«

»Ich wollte dich fragen, ob du Lust hast, mit mir zum Vietnamesen zu gehen. In dem Lokal auf der anderen Straßenseite gibt es super-authentische Reispapierrollen. Mann, du glaubst nicht, wie gut das Essen in Vietnam ist … Ich habe mich da nur von Nudeln ernährt. Besser geht's echt nicht. Sobald mich mein Dad auch nur zwei Sekunden von der Leine lässt, muss ich wieder dorthin zurück. Der Mann glaubt allen Ernstes, er müsste mich nur in ein paar überteuerte Restaurants ausführen und mir neue Klamotten kaufen, und dann würde ich bleiben, wo ich bin. Der denkt einfach zu viel mit dem Geldbeutel. Ein Erste-Welt-Problem, was?«

»Ha, stimmt.« Ich lachte verlegen.

»Aber wenn das die richtige Welt ist – nichts als Regeln, Jobs und fiese Mädchen –, dann kann sie mir gestohlen bleiben. Da lob ich mir eine Jugendherberge und eine Handvoll Fremde, die gerne lachen. Also, willst du jetzt mit zum Vietnamesen oder nicht?«

»Oh, ich dachte, du meintest … ähm … ja, sehr gerne«, stammelte ich.

Der Gedanke, was mit Steph zu machen, gefiel mir, und ich war neugierig auf das Essen. Vietnamesische Reispapierrollen hatte ich noch nie gegessen – was der Sache vermutlich am nächsten kam, waren fettige Frühlingsrollen vom Chinesen.

»Wird dein Sandwich das aushalten?« Sie grinste.

Ich wurde rot. »Es wird schon nicht schlecht werden.«

Die Tür öffnete sich ächzend, und Liani spähte herein. »Josie, hast du mal 'ne Minute?«

»Klar.« Ich hatte die letzten fünf Minuten damit verbracht, mir die Fußnägel verschönern zu lassen. Ich hatte alle Zeit der Welt.

»Willst du in der Kulturredaktion aushelfen? Da fehlt eine Redakteurin. Hast du Lust?«

Das Mittagessen würde warten müssen. Fast wäre ich zu Liani hinübergerannt, um sie zu umarmen, doch ich konnte mich beherrschen. Schließlich wollte ich meinen frischen Nagellack nicht ruinieren. Ich strahlte. Kat wäre stolz auf mich gewesen.

»Nummer vierunddreißig«, murmelte ich, während meine Finger über die Tastatur klackerten. »Er sagt, er ruft dich heute Abend noch an, tut es aber nicht. Stattdessen erwischst du ihn dabei, wie er online mit dem attraktiven Mädchen aus dem Coffee Shop flirtet. Nummer fünfunddreißig: In seiner Sporttasche entdeckst du Damenunterwäsche, die nicht dir gehört …«

»Jordie!«, erklang eine schrille Stimme hinter mir. »Kannst du das bitte liegen lassen und herkommen? Für das Fotoshooting brauchen wir jeden, der helfen kann.«

»Josie, ich glaube, sie meint dich«, flüsterte Eloise neben mir, eine Textredakteurin mit olivfarbener Haut.

Ich blickte von der Tastatur auf und sah Carla mit nervös aufgerissenen Augen und einer Handvoll Kleiderbügel im Arm in der Bürotür stehen und nach mir winken. Mit dem linken Fuß klopfte sie ungeduldig auf den Boden, und die Kleiderbügel hatten sich bereits ineinander verhakt.

»Jordie? Jordie!«, wiederholte sie und wurde immer lauter.

Eloise nickte mir zu. »Du gehst jetzt besser. Diese Lautstärke hat Carla schon lange nicht mehr erreicht, die Lage muss wirklich ernst sein. Lass das einfach bis nachher liegen … *Jordie.*«

Wir kicherten.

Ich hatte die letzten beiden Stunden damit verbracht, einen Artikel für Eloise zu schreiben, der den Titel trug: »101 Anzeichen dafür, dass er kein Interesse an dir hat« (wozu mir erwartungsgemäß eine Menge einfiel). Ich war ein bisschen sauer, dass ich nun einfach so aus der Kulturredaktion gerissen und wieder in die Moderedaktion geworfen wurde, aber als Praktikantin hatte ich nun mal kein Mitspracherecht. Ich verabschiedete mich von Eloise, speicherte meine Arbeit ab und ging zu Carla, die vor lauter Stress schon mit den Zähnen knirschte.

Während wir uns auf den Weg machten, ratterte sie eine Liste von Dingen herunter, für die sie meine Hilfe brauchte. Nach Nummer neun verlor ich den Überblick und dachte, dass ich wohl einfach improvisieren müsste.

Wir erreichten eine Tür, auf der in großen Buchstaben »Studio 7B« geschrieben stand. Aufgeregt und bereit für mein erstes Shooting öffnete ich sie. Chaos empfing uns. Der Raum war voller Menschen: Aufgedonnerte Frauen schoben Ständer mit Männerkleidung durch die Gegend und wichen irgendwelchen Typen aus, die Tabletts mit randvollen Kaffeetassen balancierten. Ein Fotograf mit einer auffälligen Mütze stand wild gestikulierend mit Rae in einer Ecke. Sie nickte und schüttelte hin und wieder den Kopf, während er sie volllaberte.

Liani stand direkt daneben und sprach mit vier süßen Kerlen um die Zwanzig, die sich in schwarzen Stühlen fläzten. Sie strotzten nur so vor Selbstbewusstsein und hatten immer ein Auge auf die Spiegel um sich herum.

Mit dem anderen fixierten sie die stellvertretende Chefredakteurin, die sich krampfhaft um Smalltalk bemühte.

»Und, seid ihr gut hergekommen?«, hörte ich sie fragen.

»Sieht ganz so aus«, gab einer der Jungs zurück. Die anderen lachten.

»Ähm, möchtet ihr vielleicht einen Kaffee?«, versuchte sie es erneut.

»Immer noch nicht, es ist ja keine zwei Minuten her, dass du das letzte Mal gefragt hast«, murmelte ein anderer.

»Ooookay«, sagte Liani. »Nun gut.«

Ein paar Meter daneben spielte eine kurvige Frau mit vollen Lippen und voluminös aufgeföhntem Haar mit ihrem Handy herum und warf hin und wieder einen Blick zu den Jungs hinüber, um zu sehen, wie es dem selbstsicheren Quartett so ging. Eine fürsorgliche Glucke mit feuerwehrrotem Lippenstift und einem Hosenanzug im Stil der Achtziger. »Alles gut?«, rief sie mit deutlich vernehmbarem englischen Akzent.

Einer der Jungs – ein süßer Typ mit braunem Haar – grinste. »Uns geht's super, Claire.«

»Danke, Billy-Schatz.« Sie nickte und ging wieder dazu über, an ihrem Handy herumzufummeln.

Carla gab mir ein paar Kleider zum Bügeln und ließ mich anschließend Gürtel für das Shooting sortieren. Ich erkannte die vier Typen, unsere »Models des Tages«, wie Carla gesagt hatte, zunächst nicht. Doch nachdem ich zehn Minuten lang Gürtel sortiert hatte – anscheinend gab es da spezielle Kategorien: stylish, praktisch, Statement und ANG (Absolutes No Go) –, ging mir schlagartig ein Licht auf, als hätte mir jemand eine Ohrfeige verpasst. Das arrogante Quartett hieß Greed, die neuesten It-Boys der Musikszene. Kein Wunder, dass sie mir so bekannt vorgekommen waren! Ihre Gesichter waren ständig in der Zeitung und auf den einschlägigen Social-Media-Plattformen, sie prangten auf Bussen und Plakatwänden – ganz besonders das von Billy, dem hiesigen Bad Boy, dessen einzige Hobbys Partys und Frauen zu sein schienen. Es wurde sogar gemunkelt, er habe ein Mädchen geschwängert.

Obwohl so viele Kilometer zwischen uns lagen, spürte ich, wie Kat mich in diesem Moment hasste. Die Jungs von Greed waren berühmt, und genau das katapultierte sie geradewegs an die Spitze von Kats Wichtigkeitsskala. Und ich stand nur einen Meter von ihnen entfernt. Ich wünschte, ich hätte einen Fotoapparat dabeigehabt. Oder meiner Schwester wenigstens ein paar Autogramme besorgen können. Aber Carla hatte mich dreimal ermahnt, mich von den »Hauptakteuren« fernzuhalten.

Ich wurde in eine Ecke des Studios verbannt, während sich die Foto-Crew um die Beleuchtung kümmerte und weiße Laken aufhängte. Um mich herum summte es nur so vor Adrenalin und Energie. Ich sah, dass Rae schon wieder in eine hitzige Diskussion verwickelt war, diesmal mit Liani, die die Arme vor der Brust verschränkt hatte. Claire hing in der Nähe des Cateringwagens herum und stopfte sich Mini-Quiches in den Mund.

Die Devise, sich von den Hauptakteuren fernzuhalten, galt allem Anschein nach nicht für Carla, die schamlos mit den Vieren flirtete, den Kopf in den Nacken warf und mit den Wimpern klimperte, bevor sie zwei – Chris und Jamie – in ihre Garderobe bat. Die anderen beiden – Billy und Anthony – würden von der Kulturredaktion interviewt. Ein harter Bürotag, was? Ich stellte mir vor, wie Freunde die *Sash*-Mädchen abends fragen würden: »Und was habt ihr heute so gemacht?« »Ach, nichts Besonderes«, würden die Kulturmädels achselzuckend antworten und gelangweilt dreinblicken. »Ein bisschen geschrieben, ein bisschen redigiert und zwei Promis interviewt, ihr wisst schon, das Übliche eben.« Eifersucht war gar kein Ausdruck dafür.

»Hey du«, hörte ich jemanden in meiner Nähe rufen. Da er unmöglich mich gemeint haben konnte, reagierte ich nicht. Doch die Stimme meldete sich erneut, lauter diesmal: »Hey du, kannst du mal kurz kommen?«

Ich blickte auf und sah, dass der Fotograf mir zuwinkte. Abgesehen von seiner unkonventionellen Kappe trug er Turnschuhe, Skinny-Jeans und ein Astro-Boy-T-Shirt.

»Entschuldigung, bin ich im Weg?«, fragte ich.

Er schüttelte den Kopf. »Nein, nein. Aber könntest du dich mal eben vor die Kamera stellen?«

Das war er also. Der Moment, in dem ich glänzen konnte. Wenn Kat mich jetzt sehen könnte!

»Ich bin aber kein Model«, antwortete ich und versuchte, bescheiden und gleichzeitig professionell zu klingen.

»Ja, das dachte ich mir. Aber ich muss die Beleuchtung testen, bevor ich die Jungs ablichte. Und meine Assistentin ist gerade raus zum Telefonieren.«

»Ach so, Entschuldigung«, stammelte ich. Es war wohl doch gut, dass meine kleine Schwester nicht hier war. »Bitte vergessen Sie, was ich gerade gesagt habe, natürlich bin ich kein Model. Sie müssen mich für verrückt halten.«

Er grinste. »Nur ein klitzekleines bisschen. Aber keine Sorge, ein bisschen Irrsinn schadet in diesem Geschäft nicht. Und jetzt stell dich einfach hier hin, Königin der Laufstege, ich muss das Licht testen …«

Da stand ich also und versuchte – mit hervorstehenden Ellbogen und die Lippen zum Schmollmund verzogen – mein inneres Supermodel zum Vorschein zu bringen.

»Da bist du ja, Josie«, sagte Liani. »Jeremy, tut mir leid, wenn ich eure kleine Party unterbreche, aber es gibt einen Notfall und wir brauchen Josie.«

Ich hatte schreiben wollen. Ich hatte Leute interviewen und eine richtige Journalistin sein wollen. Und jetzt wurde mir diese Gelegenheit als riesiges Geschenk serviert, als Geschenk in Form von Popstars.

Die gesamte Kulturabteilung musste gemeinsam mit

Rae und Liani in eine Notfall-Redaktionssitzung. Es ging um eine Last-Minute-Forderung von *Sashs* wichtigstem Anzeigenkunden, und jetzt war niemand mehr da, der Billy und Anthony interviewen konnte. Das heißt, bis Eloise Liani gegenüber meinen Namen fallen ließ, weil mein Text sie beeindruckt hatte. Sie und Liani entschieden, ich sei perfekt, um ein paar Fragen auf die Jungs abzufeuern und ihre Managerin Claire – den lebenden Hosenanzug auf Absätzen – bei Laune zu halten.

Der einzige Haken daran war, dass ich genau drei Minuten Zeit hatte, um mich auf das Interview vorzubereiten.

»Das ist keine große Sache«, beruhigte Liani mich, während ich mir hektisch Fragen und Notizen auf einen Block kritzelte. »Frag sie einfach nach ihrem Album, was ihnen bei Mädchen wichtig ist und was sie glücklich macht. Vergiss, dass sie berühmt sind, und tu so, als würdest du dich mit deinem besten Freund unterhalten – mit irgendeinem netten, ganz normalen Jungen!«

Liani hatte offensichtlich keinen Schimmer von meiner mangelnden Erfahrung mit netten, ganz normalen Jungen. Stammeln, stottern und nette Jungen als potenzielle Einbrecher und Mörder zu verunglimpfen, war nur eine von vielen soziopathischen Verhaltensweisen, die ich an den Tag legte, wenn ich mich mit ihnen nicht wohlfühlte – was quasi immer der Fall war.

Und vor allem heute.

»Was ist mit dem ganzen Drama um Billy, das in den

Zeitungen stand? Die Mädchen? Die Partys?«, fragte ich.

Liani legte mir ein kleines schwarzes Diktiergerät in den Schoß. »Solche Fragen wären für heute wohl etwas zu hart. Mach das locker-flockig, dann wird es super.« Mit diesen Worten sprintete sie aus der Tür und zu ihrem Notfall-Meeting mit Rae und der Redaktion.

Ich schrieb zwei weitere Fragen auf und malte ein krakeliges Herz in die Ecke der Seite. Dann ging ich ins Studio zurück, um nach Billy und Anthony zu suchen.

Ich war bereit.

7.

»Also, wie seid ihr auf den Titel eures neuen Albums *All The Riches* gekommen?«

War das überhaupt richtig formuliert? Ich war so nervös, dass meine Frage durchaus auch ganz anders hätte lauten können, zum Beispiel: »Also, es scheint, hier ist das Ritzel eures teuren Stahltrums *Stall The Glitches* geronnen.«

Billy grinste. »Zuerst willst du wissen, was wir am liebsten essen, und jetzt das? Als Nächstes fragst du dann wohl nach unserer Kindheit?«

»Ähm, Entschuldigung … ich …«

Seine Stimme wurde sanfter. »Ich mach doch nur Spaß. Unser Album heißt *All The Riches,* weil wir stinkreich werden, mit dreißig in Rente gehen und dann keinen Tag mehr arbeiten wollen. Aber das könnt ihr ja wohl schlecht drucken, oder?«

Ich merkte, wie mir die Kinnlade peinlich weit herunterklappte.

Anthony brach in schallendes Gelächter aus und verpasste Billy eine Kopfnuss. »B. sie macht doch nur ihren Job. Sei nicht so gemein zu dem Magazin-Mädchen.«

Das Magazin-Mädchen. Das Mädchen vom Magazin. Gefiel mir irgendwie. Aber Anthony lag falsch. Würde ich meinen Job anständig machen, dann hätte ich echte Fragen gestellt. Harte Fragen. Dinge, die die Leute da draußen wirklich wissen wollten. Zu den Mädchen, den Drogen, den Partys. Mir fiel das Pseudo-Interview mit James ein und wie er alle möglichen peinlichen Einzelheiten aus mir rausgequetscht und unsere Unterhaltung um einiges interessanter gemacht hatte.

Ich räusperte mich und kämpfte gegen meine Nervosität an. »Dann lasst uns mal ein anderes Tempo anschlagen.«

»Okay.«

»Billy, vor zwei Wochen wurdest du nicht nur mit einem, sondern gleich mit sieben Mädchen gesichtet. Wer sind die Damen, und was für eine Geschichte steckt dahinter?«

Anthony riss die Augen auf.

Billy hingegen zuckte nur die Achseln und behielt sein Grinsen bei. Er war offensichtlich stolz auf seine Eroberungen. »Was soll ich sagen? Ich habe eben viele Bekannte.«

Claire saß, in eine frische Parfumwolke gehüllt, auf der Couch und hing an ihrem Handy. Ab und an blickte sie naserümpfend zu uns herüber, um sicherzugehen, dass ich keine unangemessenen Fragen stellte (zum Beispiel zum Thema Entzugsklinik – davor hatte man mich ausdrücklich gewarnt), und wandte sich dann wieder ihrem elektronischen Spielzeug zu. Für die nächste Frage drehte ich noch weiter auf.

»Was sagst du zu den Gerüchten, dass eine deiner, ähm, Bekannten im dritten Monat schwanger ist und du angeblich der Vater bist? Und das, obwohl du seitdem mit, ähm, anderen Bekannten gesichtet wurdest?«

Billys Miene verdüsterte sich. »Äh …«

»Ist das Kind wirklich von dir?«, bedrängte ich ihn weiter. »Inwiefern willst du an seinem oder ihrem Leben Anteil haben?«

Anthonys Augen verengten sich zu Schlitzen. Billy schien wie erstarrt und antwortete nicht. Claire war ihm keine Hilfe. Sie war nach hinten gegangen, um Carla mit barscher Stimme darüber zu informieren, welche Jeans die Jungs beim Shooting tragen würden und welche nicht.

Anthony brach das Schweigen. »Josie, solltest du nicht lieber eine Frage nach der anderen stellen? Vielleicht ist es auch besser, wenn wir das Thema wechseln. Hast du zum Beispiel gehört, dass Jamie vor zwei Wochen in Paris von der Bühne gefallen ist?« Er rang sich ein Lachen ab.

Anthony hatte recht. Ich hätte meine Munition nicht so schnell verschießen dürfen, aber das würde mich nicht davon abhalten, die Wahrheit herauszufinden. Auf keinen Fall. Nicht, wenn ich erst an der Oberfläche gekratzt und begriffen hatte, dass es noch viel tiefer ging.

»Okay, dann will ich's mal anders formulieren«, sagte ich.

»Wunderbar«, antwortete Billy und ließ seine Fingerknöchel knacken.

»Was sagst du zu den Gerüchten, dass du bald Vater wirst?«

Es war wie ein kollektives Luftanhalten. Niemand sagte ein Wort. Kein Laut, kein Seufzen, bis …

»Es stimmt«, erwiderte Billy.

»Aber glaubst du nicht, dass … Moment, was?!«

Abrupt hob ich den Kopf und sah Billy fest in die Augen.

»Halt die Klappe, Bruder«, murmelte Anthony und wandte sich nach Claire um.

»Das wolltest du doch hören, oder?«, fragte Billy. »Du bist scharf auf die Wahrheit? Da hast du sie. Ich werde Vater.«

»Das war's mit unserer Fangemeinde«, platzte Anthony heraus. »Billy, dieses Interview ist vorbei.«

»Oh nein, bitte!«, rief ich. Die Sache geriet außer Kontrolle. Liani würde ausflippen, wenn ich das vermasselte. Und zu was für Foltermethoden Rae in der Lage war, wollte ich mir lieber gar nicht erst vorstellen. Vielleicht würde sie mir Schnittwunden mit Papier zufügen oder mich tausend Stunden lang kopieren lassen. Himmel, was für Wunden mir allein die Absätze dieser Frau zufügen könnten!

»Nein«, stieß Anthony hervor. »Wir sind hier weg.«

Stumm und mit gesenktem Kopf blieb Billy sitzen, während sein Bandkollege zu Claire hinüberstürmte. Verzweifelt versuchte ich, die Situation zu retten und vernünftig mit Billy zu reden.

»Es tut mir furchtbar leid. Können wir bitte noch mal von vorn anfangen? Dass ihr geht, ist das Letzte, was ich will. Bitte, sag was, irgendetwas.«

Wieder blickten wir uns tief in die Augen. Ein Schauer durchfuhr mich. Ob er es auch fühlte? Doch in diesem Moment stand Billy ohne ein Lächeln und ohne sein übliches Dauergrinsen auf, gesellte sich zu den anderen und ließ mich allein im Elend meines ersten fehlgeschlagenen Interviews zurück.

Claire warf mir einen Blick über die Schulter zu. Ihr Hintern war so fett wie ein Weihnachtsschinken. »Deine Chefin wird von mir hören, darauf kannst du Gift nehmen, Mädchen.«

Die Band verließ das Studio. Zurück blieb eine völlig überraschte Crew, die sich fragte, warum das Shooting vorbei war, ehe sie auch nur eine einzige Aufnahme hatten machen können. Carla sank im Schneidersitz zu Boden und stützte den Kopf in die Hände. Die anderen flüsterten miteinander und warfen sich düstere Blicke zu.

Jeremy, der Fotograf, löste sich von dem Grüppchen und ließ sich neben mich plumpsen. »Kommen die noch mal wieder?«

»Sieht nicht so aus«, murmelte ich.

Er blickte zu seiner Crew hinüber und schüttelte den Kopf, woraufhin sich seine Leute wieder in Bewegung setzten. Carla packte Anzüge in dunkle schwarze Taschen, Jeremys Assistentin hängte Requisiten ab und machte die riesigen Hängelampen auf der anderen Seite des Studios aus.

»Was machst du jetzt?«, fragte Jeremy.

Ich hatte keine Ahnung. Eine andere Identität annehmen und in die Karibik auswandern vielleicht.

»Ich, ähm, schätze, ich sollte zu Rae gehen und ihr alles beichten«, murmelte ich schließlich.

Er seufzte. »Darum beneide ich dich nicht. Die Letzte, die Rae was gebeichtet hat, ist jetzt Nachtschicht-Managerin bei Happy Burgertown.«

Ich zuckte zusammen. »Das ist ziemlich übel.«

»Moment, sagte ich Managerin? Ich meinte Putzfrau. Wie gut kannst du mit einem Wischmopp umgehen?«

Ich sah Jeremy an. »Im Ernst, auf einer Skala von null bis zehn – wie tot bin ich?«

»Ich hoffe, du hast eine kugelsichere Weste dabei, Kleine.«

Ziemlich tot also. So gut wie tot.

Ich wartete vor Raes leerem Büro und versuchte die Angst in meinem Bauch zu ignorieren. Beim Versuch, sie zu verjagen, wurde sie nur noch schlimmer.

Mit einem damenhaften Räuspern ging Rae an mir vorbei in ihr Büro. Liani schwebte wie immer ein paar

Schritte hinter ihr her und blieb vor mir stehen. »Bist du bereit, Josie?«

Ich brachte ein gequetschtes »Ja« hervor und folgte ihr. Mein Bauch machte bei jedem Schritt einen ängstlichen Satz.

Die Situation hatte das Potenzial zum Kotz-Code, und aus meinen bisherigen Erfahrungen mit Kotz-Codes (und das waren einige) wusste ich, dass damit nicht zu spaßen war. Mich nicht auf Raes Viertausend-Dollar-Couch zu übergeben, hatte oberste Priorität.

Claire tippte mit den Fingernägeln auf ihren Schreibtisch und sah mich aus großen, schwarz geschminkten Augen an. »Wie ich höre, hattest du einen interessanten Morgen«, sagte sie. »Lass mal hören, was deiner Meinung nach passiert ist.«

Ich schluckte. »Okay«, erwiderte ich. »Also, ich habe den beiden ein paar Fragen zu ihrer Band gestellt, und Billy schien sich ziemlich zu langweilen. Also habe ich beschlossen, einen Zahn zuzulegen. Vor ein paar Tagen hab ich die Gerüchte über ein Baby gehört. Meine Schwester liebt Greed, wissen Sie? Sie hat alle Alben, auch das von Weihnachten mit dem grässlichen Cover, das, wo ein Kätzchen mit Hut vorne drauf ist. Ich hatte gelesen, dass …«

»Komm zur Sache, Josie.«

»Ich habe Billy nach den Mädchen gefragt, mit denen er ausgegangen ist.«

»Und?«

»Und nach den Schwangerschaftsgerüchten.«

Raes Augenlider zuckten. »Was ist dann passiert?«

»Als Billy zugegeben hatte, dass er Vater wird, hat der andere Typ – Anthony – das Interview abgebrochen. Rae, Liani, es tut mir schrecklich leid. Ich meine, es tut mir wirklich *schrecklich* leid. Ich weiß nicht, was ich tun oder sagen soll.«

Natürlich wusste ich das nicht. Ich hatte ja auch noch nie zu verantworten gehabt, dass ein Haufen Popstars kurz vor einem Foto-Shooting fluchtartig das Set verließ.

»Josie, es dürfte kein Geheimnis sein, dass dieser Vorfall unser Budget erschöpft hat, das laut den Herren aus dem Controlling sowieso gesperrt werden sollte«, sagte Rae.

»Ich weiß, ich war eine Idiotin …«

»Und das ist noch nicht alles. Die Managerin von Greed spuckt geradezu Feuer. Du hast die Crew um ein großartiges Shooting gebracht und Carla hat eine Woche lang für nichts und wieder nichts Designerkleidung organisiert.«

»Feuern Sie mich jetzt?« Ich wünschte, der Boden in Raes Büro würde sich in ein riesiges schwarzes Loch verwandeln.

Rae richtete sich auf. »Um ehrlich zu sein, Josie … Ich könnte nicht glücklicher sein.«

Ich war nicht sicher, ob ich richtig gehört hatte. »Glücklicher?«

»Alle unsere Konkurrenten wollten die Story. Und du hast sie exklusiv bekommen.«

»Ach ja?« Eine *Exklusivstory?*

»Ja.«

Ich wandte mich zu Liani um, die mich anstrahlte. Ich hatte das Gefühl, ich würde trunken vor Wonne auf Wolke sieben schweben. Sogar Rae verzog den Mund – zwar nur zu einem kleinen Lächeln, aber immerhin zu einem Lächeln.

»Hervorragende Arbeit, Josie«, sagte Liani. »Unsere Redaktion versucht seit Wochen, Billy oder einem der anderen Jungs ein pikantes Zitat zu entlocken. Bis jetzt ohne Erfolg. Genau aus diesem Grund hatte ich dich auch nicht ermutigt, in dieser Richtung herumzubohren. Ich habe angenommen, sie würden uns sowieso nur wieder den Quatsch für eine übliche Lobeshymne liefern. So kann man sich irren.«

Rae beugte sich vor. »Josie, ich gebe dir die Chance, die Sache an die Öffentlichkeit zu bringen. Dreihundert Wörter. Kurz, scharf und bissig. Wenn du das hinkriegst, wirst du namentlich genannt.«

Eine Verfasserangabe. Meine erste Verfasserangabe. Überraschung beschrieb nicht mal ansatzweise, wie ich mich fühlte. »Oh vielen Dank, Rae. Ich weiß nicht, was ich sagen soll.«

»Sag ›Danke, Rae‹ und mach dich an die Arbeit. Ich brauche den Text in spätestens dreißig Minuten. Die Story muss auf unserer Webseite sein, bevor der Sprecher von Greed Gelegenheit hatte, eine Pressemitteilung rauszugeben.«

»Okay«, antwortete ich. »Ich bin schon dabei.«

»Und wenn du fertig bist, machst du erst mal ausgiebig Mittagspause. Ach, und Josie?«

»Ja?«

»Versuch bitte, heute niemanden mehr in die Flucht zu schlagen.«

»Ja, Rae.«

Als ich das Büro verließ, war es, als würden mich Zwerge, Regenbögen und singende Tiere begleiten. Ich schwebte wie auf Wolken.

***

Später am Nachmittag, als mein Sonderbericht fertig und auf der Webseite veröffentlicht war, durfte ich Feierabend machen. Als ich bei den Aufzügen wartete, umfing mich der Duft eines betörenden Rosenparfums. Ich wandte mich um und erblickte Ava hinter mir, die wie immer souverän und auffallend hübsch aussah. Sie hatte sich ihre weich fallenden Locken zu einem strengen Knoten hochgesteckt, und ihre Lippen verzogen sich zu etwas, das wohl ein Lächeln sein sollte, aber eher wie eine Grimasse aussah.

»Na, Josephine, auf dem Weg nach Hause?«

»Jup.« Ich lächelte ebenfalls. Ein echtes Lächeln.

»Viel zu tun heute?«

»Kann man so sagen.«

Ich schluckte nervös. Offensichtlich wusste Ava von meinem Interview mit Greed. Das ganze Büro hatte am Vormittag hinter vorgehaltener Hand darüber getratscht. Als die Stille schwer auszuhalten wurde, füllte ich sie wie üblich mit Nonsens.

»Und, wie hat's dir gefallen, im Beauty-Ressort auszuhelfen? Wie ist die Redakteurin so? War bestimmt super mit den ganzen Kosmetiksachen. Beauty-Beute. Beute. Lustiges Wort, oder? Und wie hast du den Kram sortiert? In Schachteln? Zu Stapeln? Zu Schachtelstapeln? Oder habt ihr die Schachteln übereinandergestapelt und dann in anderen Schachteln verstaut?«

»Jerms sagte, er sei heute *wirklich* enttäuscht gewesen, dass er das Promi-Shooting nicht machen konnte«, sagte Ava und legte den Kopf schief. »Ehrlich, so eine Schande.«

Angesichts des abrupten Themenwechsels holte ich tief Luft. »Du hast mit Jerms … äh, Jeremy gesprochen?«

»Ja, ziemlich lange sogar. Ich und Sia – das ist die Beautyredakteurin – waren relativ schnell fertig und hatten jede Menge Zeit totzuschlagen. Da hat Jerms mich gebeten, bei seinem Shooting mitzumachen. Anschließend hat er noch drei Männermodels dazugeholt. Es war *großartig.*«

»Ach ja?«

»Naja, Carla hat ja so viel Arbeit mit den Kleidern gehabt, da konnten wir sie nicht einfach ungenutzt zurückgehen lassen, nachdem … naja, du weißt schon. Ach, was rede ich – natürlich weißt du, was ich meine. Du musst dich schrecklich fühlen«, plapperte sie weiter. »Mir wäre das ja so dermaßen peinlich, ich würde mich vermutlich gar nicht mehr hierher trauen. Aber hör nicht auf mich, schließlich wissen ja hier alle, dass du noch ein Kind bist, und Kinder machen nun mal Fehler.«

Ich war empört, dass Ava mich allen Ernstes als Kind bezeichnete – als wäre ich irgendeine Göre mit Zöpfen, die Apfelmus an die Wände geschmiert hatte. »Rae meinte eigentlich, dass alles super gelaufen ist …«

»Tut mir leid, ich muss los«, verkündete Ava, der es offensichtlich gar nicht leid tat. »Mein Make-up wird aufgefrischt. Jeremy war so nett, ein Shooting für mich dazwischenzuquetschen, damit ich wieder ein paar neue Bilder für mein Modelbook kriege.«

Sie drehte sich auf dem Absatz um, und zurück blieb nur ihr Parfüm, das den gesamten Eingangsbereich vollstank und mich benommen machte. Ava hatte gesagt, Jeremy sei *wirklich* enttäuscht gewesen. Mich bei ihm unbeliebt zu machen, war das Letzte, was ich wollte. Wahrscheinlich benutzte er meine Probeaufnahmen als Dartscheibe oder als Klopapier. Und was Ava betraf, die angeblich bloß Hallo hatte sagen wollen … Schon kapiert. Die *Sash*-Redaktion war zu einer Gladiatorenarena geworden und nur die beste Praktikantin würde gewinnen.

Aber bei aller Nervosität und Besorgnis – jetzt war ich am Zug. Ich konnte mich wie eine angehende Journalistin fühlen, ein fantastisches Praktikum hinlegen und den fünftausend Dollar sowie einer eigenen Kolumne einen Schritt näher kommen. Die Aussicht auf einen solchen Erfolg war sogar noch verlockender als die Vorstellung, einer ätzenden Person wie Ava den Bonus vor der Nase wegzuschnappen.

Ich starrte die metallgraue Aufzugtür an und versuchte, sie durch schiere Gedankenkraft dazu zu bringen, sich zu öffnen. Wenige Augenblicke später kam der Lift surrend und ächzend bei mir an. Ich hatte gerade auf den Erdgeschoss-Knopf gedrückt, als jemand hinter mir »Moment!« rief.

Es war Carla, die den Ständer mit der Männerkleidung vor sich herschob. Ich streckte den Arm aus und hielt die Türen für sie offen.

Als sie neben mir stand, atmete sie hörbar aus und band sich die Haare zu einem unordentlichen Pferdeschwanz zusammen. »Danke, Jordie.«

Ich nickte. Ich war zu verlegen, um sie auf den Vorfall von heute Vormittag anzusprechen.

»Oder war es Jodie?«

»Josie eigentlich.«

»Entschuldige. Ich habe das Namensgedächtnis eines Goldfischs. Letzte Woche habe ich Rae ›Fay‹ genannt.«

Ich musste kichern, und Carla lachte ebenfalls.

»Carla, das alles tut mir schrecklich leid«, sagte ich und deutete auf die Kleider. »Ich habe heute schon den ganzen Tag damit verbracht, mich zu entschuldigen: ›Tut mir leid, dass meine Interviews so schrecklich sind, Billy‹, ›Tut mir leid, dass ich dein Shooting ruiniert habe, Jeremy‹, ›Tut mir leid, dass ich das *Sash*-Budget zum Fenster rausgeschmissen hab, Rae‹. Und das alles tut mir auch wirklich leid. Vielleicht bin ich einfach nicht für diese ganze Magazin-Sache geschaffen.«

Carla zuckte die Achseln. »Was soll dir da leidtun? Rae geht total ab. Deine Story ist schon ungefähr achttausendmal angeklickt worden, obwohl sie erst seit zwanzig Minuten online ist. Kleider oder nicht – die Geschichte mit Greed wird sich verkaufen. Und wie heißt es so schön? Wenn Mama glücklich ist, sind alle glücklich.«

Pling! Wir waren im Erdgeschoss angekommen. Carla winkte mir zum Abschied zu und ging mit ihrem Kleiderständer zur Verladestelle des Kuriers.

Als ich auf die Straße hinaustrat, piepte mein Handy. Es war Angel mit »vernichtenden Neuigkeiten«. Wir hatten keine Einladung zu Holly Bentleys Party ergattert. Ich würde nicht mit Pete Jordan rummachen. Es schien, als würde meine Durststrecke im Bereich Knutschen weiter anhalten, aber das war mir im Augenblick egal. Ich hatte eine der mächtigsten Chefredakteurinnen des Landes beeindruckt und nichts würde mein Glück schmälern.

8.

Ein Telefon klingelte, aber ich wusste nicht, ob im echten Leben oder in meinem Traum, und ich war zu müde, um mich darum zu kümmern. Stattdessen drehte ich mich auf die andere Seite und vergrub mein Gesicht in den Kissen. Es wird schon irgendwann aufhören, sagte ich mir. Doch das tat es nicht. Es klingelte immer weiter. Und es war der Klingelton meines Handys.

Mit geschlossenen Augen rappelte ich mich hoch und stolperte in die Richtung, aus der der Lärm kam – vermutlich vom Teppich im Flur. Als ich mit dem Zeh gegen einen Karton stieß, fluchte ich laut und griff nach meinem Handy. Es war eine unbekannte Nummer, aber ich ging trotzdem ran.

»Hallo?«, krächzte ich. Ein schneller Blick auf die Wanduhr sagte mir, dass es erst kurz nach halb sieben war.

»Hi, Josie?«, zwitscherte eine Frauenstimme.

»Ja?«

»Tut mir schrecklich leid, dass ich dich störe. Ich bin's, Liani. Von *Sash.* Hab ich dich geweckt?«

»Nein, nein, gar nicht.« Doch, hast du, schimpfte ich insgeheim verschlafen. Herrgott noch mal, ich kannte Hähne, die nicht so früh wach waren.

Ich ließ mich wieder auf die Couch plumpsen, strich mir übers Haar und rieb mir die Augen, als könnte Liani mich sehen. »Josie, ich habe eine gute und eine schlechte Nachricht.«

»Ach ja?« Kaffee? Vergesst es! Mit einem solchen Satz konnte man mich sehr viel effektiver aufwecken.

»Die gute Nachricht ist: Dein Exklusivbericht ist über Nacht zum echten Hit geworden. Raes Telefon klingelt ununterbrochen. Alle brennen darauf, mehr zu erfahren – über Billy und wie er reagiert hat. Rae will eine zweite Story, ein Feature diesmal.«

»Ich bin sprachlos. Das heißt, ich soll das übernehmen? Ich ganz allein?«

»Ja, schließlich hast du auch das Interview allein geführt, und das Ganze muss authentisch bleiben. Und die schlechte Nachricht ist«, fuhr Liani fort, »Rae braucht den Text noch heute.«

»Heute?« Wieder warf ich einen Blick auf die Uhr und unterdrückte ein Gähnen. »Okay, ich kann am Vormittag kurz vorbeischauen, bevor ich nach Hause fahre.«

»Ähm, da gibt es ein kleines Problem … Wenn Rae ›heute‹ sagt, meint sie ›jetzt‹.« Durch die Telefonleitung konnte ich geradezu hören, wie Liani die Hände rang. »Und zwar genau ›jetzt‹ und keine Sekunde später. Sie will das Feature online stellen, bevor Billy einknickt und einem anderen Magazin mehr Details verrät. Vielleicht fordere ich mein Glück ja heraus, aber wäre es möglich, dass du sofort ins Büro kommst?«

Ich zögerte. Eigentlich hatte ich vorgehabt, mich mit Angel zu treffen, um die Tatsache zu betrauern, dass wir nie auf Partys eingeladen wurden. Abgesehen davon hatte ich nachmittags eine Vorlesung, und ich wollte Mum und Kat alles erzählen. Aber das hier war wichtig. So wie Liani sich anhörte, klang es, als hinge meine zukünftige Karriere davon ab. Wenn ich dieses Feature nicht schrieb, konnte ich genauso gut darauf verzichten, Journalistin zu werden, und mir stattdessen eine Müllsammlung zulegen oder mich als Klofrau bei Happy Burgertown bewerben.

»Natürlich«, antwortete ich also. »Ich komme so schnell wie möglich.«

»Du bist die Beste! Bis gleich.« Liani legte auf.

Ich lümmelte mich auf die Couch und ging in Gedanken hastig meine unerwartete To-do-Liste durch. Ich würde meine Vorlesung ausfallen lassen, in aller Herrgottsfrühe zu *Sash* fahren und – noch wichtiger – Mum Bescheid sagen müssen, dass ich später kam, damit sie nicht dachte, ich sei für immer auf und davon. Und sie war nicht die Einzige, die es zu bezirzen galt, Angel würde ziemlich genervt sein, wenn ich unsere Pläne über den Haufen warf.

»Alles okay?«

Erschrocken blickte ich auf und sah James in Boxershorts und Unterhemd in der Tür stehen. In dem kläglichen Versuch, mein T-Shirt zu verstecken, sprang ich auf und verschränkte die Arme vor der Brust.«

»Wie lange stehst du schon da?«, fragte ich.

»Lang genug, um zu sehen, dass das da Regenbögen auf deinem Oberteil sind. Warum bloß?«

Ich wurde rot und ignorierte die Frage. »*Sash* hat gerade angerufen, ich soll heute noch mal ins Büro kommen, jetzt gleich. Gehen so früh überhaupt schon Züge?«

»Ja, aber wenn du willst, kann ich dich auf meinem Roller mitnehmen. Meine Arbeit liegt in derselben Richtung, und ich muss noch ein paar Sachen erledigen, bevor ich den Laden aufsperre.«

»Ach nein, das geht schon so.«

»Wirklich, es macht mir nichts aus. Sag nur deiner Mum nichts von dem Roller, sie würde mich wahrscheinlich umbringen.«

»Danke«, erwiderte ich. Wobei ich nicht glaubte, dass Mum sich wegen des Rollers Sorgen machen würde. Sie wäre wohl eher vollkommen aus dem Häuschen, dass ich und ein so schnuckliger Typ wie James dieselbe Luft atmeten.

»Cool«, sagte er. »Wirf dir einfach ein paar Klamotten über und ...«

»Oh nein! Klamotten! Was um Himmels willen soll ich anziehen? Ich habe nichts mehr dabei, was einigermaßen gut aussieht!«

Grinsend sah James mich an. »Ich hab da eine Idee.«

Völlig geplättet starrte ich mein Spiegelbild an. Irgendwie war es James gelungen, mich … *cool* aussehen zu lassen. Mein Haar war zu einem glatten Pferdeschwanz nach hinten gebunden, was meinen schlanken Hals und meine Schlüsselbeine zur Geltung brachte. Ich trug seine Lederjacke über einem neuen peinlichen T-Shirt (dieses hier hatte eine Teekanne vorne drauf). Die Jacke lag eng an und schmiegte sich genau an den richtigen Stellen an meinen Körper. Mal ganz abgesehen davon, dass ich mich darin sicher fühlte, beschützt irgendwie. Untenrum trug ich eine von Tims Skinny-Jeans, die zum Trocknen auf dem Balkon gehangen hatte. Ein schneller Schnüffeltest (James hatte sich getraut, nicht ich) bestätigte, dass sie sauber war. Kats Highheels vervollständigten das Outfit. Der rockige Barbie-Chic funktionierte, zumindest würde er mich durch einen weiteren Tag im Büro bringen.

Ich konnte nicht glauben, dass ich schon wieder auf dem Weg in die *Sash*-Redaktion war. Ich rief Mum an, um ihr Bescheid zu geben, schickte meinem Dozenten eine Mail, in der ich um die Unterlagen für die heutige Vorlesung bat, und schrieb zu guter Letzt noch eine SMS an Angel, in der ich mich dafür entschuldigte, dass ich unsere Verabredung nicht einhalten konnte (und ihr versprach, es wiedergutzumachen).

Nach einem letzten Blick in den Spiegel klopfte ich an James' Tür. Als er öffnete und mich sah, klappte ihm die Kinnlade herunter. Ich errötete und wusste nicht recht, was ich sagen sollte.

Zum Glück brach er das Schweigen, bevor ich auch diesen Moment ruinieren konnte. »Du siehst toll aus.«

»Danke, Mister Stylist.«

»Diese Magazin-Mädels werden nicht wissen, wie ihnen geschieht.« Er hob zwei Helme vom Boden auf und reichte mir einen. »Bereit?«

Wenige Minuten später saß ich hinter ihm auf dem Roller, die Arme um seine Taille. Mein Haar, das unter dem Helm hervorschaute, wehte hinter mir her. Das Dröhnen des Windes war ohrenbetäubend und zwang mich, den Smalltalk durch ein bisschen Tagträumerei zu ersetzen und mir die Umgebung anzuschauen, die an mir vorbeiflog. Wir kamen an riesigen Wolkenkratzern vorbei, einer höher als der nächste, an älteren Pärchen, die mit Schweißbändern im Partnerlook nebeneinander herjoggten, an unzähligen barfüßigen Obdachlosen und an Polizeibeamten, die kaffeetrinkend durch die Straßen patrouillierten. Als wir an einem gläsernen Gebäude vorbeiflitzten, erhaschte ich einen Blick auf unser Spiegelbild: Unsere Körper waren eng aneinandergepresst – das perfekte Paar. Wie aus einem italienischen Film. Wir waren die Hauptfiguren, die sich ineinander verliebten, eine Fahrt durch die kopfsteingepflasterten Straßen genossen und danach eine riesige Schüssel Fettuccine futterten. Endlich mal ein Handlungsstrang, der nicht mit den Worten endete: »machte sich in aller Öffentlichkeit in die Hose«, »war jahrelang nicht mehr geküsst worden« oder »wurde am Valentinstag sitzen gelassen«. Mein Herz raste wie nach einer Überdosis Zuckerstangen, Zuckerwatte und Limo.

James setzte mich an der Ecke zum *Sash*-Gebäude ab. Ich hielt ihm seinen Helm hin. »Den gebe ich dir besser zurück, oder? Er passt nicht so richtig zu meinem Outfit.«

»Ich finde schon«, antwortete er, während er den Helm in der Box auf seinem Roller verstaute. »Die Jacke, die Jeans, der Helm … Alles ziemlich gefährlich.«

»Es war sehr nett von dir, mir so spontan auszuhelfen. Mein Ritter in glänzender Rüstung.«

»Dann ist das hier wohl mein edles Ross«, erwiderte er und tätschelte seine Maschine. »Die Lederjacke sieht an dir viel besser aus als an mir.«

»Oh, ähm, danke.«

»Ja … Ich mach mich dann mal auf den Weg«, sagte er. »Ich muss Papierkram erledigen und ein paar Regale ausräumen, damit ich so tun kann, als würde ich sie putzen. Bis später.«

Er winkte mir zum Abschied kurz zu, dann war er auch schon verschwunden. Doch seine Worte hämmerten weiter in meinem Kopf wie zwei Arbeiter, die frühmorgens Löcher in den Asphalt bohrten. Ich wusste, dass James nur nett sein wollte, doch ein kleiner Teil von mir – der nörgelige, aufdringliche Teil, der noch an den Märchenprinzen und an Happy Ends glaubte – sehnte sich danach, dass seine Komplimente etwas bedeuteten, dass er damit die Basis für etwas anderes legte. Für *mehr.*

Mein verzauberter Morgen fand ein jähes Ende, als

der Sicherheitsbeamte mit wachsamem Blick nach meinem Ausweis fragte. Ich streckte ihn vor und faselte etwas von wegen ich sei die neue Praktikantin und müsse Liani von *Sash* sehen.

»Um diese Uhrzeit?«, erwiderte er mit hochgezogener Augenbraue. »Warte hier, ich rufe oben an.«

Er wählte Lianis Nummer und gähnte, während er darauf wartete, dass sie ranging. »Morgen. Bei mir steht so ein übereifriges Ding, das sagt, es müsse Sie sehen … Ja genau, das ist sie. Sind Sie wirklich sicher? Okay … Wiederhören.«

Ich schluckte. »Also alles okay?«

»Rein mit dir«, grunzte er, während er den Summer betätigte.

Ich hinkte zum Lift. Nach dem zweiten Tag in Kats Schuhen waren meine Füße bereits voller Blasen.

Meine Finger tanzten über die Tastatur. Ich sah den Worten, Sätzen und Abschnitten dabei zu, wie sie auf dem Bildschirm Gestalt annahmen. Rae wollte eine Enthüllungsstory über Billy, die in allen Einzelheiten schilderte, wie die Wahrheit ans Licht gekommen war – und genau das würde sie auch bekommen. Wie eine Weltmeisterin jonglierte ich mit den Worten. Es war tatsächlich wahr, ich schrieb an einer landesweiten Veröffentlichung und hätte am liebsten nie wieder aufgehört.

Doch das musste ich, als eine wutschnaubende Stimme hinter mir fauchte: »Du sitzt auf meinem Platz.«

Ich wirbelte so abrupt herum, dass ich mir fast den Hals verrenkt hätte. Hinter mir stand Esmeralda, die Leiterin der Kulturredaktion, die Hände in die Hüften gestützt. Ich kannte sie von der »Unser-Team-stellt-sich-vor«-Seite des Magazins. Sie trug knallpinken Lippenstift, hatte kurzes platinblondes Haar, das ihr Gesicht umrahmte, und stahlblaue Augen, die mich auf dem Stuhl zusammenschrumpfen ließen. Diese Frau kannte keine Gnade, das sah man gleich.

»Ähm, ich schreibe an einer Story …«, setzte ich an, doch bevor ich den Satz zu Ende sprechen konnte, war Esmeralda bereits im Stechschritt davonmarschiert und rief nach Liani.

Eloise und die anderen Mädchen aus der Kulturredaktion sahen mich mitleidig an. Als Esmeralda mit Liani im Schlepptau auf mich zugestürzt kam, wandten sie sich wieder ihren Computern zu. Ich war auf mich allein gestellt, wehrlos wie eine Maus, die langsam in einen Pythonkäfig herabgelassen wurde, damit Esmeralda mich auf einen Haps verschlingen konnte. Doch dann geschah etwas Wundervolles:

»Es, bitte entschuldige dich bei Josie, unserer ausgesprochen talentierten Praktikantin«, sagte Liani, ihres Zeichens Meisterin der Diplomatie und darin, andere aufzubauen.

Esmeralda seufzte. »Ach, sie weiß doch, dass es mir leid tut. Und ich hatte ja keine Ahnung, dass du ihr gesagt hast, sie dürfte hier sitzen.«

Nein, ich wusste nicht, dass es Esmeralda leid tat. Im Gegenteil, ich hatte das sichere Gefühl, dass sie mich mit einem Wörterbuch verprügeln würde, sobald Liani wieder in ihrem Büro war. Trotzdem akzeptierte ich ihren Entschuldigungsversuch, stand auf und deutete auf den leeren Stuhl.

Beleidigt setzte sie sich. »Jetzt ist alles am falschen Platz! Wo hast du meinen Kuli hingelegt?«

Er befand sich noch genau an derselben Stelle wie vorher – im Stifthalter nämlich.

»Und was ist mit meinem Notizbuch? Dem roten?«

»Meinen Sie das da neben Ihrem Computer?«

»Und von wem stammen die pinken Lippenstiftspuren auf meiner Kaffeetasse?«

»Was?!«, fragte ich ungläubig. »Ich glaube, die sind von Ihnen ...«

»Esmeralda, *du* trägst hier den pinkfarbenen Lippenstift, schon vergessen?«, ging Liani dazwischen. »Komm mit, Josie, du kannst in meinem Büro arbeiten. Es ist noch früh, ich redigiere einfach am Besprechungstisch.«

Ich umklammerte meinen USB-Stick, auf dem das halb geschriebene Greed-Feature abgespeichert war, und folgte Liani. Esmeralda, die offensichtlich nicht alle Tassen im Schrank hatte, bekam gerade die nächste Panikattacke wegen all der Beautyprodukte und der Schreibwaren, die auf ihrem Tisch verstreut lagen.

Liani fuhr ihren Computer für mich hoch. »Okay, du hast noch ungefähr fünfundvierzig Minuten, bevor Rae für ein Mitarbeiter-Meeting in die Redaktion kommt. Du solltest dich ranhalten.«

***

Eine Minute vor Ablauf dieser Frist überreichte ich Liani einen Ausdruck meines Features.

»Perfektes Timing«, sagte sie. »Ich kann es kaum erwarten, deinen Text zu lesen.«

Liani hatte recht: Rae betrat genau in dieser Sekunde die Redaktion, in der einen Hand eine Kaffeetasse, in der anderen eine übergroße Designertasche.

»Wie lange arbeitest du eigentlich schon hier?«, fragte ich Liani. Ich konnte einfach nicht schweigend dasitzen und warten, während sie meinen Artikel überflog.

»Fühlt sich länger als ein ganzes Leben an«, antwortete sie lachend. »Aber es sind bald fünf Jahre, inklusive ein Jahr Elternzeit für Dylan.«

»Wow.« Die anderen Mädchen, die ich gefragt hatte, waren allesamt weniger als zwei Jahre da.

»Rae und ich sind mittlerweile zu einer seltenen Spezies geworden«, fuhr Liani fort. »Die meisten Mädchen kommen hier reingeschneit und haben Pläne, die in etwa so riesig sind wie ihre Kreditkartenrechnung. Und dann sind sie genauso schnell wieder draußen, um dem nächsten Karrieretraum hinterherzujagen. Und so klettern sie immer höher und höher.«

»Du bist doch auch ziemlich weit oben«, wandte ich schüchtern ein.

Liani lächelte. »Es läuft ganz gut.«

Mir fiel ein, was Ava an unserem ersten Arbeitstag gesagt hatte.

»Liani?«

»Ja, Josie?«

»Ava meinte, es sei, ähm, ungewöhnlich, dass du und Rae … dass ihr euch persönlich um uns kümmert. Stimmt das?«

Liani nickte. »Normalerweise würde das die Zuständige für Aus- und Weiterbildung übernehmen, aber der spezielle Bonus verlangt nach speziellen Maßnahmen. Wenn wir eine Prämie von fünftausend Dollar vergeben, müssen wir auch sicherstellen, dass sie an das richtige Mädchen geht.«

Rae steckte den Kopf zur Tür herein. »Meeting?«, fragte sie, doch es klang eher wie eine Aufforderung. Als wir nickten, verschwand sie.

»Dann lass uns mal schleunigst zum Schluss kommen«, sagte Liani. »Komm, wir suchen uns einen Platz im Konferenzraum. Ach, und übrigens – ich finde dein Outfit super.«

Nach wenigen Augenblicken kamen Mädchen mit Notizbüchern, Kugelschreibern und halb erschrockenen Gesichtern aus allen Abteilungen in den Zentralbereich geströmt. Ich versteckte mich ganz hinten in der Menge und wartete gespannt auf den Beginn meines ersten Meetings.

Liani überreichte Rae meinen Artikel. Sie überflog

ihn und sagte kurz angebunden: »Ändere das hier zu ›glühen‹ und das zu ›Verzweiflung‹ und stell es online. Sofort.«

Liani hetzte in ihr Büro, um die Korrekturen vorzunehmen, und ein paar Sekunden später hing sie bereits am Telefon und bekniete den Leiter der Online-Abteilung, den Text gleich auf die Webseite zu stellen. Sie schien Erfolg gehabt zu haben, denn bevor sie wieder zu uns zurückkam, hörten wir sie flöten: »Danke, ich schulde dir einen Bananenkuchen.« Als ich ihr einen Blick zuwarf, reckte sie beide Daumen in die Höhe.

Die nächsten dreißig Minuten nahm ich nur verschwommen wahr. Rae hielt eine Ansprache, ein paar Mitarbeiter mischten sich ein, Gen erzählte, wie sie einer Freundin ein Stück Pizza an den Kopf geworfen hatte, weil sie an chronischer PMS litt, und Esmeralda stritt sich mit mindestens drei Leuten, unter anderem auch mit Rae.

Nachdem die Chefredakteurin das Meeting für beendet erklärt hatte und alle wieder zu ihren Schreibtischen zurückschlichen, rief mich Liani zu sich. »Josie, tut mir leid, dass ich dich schon wieder herbestelle, aber wenn es dich tröstet – deine Story läuft gut. Sehr gut sogar. Es sind schon einige Anfragen von Anzeigenkunden eingegangen, die für die nächsten zwölf Stunden neben deinem Artikel platziert werden wollen.«

»Wow. Das ist gut, oder?«

»Es ist unglaublich, und wir hatten es so was von nötig …« Sie hielt inne. »Das Publikum liebt Billy, die Leute wollen alles über ihn wissen, aber ehrlich gesagt, verstehe ich nicht, warum. Okay, er ist attraktiv, aber er ist ein Lügner und Betrüger … Manchmal erschreckt mich diese Welt, Josie.«

Mir kam ein Gedanke. »Ich weiß, dass er ein Betrüger ist, und das ist schlimm, das *Allerschlimmste* … Aber er wird Vater … Ich hoffe, ich habe nicht, naja, du weißt schon, sein Leben ruiniert oder so.«

»Nein, absolut nicht«, antwortete sie. »Du hast nur deinen Job gemacht.«

»Das stimmt wohl.«

Du hast nur deinen Job gemacht, wiederholte ich in Gedanken. Nur deinen Job. Aber es fühlte sich trotzdem nicht richtig an. Ich stellte mir vor, wie sich ein Bankmanager dasselbe sagte, nachdem er einer Familie in Not einen Kredit verweigert hatte. Oder wie ein Auftragsmörder ein Bier kippte und sich sagte: Klar kann ich nachts ruhig schlafen, ich hab ja nur meinen Job gemacht. Im Verhältnis dazu war eine Enthüllungsstory für die Boulevardpresse wohl nicht die schlimmste aller Missetaten. Dennoch wurde ich das Gefühl nicht los, dass ich Billy übers Ohr gehauen hatte.

9.

Mein Unbehagen musste man mir angesehen haben, denn Liani suchte sich genau diesen Moment aus, um mir Sia, die Beauty-Redakteurin von *Sash,* vorzustellen, eine kurvige Brünette mit lächelnden roten Lippen und einem Hauch Rockabilly-Glamour. »Liani hat mir schon gesagt, dass du nicht den ganzen Tag Zeit hast«, sagte sie, »aber bevor du gehst, haben wir noch eine besondere Überraschung für dich.«

Ich nickte neugierig. Mein Zuhause würde warten müssen. Kurz darauf erfuhr ich, dass ich als »besondere Überraschung« die Kurier-Sendung sichten durfte. Übersetzt bedeutete das: Ich durfte mir zusammen mit Sia etwas aus all den coolen Gratis-Geschenken aussuchen, die seit gestern in der Redaktion eingegangen waren – und das waren einige. Sias Büro sah aus wie die Kosmetikabteilung eines Kaufhauses. Knallige bunte Fläschchen reihten sich auf den Regalen über ihrem Computer aneinander. Ihr Tisch war übersät mit Plastikbehältern, Glasgefäßen und geflochtenen Körben voller Lippenstifte, Bräunungscreme, Pflegestifte, Lidschatten und Foundations, und auf ihrer Tastatur lagen sogar ein paar künstliche Wimpernkränze und Strähnen für Extensions.

Das Chaos schien sie nicht zu stören. »Willst du einen Lipgloss, der nach Kokos riecht?«, fragte sie und überreichte mir eine verschlossene Tube. »Nimm ihn ruhig, ich hab drei davon.«

»Drei?«

»Und noch die vier von letzter Woche.«

»Wow«, sagte ich, als ich die Tube aufschraubte. Ein köstlicher Duft stieg mir in die Nase. »Laufen deine Tage immer so ab? Du spielst mit Make-up herum?«

»Klar«, erwiderte Sia trocken. »Wenn ich nicht gerade ein Fotoshooting auf die Beine stelle, zu einem Produktlaunch hetze, Kosmetikexperten interviewe, mit unseren Anzeigenkunden diskutiere oder zehnmal hintereinander in ein Meeting mit Rae, Liani und Esmeralda geschleift werde.«

»Oh, natürlich … Entschuldigung.«

Notiz an mich selbst: Erst denken, dann reden.

»Macht nichts.« Mit gesenkter Stimme fuhr sie fort: »Unter uns gesagt, wir spielen schon ziemlich viel mit Make-up herum. Hey, hast du eigentlich schon von unserem Kosmetikverkauf gehört? Bald ist es wieder so weit, ich schwöre dir, das wird dich umhauen.«

»Kosmetikverkauf?« Ich hatte keinen Schimmer, wovon sie sprach. »In einem Laden meinst du? Oder online?«

»Weder noch, die Produkte werden hier verkauft! Wir verhökern sämtliche übrig gebliebenen Gratisgeschenke – du weißt schon, das Zeug, mit denen uns die PR-Leute zuschmeißen –, und zwar an uns selbst! Zu *unglaublichen* Preisen, wie ich hinzufügen möchte. Ich habe mir schon jahrelang kein Shampoo mehr in der Drogerie oder im Supermarkt gekauft. Der Erlös wird für wohltätige Zwecke gespendet. Ziemlich cool.«

»Im Ernst?« So was kann es doch wirklich nur bei einer Zeitschrift geben, dachte ich. Ein Kosmetikverkauf im Büro? Jetzt konnte mich gar nichts mehr überraschen.

»Oh ja«, sagte sie. »Aber einen kleinen Anteil behalten wir für uns, damit wir ein oder zwei Büropartys schmeißen können. Und wer weiß – wenn du Glück hast, lässt Liani dich vielleicht auch zum Verkauf.«

Wir hatten uns gerade erst kennengelernt, doch Sia schien schon jetzt anders als die übrigen Mitarbeiter, die wie nervöse Schmetterlinge durch die Büroräume huschten, bereit, bei jedem unerwarteten Geräusch loszuflattern – wenn Rae einen Wutanfall bekam zum Beispiel, weil irgendjemand eine Story zu spät abgegeben hatte oder ein Titelbild zu teuer war. Sia war ganz anders. Sie war laut – und sie war stolz darauf.

»Vom Essen will ich lieber gar nicht erst anfangen!« Sie lachte. »Oh je, das Essen.«

»Wie meinst du das?«

Bis jetzt hatte ich die Mitarbeiter hier nur Salatblättern knabbern oder an grünen Smoothies nippen sehen, die für meinen Geschmack zu sehr nach Schleim aussahen.

»Die Beauty-PR-Mädels legen ihren Produktsendungen immer was zum Knabbern bei«, erklärte Sia. »Jeden Tag trudeln hier die Tüten ein – mit Lutschern, Joghurts, Schokolade und Keksen. Ihr neuester Lieblingssnack sind Cupcakes – hinreißende Cupcakes mit einer fünf Zentimeter dicken Glasur, bei der ich ausflippen könnte und die mir jedes Mal den Taillenumfang ruiniert. Und da wundere ich mich, warum ich sechs Kilo zugenommen habe, seit ich hier arbeite. Aber was soll's! Man muss ja schließlich was essen, nicht wahr?« Sie hielt ein hübsches blaues Fläschchen in die Höhe und verspritzte ein wenig Parfum. Als mich der frische Duft umwaberte, entspannte ich mich für einen Moment.

Als ich an diesem Nachmittag das Büro verließ, hatte ich zwei Tüten im Arm, die vor Kosmetikartikeln überquollen. Eine besondere Überraschung – in der Tat. Ich konnte es kaum erwarten, die Gesichter von Mum und Angel zu sehen, wenn ich meine Beute mit ihnen teilte.

Ich ging die Treppe zu Tims Wohnung hoch, stellte meine Tüten ab und kramte nach dem Schlüssel. Als ich ihn endlich gefunden hatte und ins Schlüsselloch pfriemelte, ging die Tür nicht auf, sie war von innen blockiert.

Ich musste unbedingt meinen Koffer packen und den nächsten Zug nach Hause erwischen, ich war schon länger in der Stadt, als ich es Mum versprochen hatte. Wieder ruckelte ich mit dem Schlüssel herum. Nichts.

Ich hämmerte gegen die Tür. »Hallo! Kann mir bitte jemand aufmachen? Tim? James?«

Einen Moment später schwang die Tür auf, und vor mir stand ein grinsender James mit einer Schürze, auf der »Küss den Koch« stand. »Bin schon da, bin schon da, komm rein.«

Ich weiß nicht, ob es sein dreister Gesichtsausdruck war oder sein lächerlicher Aufzug, doch plötzlich vergaß ich, dass ich es eilig hatte. Mein Magen hüpfte oder vielleicht machte er auch einen Purzelbaum. Ach was, wem wollte ich hier was vormachen? Meine armen Eingeweide legten bei seinem Anblick einen Bauchplatscher hin. Zum Glück schien James nicht aufzufallen, wie nervös ich war. Während er von seinem langweiligen Tag in der Arbeit plauderte, strahlte ich ihn wie eine Idiotin an und fragte mich, ob er wohl gerne Kajak fuhr, zum Bowling ging und ob er lieber rote Gummibärchen mochte oder gelbe.

»Und wie war dein Tag?«, fragte er, als er den Ofen einschaltete. »Hey, du hast ja immer noch meine Jacke an. Sieht cool aus.«

»Danke, ich bin dir wirklich was schuldig.« Ich wurde rot. »Ohne dich hätte ich das heute Morgen nicht durchziehen können und …«

Ich hielt abrupt inne, als jemand den Raum betrat. Ein Mädchen. Ein sehr attraktives Mädchen mit langem lockigen blondem Haar und gebräunter Haut. Keine falsche Bräune, bei der man unweigerlich zurückzuckt, nein, dieses Geschöpf hier sah wie eine von der Sonne geküsste Surferin aus. Als könnte sie Wellenreiten und Ashtanga-Yoga unterrichten und einen Orangensaft pressen – und das alles natürlich schon vor dem Frühstück.

»James, Schatz, alles in Ordnung?«, fragte sie, bevor sie sich zu mir umwandte.

»Ja, alles klar, ich mache uns gerade ein frühes Abendessen. Spinatlasagne. Klingt das gut?«

»Ja, das tut es. Dann hole ich unserem Gast mal einen Snack.« Sie ging zum Kühlschrank. Ihr Haar wippte bei jedem Schritt.

»Okay«, erwiderte James achselzuckend und schnitt weiter Zwiebeln.

»Nein, ist schon okay«, sagte ich. »Ich möchte eure Pläne nicht durcheinanderbringen, und ich muss sowieso gleich weg, also …« Ich verstummte, als sie Käse und Kekse auf einem Tablett arrangierte. »Übrigens, ich bin Josie.«

»Ach ja, entschuldige. Ich bin Summer, James' Freundin. Du musst Tims Cousine vom Land sein, richtig?«

Ich nickte.

»James hat mir alles über dich und dein cooles Praktikum erzählt. Hast du gut hingekriegt.«

Komisch, dachte ich. Dich hat er mit keinem Wort erwähnt.

Eine Freundin. James hatte eine Freundin. Und eine ziemlich umwerfende noch dazu.

»Du musst entschuldigen, wenn ich ein bisschen zerstreut wirke«, fuhr Summer fort. »Ich bin noch im Ferien-Modus. Ich war mit Freunden verreist und wollte nur kurz vorbeikommen, um zu sehen, was mein Freund so treibt. Wie's aussieht, leiht er dir seine Klamotten.«

Ich zwang mich zu einem Lachen, griff der Höflichkeit halber nach ein paar Käsewürfeln und zog mich unter dem Vorwand zurück, meine Sachen packen zu müssen. James' Lederjacke hängte ich an die Türklinke seines Zimmers.

»Trish Martin und Hannah Jones haben es sich machen lassen, und Stephanie Simpson vermutlich auch, aber sie hält es geheim, weil sie Akmal zum Geburtstag überraschen will«, sagte Kat.

Ich lag auf meinem Bett und hörte zu, wie sie eine Liste von Mädchen aus ihrem Jahrgang herunterrasselte, die ein Brazilian Waxing gemacht hatten. Eigentlich hörte ich ihr gar nicht richtig zu, sondern brütete eher stumpfsinnig vor mich hin. Ab und zu nickte ich und driftete dann gleich wieder ab. Ich konnte es immer noch nicht fassen, dass James eine Freundin hatte. Und nicht nur irgendeine, sondern eine attraktive, blonde, die Käse mit Keksen servierte, Spinatlasagne aß und wahrscheinlich ununterbrochen in seiner abgetragenen Lederjacke rumlief.

Kat seufzte. »Hast du mir überhaupt zugehört?

»Ja, ähm …«

»Über das Waxing?«

Ich zwang mich, mich zu konzentrieren. »Ich schätze … ich … Was bitte haben sich diese Mädchen dabei gedacht? Für mich klingt das ziemlich verzweifelt.«

»Ihnen gefällt's.«

»Es gefällt denen, wenn ihre Du-weißt-schon-was wie ein gerupftes Huhn aussieht?«

»Iiieh, wie eklig! Das sieht überhaupt nicht so aus.«

»Woher weißt du das?«

Kat hob mit geheimnisvoller Miene eine Augenbraue.

»Oh mein Gott.«

»Nick hat mich herausgefordert«, sagte sie.

»Ach so. Dann ist es ja … Moment. Wer?«

»Mein Freund.«

»Was ist mit Tye?«, fragte ich.

Kat zuckte die Achseln. »Als ich Wind davon bekommen habe, dass er mit mir Schluss machen will, bin ich ihm zuvorgekommen. Schließlich wurde ich noch nie abgeschossen, und ich konnte nicht zulassen, dass er mir die Bilanz versaut.«

»Weiß Mum davon?«

»Ach komm schon.«

Ich schüttelte den Kopf. »Brazilian Waxing ist schlichtweg falsch. Leggings-statt-Hosen-tragen-falsch.«

»Du hast ja bloß Schiss«, entgegnete Kat.

»Hab ich nicht.«

»Dann mach's doch.«

Da war sie: Die Herausforderung. Über die Jahre hinweg hatte Kat mich schon zu einigen dämlichen Aktionen genötigt, die größtenteils darauf hinausgelaufen waren, dass ich den Tag verflucht hatte, an dem Mum mit meiner kleinen Schwester schwanger geworden war. Zum Beispiel das eine Mal, als Kat mich aufgefordert hatte, vom Fünf-Meter-Brett zu springen. Irgendwann hatte ich mich tatsächlich getraut und war von ihr bejubelt worden. Doch als ich aus dem Wasser stieg, sah ich, wie der Strandwächter mein Bikinioberteil hochhielt. Beim Aufprall hatte sich die Schleife gelöst. Oder damals, als ich mit fünfzehn dabei erwischt worden war, wie ich einen Spitzer mitgehen ließ. Damals fing ich an zu weinen und kramte das Geld hervor. Oder als ich zugestimmt hatte, dass Kat mein Haar glättete – mit dem Bügeleisen auf dem Bügelbrett.

»Dein Handy klingelt.« Meine Schwester deutete auf meine vibrierende Tasche.

Ich griff danach, doch das Klingeln war bereits verstummt. Nur Sekunden später bekam ich eine Nachricht von Angel: *Vergiss Hollys dämlichen Geburtstag. Hab eine bessere Einladung. Heute Abend steigt eine Party, zieh was Scharfes an. Pete Jordan ist auch da. Kommst du mit?*

Ein Bild von James und Summer blitzte in meinem Kopf auf.

»Wo haben sich deine Freundinnen das Brazilian Waxing gleich noch mal machen lassen?«

Kat grinste.

Angel zerrte noch einmal an meinem Haar, arrangierte meine dicken, langen Strähnen zu einer aufwendigen Hochsteckfrisur und drehte mich dann herum, damit ich einen Blick in den Badezimmerspiegel werfen konnte. »Josie, du altes Luder.«

Ich starrte mein Spiegelbild an. Die strenge Frisur erinnerte mich an den Look von Ballerinen oder Laufstegmodels. Meine Augen wirkten größer als sonst, und meine Augenbrauen, die Sia gestern in Form gezupft hatte, kamen noch besser zur Geltung. Allerdings sah auch meine Stirn riesig aus.

»Bist du sicher, dass das okay ist?«, fragte ich.

Angel verdrehte die Augen und wuschelte sich durchs Haar. »Halt die Klappe, du bist heiß. Hey Kat, komm mal kurz.«

Das Gesicht meiner Schwester tauchte hinter uns auf. Angel drehte sich zu ihr um. »Na? Zustimmungsrate? Eine Zehn, oder?«

Kat kramte in den neuen Beauty-Sachen, die wir von Sia bekommen hatten, zog einen gewagten beerenfarbigen Lippenstift hervor und wedelte damit herum. »Wenn du den benutzt, bist du eine Elf.«

»Oh je, im Ernst?« Beim Anblick der grellen Farbe zuckte ich zurück.

»Ja, im Ernst«, antwortete Kat. »Du lieber Gott, wenn du dich bloß mal selber hören würdest! Wirklich? Wirklich, bin ich hübsch? Wirklich? Jaaaa. Und jetzt mach's einfach.«

Kat, meine allmächtige Schwester und Herrscherin über das Universum, hatte gesprochen. Ich trug den Lippenstift auf. Sowohl Kat als auch Angel kamen sofort mit einem Taschentuch herbeigerannt, um das Ergebnis zu korrigieren. Dann war ich fertig.

»Jetzt bist du eine Zwölf«, sagte Angel.

»Hey Angel, hat Josie dir eigentlich schon erzählt, was sie heute gemacht hat?«, fragte Kat, die sich das Lachen kaum verbeißen konnte.

»Nein, hat sie nicht … was denn?«, drängte Kat.

»Ein Brazilian Waxing«, frohlockte Kat.

Angel blieb der Mund offen stehen. »Und du hast vergessen, mir das zu erzählen?!«

»Ähm, ja«, sagte ich. »Es war mir peinlich und ich hatte keine Zeit … Egal, vergiss es.«

»Ich kann's kaum glauben! Das ist ja unfassbar!« Angel wurde mit jeder Sekunde lauter.

»Schhh! Sonst hört Mum dich noch! Ehrlich, es war keine große Sache.«

War es wirklich nicht. Denn in Wahrheit hatte ich das Waxing gar nicht durchgezogen. Also, nicht ganz. Olga, die Kosmetikerin, hatte mich aufgefordert, die Unterhose auszuziehen. Nachdem ich sie fünfzehn Minuten lang mit »Ähms« und »Ohs« hingehalten hatte, durfte sie mir schließlich einen Wachsstreifen abziehen. Was, wie sich herausstellte, vollauf genügte. Ich schrie vor Schmerzen auf, sprang in mein Höschen und ergriff die Flucht. Und was das Schlimmste war: An einer sehr peinlichen Stelle war ein armseliges kleines Haarbüschel übrig geblieben. Aber das mussten Kat und Angel ja nicht wissen.

»Josie Browning«, sagte Angel. »Wie unglaublich cool! Und, fühlst du dich jetzt irgendwie anders?«

Ich ignorierte die Frage und sagte stattdessen: »Komm schon, gehen wir. Und Kat: Wag es ja nicht, Mum auch nur eine Silbe davon zu erzählen.«

Angel und ich gingen ins Wohnzimmer, wo die Party-Vibes offenbar noch nicht angekommen waren. Mum saß auf der Couch und las. Ich versuchte mich nicht schuldig zu fühlen, dass ich sie schon wieder allein ließ, aber es wollte nicht recht klappen. In letzter Zeit ging sie immer weniger unter Menschen. Ich konnte mich nicht erinnern, wann sie zum letzten Mal mit einer Freundin im Kino gewesen war oder jemanden zum Abendessen eingeladen hatte.

»Alles klar, Mum?«, fragte ich.

»Ja, Schatz.« Sie lächelte und wies mit einem Nicken auf den kleinen Couchtisch neben sich, auf dem eine Tasse Tee, ein paar Kekse und ihr Handy waren. »Kat ist doch da. Wir kommen schon klar. Und jetzt, Josephine Browning, befehle ich dir, zu diesem Fest zu gehen und dich zu amüsieren«, fügte sie halb im Scherz und halb ernst hinzu. »Sonst … kriegst du Hausarrest.«

»Dagegen lässt sich nichts sagen!«, rief Angel und zerrte mich aus der Tür. »Tschüss, Mrs B!«

Als wir zu Fuß zu der Party gingen, die ganz in der Nähe stattfand, versuchte ich mich souverän und selbstsicher zu fühlen. Vor dem Haus stießen wir auf einen Haufen Mädchen mit hohen Absätzen und kurzen Röcken. Auf dem Rasen lungerten ein paar Jungs mit einer Sechserpackung Bier und Wodkaflaschen herum. Laut dröhnende Musik lockte uns den Gartenweg hinauf zur Haustür. Drinnen war es noch lauter. Im Flur drängten sich verschwitzte, lachende Jugendliche. Wir quetschten uns an den anderen vorbei und ignorierten die Klapse, die wir auf den Hintern bekamen. Endlich schoben wir uns aus der Menge in die leere Küche.

»Wein, Mylady?«, fragte Angel und zog eine Flasche aus ihrer riesigen Handtasche.

»Wer bist du, Mary Poppins? Ich weiß nicht so recht, ob ich das heute Abend packe.«

»Zerbrich dir mal nicht dein hübsches Köpfchen. Besorg uns lieber ein paar Becher, ja?«, sagte sie und deutete mit ihren beringten Fingern auf die Küchentheke.

»Okay, aber nur ein Glas.« Ich griff nach zwei Plastikbechern. Angel schenkte uns ein und verschüttete dabei etwas Wein auf die Arbeitsfläche und den Boden.

»Uuups.« Sie lachte.

»Josie Browning, bist du das?« Als ich mich umdrehte, sah ich Philippa, ein Mädchen aus meiner alten Englischklasse. »Wow, mit der Hochsteckfrisur hätte ich dich fast nicht erkannt«, sagte sie.

Ich deutete ein Winken an. »Doch, ich bin's.«

»Wie geht's dir? Hab gehört, du bist seit Neuestem viel in der Stadt unterwegs.«

»Ja, immer mal wieder. Ich mache ein Praktikum bei einer Zeitschrift.«

»Bei einer Zeitschrift? Klingt ja sehr glamourös. Die Schule ist erst seit ein paar Monaten vorbei, und du bist schon halb raus aus diesem Kaff hier. Naja, wer braucht schon eine Kleinstadt, wenn die große weite Welt wartet, was?«

»Nein, so ist das nicht.«

»Ist ja auch egal. Die anderen Mädchen waren sich immer schon ›zu cool‹ für diesen Ort hier. War ja klar, dass du dir auch was Besseres suchen würdest. Schön für dich.«

Mit diesen Worten verschwand Philippa in der Menge.

Fassungslos wandte ich mich zu Angel um. »Hast du gehört, was …«

»Vergiss es«, entgegnete meine Freundin. »Die ist bloß neidisch, weil sie die nächsten dreißig Jahre im Feinkostladen Salami schneiden wird. Komm, lass mal deinen Lippenstift sehen. Mega. Okay, warte auf mich, ich gehe Pete suchen.«

Angel hatte sich so blitzschnell in einen kuppelnden Amor verwandelt, dass ich kaum hinterherkam.

»Warte mal, Ange.«

»Ja?«, fragte sie, während sie den Raum nach einem rasierten Kopf – Petes Markenzeichen – abscannte.

»Ich kann das einfach nicht.«

»Du musst aber.«

»Warum? Warum ist es dir so wichtig, dass ich mit irgendeinem Typen aus der Schule rummache?«

Angel starrte mich an und kam näher. So nah, dass ich die verklumpte Mascara auf ihren Wimpern sehen konnte. »Ich liebe dich, Jose. Das weißt du doch, oder?«

»Ja.«

»Eben deswegen. Können wir es dabei belassen?«

»Das heißt, wenn ich Pete ablecke, beweise ich dir, wie gut wir befreundet sind, oder was? Ich kapier's einfach nicht.«

Sie verdrehte die Augen. »Was willst du hören?«

»Sag mir einfach die Wahrheit.«

»Na gut. Ich bin dabei, dich zu verlieren.« Ihre Worte waren wie Schwerthiebe.

»Was?«

»Genau wie ich dich letztes Jahr verloren habe. Du weißt schon.«

»Aber letztes Jahr war ich doch nirgendwo.«

»Eben«, erwiderte Angel. »Du hast nur noch gelernt und kein einziges Mal mehr bei mir vorbeigeschaut.«

»Und was war an dem Abend, als ich zum Spaghetti- und Eisessen gekommen bin?«

»Da bist du mittendrin aufgestanden und gegangen, weil du deine Notizen noch mal durchgehen wolltest. Sieh mal, Josie, das ist ja auch alles ganz toll … Du tust genau das, was du immer tun wolltest. Dein Leben läuft nach Plan. Philippa hat recht.«

Ich schüttelte den Kopf. »Nein, hat sie nicht. In meinem Leben läuft gar nichts nach Plan.«

»Ich weiß, dass du dir nicht zu gut für unser Kaff hier bist, aber … naja, in deinem Praktikum triffst du diese ganzen Leute aus der Stadt und … wer bin ich denn schon? Irgendeine Idiotin, die ihre Zeit mit einem Kunststudium verschwendet.«

»Süße, du verschwendest doch nicht deine Zeit! Und nur zu deiner Information – ich bin an der gleichen Uni! Im Ernst, du bist toll. Du bist der beste Mensch, den ich kenne.«

»Ja, ja, ich bin toll.« Angel verdrehte die Augen. »So toll, dass sich in den letzten fünf Tutorien keiner neben mich gesetzt hat. Wir sollten uns zu zweit zusammentun, und ich bin die Einzige, die übrig geblieben ist. Am Schluss hat mich der Tutor zu zwei französischen Austauschstudenten gesteckt, die die ganze Stunde lang unter dem Tisch gefüßelt haben. Es war wieder genau wie in der Highschool.«

Ich umarmte Angel. Obwohl sie das Ganze ein bisschen sehr dramatisierte, wusste ich, dass ich wirklich eine schlechte Freundin gewesen war – im Laufe des letzten Jahres hatte ich vergessen, wie man überhaupt über irgendetwas anderes sprach als gute Noten, den Abschluss und die Unizulassung. Ich konnte von Glück sagen, dass Angel überhaupt noch meine Freundin war. Und sie hatte recht: Wir hatten es verdient, uns ein bisschen zu amüsieren.

»Okay, du willst mich mit Pete verkuppeln? Von mir aus. Ich bin bereit.«

Angel grinste. »Gut, denn er ist schon da.«

Mein Herz schlug schneller. »Wirklich? Okay, ich hab gelogen. Ich bin doch noch nicht bereit. Genau genommen bin ich das Gegenteil von bereit.«

»Da drüben steht er.« Angel deutete irgendwohin. »Eine Sekunde … noch nicht hingucken!«

Einen Moment lang standen wir beide da, ein festgetackertes, debiles Grinsen auf dem Gesicht.

»Kann ich jetzt gucken, Boss?«

»Jup.«

Ich drehte mich um – und da stand Pete, in einiger Entfernung, groß und muskulös wie immer. Seine Freunde, zwei nicht minder beliebte Jungs namens Matt und Chris, drängten ihn, einen Tequila-Shot runterzukippen. Ich beobachtete, wie Pete erst ein und dann noch ein Glas auf Ex trank. Dann lachten die drei lauter als Kat, wenn sie mit einem ihrer Freunde telefonierte. Offensichtlich hatte Pete den übereifrigen, unvorbereiteten Jemand, der ihn da von der Küche aus beobachtete, noch nicht gesichtet.

»Und was jetzt?«, fragte ich.

»Wenn du gestattest …«, sagte Angel. »Ich bin gleich wieder da.«

»Oh nein«, murmelte ich, als sie zu dem Grüppchen hinüberging. Ich hatte keinen Schimmer, wie man mit einem Jungen redete, ganz zu schweigen davon, wie man ihm näherkam. Ich sehnte mich nach zu Hause, danach, es mir mit einem Roman gemütlich zu machen und mich in die Welt einer Heldin zu versenken, die von einem attraktiven Helden im Sturm erobert wurde. Stattdessen stand ich hier auf einer Party rum und trank billigen Wein, während meine beste Freundin versuchte, einen Typen dazu zu bringen, mit mir zu reden. Kein besonders hoher Romantikfaktor.

Als ich aus meinen Gedanken hochschreckte, sah ich, wie sich Pete und Angel einen Weg durch die Menge bahnten und auf mich zukamen. Um sicherzugehen, dass auch wirklich kein langbeiniges Supermodel hinter mir stand, drehte ich mich dreimal um. Nein. Der einzige Loser, der neben den Fritten und den Dips rumhing, war ich.

Angel verlangsamte den Schritt, damit Pete als Erster bei mir ankam. Ihre Lippen formten die Worte »Du kannst dich später bedanken«. Dann entfernte sie sich und ließ mich mit meinem Highschool-Schwarm allein.

Die Panik traf mich wie eine Ohrfeige. Am liebsten hätte ich auf »Pause« gedrückt und schnell in einer Gebrauchsanweisung für Jungs geblättert. Wie funktionierten die Dinger gleich noch mal? Zweifel und unausgesprochene Möglichkeiten wirbelten in meinem Kopf herum und machten mich hoffnungslos konfus.

Wie sich herausstellte, war das egal, denn jetzt übernahm Pete das Ruder. Er beugte sich zu mir. Seine Arme hingen schlaff herab, und sein Atem roch nach Tequila und Zigaretten. Sein T-Shirt war in keinem nennenswert besseren Zustand.

»Hey Josephine«, murmelte er.

»Hi Pete.«

Er kam näher. »Tja, ähm, coole Party, hm?«

»Ja, obercool.« *Obercool?* Herrje, halt die Klappe, Josie.

»Dein, ähm, Haar gefällt mir. Sieht anders aus. Und deine Lippen sehen auch gut aus.«

»Oh, danke, meine Schwester hat mir ihren Lippenst…«

Plötzlich stürzte sich Pete auf mich und presste seinen Mund auf meinen. Innerhalb von Sekunden hatte er mir seine Zunge in den Mund gesteckt, und deren Bewegungen waren in etwa so subtil wie die einer Waschmaschine. Ich versuchte, den Kuss zu genießen, einen Rhythmus zu finden, aber leider gab es weder einen Genuss noch einen Rhythmus, an den ich mich hätte anpassen können. Ich musste fast husten oder würgen oder mich übergeben.

Rasch löste ich mich aus seiner Umklammerung.

»Hey Baby, warum hörst du auf?«, fragte er mit geschlossenen Augen.

Baby? In diesem Moment machte es klick: Das hier war der schlechteste Kuss meines Lebens. Gut, wir hatten uns vor Jahren schon mal geküsst, und ich hatte mich nie ganz von dem Gedanken verabschieden können, dass Pete ein fantastischer, komplett anbetungswürdiger Typ war. Ich hatte ihn auf meinen Kerle-nach-denen-ichlechze-Podest gestellt, dabei hatte ich ihn in Wirklichkeit gar nicht gekannt. Und er mich auch nicht.

»Entschuldige Pete, ich muss gehen.«

»Nein, warte – ich hab's noch nicht gesehen.«

»Was gesehen?«

»Es. Na, du weißt schon … *es.*«

»Ich habe nicht die leiseste Ahnung, wovon du sprichst.« Hatte ich wirklich nicht. Was bitte schön war denn »es«? Das kleine Muttermal auf meiner rechten Schulter? Mein erster – und einziger – Versuch, irischen Volkstanz zu tanzen?

Peter kam noch näher und senkte die Stimme. »Lass mich einen Blick drauf werfen … auf das Waxing.«

»Mein … Wer hat dir das erzählt?«, platzte ich heraus.

Pete zuckte die Achseln. »Angela oder Angel oder wie sie heißt. Ich hab ihr nicht geglaubt. Ich meine, du – Josephine Browning – und ein brasilianisches Waxing? Unmöglich. Aber zum Schluss hat sie mich überzeugt.«

»Hat sie das, ja?« Angel war fällig.

»Oh ja. Und ich muss das unbedingt mit eigenen Augen sehen.«

Unglaublich. Da hechelte ich jahrelang einem Typen hinterher, nur damit er sich dann als Vollidiot erster Güte entpuppte. Und meine sogenannte beste Freundin war auch nicht viel besser. Ich hob meine Handtasche vom Boden auf und schwang sie mir über die Schulter.

»Josie, wo gehst du hin, Baby?«

»Ich bin nicht dein Baby«, fuhr ich ihn an. Sein feuchter Tequila-Kuss kribbelte mir auf den Lippen.

Im Stechschritt verließ ich die Party, ohne mich von Angel zu verabschieden. Wut und Scham kochten in mir hoch. Was war das für ein Mensch, der das Brazilian Waxing von jemand anderem sehen wollte? Genauso gut hätte er mich bitten können, meine linke Brust rauszuholen und eine Polonaise zu tanzen.

Als ich nach Hause kam, waren sämtliche Lichter aus, und ich machte mir nicht die Mühe, sie einzuschalten. Wie in den meisten Nächten drang leise klassische Musik aus Mums Zimmer und wütendes Tastatur-Geklackere aus Kats, die mit ihren Freunden chattete. Erschöpft und vollständig bekleidet kletterte ich ins Bett. Der Geruch nach Zigaretten und Alkohol hing in meinem Haar und kroch in die frisch gewaschenen Bezüge. In meinem Kopf hämmerte, pochte und summte es, doch das war mir egal.

»Schatz, bist du noch wach?«, hörte ich Mum im Flur flüstern. »Wie war die Party?«

Als sich die Tür einen Spalt öffnete, zog ich die Decke fester um mich. Sogar ich der Dunkelheit spürte ich, wie Mum mich anstarrte. Ich tat so, als würde ich schlafen. Es hätte vollkommene Stille geherrscht, wäre da nicht Kats hitziges Getippe gewesen. Ich hörte, wie Mum zu mir ins Zimmer schlich und sich in einen Stuhl fallen ließ. Er knarzte leise.

»Wie war die Party?«, wiederholte sie.

Sie wusste bereits, wie die Antwort lauten würde. Ich war nicht mal eine Stunde weg gewesen.

»JB, ich weiß, dass du wach bist. Du bist furchtbar schlecht darin, dich schlafend zu stellen. Dein Atem geht unregelmäßig und …«

»Nenn mich nicht JB«, murmelte ich und ging ihr prompt auf den Leim. »Und ich habe vollkommen regelmäßig geatmet.«

»Oh Schatz, was ist denn nur passiert?«

»Nichts.«

»Wo ist Angel?«

»Keine Ahnung.«

Mum setzte sich neben mich aufs Bett und strich mir über den Rücken, während ich mich tiefer in mein Kissen kuschelte.

»Sprich mit mir, Josie«, sagte sie. »Es kommt mir vor, als würdest du mir gar nichts mehr erzählen. Was ist denn los?«

»Lass uns schlafen, Mum, und ein andermal reden. Ich bin so müde.«

Doch meine Mutter gab noch nicht auf. »Komm schon, sag's mir. Ich will alles wissen.«

Also tat ich es – ich erzählte ihr alles. Von den Höhen und Tiefen des *Sash*-Praktikums, vom wunderbaren James und seiner Überraschungsfreundin, dem grässlichen Kuss mit Pete, wie schlecht ich Angel im letzten Jahr behandelt hatte und dass ich nicht mehr wusste, was ich überhaupt noch von allem halten sollte. Allerdings sagte ich ihr nicht, dass *Sash* einer Praktikantin fünftausend Dollar in Aussicht stellte und dass ich es zu meiner Mission gemacht hatte, den Bonus für unsere Familie zu gewinnen. Wir brauchten das Geld, und ich würde alles tun, um es zu kriegen. Ich musste lediglich rausfinden, wie ich Ava und Steph schlagen konnte.

Ich schlief ein, während Mum mich im Arm hielt. Als ich am nächsten Morgen aufwachte, war ich fest in meine Decke gewickelt, und über meinen Beinen lag noch eine zusätzliche Decke.

10.

Steph schüttelte das Bügeleisen und drückte auf ein paar rote und grüne Knöpfe. »Ist das Ding überhaupt an?«

»Vielleicht musst du ein bisschen warten, bis es heiß wird ...«, begann ich.

In diesem Moment kam zischender Dampf aus dem Gerät.

»Na also, geht doch!« Steph drückte noch einen Knopf und hielt ein zerknittertes weißes T-Shirt in die Höhe. »Das hier könnte mein erstes Opfer werden. Herrje, den Preis als Hausfrau des Jahres werd ich sicher nicht gewinnen, oder?«

»Wohl eher nicht.«

»Behalt mal die Mode-Mädels im Auge. Am Ende brenne ich hier noch alles nieder. Ehrlich, ich kann's nicht fassen, dass Ava Rae ›helfen‹ darf, während wir hier bei der Bügelwäsche festhängen!«

Ich sagte Steph nicht, dass ich noch nie im Leben ein Bügeleisen bedient hatte. Geschweige denn eine Waschmaschine. Oder einen Geschirrspüler. Bei uns war Mum die Herrin des Hauses. Ich musste nur mein Bett machen und etwas zu essen für meine Lunchbox vorbereiten. Das heißt, sofern meine Mutter das nicht schon erledigt hatte.

»Rae meinte, du hättest eine ziemlich abgefahrene Story über Billy veröffentlicht, der irgend so ein armes Mädchen geschwängert hat«, sagte Steph. »Stimmt das?«

Mir blieb der Mund offen stehen. »Das hat Rae gesagt?«

Steph grinste. »Naja, nicht mit diesen Worten. Aber du hast was veröffentlicht, das ist doch super!«

»Es ist wirklich nicht der Rede wert.«

»Ist es sehr wohl, glaub mir. Wobei, Rae meinte heute auch, für ein Mädchen mit Tattoo würde ich … ganz gut aussehen. Ich hab das mal als Kompliment genommen. Oh, und hast du mitbekommen, dass Billy wieder für eine Woche in einer Entzugsklinik ist?«

»Was, wirklich?«

»Ja, seine Managerin meint, er will sich bessern und sich auf die Vaterrolle vorbereiten. Könnte gut sein, dass du ihn dazu angeregt hast, ehrlich mit sich ins Gericht zu gehen.«

»Wow.« Fassungslos beschrieb nicht mal ansatzweise das, was ich fühlte.

»Wie ich höre, hatte *Sash* diesen Erfolg bitter nötig. Kein Wunder, dass Rae so auf dich spitzt. Mann, ehrlich, wenn ich dein Talent hätte …«

Ich wurde rot. »Ist Streberin sein ein Talent?«

»Streberin? Du bist gerade mal siebzehn und …«

»Fast achtzehn.«

»Gut, dann eben fast achtzehn.« Sie lächelte. »Und du hast noch alles vor dir. Glaub mir, du wirst es rocken.«

Ich wurde schon wieder rot. »Du bist ja nun nicht so viel älter als ich, du kannst auch immer noch alles tun.«

»Jose, auf mich warten nur Fehlschläge. Mein werter Vater hat eine Mission – nämlich die, seinem kleinen Mädchen einen Job zu verschaffen, bevor es mit jemandem aus einem indischen Ashram oder mit einem Typen von einer Elefantenfarm in Thailand zusammenzieht. Du weißt schon. So ein Kram eben.«

Nein, ich hatte keinen Schimmer von Stephs Kram, aber ich war fasziniert und wartete darauf, dass sie fortfuhr. Sie glitt mit dem Bügeleisen über das Shirt und machte eher neue Falten hinein, als dass sie welche rausbügelte. Ich sagte aber nichts, denn ich hätte es auch nicht besser gekonnt.

Steph seufzte. »Soll ich ein bisschen tratschen und dir verraten, warum ich so viel über Rae weiß? Also: Es ist ja kein Geheimnis, dass sie meinen Dad kennt, richtig? Naja, man könnte sagen, in den letzten paar Wochen hat sie ihn *wirklich* kennengelernt.« Steph sah mich bedeutungsvoll an und zog eine Augenbraue hoch.

»Oooooh«, sagte ich, als es klick machte.

»In der Tat.« Sie zuckte die Achseln.

»Und deine Mum …? Wie geht's ihr damit?«

»Mum macht einen auf Landschaftsarchitektin.«

Meine Kinnlade klappte so weit herunter, dass sie fast aufs Bügelbrett fiel. »Was?!«

»Ich weiß. Sie ist ein wandelndes Klischee.«

Noch bevor ich mich bremsen konnte, war mir die Antwort bereits herausgerutscht: »Wie man's nimmt, der Gärtner wäre ein noch größeres Klischee.«

Steph prustete vor Lachen. »Stimmt! Oder der Typ, der den Pool reinigt! Oder der Tennislehrer.«

»Der seinen großen, bösen Schläger schwenkt.«

»Herrje!«, lachte sie und seufzte gleich darauf tief. »Ich kann einfach nichts richtig machen, verstehst du? Dad fängt was mit Rae an und beschwert sich bei ihr darüber, dass seine Tochter kein Ziel hat. Also lässt Rae mich hier etwas lernen. Und wenn ich dann *immer noch* kein Ziel habe, flippt mein Vater aus, die beiden fangen wieder was miteinander an, und der ganze Zirkus geht von vorne los.«

Ich konnte es immer noch nicht fassen. »Also weiß Rae, dass du weißt …? Dass sie und dein Dad …?«

»In den letzten Wochen war sie jeden zweiten Abend bei uns. Wahrscheinlich betrinken sie und Mum sich gemeinsam und diskutieren über Dads schlimme Genickschmerzen.«

Steph bemerkte meine verwirrte Miene. »Klingt komisch, ich weiß. Aber irgendwie scheint es zu funktionieren. Zumindest für die drei.« Sie hielt das Shirt hoch, auf dem jetzt braune und schwarze Abdrücke in Form eines Bügeleisens zu sehen waren. »Schätze, das hab ich ruiniert. Genau deshalb kaufe ich ausschließlich Kleider, die man nicht bügeln muss. Wird wohl besser sein, wenn ich das nächste Teil nicht auch noch in die Mangel nehme. Du bist dran.«

Beherzt griff ich nach dem Bügeleisen. Ich wusste zwar nicht, was ich damit anstellen sollte, aber das musste ich ja nicht zugeben.

»Okay, genug von meiner Familie«, sagte Steph. »Hast du dich schon entschieden, wofür du die fünftausend Dollar ausgeben willst?«

Ich wurde rot. »Nein, hab ich nicht. Ich meine, es wäre natürlich großartig, wenn ich gewinnen würde, aber das wird nie im Leben passieren.«

Steph verdrehte die Augen. »Oh bitte. So wie Rae in den letzten Tagen von dir geschwärmt hat, hast du den Bonus quasi in der Tasche.«

»Aber dein Dad und sie …«

»Ach komm, wenn ich gewinnen würde, wäre Rae gezwungen, das Geld in einen Treuhandfonds oder so was in der Art zu stecken. Nein, Dad hat mich hergeschickt, damit ich keinen Ärger mache. Rae hätte gerne, dass ich mich in Richtung Design orientiere, aber ich hänge lieber hier rum und erledige niedere Arbeiten.« Steph beugte sich vor und spähte mir über die Schulter. »Jose, das mit dem Bügeln klappt ja super.«

»Fertig!«, sagte ich erleichtert. »Okay, also wenn du den Preis nicht willst, dann kriegt ihn Ava. Wie du schon sagtest, sie ›hilft‹ Rae – die zwei sind schon jetzt die besten Freundinnen.«

»Aaach ja, Königin Ava.« Steph verdrehte die Augen.

»Ich verstehe dieses Mädchen einfach nicht. Ich meine, sie scheint sich ja für eine Mega-Schauspielerin und außerdem noch für ein Supermodel zu halten. Aber wenn dem wirklich so ist, warum lässt sie sich dann ohne Bezahlung als Praktikantin anstellen? Nein, Jose, das Geld gehört dir.«

Ich schüttelte den Kopf, doch im tiefsten Inneren hoffte ich, dass Steph recht hatte. Ich *brauchte* die fünftausend Dollar, ich brauchte sie für meine Familie. Mum versicherte mir und Kat immer wieder, dass alles in Ordnung wäre, aber aus irgendeinem Grund glaubte ich das nicht so recht. Vielleicht, weil sich mein unschuldiger Blick auf die Welt in dem Moment verändert hatte, als ich Dad zu seinem Auto hatte stürmen und davonfahren sehen. Mum kam nicht damit zurecht. Ich hatte ihre verzweifelten Telefonate mit Tante Julie oft genug mit angehört, wenn sie dachte, Kat und ich würden schon schlafen. Und mit fünftausend Dollar würde man so manche Rechnung bezahlen können.

Steph riss mich aus meinem Tagtraum. »Also, nur mal theoretisch: Was würdest du dir gönnen? Ein Auto? Einen Urlaub? Klamotten? Oder würdest du eine Party schmeißen, zu der du mich einlädst und auf der ich vergessen könnte, wie beschissen mein Leben gerade ist?«

Ich schwieg einen Moment, weil ich nicht sicher war, ob ich ihr die Wahrheit anvertrauen sollte. »Ich würde das Geld meiner Familie geben. Langweilig, nicht wahr? Aber meine Mum steht zurzeit ziemlich unter Druck.«

Steph hörte kurz auf, an einem Paar kniehoher Plateauschuhe herumzuputzen. »Tut mir leid, ich hatte ja keine Ahnung … Wie ist deine Familie denn so? Perfekte Kinder, perfekte Zäune et cetera pp ? Oder ist sie wie meine Sippe? Ein verdorbener Haufen à la ›Begehre deines Nächsten Weib‹?«

Ich lachte. »Nein, wir sind nicht perfekt. Nicht annährend. Aber wir waren es mal.«

Bevor Dad gegangen war, hatte uns tatsächlich etwas Stereotypes angehaftet: Wir waren die klassische Vorstadt-Familie gewesen, bis hin zu dem idyllischen Garten (der exakt so groß war, dass es für ein Pool gereicht hätte, den wir allerdings nie gebaut hatten), der Wäscheleine und den freundlichen Straßen, auf denen die Kinder bis Sonnenuntergang Cricket spielten. Aber dank unseres ausgebüxten Vaters fühlte ich mich jetzt, als wäre ich in einer Soap Opera gefangen, ohne je wieder dort herauszufinden.

Die Tür öffnete sich quietschend und da stand Ava und drückte ihre Tasche an sich. Sie stand ein wenig gekrümmt da, die Hand auf dem Bauch.

»Na? Hast du dein geheimes Ritual mit Rae beendet?«, fragte Steph.

Ava verzog keine Miene. »Ich pack's für heute. Ich habe Migräne.« Sie fasste sich an den Kopf, doch ihre gekrümmte Haltung sprach eine andere Sprache.

»Aber dann verpasst du ja den Kosmetikverkauf heute Nachmittag!«, sagte ich. »Soll ich dir was mitbringen? Sia sagt, für weniger als zwei Dollar kriegt man da haufenweise cooles Zeug. Und Parfums kosten nur zehn!«

»Kosmetikprodukte für zwei Dollar? Nein danke, kein Bedarf«, erwiderte Ava schnippisch, während sie sich erneut den Bauch rieb. »Josephine, hat dir deine Mutter nicht gezeigt, wie man bügelt? Das sieht ja grauenhaft aus.« Sie drehte sich um und schloss die Tür hinter sich.

»Offensichtlich ist sie noch nicht krank genug, um endlich mit dem Gezicke aufzuhören«, sagte Steph. »Du bist viel zu nett zu ihr.«

»Hast du gesehen, wie sie sich den Bauch gerieben hat?«, fragte ich. »Ich glaube nicht, dass sie Migräne hat.«

Steph riss die Augen auf. »Vielleicht ist sie ja schwanger! Mit einem Dämonenbaby.«

»Oder sie hat eine Lebensmittelvergiftung.«

»Das würde bedeuten, dass sie irgendwann mal was zwischen die Kiemen bekommen hätte. Aber das Mädchen isst ja kaum was.«

Steph hatte recht: Ava knabberte an ihrem Mittagessen bloß ein bisschen herum.

Ich zog noch ein verknautschtes Kleidungsstück aus dem Korb – ein Kleid mit Tupfen – und legte es aufs Bügelbrett. Eine ganze Weile hörte ich nur noch das sanfte Zischen des Bügeleisens und Steph, die überlegte, was sie sich bei dem Verkauf alles zulegen würde.

Liani und Sia standen vor der Tür des Konferenzraums, wo sie sich jedem, der auch nur eine Sekunde zu früh losstürmen wollte, in den Weg stellten. Der Flur summte voller vorfreudigem Geplapper, und einen Moment vergaß ich, dass das hier mein Arbeitsplatz war. Andere Menschen hackten um diese Uhrzeit Holz, reparierten Autos, überzogen Betten oder sortierten Akten. Wir hingegen standen mit gezückten Taschen und konzentrierten Gesichtern in einer Reihe hintereinander – und das nur, um eine preiswerte Augenbrauenbürste zu ergattern. Jeden Tag von neun bis fünf schuften? Sich den Lebensunterhalt selbst verdienen? Vergesst es. Der heutige Nachmittag kam mir wie der Sommerschlussverkauf vor, wo jeder auf Rabatte von über fünfundsiebzig Prozent aus war. Man hatte mir und Steph versprochen, dass wir uns wie echte VIPs ganz nach vorne in die Schlange stellen durften. Nach allem, was Sia angedeutet hatte, musste ich etwas härter rangehen, wenn ich auch ein paar Markenschnäppchen abkriegen wollte. Und ich war ja auch nicht blind: Jeder Idiot konnte die Kampfeslust in den Augen der anderen glitzern sehen.

»Solltet ihr eine Mascara entdecken, die die Wimpern voluminöser macht, bringt sie mir mit«, sagte Eloise zu niemandem im Speziellen, während sie hektisch auf und ab lief.

»Kein Problem. Und ich würde alles für einen zweiten roten Lippenstift geben, wenn ihr da also auch ein Auge drauf haben könntet …«, zwitscherte ein anderes Mädchen aus der Kulturredaktion, das sich einen riesigen Stoffbeutel über die Schulter schwang.

Gen – noch eine Mitarbeiterin, die gerne roten Lippenstift trug – verdrehte die Augen. Offensichtlich hatte sie das Gleiche im Auge. Meine Güte, diese Mädchen meinten es wirklich ernst.

»Es ist fast so weit«, sagte Steph, während sie mich anstupste und auf die Uhr an der Wand deutete.

Sie hatte es nicht als Einzige bemerkt. Das Geplapper im Flur wurde leiser, während wir alle wie Athleten, die unbedingt gewinnen wollten, unsere Startpositionen bezogen. Als ich die entschlossenen Gesichter um mich herum betrachtete, wünschte ich, ich würde einen Schutzanzug tragen. Carla sah aus, als hätte sie kein Problem damit, jedem, der ihr in die Quere kam, Haarprodukte aus den Händen zu reißen. Sogar Liani presste ihren Geldbeutel mit einer Härte an sich, die ich noch nie zuvor an ihr gesehen hatte. Worauf sie wohl scharf war? Eigentlich schien sie nicht besonders viel Make-up zu tragen. Rae war nirgends zu sehen, aber ich vermutete, Sia hatte im Vorhinein schon das Beste vom Besten für sie zur Seite gelegt. Und ganz ehrlich: Sich mit ihren Angestellten um eine reduzierte Handcreme zu prügeln stand vermutlich nicht auf Raes Prioritätenliste. Schließlich hatte sie eine Zeitschrift zu leiten und musste nebenbei noch ihre Lakaien erschrecken.

Sia stieß einen lauten Pfiff aus, reckte den Arm in die Luft und winkte. Sie wollte unsere Aufmerksamkeit – und die bekam sie auch.

»Okay, liebes Team, ihr dürft zehn Minuten vor allen anderen da rein. Und ich meine wirklich: vor *allen anderen,* also bevor der ganze Rest der Firma hier einfällt.

Das Geld wird für wohltätige Zwecke gespendet *und* in unsere Party am Jahresende investiert, also nicht geizen! Keine Könntest-du-das-bitte-anschreiben-Sprüche, und solltet ihr den Betrag passend haben, ist es sehr gut möglich, dass ich euch abknutsche.«

Alle lachten.

»Seid ihr bereit?«, fragte Sia. »Dann frohes Shoppen, ihr Schönheiten!«

Sie öffnete die Tür, und wir stürzten in den Konferenzraum. Ein Woge Parfum-jagender, Lippenstift-verehrender, Haarprodukt-aufspürender Frauen, die alle nur eins im Sinn hatten: sich vor allen anderen die besten Beauty-Schnäppchen zu krallen.

Das Erste, was mir auffiel, waren die Farben: die Rosé-Abstufungen der Rouge-Döschen und Lippenstifte in der einen Ecke, die violetten und blauen Lidschatten in der anderen und dann noch der schillernde Regenbogen aus Nagellackfläschchen. Dicht an dicht standen die Sachen auf den Tischen und waren je nach Preis und Größe in verschiedene Kategorien eingeteilt.

In nur wenigen Augenblicken war ich ans Ende der Menge zurückgefallen, während die *Sash*-Leute den Raum überfluteten und Kajalstifte, Selbstbräuner, Haarspray und Seren in ihre Taschen warfen. Noch nie hatte ich so viele perfekt lackierte Nägel gesehen, die so schnell nach irgendwelchen Artikeln schnappten und griffen, so vehement stießen und wühlten. Die Mädchen sprachen leise mit sich selbst, um möglichst rasch abzuwägen, für welches Produkt sie sich entscheiden sollten. Mit langsamen Denkern hatte man kein Mitleid. Wenn man sich nicht mit dem Zeug zufriedengeben wollte, das alle anderen tunlichst liegen gelassen hatten, waren Bauchgefühl, gute Reflexe und ein Blick für Qualität gefragt.

Während ich angestrengt versuchte, zu den Tischen vorzudringen, und dabei Ellbogen und fliegenden Haaren auswich, schaufelte ich übergroße Shampoo- und Conditioner-Flaschen in meine Tasche. Die Marke war mir egal. Ich hatte es einfach satt, dass mein Haar nach Duschgel roch, und das war leider das Einzige, was in Tims und James' Bad rumstand.

Steph schlüpfte in eine schmale Lücke zwischen Carla und Gen, die schneller durch die Produkte stöberten, als man »kaufwütig« sagen konnte. Unsere Blicke trafen sich, und wir funkelten uns aufgeregt an, wenngleich ich immer noch ein wenig betäubt war davon, wie wild es hier zuging.

Stephs Lippen formten die Worte »organische Body-Butter«, während sie mit einer orangefarbenen Tube herumwedelte. »Riecht total gut.«

»Cool«, gab ich lautlos zurück, während ich nach einer Nachtcreme und einem Waxing-Set für Mum griff, gefolgt von einer getönten Feuchtigkeitscreme und einem Lipgloss für Kat.

Es war wirklich ein lustiger Nachmittag. Und das Beste daran? Die vielen im Raum versprühten Haarsprays, Parfums und die duftenden Feuchtigkeitscremes hatten mir das Hirn so vernebelt, dass ich nicht mehr die geistige Kapazität hatte, über James und Summer nachzudenken und mich nicht noch mehr aufregen konnte. Nun gut, James war ein echt scharfer Typ (und nett und lustig und einfach alles, was ein Traummann so hergab), und klar, ich wäre ohne Weiteres bereit gewesen, die Regierung per Einschreiben zu bitten, der wärmsten Zeit des Jahres einen anderen, weniger niederschmetternden Namen zu geben … aber mal ehrlich: Das war doch alles gar nicht so wichtig.

Mir geht's gut, sagte ich mir, während ich einen metallisch glänzenden Nagellack in meine Tasche warf. Ausgezeichnet geht's mir!

Als der Verkauf irgendwann zu Ende war, verließ Sia den Raum, um eine neue Mascara zu lancieren. Oder war es eine Bodylotion oder eine Zahnpasta? Bei den unzähligen Veranstaltungen hier verlor ich langsam den Überblick. Sia verbrachte die Hälfte ihrer Zeit damit, sich »noch mal kurz frisch zu machen« und dann zu einem Termin zu hetzen.

Gegen halb sechs packten die Kreativen ihr Zeug zusammen, um auf einen Absacker in eine nahe gelegene Bar zu gehen. Aus der Moderedaktion drang Gelächter. Carla und Gen erzählten mit schottischem Akzent dreckige Witze und stolzierten kurz darauf mit ihren Kolleginnen über den Flur zu den Aufzügen. Ein verschworenes Grüppchen aus lauter Frauen, die allesamt hohe Absätze und aufeinander abgestimmte Frisuren trugen.

Die Textredaktion – also die Leute, die Features schrieben und redigierten – verließ um 6.22 Uhr als Letzte das Haus. Von ihren glamouröseren Kollegen unterschieden sie sich durch ihre roten Augen und die Tatsache, dass sie bereits am frühen Abend in flache Schuhe geschlüpft waren. Als sich der Zeiger langsam auf 6.24 Uhr zubewegte, wurde mir klar, dass ich, inmitten der surrenden, schlafenden Computer und der glänzenden Zeitschriftenstapel, allein im Büro zurückgeblieben war. Jetzt wieder zu Tim nach Hause zu gehen, war keine besonders schöne Vorstellung. Dort war es schmutzig, widerlich, und ich musste auf der Couch schlafen.

Na gut, das war nicht der eigentliche Grund, weshalb ich da nicht mehr hinwollte.

Wie es schien, kam ich – Überraschung! – wohl nicht so recht mit der ganzen James-hat-eine-Freundin-Sache klar. Ich konnte den Gedanken einfach nicht ertragen, dass er da sein würde, wenn ich nach Hause kam. Und Summer womöglich auch. Und davon würde mich kein Beautyprodukt dieser Welt ablenken können. Ich sah es regelrecht vor mir, wie die beiden auf der Couch schmusten, sich beim Abendessen gegenseitig fütterten und sich in der kleinen Badewanne nass spritzten.

Ich würde ihnen erst zur Schlafenszeit gegenübertreten, wenn ich so tun konnte, als sei ich hundemüde, um mich dann gleich auf die Couch zu begeben. In der Zwischenzeit tat ich so, als wäre ich eine der wenigen Glücklichen, die dafür bezahlt wurden, dass sie in den Räumlichkeiten von *Sash* herumstiefelten. Es machte Spaß, mein Kopf wurde wieder klar und ich entspannte mich.

Doch wie sich herausstellte, war ich gar nicht allein.

Zuerst hörte ich ein Schniefen. Ein kurzes, heftiges Schniefen, das aus dem Flur drang und zu einem herzzerreißenden Schluchzen anschwoll, das durch den gesamten Eingangsbereich hallte. Zaghaft tastete ich mich in die Richtung vor, aus der das Weinen kam. Fast hatte ich ein bisschen Angst davor, herauszufinden, wer oder was diese gequälten Laute von sich gab.

Und dann entdeckte ich sie. Ganz allein in ihrem Büro. Ihr sonst so perfekter Bob war verstrubbelt und ihr sorgfältig geschminktes Gesicht tränenüberströmt.

Rae sah mich ebenfalls. Sie riss die Augen auf, als sich unsere Blicke trafen, und wirbelte in ihrem Bürostuhl herum (wobei sie garantiert »Diese verdammte Praktikantin« murmelte), griff nach einem Taschentuch, rieb damit unter ihren Augen herum und drehte sich wieder zu mir um.

»Bist du etwa immer noch da?«, fragte sie streng, während sie ihren Bob zurechtzupfte.

»Äh, hallo«, antwortete ich schwach. »Wie geht's denn so?«

Auf Raes Gesicht war keine Spur mehr von den eben noch vergossenen Tränen. Diese Frau war einfach unglaublich. Ich hatte nach solchen Heulorgien noch Tage später rote geschwollene Augen.

»Josie, du hättest schon vor Stunden nach Hause gehen sollen.«

»Ich weiß, ich weiß«, stammelte ich. »Aber ich freue mich einfach, wenn ich aushelfen kann.«

Es war irgendwie aufregend, mit Rae allein im Büro zu sein. So als wäre es illegal. Und vielleicht war es das ja auch.

»Wie süß«, erwiderte Rae. »Wenn ich dir auch nur eine Sekunde lang glauben würde, würde ich mich jetzt bei dir bedanken. Aber Josie, ich arbeite nicht erst seit gestern hier. Ich habe genug Mädchen gesehen, die spät nachts noch in der Redaktion rumgelungert haben, weil sie angeblich irgendwas kopieren oder im Netz recherchieren mussten. Glaub mir, ich merke, wenn etwas im Busch ist.«

»Ach so?«

»Jawohl. Für so was gibt es immer nur einen Grund. Also, raus damit … wer ist er? Oder ist es eine Sie?«

Ich öffnete den Mund und wollte alles abstreiten. In letzter Zeit hatte ich mir angewöhnt, jeden Gedanken an James zu verdrängen und in den hintersten Winkel meines Hirns zu verbannen, sodass ich mich hin und wieder fragte, ob mein Kopf bald explodieren würde. Jetzt gerade pochte er ziemlich unangenehm – allerdings nicht so sehr wie meine Füße, die den ganzen Tag in hochhackigen Schuhen gesteckt hatten. Doch plötzlich ploppte James' Gesicht in meinen Gedanken auf, und ich hätte es nicht ertragen, es schon wieder zu verdrängen.

»Es ist ein Er«, antwortete ich. »James.«

Raes Stimme wurde weicher. »Und ist er das alles wert? Die lange Arbeitszeit? Die Traurigkeit?«

»Ich bin nicht traurig.«

»Josie.« Rae nahm erneut ihren Ich-bin-doch-nicht-von-gestern-Tonfall an. »Sag schon. Ist er es wert?«

»Ähm, ich weiß es nicht.«

Aber eigentlich wusste ich es doch. Er *war* es wert. Ganz klar. Wenn er über die schrägen Typen in seiner Arbeit Witze machte, hätte ich mich ausschütten können vor Lachen. Seine Leidenschaft für Musik beeindruckte mich, und ich konnte den Blick nicht von ihm abwenden, wenn er sich die Haare hinters Ohr strich. Wenn er mich aufzog, fühlte ich mich kribbelig und albern, als hätte ich Champagner zum Frühstück getrunken.

»Du solltest für heute Feierabend machen«, sagte Rae. »Klingt, als müsstest du noch mit jemandem sprechen.«

Ich konnte sie nicht ansehen. In meinen Augen standen Tränen. Es war brillant, wie schnell sie den Fokus von ihrem Gefühlsausbruch auf mich verlagert hatte. Immer war sie allen anderen drei Schritte voraus, selbst wenn man sie unvorbereitet erwischte. Ich wollte – nein, ich *musste* – in ihrer Nähe bleiben, um von ihr zu lernen.

»Sind Sie sicher, dass ich nicht doch noch etwas tun kann?«, fragte ich. »Ich meine, wenn irgendwas ist, könnte ich …«

»Zeit, nach Hause zu gehen, Josie. Ich sehe dich nächste Woche. In alter Frische, strahlend und unbeschwert.«

Ich wollte, dass sie mich an sich drückte und mir sagte, dass alles gut würde, auch wenn sich gerade alles so schrecklich falsch anfühlte. Aber da Rae ungefähr so mütterlich war wie ein kaputter Kühlschrank, tat sie nichts dergleichen. Natürlich nicht. Vielleicht hatte ich mir auch bloß eingebildet, dass sie bis eben noch schluchzend in ihrem Büro gesessen hatte. Vielleicht war ich einer Fata Morgana aufgesessen. Aber nein – viel wahrscheinlicher war, dass auch Rae etwas verdrängte. Und das würde sie bestimmt keiner lausigen Praktikantin anvertrauen.

»Oh – und Josie?«, fügte sie hinzu.

Ich drehte mich um und sah sie an. »Ja?«

»Bevor ich es vergesse: Billy ist nächste Woche aus der Entzugsklinik zurück. Ich kann nicht glauben, dass ich das sage, aber er will ein zweites Interview, und zwar mit dir.«

Ich schluckte. »Wie ist das denn möglich? Würde Esmeralda das nicht lieber übernehmen?«

»Ja, das würde sie allerdings«, erwiderte Rae. »Aber er will nur dich. Ich bin nicht so ganz überzeugt, aber Liani steht zu hundert Prozent hinter dir.«

»Ich weiß nicht, was ich sagen soll.«

»Traust du dir das zu?«

»Ähm, klar, natürlich«, stammelte ich.

»Wunderbar. Dann bereite ein paar Fragen vor, damit wir das festklopfen können. Josie, die Sache könnte für dich, für mich und das ganze Magazin bahnbrechende Folgen haben. Vermassel es ja nicht!«

11.

Aus dem Schlafzimmer drang gedämpftes Geschrei. James wurde abwechselnd lauter und leiser, Summers Stimme hingegen hielt sich konstant auf demselben Kreischlevel. Leider verstand ich kein einziges Wort. Nicht, dass ich es nicht versucht hätte, im Gegenteil. Am liebsten hätte ich das Ohr an die Tür gepresst, aber dann würde ich wohl allmählich wirklich zum Freak. Und wahrscheinlich noch ein Stalker. Stattdessen legte ich mich mit einer Decke aufs Sofa, steckte mir die Finger in die Ohren und machte die Augen fest zu. Doch der Schlaf wollte sich nicht einstellen. Und hundert plüschige Schafe zählen half auch nicht. Summer wurde lauter und lauter, bis ich irgendwann mitbekam, warum sie so sauer war.

»Was hast du mit der am Laufen, hä?«

Entweder sagte James nichts oder seine Antwort war nur ein Murmeln, denn ich konnte keinen Ton hören.

»Was schaust du mich so komisch an? Hasst du mich? Na prima! Ich hasse dich nämlich auch!«

Stille. Ich hielt den Atem an. Immer noch nichts. Nur sie. Jetzt ruderte sie zurück.

»Baby, es tut mir leid. Ich hasse dich nicht, ich liebe dich. Liebst du mich auch? Es hat mich einfach so überwältigt und dann … Was? Von mir aus, dann halt die Klappe! Du kannst mich mal!«

Ich hörte, wie sich die Tür öffnete, Schritte über den Flur hallten und sich dem Wohnzimmer näherten … wo ich auf der Couch lag.

Summer und ich sahen uns im selben Augenblick an. Ihr Haar war verfilzt, ihr Gesicht voller Mascara-Schlieren und sie trug pinkfarbene Spitzenunterwäsche. Tja. Das war dann wohl für uns beide eine Überraschung. Sie stieß einen schrillen Schrei aus, schlang die Arme um sich und rannte durch den Flur in James' Zimmer zurück. Die zweite Runde begann.

»Muss das sein, dass die immer noch hier ist?!«, hörte ich es hysterisch kreischen. »Ich meine, jetzt mal ehrlich, was ist hier los?«

»Nichts. Lass es gut sein«, erwiderte James bestimmt.

»Nichts – verdammt richtig. Wenn du die Tussi noch einmal anschaust, flippe ich aus. Und das meine ich ernst. Egal, um wie viele Rollerfahrten sie dich noch anbettelt.«

»Du lieber Himmel, Sum, ich hab ihr einen Gefallen getan. Einen einzigen. Jetzt beruhige dich, komm wieder ins Bett und …«

»Aber ich habe gesehen, wie sie dich anstarrt!«

Irgendwann verebbte das Geschrei und dank des rhythmischen Tickens der Wanduhr fiel ich in einen unruhigen Schlaf.

Am nächsten Morgen gegen halb sechs schob ich ein Dankeschön-Post-it unter Tims Tür durch und stahl mich in die Dunkelheit der Stadt. Mein Zug würde noch eine ganze Weile nicht kommen. Stumm setzte ich mich und starrte auf meine Hände, ich hatte ordentlich Heimweh. Ich rieb mir die Schläfen und konzentrierte mich auf die Leute, die nach und nach auf dem Bahnsteig eintrudelten: Büromenschen in Anzügen, die auf ihre Handys guckten, ein junges Pärchen mit Rucksäcken, das diskutierte, welchen Zug es nehmen sollte, und ein junger Typ um die zwanzig mit Sneakers, der irgendwas über eine Party, die er am Wochenende steigen lassen wollte, in sein Telefon plapperte. Mein Blick verweilte auf einem Mädchen mit traurigen Augen und braunem Haar. Sie tat nicht viel, sondern saß einfach nur da und starrte ins Nichts. Plötzlich erkannte ich ihren Mund und das spitze Kinn.

Das Mädchen war mein Spiegelbild in der gegenüberliegenden Glasscheibe.

»Angela ist dran«, flüsterte Mum und deutete auf unser Telefon in der Küche. »Sie versucht schon seit einer Woche, dich auf dem Handy zu erreichen, und hat nichts von dir gehört.«

Ich seufzte. »Sag ihr, ich hab zu tun. Ich stehe unter der Dusche, hocke auf dem Klo oder schaue der Wandfarbe beim Trocknen zu. Mir egal.«

»Ach Schatz, ich lüge deine Freunde nicht gern an.«

»Dann sag von mir aus die Wahrheit. Sag ihr, dass sie Mist gebaut hat und ich nicht mit ihr reden will.« Der Satz war mir herausgerutscht, bevor ich etwas dagegen tun konnte.

Mum ging nicht darauf ein. »Na gut, ich sage ihr, dass du den Rasen mähst.«

»Bist du verrückt? Das kauft sie dir auf keinen Fall ab.«

»Na dann eben die Dusche. Du stehst unter der Dusche.«

Ich hörte, wie Mum die Worte hervorpresste. Sie war eine grauenvolle Lügnerin. Ihre Stimme zitterte und sie sprach viel zu schnell, damit sie endlich auflegen konnte. Als sie zurück ins Zimmer kam, sagte sie: »Du kannst das arme Mädchen nicht ewig ignorieren, Josephine.«

»Bitte keine vollständigen Namen, ja?«

»Schatz, sie ist deine beste Freundin.«

Seit der Sache mit Pete Jordan, die mir immer wieder qualvolle Rückblenden bescherte, hatte ich nicht das geringste Bedürfnis gehabt, mit Angel zu sprechen. Sie wusste, dass ich keine Erfahrung mit Jungs hatte – nie im Leben hätte sie einen solchen Kuppelversuch unternehmen dürfen.

Mum umarmte mich. »Ich hole schnell ein paar Kräuter fürs Abendessen aus dem Garten.«

»Brauchst du Hilfe?«, fragte ich. Ich hatte ein schlechtes Gewissen, weil sie für mich hatte lügen müssen.

»Nein danke, Schatz. Aber du kannst schon mal den Tisch decken. Es gibt Pasta.« Mum griff nach einem

Korb und verschwand durch die Hintertür nach draußen.

Ich wusste, dass sie trotz der Umstände ihr Möglichstes tat, Kat und mir ein Gefühl von Normalität zu vermitteln. Ich ging in die Küche und holte das gute Besteck von oben aus dem Schrank – ein Geschenk von einer von Mums Großtanten, da war ich mir ziemlich sicher. Soweit ich mich erinnern konnte, hatten wir es nur zweimal benutzt. Einmal an Weihnachten, als uns ein längst verschollen geglaubter Verwandter besucht hatte, und dann noch mal an meinem sechzehnten Geburtstag. Zeit für einen neuen Auftritt.

Das Besteck war schwerer, als ich erwartet hatte, rutschte mir aus der Hand und verteilte sich über den gesamten Küchenboden.

»Ups«, murmelte ich, während ich auf alle viere ging, um die Messer, Gabeln und Löffel Stück für Stück wieder in die Kiste zu sortieren, die mit dunkelblauem Samt ausgelegt war.

Als ich ungefähr die Hälfte wieder eingeräumt hatte, kam Kat herein und sah zu, wie ich auf dem Boden herumkroch.

»Du Idiotin«, sagte sie und verdrehte die Augen. »Was willst du denn damit? Mum hasst dieses Besteck, das weißt du doch.«

»Echt, sie hasst es?« Das war mir neu. Ich dachte immer, sie wollte es einfach nicht oben aus dem Schrank holen.«

»Ja, das ist ihr Hochzeitsbesteck, weißt du nicht

mehr?«, zischte meine Schwester und ging in die Hocke, um zwei Löffel aufzusammeln, die auf die andere Seite des Raums geschlittert waren.

»Ich dachte, es wäre ein Geschenk von Mums Großtante – du weißt schon, die mit den violetten Seifen und den gruseligen Rüschenpuppen.«

Na gut, den Preis in Sachen Aufmerksamkeit bei extrem sensiblen Familienthemen würde ich schon mal nicht gewinnen.

»Ja, das *war* es ja auch. Die Tante hat es ihnen zur Hochzeit geschenkt.«

»Ich fass es nicht, dass ich das verbockt habe.«

»Apropos, könntest du Angel bitte mal zurückrufen? Sie stalkt mich auf Facebook, um irgendwie an dich ranzukommen. Ich würde sie ja nur ungern blockieren, aber ganz ehrlich, Jose …«

»Ich rufe sie an, wenn ich so weit bin.«

»Geht's um Pete Jordan?«

»Halt die Klappe, Kat.«

»Ich habe gehört, wie Mum mit Tante Julie darüber gesprochen hat. Klang peeeeinlich.«

»Halt die Klappe, hab ich gesagt.«

»Josephine und Katherine Browning. Wieso ist der Tisch noch nicht gedeckt?«

Wir erstarrten. Als wir uns umdrehten, stand Mum im Türrahmen. Ihr Korb quoll über vor lauter Basilikum. Als sie uns zwischen den Teelöffeln und Kuchengabeln sitzen sah, begannen ihre Lippen zu zittern.

»Was habt ihr denn damit vor?«, fragte sie und deutete auf das Besteck-Set.

Ich schluckte. »Wir können das alles erklären.«

Doch Mum wartete unsere Erklärungen nicht ab, sondern drehte sich auf dem Absatz um und stürzte über den Flur in ihr Zimmer. Das Geräusch der zuknallenden Tür hallte durchs ganze Haus.

»Ich habe Tränen gesehen«, sagte Kat. »Ganz toll – weißt du, was das bedeutet?«

Ich hatte keine Ahnung, was mein Gewissen gleich noch mehr belastete. »Nun, sie ist ziemlich aufgewühlt und …«

»Ja, *natürlich* ist sie das. Aber es bedeutet, dass sie ihr Zimmer heute nicht mehr verlassen wird. Gut, dann esse ich eben auch allein.«

»Nein, wir holen sie und essen alle zusammen. Komm schon, wir können den Abend noch retten.«

Kat verdrehte die Augen. »Mach, was du willst. Ich esse in meinem Zimmer.«

Sie häufte sich eine riesige Portion Pasta in eine Schüssel, streute Parmesan drüber und verließ ohne ein weiteres Wort die Küche. Aber auch wenn Kat aufgegeben hatte, galt das noch lange nicht für mich. Ich füllte ebenfalls Pasta in eine Schüssel und trug sie zu Mums Zimmer.

Klopf, klopf.

»Das Abendessen ist fertig, Mum.«

Nichts.

Klopf, klopf. Klopf, klopf.

»Mum? Die Pasta ist fertig«, versuchte ich es erneut. »Schmeckt super mit dem Basilikum.«

Immer noch nichts.

»Du musst was essen. Ich lass es dir hier vor der Tür stehen, okay? Für den Fall, dass du später Hunger kriegst.«

Geknickt schlurfte ich in die Küche zurück und löffelte die Pastasauce direkt aus dem Topf. Später, auf dem Weg ins Bett, warf ich einen verstohlenen Blick auf Mums Zimmertür und freute mich, dass mein Plan funktioniert hatte. Die Schüssel war nicht mehr da.

»Die Noten für die Seminararbeiten von letzter Woche stehen jetzt online«, verkündete Filly einem Saal voller schläfriger Studenten. »Einen speziellen Glückwunsch an Lisa Hantz, sie hat die beste Note erzielt. Gute Arbeit.«

Sie hatte die beste Note? Ich hatte kaum geschlafen und rund um die Uhr gearbeitet und war sicher gewesen, dass ich die Sache rocken würde. Zu sicher, wie es schien.

Lisa wurde rot und rutschte tiefer in ihren Stuhl. Mir, die ich ja ebenfalls sehr gute Noten bekam, ging es völlig anders: Ich wollte den Ruhm, die Krone, die Trophäe und das Lob. Nicht, dass ich je eine Krone bekommen hätte. Daran arbeitete ich noch.

»Okay, das reicht für heute«, sagte Filly. »Ich muss zu einem Angelausflug.«

Die anderen jubelten angesichts des vorzeitigen Vorlesungsschlusses, griffen nach ihren Taschen und drängten Richtung Tür. Filly behauptete immer, der Ausgleich zwischen Beruf- und Privatleben sei ihm extrem wichtig – allerdings stellte er neun von zehn Malen sein Privatleben über die Arbeit.

Ich hörte, wie er mich rief. »Josie, kann ich Sie kurz sprechen?«

Ich wartete, bis der letzte Student aus der Tür war, und fragte dann: »Worum geht's denn?«

»Nur einen Moment, es dauert nicht lang«, erwiderte Filly und deutete auf einen Stuhl zu meiner Rechten.

»Okay …« Ich kicherte, als der Stuhl unter meinem Gewicht knarzte. Filly rieb sich den Kopf. »Mir ist aufgefallen, dass Sie Ihre Seminararbeit zwei Tage zu spät abgegeben haben …«

»Nein, ich hab sie am Freitag eingereicht«, erwiderte ich. Das Kribbeln in meinem Kiefer signalisierte, dass ich jeden Moment von einer Angstwelle überrollt werden könnte.

»Ich weiß«, sagte Filly. »Aber der Termin war am Mittwoch.«

»Das kann nicht sein, ich hab mir das doch notiert«, murmelte ich, während ich hektisch Halstücher, Stifte und Bonbonpapier aus meiner Tasche fischte, um an meinen Terminkalender zu kommen. »Ich bin mir ganz sicher, dass Sie Freitag gesagt haben.«

Ich fand den Kalender und blätterte darin herum.

Da stand der Vermerk, in hellrotem Filzstift, zwischen Notizen und Deadlines für die Uni und *Sash:* »Abgabe Journalistik-Seminararbeit«. Und es war genau, wie Filly gesagt hatte: Der Termin wäre am Mittwoch gewesen.

»Solche Fehler mache ich nicht«, sagte ich fassungslos. »Nie.«

»Josie, es kommt mir vor, als würden Sie momentan eine schwere Last mit sich herumschleppen – und damit meine ich nicht nur Ihre Tasche. Möchten Sie vielleicht über irgendetwas sprechen?«

Ob eine waschechte Seifenoper-Familienkrise als schwere Last zählte? Oder dass man Gefühle für den Freund einer anderen hegte und diese Gefühle nicht erwidert wurden? Zumindest für die Tatsache, dass ich eine Höllenangst vor meiner Chefredakteurin hatte, würde ich doch sicher ein paar Mitleidspunkte kassieren können, oder?

Doch ich hielt ausnahmsweise den Mund. »Das wird schon wieder … Bin ich jetzt durchgefallen, weil ich zu spät abgegeben habe?«

Er lächelte. »Nein, schließlich haben Sie noch nie gegen die Regeln verstoßen. Aber leider musste ich zehn Prozent von der Gesamtnote abziehen – fünf Prozent für jeden versäumten Tag. Hätten Sie rechtzeitig abgegeben, hätten Sie Lisa um zwei Punkte geschlagen.«

»Oh Mann.« *Oh Mann!*

»Lernen Sie was draus«, sagte er. »Schreiben Sie weiter, arbeiten Sie hart und vor allem: Behalten Sie den korrekten Abgabetermin im Kopf! Wenn Sie das beherzigen, werden Sie den Kurs als Beste abschließen.«

»Dann bin ich also nicht durchgefallen? Danke«, seufzte ich. »Am liebsten würde ich Sie umarmen.«

»Das lassen Sie mal lieber bleiben«, antwortete er mit ausdrucksloser Miene. »Oh, und glauben Sie nicht, ich hätte Ihre Arbeit auf der *Sash*-Webseite nicht gesehen. Liani hat mir die Links geschickt. Ich bin froh, dass sich dort etwas bewegt. So, jetzt muss ich aber los. Die Fische fangen sich nicht von selbst.«

Bitterer Kaffeegeruch stieg mir in die Nase. Ich sah mich in der Mensa um. Studenten aller Altersklassen tranken das Zeug aus riesigen Pötten, manche hatten sogar ganze Thermoskannen dabei. Wieder schnupperte ich an meiner Tasse und nahm dann einen zögerlichen Schluck.

»Du hast dich wirklich verändert. Ich dachte, du trinkst keinen Kaffee«, ertönte eine Stimme hinter mir. Ich spuckte meinen Kaffee quer über den Tisch, wischte mir den Mund mit einer Serviette ab und drehte mich um. Vor mir stand Angel, wie immer allein. Sie deutete ein kurzes, unsicheres Winken an. Ihre Tönung wusch sich langsam raus, und sie wirkte blass, als hätte sie sich die ganze Zeit in ihrem Zimmer versteckt (was mich nicht überrascht hätte).

»Ähm, stimmt, ich wollt's nur mal wieder ausprobieren.« Ich trank noch einen Schluck. »Iieh! Das schmeckt ja wirklich schrecklich. Schlimmer als Mums Hühnchenauflauf.«

Angel lachte kurz und deutete dann auf den leeren Stuhl neben mir. »Darf ich?«

Ich zuckte die Achseln. »Klar.«

»Also … Was hast du so getrieben?«

Ich spielte mit meiner Kaffeetasse herum und fuhr mit dem Finger über den Rand. »Ach, so dies und das.«

Es war wirklich erschreckend, wie es um unsere Freundschaft stand. Smalltalk schien praktisch an der Tagesordnung. Darf ich? Dies und das? Was sollte das? Auch wenn mich Angel manchmal ziemlich frustrieren konnte, war sie doch immer noch meine beste Freundin. Ich liebte und hasste sie, aber so lange hatte noch nie Funkstille zwischen uns geherrscht. Das musste sofort aufhören.

»Es tut mir leid«, riefen wir gleichzeitig und lachten.

Angel fuhr als Erste fort: »JB, ich muss sagen, Ehre, wem Ehre gebührt. Keine Anrufe, keine SMS, kein Facebook, kein Twitter – nichts. Du gewinnst den ersten Preis der Wie-ignoriere-ich-meine-beste-Freundin-Olympiade. Deine Urkunde wird in dieser Sekunde laminiert.«

Ich grinste. »Gut zu wissen.«

»Also … wegen des Waxing und Pete Jordan …«, begann Angel unverblümt wie immer. »Ich war eine Idiotin. Verzweifelt und blöd. Ich wollte das alles viel zu sehr und …«

»Stimmt. Du warst genau das und noch viel mehr. Ein riesiger Freundinnen-Reinfall.«

»Tut mir leid, wirklich.«

»Aber jetzt ist alles wieder gut, okay? Vergeben.«

»Und vergessen.« Angel umarmte mich.

»Für dich vielleicht.« Nichts würde die Erinnerung an Petes grauenvolle Kusstechnik aus meinem Hirn löschen können.

»Und jetzt brauch ich ein Update. Was hab ich verpasst?«

Ich holte tief Luft und erzählte Angel alles. Wir redeten bis in den späten Nachmittag hinein und ignorierten das Personal, das die Stühle stapelte. Wir redeten, bis das Schild »Geschlossen« aufleuchtete und ein paar Mitarbeiter stöhnend neben der Kasse standen und darauf warteten, dass wir endlich Leine zogen. Wir redeten auf dem Weg zur Bushaltestelle, auf dem Weg nach Hause, in Angels Auffahrt und vor ihrer Haustür. Als ihr Bruder herbeigepoltert kam, weil sie wie immer ihren Schlüssel vergessen hatte, redeten wir immer noch.

Wir quatschten und quatschten und quatschten.

Genau wie früher.

12.

Ich rollte meinen Koffer in den Flur der Jungs und holte tief Luft. Eigentlich hatte ich nach Summers Wutanfall überlegt, gar nicht mehr hier zu wohnen. Aber da ich mir kein Hotel leisten konnte, hatte ich letzte Nacht zu Hause geschlafen und war heute Morgen mit dem Frühzug gekommen. Je weniger ich mit Summer und James zu tun hatte, desto besser.

Ich blickte mich in der stillen Wohnung um. Die Sonne schien zum Fenster herein und warf helle Flecke auf den Wohnzimmerboden. In Gedanken zählte ich bis drei und wartete darauf, dass etwas passierte. *Irgendwas.* Dass mich ein Rudel Hunde anfiel, dass sich eine Falltür unter meinen Füßen auftat oder dass ein Netz auf mich herabfiel. Doch nichts geschah. Fürs Erste war ich in Sicherheit.

»Tim? James? Jemand zu Hause?«, rief ich in die Stille.

»Nur ich«, brüllte Tim aus seinem Zimmer. »James übernachtet bei Summer.«

»Alles klar«, erwiderte ich, während ich meinen Koffer zum Sofa rollte und so tat, als wären Summer und James das Letzte, was mich interessierte. Das stimmte natürlich nicht. Genau genommen waren sie das Einzige, was mir zurzeit im Kopf rumging – mal abgesehen von den finanziellen und gefühlsmäßigen Wirren in meiner Familie. Das und die Tatsache, dass ich Billy in ein paar Stunden wieder gegenübersitzen würde.

Ich schenkte mir ein Glas Ananassaft ein, lehnte mich gegen die Anrichte und trank ein paar Schlucke.

»Hey Cousinchen, kann ich auch so was haben?«

Als ich mich umdrehte, stand Tim hinter mir, gähnte mit weit aufgerissenem Mund und zog sich ein fleckiges graues T-Shirt über.

»Klar.« Ich griff nach einem zweiten Glas, schenkte ihm Saft ein und reichte es ihm.

»Danke«, sagte er, während er es auf ex hinunterkippte. »Wenn ich's mir recht überlege … kannst du mir das ganze Tetrapack geben?«

Als ich sah, wie er daran herumnuckelte, beschloss ich, in diesem Haus künftig keinen Saft mehr zu trinken.

Als er den Karton geleert hatte, musterte er mich von Kopf bis Fuß. »Du trägst Eyeliner? Hast du heute einen wichtigen Tag?«

»Könnte man so sagen.«

»Triffst du Oprah? Oder interviewst du den Premierminister?«

»Nicht ganz.«

Er stieß einen tiefen Seufzer aus. »Du liebes bisschen, was soll ich bloß mit dir machen?«

Ich neigte den Kopf zur Seite. »Wieso?«

»Tu nicht so, als wüsstest du nicht, was ich meine.«

In meinem Kopf wirbelte alles durcheinander. Ich war ein offenes Buch für Tim. Er wusste alles. Er wusste, dass ich Gefühle für James hatte und die imaginäre Voodoo-Puppe seiner Freundin mit Nadeln attackierte. *Er wusste Bescheid.*

»Tim, ich hab keine Ahnung, wovon du redest«, brachte ich schließlich hervor.

»J Brown, du wirst morgen oder so achtzehn und hast noch nicht mal 'ne Party organisiert. Deine Mum hat meiner Mum gesagt, du willst dich ›zurückhalten‹, was immer das heißen soll.«

Ich stieß einen erleichterten Seufzer aus. Tim wusste *nicht* Bescheid. Natürlich nicht. Und ich war auch kein offenes Buch für ihn. Genau genommen hatte ich noch nie gesehen, dass er überhaupt je nach einem Buch gegriffen hätte, und das, obwohl er angeblich studierte.

»Ach ja, die große eins-acht. Ich dachte an ein nettes Abendessen mit meiner Familie nächste Woche.«

Er starrte mich mit offenem Mund an. »Okay, das war's, wir sind offiziell nicht mehr miteinander verwandt. Das ist ja wohl das Langweiligste, was ich je gehört habe. Vergiss es, du feierst nächste Woche mit mir in der Stadt! Dann bist du doch schon achtzehn, oder?«

Ja, da würde ich achtzehn sein. Genauer gesagt war es schon in ein paar Tagen so weit, aber die Situation zu Hause war derart angespannt, dass ich deswegen kein

Theater machen wollte. Mum hatte schon genug um die Ohren. »Ich weiß nicht … Das klingt ein bisschen …«

»Genial? Abgefahren? Nach der potenziell besten Nacht deines Lebens? Was bitte hast du denn letztes Jahr an deinem Geburtstag gemacht?«

Ich traute mich nicht, ihm zu antworten. Damals hatte sich gerade die ganze Familie von einer fiesen Grippe erholt, also hatten wir es langsam angehen lassen, Baked Beans mit Käsetoast gegessen und gespielt. Eine halbe Partie Monopoly, um genau zu sein. Soweit ich mich erinnerte, hatte ich das Spielbrett irgendwann ärgerlich vom Tisch gefegt (ich werde bei so was gerne mal ein bisschen ehrgeizig) und Kat hatte mich mit dem Geld gehauen, weil ich »den ganzen Abend ruiniert« hätte.

»Gut, ich bin dabei«, sagte ich.

»Yes! Dann trommle ich die Jungs zusammen.«

»Okay. Halt, stopp, welche Jungs?«

»Nur ein paar Typen, die sich gerne amüsieren. Sie werden dir gefallen.«

Na super. Jetzt machte mich mein achtzehnter Geburtstag ungefähr zehntausendmal nervöser als gerade eben noch.

»Du kannst hier pennen, aber du musst auch ein paar Leute mitbringen«, fuhr Tim fort. »Heiße Mädels am besten. Jup, du musst definitiv ein paar Freundinnen anschleppen.«

»Muss ich das?«

Ich könnte natürlich Angel mitbringen. So eine Party

würde sie sich nicht entgehen lassen. Aber wen konnte ich sonst noch fragen? Kat kam ja wohl kaum infrage, auch wenn sie älter wirkte als ich.

Tim war noch nicht fertig: »Oh, und was auch immer wir machen, sag es bloß nicht …«

»Mum oder Tante Julie. Ich weiß.«

Er gähnte. »Okay, Zeit fürs Bett. Ich hau mich aufs Ohr.«

»Bist du nicht gerade erst aufgewacht? Es ist Morgen!«

»Ich bin erst vor ein paar Stunden nach Hause gekommen und brauche ein Nickerchen.«

Während Tim in sein Zimmer zurücktrottete, brachte ich meine Sachen ins Bad, um mich für einen neuen Tag bei *Sash* fertig zu machen. Ich schlüpfte in ein grünes Kleid (danke, Designer-Outlet!) und fühlte mich unglaublich glamourös, als die Seide über meine Oberschenkel glitt. Zum Schluss machte ich mich an den Feinschliff und glättete mein Haar. Nach einem Blick in den Spiegel versuchte ich mir einzureden, dass ich älter und eleganter aussah, eben so, dass ich einen Promi interviewen konnte. Als ich mich verrenkte und die Rückseite meines Kleids betrachtete, entdeckte ich auf dem Boden ein paar Polaroid-Fotos – Bilder von James und Summer, die mich anstrahlten wie in einer Zahnpastawerbung. Auf dem ersten Bild sah James wie ein Affe aus, weil Summer ihn an den Ohren zog. Auf dem zweiten machte sie einen übertriebenen Knutschmund, der ihre sexy pinkfarbenen Lippen zur Geltung brachte. Auf dem dritten konnte man nur Summers herumfliegende Haare erkennen. Auf dem vierten küssten die beiden sich leidenschaftlich. Am liebsten hätte ich mich über die Kloschüssel gehängt. Ich unterdrückte das überwältigende Bedürfnis, die Fotos in den Müll zu schmeißen, und legte sie stattdessen schaudernd auf den Boden zurück.

Tim klopfte an die Tür. »Cousinchen, hast du's bald? Der Saft ist direkt durch mich durchgelaufen.«

Ich richtete mich auf und starrte in den Spiegel. »Ich bin fertig.«

Und das war ich wirklich.

Ich war fertig mit einem Typen, der offensichtlich anderes im Kopf hatte als mich. Zum Beispiel, wie weit er einem anderen Mädchen die Zunge in den Hals stecken konnte (ziemlich weit, wie es aussah). Summer machte einen ätzenden, psychotischen Eindruck, aber James schien ziemlich glücklich.

Ich wünschte, es wäre schon eine Woche später, dann hätte ich meinen Kummer ganz legal mit Tim und seinen Kumpels ertränken und James vergessen können. Aber das ging nicht. Ich musste ein Interview führen. Ein Interview, das mich genau dorthin katapultieren konnte, wo ich hinwollte: an die Pole-Position beim Rennen um die fünftausend Dollar.

Die Wand hatte siebenunddreißig Kratzer. Außerdem hingen da zwei Gemälde, eine kaputte Uhr und ein Kalender, den seit drei Monaten niemand mehr umgeblättert hatte. Ich saß in einem Bürostuhl mit hoher Rückenlehne und wartete darauf, dass Billy und seine Entourage eintrafen.

Als Zählen meine Nerven nicht länger beruhigte, klopfte ich mit dem rechten Zeigefinger auf den Tisch – tap, tap, tap, tap, tap. Tap, tap, tap, tap, tap. Dann las ich mir die Fragen auf meinem Notizblock durch (diesmal war ich vorbereitet), schaute dreimal nach, ob auch wirklich eine Batterie in meinem Diktiergerät war, und klickte mit meinem Kugelschreiber herum, um zu sehen, ob er noch funktionierte. Tat er. Also kritzelte ich etwas auf meinen Block – meine Unterschrift, ein paar Herzen und Sternchen –, um schließlich wieder zum gelangweilten Kuli-Klicken überzugehen.

»Ehrlich gesagt nervt das«, sagte eine Stimme hinter mir.

Ich wirbelte herum. Im Türrahmen stand Billy, der in seiner Jacke und den engen Jeans auf eine stylische Art abgerissen wirkte. Er sah großartig aus, und seinem Grinsen nach zu urteilen, wusste er das auch.

Ich sprang auf, stolperte dabei fast über meine eigenen Füße und schüttelte ihm die Hand.

Er lachte. »Was denn, krieg ich keinen Kuss? Nach allem, was wir durchgemacht haben?«

Wir versuchten, einander einen flüchtigen Kuss auf die Wange zu hauchen, doch leider stimmte unser Timing nicht. »Ähm, hey, wie geht's?«

»Wunderbar, hervorragend, ausgezeichnet ... Aber für eine Zigarette würd ich sterben.« Er lachte wieder. »Und wie geht's dir, Miss Ich-habe-eine-Riesenstory-über-einen-schmierigen-Musiker-publik-gemacht-und-eine-Gehaltserhöhung-bekommen? Läuft's gut?«

»Äh, ziemlich gut«, antwortete ich. »Aber Gehaltserhöhung gab's leider keine.« Genau genommen werde ich überhaupt nicht bezahlt, fügte ich in Gedanken hinzu.

»Dann ist es ja ziemlich scheiße, du zu sein. Hast dir wohl die falsche Branche ausgesucht.«

»Wahrscheinlich«, entgegnete ich. »Aber wir können ja nicht alle Rockgötter werden.«

Billy lachte wieder, zog seine Jacke aus und warf sie über einen Stuhl. »Ich bin noch gar nicht dazu gekommen, mich bei dir zu bedanken.«

Ich war mir nicht sicher, ob ich richtig gehört hatte. »Dich bei mir bedanken? Wofür denn?«

»Sagen wir, dein Artikel hat mich gezwungen, mir ein paar Dinge einzugestehen und ... naja ... danke.«

Ich schluckte. »Gerne.«

»Ich weiß nicht, was ich ohne dich gemacht hätte ... Mich zugedröhnt wahrscheinlich. Und irgendwas angestellt. Stattdessen habe ich mich endlich zusammengerissen. Kara und ich wollen diese Elternsache wirklich probieren.«

»Toll.«

»Wenn ich also irgendwann mal was für dich tun kann, frag einfach. Und das mein ich ernst.«

Ich lächelte. »Okay. Ich werd's im Hinterkopf behalten. Wie sieht's aus, wollen wir loslegen?«

Billy nickte. »Worauf du wetten kannst. Wie es aussieht, betteln meine Fans schon die ganze Zeit um eine Fortsetzung. Auf Twitter ist bei mir inzwischen so viel los, dass mein Pressebetreuer gar nicht mehr hinterherkommt.«

»Dann lass uns mal anfangen.« Ich deutete auf einen Stuhl, setzte mich, drückte den Aufnahmeknopf meines Diktiergeräts und ging meine Fragen mit Billy durch, ohne ein einziges Mal zu stottern oder nervös zu werden.

Ich hatte es geschafft. Ich hatte Billy zwei Stunden lang interviewt, und das ganz ohne zu stammeln oder zu schwitzen (und vor allem, ohne ihn in die Flucht zu schlagen). Es war großartig. Obwohl ich noch nicht besonders viele Features gemacht hatte, ging ich ganz in meiner Rolle auf. Ich hatte meine Nervosität im Griff gehabt – und nicht sie mich.

Ich hatte einen Blick in Billys Privatleben werfen dürfen, und er hatte seine Sache hervorragend gemacht. Er hatte amüsante, ausgefeilte Anekdoten erzählt und an den richtigen Stellen mit den Tränen gekämpft oder gelacht. Sein Pressebetreuer schien öfter mit ihm geübt zu haben als mit einem Oscargewinner, aber es hatte funktioniert. Billy hatte über seine baldige Vaterschaft gesprochen – über seine Ängste, seine Träume und darüber, wie schrecklich aufgeregt er war. Er hatte zugegeben, dass er in Kara, die Mutter seines Kindes, verliebt war und dass sie gemeinsam an einer vertrauensvollen Beziehung arbeiten wollten. Zu guter Letzt hatte er noch über seinen letzten Reha-Aufenthalt gesprochen und gestanden, dass es die härteste Woche seines Lebens gewesen sei, die sich aber auf jeden Fall gelohnt hätte, denn schließlich hätte er es für sein ungeborenes Kind und seine Freundin getan.

Als das Interview vorbei war, zog Billy mich zu sich heran und drückte mir einen Kuss auf die Wange. Seine Umarmung dauerte länger, als ich erwartet hatte, und da ich etwas unsicher war, was das Protokoll in Sachen Nach-dem-Interview-Schmuserei zwischen einer Journalistin und einem Promi vorschrieb, löste ich mich als Erste aus der Umklammerung.

»Verdammt Josie, wenn du da bist, werde ich zu einer abartigen Quasselstrippe. Als hättest du mir ein Wahrheitsserum oder irgend so was untergejubelt«, sagte er kopfschüttelnd. »Schätze, genau dafür wirst du bezahlt, oder?«

Schön wär's, dachte ich, während meine Gedanken wieder zu den fünftausend Dollar wanderten, die auf dem Spiel standen.

»Also dann viel Glück mit deinem Artikel«, sagte er. »Lass mich gut dastehen, ja?«

»Natürlich. Noch mal vielen Dank, Billy.«

Als er weg war, merkte ich, dass ich dringend auf die Toilette musste. Wir hatten schließlich eine Kanne Tee, einen Krug Wasser und jeder noch ein Glas frisch gepressten Saft getrunken. Ich konnte mich glücklich schätzen, dass meine Blase während des Interviews noch nicht geplatzt war, und sprintete zur Damentoilette. In letzter Sekunde stürzte ich in die nächstgelegene Kabine.

Als ich mich hinsetzte, hörte ich, wie jemand die Kabine rechts neben mir betrat, und nur wenige Augenblicke später ertönten abscheuliche Würgegeräusche.

Wenn ich mitkriege, wie sich jemand übergibt, brauche ich zwei Sekunden später selbst einen Eimer. Jetzt verhielt es sich nicht anders, ja es war sogar noch schlimmer als damals, als ich meine Rühreier während eines Business-Class-Flugs wieder hochgewürgt hatte (Mum hatte die Tickets bei einer Verlosung gewonnen). *Viel* schlimmer. Aber damals war ich noch ein Kind gewesen, und jetzt war ich in der Arbeit und musste meine Übelkeit unterdrücken.

Ich versuchte, die Geräusche auszublenden, zog meterweise Klopapier von der Rolle und pinkelte noch etwas lauter, aber nichts half. Ich würgte ein-, zweimal und dachte schon, gleich müsste ich auch spucken, als die Geräusche abrupt verstummten und stattdessen ein Schluchzen einsetzte. Ein langes, gequältes Schluchzen.

Und so saß ich also in meiner Kabine, hörte dem geheimnisvollen Mädchen beim Weinen zu. Irgendwann hielt ich es nicht mehr aus.

»Hey, alles okay da drin?«, fragte ich und hätte mir im selben Moment am liebsten eine runtergehauen. Natürlich war nichts okay! Niemand versteckt sich heulend und kotzend in einer Toilette, wenn alles okay ist.

Keine Antwort, nur noch mehr Schluchzen.

Ich versuchte es erneut: »Soll ich jemanden für dich anrufen?«

Stille. Nicht mal mehr das Schluchzen.

»Ähm, ich geh am besten Liani suchen. Vielleicht kann sie dich nach Hause schicken und …«

»Nein, tu das nicht. Bitte geh einfach.«

Die Stimme ging mir durch Mark und Bein. Sie kam mir so bekannt vor …

»Soll ich dir ein Glas Wasser holen?«, fragte ich.

»Josie, verschwinde einfach, okay?«

Es traf mich wie ein Schlag: der harsche Ton. Die Abneigung in ihrer Stimme.

»Ava? Bist du das da drin?«

Die Stille sprach Bände.

»Was ist denn los? Hast du wieder Migräne?«

»Geh weg! Bitte.«

»Hast du was Falsches gegessen? Als ich mal eine Riesenschüssel Suppe …«

»Geh einfach.«

»Aber dir ist schlecht. Ich kann dich doch jetzt nicht allein lassen.«

Ich hörte die Klospülung und das Klickklack von Avas Absätzen, als sie aufstand. Zweifellos hielt sie kurz inne, um ihr Haar zu glätten, bevor sie die Kabine verließ. Ich tat es ihr gleich, drückte ebenfalls die Spülung und öffnete die Tür. Avas Augen waren gerötet. Sie tupfte sich die Mundwinkel mit einem Papiertaschentuch ab.

»Josie, mir geht's gut«, sagte sie. »Bitte hör auf, dir Sorgen zu machen. Ich hab mich einfach nicht so toll gefühlt und dann ist mir übel geworden. Du hast recht – ich habe was Schlechtes gegessen.«

»Schwein? Über Schwein habe ich schon ziemlich abartige Sachen gehört …«

Sie ignorierte meine Frage und antwortete stattdessen: »Schau, mir geht's schon viel besser, versprochen. Belassen wir es dabei.«

In diesem Moment fiel mir auf, dass sie ihren glitzernden Solitär nicht mehr am Finger hatte. »Ava, du trägst deinen Ring ja gar nicht. Er ist dir doch hoffentlich nicht in die Toilette gefallen?«

»Nein, ich …« Sie stockte. »Er ist beim Juwelier. Er wird dort poliert.«

»Ach echt, so was machen die?«, fragte ich. »Das ist ja nett.« Irgendwie wurde ich das Gefühl nicht los, dass hier etwas faul war. »Bist du wirklich wieder okay? Du siehst noch ein bisschen blass aus und …«

»Wie kommst du dazu, mein Aussehen zu kommentieren?«, blaffte sie mich an. »Was erlaubst du dir eigentlich? Du solltest mal lernen, dich um deinen eigenen Kram zu kümmern.«

»Tut mir leid, ich hab mir doch nur Sorgen gemacht. Ich wollte nicht …«

»Du hast ja recht«, unterbrach mich Ava etwas sanfter. Sie holte tief Luft. »Ich bin einfach nur müde, das ist alles.«

»Schon okay.«

Schweigend standen wir da und starrten auf den Boden. Fast war ich wieder so weit, ein paar peinliche Fragen auf sie abzufeuern (wahlweise etwas in der Art wie: »Hast du dir schon mal ein Brazilian Waxing machen lassen?« Oder: »Wie groß bist du eigentlich?«), als Ava mir zuvorkam.

»Hast du schon Pläne fürs Wochenende?«

Es war das erste Mal, dass sie sich mit einem niederen Lebewesen wie mir zu Smalltalk herabließ.

Ich wünschte, ich hätte etwas Interessantes zu erzählen gehabt. Dass ich Trapezakrobatik lernte zum Beispiel oder mit einem gut aussehenden Typen für ein Picknick verabredet war oder mit einem Haufen Mädels zu einem teuren Strandhaus fuhr, um Brownies zu backen und auf Retro-Fahrrädern durch die Gegend zu düsen. Aber dem war leider nicht so. In meinem Terminkalender herrschte gähnende Leere. Langeweile und Leere. »Nein. Und du?«

»Nichts Aufregendes.«

»Ah, cool.« War es nicht, aber mir war nichts Besseres eingefallen.

»Könnte sein, dass ich noch ein paar Ideen ausarbeite, um sie Rae vorzulegen. Du weißt schon, was fürs Praktikum.«

»Ja. Ja, klar.«

Scheiße, dachte ich. Steph war das Preisgeld vollkommen schnuppe, aber dafür hatte Ava die Krallen umso weiter ausgefahren. Ich hatte keine Chance.

Sie riss die Tür auf. »Also dann … Danke für das Gespräch. Und diesen peinlichen kleinen Schweine-Zwischenfall vergessen wir beide, ja?«

»Aber nur, wenn du mir versprichst, dass du wirklich wieder fit genug für die Arbeit bist«, sagte ich. Dann machte ich einen stammelnden Rückzieher: »Und ich meine das so nett wie nur irgend möglich.«

»Mit mir ist alles in Ordnung. Wir sehen uns im Büro.«

Bevor ich etwas antworten konnte, ging Ava nach draußen und ließ mich am Waschbecken zurück.

Der leere Bildschirm starrte mich an. Ich versuchte, ihn allein mit der Kraft meiner Gedanken dazu zu bringen, dass er sich mit Worten füllte, aber das tat er leider nicht. Ich schloss die Augen, seufzte tief auf und rümpfte die Nase: Im Büro hatte sich ein schwerer, penetranter Kaffeegeruch ausgebreitet. Der Cursor blinkte, ein dünner schwarzer Strich, der mir zu drohen schien. Blink, blink, blink. Als wäre mein gesamter Wortschatz aus dem Gebäude geflohen – wahrscheinlich, um dem Wettkampf mit Ava zu entgehen. Nur zu gerne wäre ich ihnen gefolgt! Stattdessen saß ich wie festgefroren auf Esmeraldas Stuhl, die zur Präsentation eines Kompressionsstrumpfs oder etwas ähnlich Bizarrem gegangen war. Die würgende Ava ging mir nicht mehr aus dem Kopf.

Irgendwas an der ganzen Sache kam mir komisch vor. Ich wusste nur nicht, was.

»Wie läuft's? Bist du bald fertig?« Liani tauchte neben mir auf. Ein Blick auf meinen PC sagte ihr, dass ich nicht annährend fertig war. Genau genommen hatte ich bis auf den Arbeitstitel (»Josie und Billy – Interview«) noch gar nicht angefangen.

»Ähm … nicht ganz.« Ich konnte Liani kaum in die Augen schauen. Wo sie in Raes Gegenwart doch ihre Hand dafür ins Feuer gelegt hatte, dass ich Billy wunderbar interviewen würde.

»Nicht ganz? Sag bloß nicht, die leere Seite da soll deine Story sein!«

»Äääähm …«

Liani ging neben mir in die Hocke. »Was ist denn los? Du bist doch sonst immer so schnell.«

Da hatte sie recht. Wenn's ums Schreiben ging, war ich auf Blitzgeschwindigkeit programmiert und blieb so lange dran, bis ich alles erledigt hatte. Mein einziger Treibstoff war meine Leidenschaft (okay, manchmal auch noch ein Energy Drink). Aber heute war irgendwie die Luft raus. Ich kam einfach nicht gegen den blinkenden Cursor an. Und die fünftausend Dollar samt Kolumne, die mich von der Ziellinie aus verspotteten, waren erst recht in weite Ferne gerückt.

Liani versuchte es erneut, wie immer ganz die Mentorin: »Josie, was ist los?«

»Ich, äh, ich weiß es nicht.« Ich starrte auf den Computer. »Entschuldige, ich war einfach abgelenkt. Es ist alles in Ordnung, ehrlich.«

»Bist du müde, weil dich dein Süßer die ganze Nacht wach gehalten hat? Ach nein, das war ja ich.« Lächelnd zog sich Liani einen Stuhl heran. »Versuchen wir's mal gemeinsam, okay?«

Ich riss mich zusammen. »Danke.«

In den nächsten Minuten half sie mir mit der Überschrift, der Einleitung und dem ersten Satz. Sie klaubte die Worte zusammen und ordnete sie fein säuberlich an, und die Worte folgten widerspruchslos.

»Super, Josie. Und jetzt nicht nachlassen. Gib den Text so bald wie möglich ab.«

Als Liani gegangen war, schrieb ich weiter und ehe ich mich versah, war das Feature fertig. Nachdem ich es noch ein paarmal durchgelesen hatte, war der Text geglättet, gestrafft und so weit fertig, dass ich ihn Liani vorlegen konnte.

Ich ging zu ihrem Büro, klopfte an und trat ein. Liani las gerade eine Webseite, die *indi* hieß (was ich aus der hellroten Überschrift schloss). Ich wartete, und als sie nicht reagierte, räusperte ich mich. Abrupt blickte sie auf und minimierte die Seite.

»Oh, Josie, hi. Wie läuft's – brauchst du noch mal Hilfe?«

»Nein, alles fertig.«

»Noch besser. Dann zeig mal her.«

Strahlend überflog Liani meinen Text.

»Süße, die Details sind ja wirklich wunderbar. Nur um sicherzugehen: Hat er wirklich gesagt, dass er blaue *und* rosafarbene Babyschühchen kaufen will?«

»Ja, sie wollen nicht wissen, was es wird, es soll eine Überraschung sein.«

»Brillant. Rae wird total auf das Interview abfahren.«

Lob macht süchtig. Ich wollte mehr, und zwar jetzt sofort.

»Kann ich dir sonst noch irgendwie helfen?«, fragte ich. Insgeheim drückte ich mir selbst die Daumen, dass Liani einen hübschen Auftrag für mich in petto hatte. Ich hätte zum Beispiel die halb nackten Models für das Mann-des-Jahres-Shooting casten können, von dem Sia so geschwärmt hatte.

»Jetzt, wo du es sagst … Ein Kaffee wäre toll. Und frag doch bitte auch die anderen, ob sie einen wollen, okay?«

»Okay, wird gemacht.«

»Für Rae einen Cappuccino mit Magermilch, den mag sie am liebsten. Steph hilft heute bei Sia aus, aber Ava müsste noch irgendwo sein, solltest du Hilfe beim Tragen brauchen.«

Als sie Ava erwähnte, zuckte ich zusammen, doch Liani wandte sich schon wieder ihrem Computer zu und merkte nichts. Avas Schluchzen hallte in meinen Ohren wider, und obwohl ich ihr versprochen hatte, Stillschweigen zu bewahren, konnte ich den Zwischenfall keine Sekunde länger für mich behalten. Ich musste einfach darüber reden. Mit den Konsequenzen würde ich mich auseinandersetzen, wenn es so weit war. Abgesehen davon wäre Ava vielleicht doch ein kleines bisschen dankbar, wenn Liani ihr für den Rest des Nachmittags freigab, damit sie sich ausruhen konnte.

»Ähm, Liani?«

»Mmmm?« Sie blickte gar nicht von ihrer Tastatur auf.

»Ich weiß nicht so recht, wie ich das sagen soll, aber ich muss dir etwas über Ava erzählen.«

Ich hielt den Atem an und wünschte, ich könnte meine Worte zurücknehmen. Mein Geständnis hing in der Luft und erinnerte mich daran, dass ich die schlechteste Geheimnis-Hüterin der Welt war. Des ganzen Universums wahrscheinlich.

Liani sah mich an. »Natürlich. Erzähl mir alles.«

13.

Das Kaffeeholen war gar nicht so schlimm. Ich hatte siebzehn Minuten in der Schlange gewartet und ziemlich hitzig mit dem Barmann über den Unterschied zwischen entrahmter Milch und Halbfettmilch diskutiert. Auf dem Weg nach draußen hatte ich dann noch zwei Deko-Tassen mit Kaffeebohnen umgeworfen. Na gut, ich geb's zu: Es war ein totales Desaster. Aber wenigstens stellte sich heraus, dass ich mir alle Bestellungen richtig gemerkt hatte. Meine Kolleginnen nickten, lächelten und nippten glücklich an ihren Styroporbechern. Es lief also alles nach Plan – das heißt, sofern sie ihren Kaffee nicht in hohem Bogen in den nächsten Papierkorb spuckten, wenn ich mich umdrehte.

Der in Tränen aufgelöste Designer, der aus Raes Büro floh, hätte ein erster Hinweis für mich sein müssen, sie nicht zu stören. Das Geschrei der zweite. Den Halbfett-Cappuccino ängstlich an mich gepresst, stand ich vor der geschlossenen Bürotür und lauschte Raes energischer Stimme.

»Nein, sie haben sich anders entschieden«, stieß sie

hervor. »Ich konnte nichts … Es ist einfach passiert. Hätte ich vielleicht in ihre Büros marschieren und sie zur Unterschrift zwingen sollen?« Inzwischen war klar, dass Rae telefonierte. »Ich hab's versucht. Mehr als versucht, okay? Aber so ist nun mal der Markt. Uns bleibt immer noch ein Brand, und die dazugehörigen Unterlagen habe ich schon fertig. Vergiss die anderen, vergiss, dass das überhaupt passiert ist … Warum? Naja, was soll das Ganze sonst für einen Sinn haben? Ich gebe ja mein Bestes, was soll ich denn noch … Okay. Okay. Okay. Gut. Natürlich, Wiedersehen.« Sie knallte den Hörer hin. »Nein, nein, neeeein.«

Sie lehnte sich zurück, warf das Haar nach hinten und seufzte. Es war ein langer, erschöpfter Seufzer, der nicht zu ihrer Powerfrau-Attitüde passte. So deprimiert seufzten normalerweise nur Leute, die sich am untersten Ende der Zeitschriften-Nahrungskette befanden. Leute wie der Postbote, der ordentlich Ärger bekam, wenn er die Inlandsbriefe in den Schlitz für die Auslandsbriefe steckte. Leute wie ich.

Als Rae aufblickte, sahen wir uns durch die Glasscheibe an. Mein Einsatz! Ich öffnete die Tür und fuhr zusammen, weil sie laut knarzte. Rae sagte kein Wort. Wie immer hatte ich das überwältigende Bedürfnis, die Stille mit viel Gestotter und Gestammel zu füllen.

»Hier, ein Cappuccino mit Halbfettmilch. Hab ich Ihnen besorgt. Ja genau, einen Cappuccino mit Halbfettmilch«, brabbelte ich. Meine Handflächen waren schweißnass. »Liani dachte, Sie hätten vielleicht gerne einen, also bin ich los und hab Ihnen einen geholt und, ähm, also hier ist er. Ihr Lieblingscappuccino. Er ist allerdings schon ein bisschen kalt. Ich habe eine ganze Weile vor der Tür gewartet, wahrscheinlich schmeckt er gar nicht mehr. Soll ich Ihnen einen neuen holen? Ich hole Ihnen einen neuen.«

Raes Miene blieb ausdruckslos. »Schon gut, gib her, aber pass auf die Proofs auf.«

»Auf die was?«

»Die Proofs. Die glänzenden Ausdrucke auf meinem Schreibtisch! Ach, vergiss es.«

Als ich auf sie zuging, geschah alles wie in Zeitlupe. Ich wollte gerade meinen Griff um den Becher justieren, als ich mit dem Zeh gegen einen Pflanzenkübel stieß, aus dem ziemlich viel Grün herausragte, und stolperte. Der Becher glitt mir aus der Hand, und innerhalb von Sekunden schwamm der riesige Proof-Stapel auf Raes Schreibtisch in einem See aus Kaffee.

»Oh Mist!« Ich versuchte, den Kaffee mit einer Serviette aufzusaugen. »Warten Sie, ich helfe Ihnen. Wenn ich hier noch ein bisschen tupfe …«

»Hör sofort auf!«, rief Rae. »Leg das Ding weg und verschwinde. Du machst es nur noch schlimmer!«

»Es tut mir so leid. Gerade hatte ich den Kaffee noch fest in der Hand und dann …«

»Und dann *was?* Was mach ich jetzt? In genau fünfzehn Minuten muss ich mit den Proofs eine Präsentation abhalten.«

»Ich glaube …«

»Weißt du, was ich glaube? Dieses ganze Praktikantenprogramm macht nur Ärger und ist den Aufwand nicht wert. Hast du eine Ahnung, was du da gerade getan hast? Hast du eine Ahnung, wie viele Stunden wir in diese Proofs investiert haben? Wie viel Zeit und Energie?«

Ich biss die Zähne zusammen und kämpfte gegen den Drang, an meinen Nägeln zu kauen. »Ich schwöre, es war ein Unfall. Der Kaffee ist mir einfach so aus der Hand gerutscht. Wenn Sie mich helfen lassen, dann …«

»Du hast für heute wirklich genug getan«, stieß sie hervor. »Wenn ich will, dass eine Sache erledigt wird, muss ich mich selbst darum kümmern. Das habe ich schon vor langer Zeit begriffen. Und jetzt raus aus meinem Büro!«

»Rae, es tut mir wirklich schrecklich leid.« Mit gesenktem Kopf ging ich zur Tür.

»Josie?«

Hoffnungsvoll wandte ich mich um. »Ja?«

»Dein Feature ist ziemlich schwach. Das musst du noch mal neu schreiben. Und zwar bevor du heute gehst. Ich habe keine Ahnung, was du dir dabei gedacht hast. Wobei … offensichtlich hast du gar nichts gedacht.«

Ich verließ das Büro mit dem Gefühl, geohrfeigt worden zu sein, und schaffte es gerade noch zu Sias Schreibtisch, bevor ich in Tränen ausbrach. Sia zog mich ins Treppenhaus, weg von den neugierigen Augen der anderen, und winkte Steph heran, die gerade dabei war, Beautyartikel in bunte Tüten zu packen.

Keine von beiden stellte mir irgendwelche Fragen. Sia strich mir einfach nur über den Rücken und sagte: »Ich weiß, sie ist eine Hexe«, während ich leise vor mich hin wimmerte. Am liebsten hätte ich alles hingeschmissen, hier und jetzt. Verdammte Uni, dachte ich. Die Tatsache, dass ich Promis interviewen und Kosmetikprodukte mit nach Hause nehmen durfte, hatte all ihren Glanz verloren. Aber ich brauchte dieses Praktikum für den Kurs. Und den Kurs brauchte ich für meinen Abschluss. Und den Abschluss, um Journalistin zu werden. Ich musste härter werden, mich durchbeißen, egal ob die Chefredakteurin mich hasste oder nicht. Und Junge, Junge, sie hasste mich wirklich.

»Was ist denn bloß mit Rae los?«, fragte ich. »Ist sie verrückt geworden? Das war doch ein Unfall!«

»Verrückt ist sie nicht, aber gestresst«, antwortete Sia, die den Arm um mich gelegt hatte. »Über ihr kreisen Habichte, und die haben sie ins Visier genommen.«

»Habichte?«

»Die Häuptlinge aus dem oberen Stockwerk«, erklärte Steph. »Die hocken gerade über den Verkaufszahlen und sind alles andere als zufrieden.«

»Und wo ist das Problem?«

»Unsere Leserschaft nimmt ab«, erwiderte Sia. »Das kann ein Todesurteil sein. Und wir verlieren immer mehr Anzeigenkunden. Geld ist alles in diesem Geschäft.

Wenn die Chefs nicht happy sind, lassen sie es Rae merken. Und wenn Rae es merkt, merken wir es auch. Der ewige Kreislauf.«

»Woher wisst ihr das alles? Hat Rae mit euch gesprochen?«

»Natürlich nicht. Aber neulich, als sie bei uns zu Hause Abendessen gekocht hat, habe ich sie schimpfen hören«, sagte Steph. »Dann hat sie sich eine Schüssel Risotto reingehauen, die ungefähr so groß war wie dein Kopf – die reinste Kohlenhydratbombe – und hat *geweint.* Irgendwann ist ihr aufgefallen, dass ich nebenan sitze, und schwuppdiwupp war ihre Ich-bin-durch-und-durch-perfekt-Fassade wieder intakt. Sie hat uns danach sogar noch Ratschläge für eine organische Lebensweise gegeben. Offensichtlich ist man schon ein Öko, wenn man in einem überteuerten Bioladen einkauft.«

»Vielleicht wollte sie dich nur ein bisschen besser kennenlernen?«, fragte ich.

»Ja, vielleicht … Aber ich wünschte, sie wäre ehrlicher. Wenn du traurig bist, sei traurig. Und glücklich, wenn du glücklich bist. Mit diesem ganzen Eisköniginnen-Getue kann ich nichts anfangen. Es ist, als hätte sie nie gelernt, dass man seine Gefühle durchaus zeigen darf. Verstehst du, was ich meine?«

»Ja.« Ich verstand es wirklich. Mehr, als Steph vielleicht ahnte. Raes Nervenzusammenbruch von letzter Woche fiel mir wieder ein.

»Nach diesem Zusammenstoß der dritten Art siehst

du aus, als könntest du einen Drink gebrauchen«, sagte Steph. »Und ich spreche nicht von Apfelsaft.«

Ich lächelte. »Hast du nächste Woche schon was vor?«

Kat streckte den Kopf ins Zimmer. »Hey, Geburtstagskind. Fühlst du dich schon älter, seit ich dich das letzte Mal gefragt habe?«

Ich lächelte. Trotz unserer zahlreichen, wirklich *zahlreichen* Differenzen machte Kat immer eine Riesensache aus meinen Geburtstagen. Heute hatte sie mich in aller Frühe geweckt (mutig, mutig) und mir eine Handvoll Heliumballons mit der Aufschrift »Ich bin achtzehn« geschenkt. Dann war sie zu mir ins Bett geschlüpft, um gemeinsam mit mir einen Schokoladenkuchen zu verputzen.

Als sie jetzt im Türrahmen schwebte, war sie wieder ganz ihr altes, herrisches Selbst. »Jose, komm in die Küche.«

»Warum?«, gähnte ich, während ich mich tiefer in die Decke kuschelte. »Hast du irgendwas geplant?«

»Träum weiter«, spottete Kat. »Es ist zehn Uhr morgens. Zeit, deinen faulen Hintern zu bewegen.«

Ich hopste aus dem Bett und folgte ihr in die Küche, wo Mum mich mit einer schrilltönenden Interpretation von »Happy Birthday« begrüßte. Es roch nach gebratenem Speck, Eiern, Tomaten und Hash Brown Potatoes. Mir lief das Wasser im Mund zusammen. Auf der Anrichte standen drei Gläser Orangensaft.

Sofort begann Kat, sich Eier und Speck auf ihren Teller zu schaufeln.

»Liebste Tochter, lass mich doch bitte erst noch etwas sagen.« Mum verdrehte die Augen.

Wir strahlten, lachten und kicherten um die Wette. Genau wie früher, *bevor* das alles passiert war. Es fühlte sich wunderbar an.

Mum hob ihr Glas, um einen Toast auszusprechen, und Kat tat es ihr gleich. Und ich? Ich driftete an einen glücklichen Ort meiner Fantasie und bekam Mums Rede nur bruchstückhaft mit – Wortfetzen wie »herrlich«, »meine liebste älteste Tochter« und »so unglaublich stolz«. Als sie geendet hatte, grinste ich sie debil an.

Mum beugte sich zu mir rüber und drückte mir einen Kuss auf die Wange. »Happy birthday, mein Schatz«, sagte sie.

»Danke, Mum.« Ich drückte ihre Hand und hatte plötzlich das untrügliche Gefühl, dass noch eine Rede folgen würde. Und meine Herren, wie unglaublich richtig ich mal wieder lag!

»Aaaaach Schatz, es kommt mir vor, als wäre es gestern gewesen, dass ich dich aus dem Krankenhaus mit nach Hause gebracht habe. Du warst so klein – mein Gott, *winzig!* –, und wir hatten dich in diese hellgrüne Decke gewickelt, die ich bis zu deinem elften Lebensjahr nicht entsorgen durfte …«

»Mum, da war ich nicht elf und …«

»Ich habe mich selbst wie ein Baby gefühlt. Ich konnte

nicht fassen, dass die Krankenschwestern mit ihren schicken Klemmbrettern, die auf alles eine Antwort wussten, wirklich glaubten, ich könnte mich um dich kümmern.« In ihren Augen glitzerten Tränen. »Und doch bist du heute hier, mein großes Mädchen, und ich könnte nicht stolzer auf dich sein. Du arbeitest bei einer Zeitschrift und ...«

»Mum, ich bin keine Redakteurin«, widersprach ich. »Sondern Praktikantin. Ich werde nicht mal bezahlt!«

»Achtzehn, ich kann's nicht glauben.« Sie ignorierte meinen Einwand und tat so, als würde sie ohnmächtig werden. »Ist das nicht das Alter, in dem man flügge wird?«

»Noch bin ich nicht flügge, Mum. Du wirst mich noch eine ganze Weile am Hals haben.«

Sie legte einen Arm um mich. »Das höre ich gern. Dann bist du also keine Redakteurin?«

»Nein!«

»Oh, das musst du mir später noch mal erklären. Das ist alles viel zu glamourös für mich. Aber wie auch immer, Schatz, jetzt mache ich uns mal ein richtiges Frühstück, okay?«

Mit diesen Worten eilte Mum an den Herd. Ich griff nach Kats Hand und zog sie an mich.

»Scheint, als würde es Mum besser gehen«, flüsterte ich. »So aufgeregt habe ich sie schon seit Ewigkeiten nicht mehr gesehen.«

»Ja, sie hat ihre Tage«, erwiderte Kat, die gerade eine Kartoffel mampfte.

Verwirrt hob ich eine Augenbraue. »Was soll das heißen?«

»'tschuldige, ich hab mich falsch ausgedrückt«, ruderte sie zurück. »Ich meine: Ja, du hast recht, sieht aus, als würde es ihr besser gehen.«

Mir war klar, dass Kat etwas ganz anderes gemeint hatte, aber ich hatte keine Chance, herauszufinden, was, denn in diesem Moment tauchte Mum mit ein paar Päckchen neben mir auf.

»Gescheeeenkeeeee!«, verkündete sie freudig.

»Die sehen toll aus, aber ich hatte dir doch gesagt, dass du mir nichts schenken musst«, sagte ich. »Momentan schwimmen wir ja nicht gerade im Geld.«

»Sei nicht albern. Jedes Geburtstagskind hat Geschenke verdient.«

»Außerdem sind das nur ein paar Bücher und ein Armband«, sagte Kat. »Keine Sorge, hat kaum was gekostet.«

Empört rief Mum: »Kat, würdest du bitte …«

»Ist doch so!« Kat lachte. »Los komm schon, mach auf, Jose.«

Ich griff nach dem ersten Geschenk.

14.

Dicht an dicht standen Angel, Steph und ich in Tims winzigem Bad. Angel warf sich vor dem Spiegel in Positur, zog Kussmünder und schmierte sich Make-up ins Gesicht, während ich auf dem Badewannenrand hockte und hin und wieder schmerzerfüllt zusammenzuckte, denn Steph, die in der Wanne stand, fuhrwerkte an meinem Haar herum. Es roch nach Parfum – genau die richtige Einstimmung für meinen ersten Abend in der Stadt. Aus Stephs iPod wummerten Tanzlieder, die klangen, als würde jemand zu einem Bumm-Bumm-Beat über eine Tafel kratzen.

»Wie heißt dein Cousin gleich noch mal?«, fragte Steph.

»Tim.«

»Tim, Timmo, Timmy«, rappte Angel zur Musik, während sie eine extra Schicht Mascara auf ihre Wimpern kleisterte. »Hübscher … Name.«

Wir lachten. »Mädels, Ruhe, er sitzt nebenan im Wohnzimmer!«, rief ich. »Wenn er das mitkriegt, explodiert noch sein Schädel.«

»Fertig«, verkündete Steph und tippte mir auf den Arm.

Ich stand auf, um über Angels Schulter in den Spiegel zu spähen. Dank Stephs Stylingkünsten sah mein Haar jetzt richtig schön und gar nicht mehr zerzaust aus. Sie hatte es zu einer halb hochgesteckten, halb offenen Frisur arrangiert. Das Deckhaar war zu einem femininen Fischgrätenzopf geflochten und fiel locker über ein paar sanfte Wellen.

»Wow«, stieß ich hervor. »Wenn ich doch bloß immer so aussehen könnte!«

»Sieht umwerfend aus«, sagte Steph strahlend. »Ich zeige dir demnächst mal, wie man das macht – ist total einfach. Aber jetzt schminke ich mich mal lieber. Schließlich will ich neben euch beiden nicht wie ein Troll aussehen.«

Ja klar, dachte ich. Steph gehörte zu der seltenen Spezies Mensch, die auch in einem Kleid aus leeren Milchflaschen noch unglaublich aussehen würde.

Es klopfte dreimal kurz an der Tür. Für einen Augenblick fühlte ich mich an den Abend zurückversetzt, als ich James kennengelernt und ihn beschuldigt hatte, ein Einbrecher zu sein. Angel holte mich in die Realität zurück. Ihre Lippen formten die Worte: »Ist das Tim?«

»Schsch«, zischte ich und wandte mich um. »Tim?«

»Cousinchen, kann ich dich mal kurz sprechen?«

Ich quetschte mich aus der Tür in den Flur. »Was ist los?«

»Hübsches Kleid.« Sein Blick glitt bewundernd über den gelben Stoff. »Sieht süß aus.«

»Danke. Hat Kat mir geliehen.« Nicht, dass sie das wusste …

»Also, ähm, seid ihr bald fertig?«

»Ja, fast. Und ihr? Bereit, loszuziehen?«

»Naja, es gab eine kleine Planänderung.«

Tim führte mich ins Wohnzimmer, wo es nach Jungs, Aftershave und Alkohol roch – ein potenter Mix. Luca und Tran – zwei Party-Typen in Skinny-Jeans – schliefen tief und fest. Luca fläzte mit weit aufgerissenem Mund auf der Couch, Tran lag in Embryonalhaltung am Boden.

Ich prustete los und schlug mir gleich darauf eine Hand vor den Mund. »Es ist noch nicht mal neun. Was ist denn mit denen los?«

Tim kratzte sich am Kopf. »Keine Ahnung, die beiden haben nur ein bisschen gequatscht. Schätze, danach haben sie es sich gemütlich gemacht und sind eingeschlafen. Meine Couch ist verdammt bequem.«

Ich hob eine Augenbraue.

»Okay, vielleicht haben sie es letzte Nacht ein bisschen übertrieben.« Tim nahm einen kräftigen Schluck von seinem Bier. »Meine Schuld. Ich schmeiße sie raus, bevor wir gehen.«

Ich merkte, dass Luca auf mein Kissen sabberte. »Na toll.«

»Aber *ich* stehe trotzdem noch zur Verfügung, und nur darauf kommt es an, oder?«, fragte Tim. »Oh, und James schafft es leider auch nicht.«

Mein Hals wurde eng. »Du hast ihn eingeladen?«

»Ja klar. Mitbewohner-Grundregel. Aber er übernachtet bei dieser Tussi. Hab vergessen, wie sie heißt.«

»Kein Problem, das macht mir nichts aus.« Und wie mir das was ausmachte.

»Keine Sorge, das wird super. Vor allem, wenn uns Stella in diesen Club reinbringt«, sagte er. »Hab gehört, der soll ziemlich genial sein.«

»Steph, sie heißt Steph. Ja, ich glaube ein Freund von ihrem Bruder arbeitet dort als Türsteher.«

»Ich hoffe, du bist bereit für die beste Nacht deines Lebens, Cousinchen.«

»Ja, Tim, ich mach mich auf alles gefasst.«

Lichter zuckten durch die wogende Menge. Zu viert standen wir dicht aneinandergedrängt in eine Ecke der Tanzfläche und wurden von jedem, der an uns vorbeiwollte, angerempelt. Neben uns steckten sich ein Mann und eine Frau ihre Zungen so tief in den Hals, dass man fürchten musste, sie würden stecken bleiben. Ein einsamer älterer Mann im marineblauen Anzug wiegte sich im Takt der Musik. Jede Frau im Raum mied seinen Blick, aus Angst, er könnte sich sonst animiert fühlen. Eine betrunkene Rothaarige kippte mir Wein aufs Kleid, ein anderes Mädchen blies mir Rauch ins Gesicht.

»Ich dachte, man darf in Clubs nicht mehr rauchen«, rief ich hustend und versuchte, den Wein zu ignorieren, der mir den Rücken hinabrann.

»Darf man auch nicht, aber hier drin ist alles erlaubt«,

schrie Steph. »Entspann dich, Geburtstagskind. Entspann dich und tanz.«

Und das tat ich. Ich tanzte, drehte mich ausgelassen um mich selbst und streckte wie die Frauen in Videoclips den Hintern raus. Und ich fiel nur einmal hin. Okay, zweimal. Beim zweiten Mal hatte ich einen komplizierten Move mit Angel ausprobiert, bei dem sich unsere Beine verheddert hatten, und mich mit lautem Getöse auf die Tanzfläche gelegt. Gott sei Dank waren die Lichter gedimmt, sodass mich niemand gesehen hatte. Zumindest sagte ich mir das.

Neben uns tanzte eine Mädchengruppe im Kreis um ihre aufgetürmten Handtaschen herum. Eine von ihnen trug eine Tiara, auf der in glitzernden Buchstaben stand: »Heute achtzehn«.

»Aaaaah, Jose, so was hätten wir dir auch besorgen sollen«, sagte Angel. »Da hab ich jetzt wieder ordentlich versagt als beste Freundin.«

»Ich kümmer mich drum«, sagte Tim.

Er ging zu den tanzenden Mädchen hinüber und steuerte auf die mit der Tiara zu. Wir sahen, wie Tim sie beiseitenahm und ihr etwas ins Ohr flüsterte. Sie hörte zu, lachte und hörte wieder zu, kam dann schnurstracks auf mich zu und setzte mir die Tiara auf den Kopf.

»Dir auch alles Gute zum Geburtstag«, sagte sie lallend, während sie nach meiner Hand griff und mich in Richtung Bar zerrte.

Mein treues Trio eilte jubelnd hinter mir her.

»Geburtstagsshots!«, brüllte Tim.

Das Mädchen, das, wie ich später herausfand, Rachel hieß, klatschte Beifall, als der Barmann die hellblauen Getränke vor uns aufreihte. Jedes Mal, wenn sie »wohooo« rief, zog sich mein Magen zusammen. Ich war noch nie eine besonders gute Trinkerin gewesen. Mir fiel ein, wie ich mal ein Glas Rum auf ex getrunken und dann in Anwesenheit der beliebtesten Mädchen der Schule Beyoncé nachgemacht hatte – wenn »nachmachen« hieß, dass man hinfiel und sich zwei große blaue Flecke am Po zuzog. Aber darüber konnte ich jetzt nicht weiter nachdenken, denn Rachels Freunde und meine eigenen hatten sich offenbar zu einer Rumbaformation aufgestellt und feuerten mich johlend an.

»Trink, trink, trink!«, schrien sie im Chor.

Ich kippte das feurige Zeug runter und spürte, wie es in meiner Kehle brannte und kitzelte. Ich stieß einen Schwall Schimpfwörter aus und hatte plötzlich schon den nächsten Shot in der Hand. Rachel grinste, stieß mit mir an, und wir kippten den Drink hinunter.

Was dann passiert ist, weiß ich nicht mehr.

Na gut, das stimmt nicht ganz. Ich würde jetzt gerne sagen, ich hätte mich bei Rachel für die Drinks bedankt und wäre dann meiner Wege gegangen, denn dann hätte ich diesen besonderen Geburtstag erlebt, ohne mich zu verletzen oder sonst irgendeinen Blödsinn anzustellen.

Aber so war es leider nicht. Es begann als ganz normaler Tanz mit Steph und Angel. Ich wirbelte herum und grölte aus voller Kehle den Text mit. In unserer Fantasie waren wir Rockstars, in Wirklichkeit drei betrunkene Mädels und ein auffallend unverkrampfter Typ, die sich auf der Tanzfläche austobten.

Es konnten nur wenige Minuten vergangen sein, doch als ich für eine Trinkpause aus der tanzenden Menge taumelte, war ich so durstig, als hätte ich stundenlang durchgetanzt. Ich schlug mit der flachen Hand auf den Tresen und verlangte nach Wasser, jeder Menge Wasser. Der Barkeeper verdrehte die Augen und deutete ans Ende der Bar, wo leere Gläser und ein Wasserkrug standen. Erfreut jauchzte ich auf, griff nach dem Krug und verschüttete den Inhalt in alle Richtungen. Ein bisschen was landete auch in meinem Glas, das ich so gierig austrank, als hätte ich seit einer Woche keine Flüssigkeit mehr zu mir genommen. Noch nie hatte Wasser so himmlisch geschmeckt. Ich holte mir noch ein zweites Glas. Diesmal kippte ich den Inhalt in hohem Bogen über einen stämmigen Herrn mit beginnender Glatze.

»Oh, Entschuldigung«, stieß ich hervor. »Warten Sie, ich helfe Ihnen.«

Ich wollte sein Shirt mit einer triefend nassen Serviette abtupfen, doch er stieß meine Hand zur Seite.

»Hau ab, Kleine«, sagte er und stürmte, wüste Verwünschungen ausstoßend, davon.

»Mach dir nichts draus, das Shirt sah eh billig aus«, sagte eine Stimme hinter mir. Als ich mich umdrehte, stand Billy vor mir, wie immer ein nerviges Grinsen im Gesicht.

»Billy!«, rief ich. Das heiß, ich quiekte eher wie ein Streifenhörnchen. Ich fragte mich, wie viel er eben mitbekommen hatte. Aber eigentlich war das egal. Schließlich war auch so ziemlich klar, was hier abging: Die Tiara, die Flecken auf meinem Kleid und ich, die sich an der Bar festklammerte, als ginge es um mein Leben … Billy war genau rechtzeitig gekommen, um der Szene »Josie-wird-achtzehn-und-führt-sich-wie-eine-Vollidiotin-auf« beizuwohnen. Und wahrscheinlich gab es noch genug Material für eine Fortsetzung.

»Komm, ich helf dir«, sagte er, beugte sich zu mir rüber und schenkte mir noch ein Glas Wasser ein.

»Danke.«

»Achtzehn also, hm?«, fragte er, als er auf die Tiara deutete.

Ich nippte an meinem Wasser. »Ja, wie's aussieht, bin ich jetzt erwachsen.«

Weil ich nicht wusste, was ich sonst sagen sollte, schluckte ich. Ich schaute überall hin, bloß nicht zu Billy. Ich starrte den Barkeeper an, der gerade einen Cocktail schüttelte, beäugte eine Säule in der Mitte des Clubs, die über und über mit Postern beklebt war, und blickte ins fluoreszierende zuckende Licht über der Tanzfläche, bis mir fast schlecht wurde. In meinem Kopf drehte sich alles. Die blauen Shots schienen in meiner Blutbahn angekommen zu sein. Ich spürte, wie Billy mich von oben bis unten musterte und sein Blick kurz auf meinem Gesicht verweilte, ehe er nach unten wanderte.

»Du siehst gut aus, Josie.«

»Oh, also das weiß ich nicht.« Ich strich mir eine verschwitzte Strähne hinters Ohr.

»Hast du aus unserem letzten Gespräch was rausziehen können?«, fragte er. »Hat Spaß gemacht.«

»Danke«, antwortete ich.

»Ich mache Hunderte Interviews mit Journalisten aus aller Welt, und glaub mir, du liegst ganz weit vorne. Normalerweise habe ich Mühe, wach zu bleiben, weil so viele von denen nur über sich selbst schwafeln.«

Ich lachte. »Du lügst. Ich bin ein totaler Niemand! Wenn du mich wirklich kennen würdest, würdest du …«

»Das stimmt nicht«, unterbrach er mich. »Du leistest gute Arbeit. Meine Fans haben sich deinen Artikel ausgedruckt und mich gebeten, ihn zu unterschreiben.«

»Wirklich?« Ich konnte es nicht glauben.

Er zuckte die Achseln. »Ja, wirklich.«

Plötzlich kam mir ein Gedanke: »Wo wir schon von Fans reden … solltest du nicht einen Bodyguard oder gleich eine ganze Truppe Security dabeihaben?«

Billy deutete in eine rauchige Nische, die durch ein Seil vom Rest des Raums abgetrennt war. »Die sitzen alle da drüben. Ich habe dich an der Bar stehen sehen und wollte hallo sagen.«

»Oh …« Hatte er das wirklich gewollt? Fast wäre ich rot geworden.

Schwer zu sagen, was Billys Entourage da hinten trieb – vor allem in meinem Zustand –, aber ein paar

Einzelheiten erkannte ich doch. Ein großer Wachmann mit breitem Kreuz stand vor dem hellroten Seil und lupfte es nur für die schicksten Clubbesucher. Ich sah, wie er ein Mädchen um die zwanzig in blauem Minikleid und silberfarbenen Plateauschuhen durchließ. Ehe sie sich zu den anderen setzte, warf sie ihr blondes Haar in den Nacken und hauchte dem Security-Typ einen Kuss auf die Wange. Ich war hier so was von fehl am Platz.

Plötzlich wurden wir von drei hyperventilierenden Frauen heimgesucht, die Billys Namen kreischten. Es waren brünette Zwillinge, die in einer Tour »Er ist es, er ist es wirklich« murmelten, und eine Rothaarige im schwarzen Glitzerkleid, die ihm auf die Schulter klopfte. »Billy, ich liebe dich so sehr. Kann ich ein Autogramm haben?«

Er lachte. »Natürlich, Schätzchen. Wie heißt du?«

»Hillary«, antwortete sie schwer atmend. »Kannst du bitte … hier unterschreiben?«

Noch bevor irgendjemand sie aufhalten konnte, hatte sie sich das Kleid runtergezogen und streckte ihm ihre nackte Brust entgegen. Ich unterdrückte ein Lachen. Billy blieb gelassen.

»Schätzchen, wenn ich es mir recht überlege: Heute vielleicht doch nicht.« Er wandte den Frauen den Rücken zu, reckte eine Hand in die Luft, schnipste mit den Fingern, und wie aus dem Nichts erschienen zwei Bodyguards, die die Frauen von uns wegzerrten. In meinen Ohren hallte das Kreischen der Rothaarigen nach:

»Aber er hat doch noch gar nicht auf meiner Brust unterschrieben!«

»Tja …«, setzte ich an und versuchte, nicht zu lachen. »Ein ganz normaler Tag in Billys Leben, was?«

»Komm, ich bestell dir einen Drink und mach es wieder gut«, sagte er. »Ich bin es ja gewohnt, belästigt zu werden, aber ich wollte dich da wirklich nicht mit reinziehen.«

»Schon okay, ehrlich, ich trinke nicht so viel … normalerweise. Abgesehen davon dachte ich, dass du nichts mehr trinken darfst, seit du … du weißt schon.«

»Darf ich auch nicht. Aber du. Ehrlich, ich schulde dir was. Du warst gut zu mir. Du und *Sash.* Aber vor allem du. Außerdem hast du heute Geburtstag. Komm schon, ich spendier dir einen Drink.«

Jetzt wurde ich wirklich rot. »Ähm, okay … Aber keine blauen Shots mehr. Alles, nur das nicht.«

Billy lächelte mir zu. »Schon klar, nur ein Getränk. Ich lag übrigens falsch, als ich sagte, du würdest gut aussehen … Du siehst umwerfend aus. Atemberaubend, um genau zu sein.«

Er beugte sich über den Tresen und bestellte mir einen Cocktail. Verlegen und rot wie eine reife Tomate stand ich hinter ihm. Kurz darauf wandte er sich mit einem Cosmopolitan zu mir um. Kein Geldschein hatte den Besitzer gewechselt. Der Barkeeper hatte einfach nur gezwinkert.

»Okay, kommst du?« Billy deutete auf seine Leute im VIP-Bereich. »Da drüben können wir besser reden.«

»Lieber nicht, meine Freunde …«

»Denen ist das vermutlich scheißegal.«

Suchend blickte ich mich im Raum um und sah sie wild tanzen, umringt von einem Haufen aufgeregter japanischer Businessleute. »Okay, aber nur ganz kurz …«

»Wunderbar«, erwiderte Billy.

Als wir auf den VIP-Bereich zusteuerten, legte er mir die Hand auf den Rücken und jagte damit ein Kribbeln über meinen Körper. Der Wachmann hob das rote Seil. Wow, zum ersten Mal in meinem Leben machte ich Party mit den coolen Kids! Jeder zweite hier hatte eine Zigarre zwischen den Fingern. Die niedrigen Tische waren mit Champagnerflaschen übersät. Wenn Holly Bentley mich jetzt sehen könnte!, dachte ich. Ich erkannte einige der anderen Bandmitglieder, die Wein tranken oder sich auf dem Sofa an irgendein hochattraktives weibliches Wesen ranmachten. Sonst saßen dort nur noch kleinere Grüppchen umwerfender (und vermutlich handverlesener) Mädchen, die ihre Kussmünder fotografierten und darauf warteten, dass sie endlich mit den Jungs flirten durften.

Anthony – das andere Bandmitglied, dem ich damals im Interview auf die Nerven gegangen war – kam geradewegs auf Billy zu.

»Was ist hier los, Kumpel?«, fragte er mit einem flüchtigen Blick auf mich. Mir war klar, dass er eigentlich meinte: Wie kommst du dazu, irgendein x-beliebiges Mädchen hier anzuschleppen, Kumpel? Und das nach allem, was mit deiner schwangeren Freundin passiert ist?

»Schon gut, Bruder«, erwiderte Billy. »Entspann dich.«

Anthony seufzte. Billy ignorierte ihn und führte mich zu einem der wunderschönen Sofas aus schwarzem Leder. Es roch nach Luxus und reichen Menschen.

»Da wären wir.« Billy lächelte. »Auf uns und einen wunderbaren Geburtstag.«

»Danke schön.« Ich nippte an meinem Cosmopolitan.

Neben uns fummelten ein Junge und ein Mädchen zunehmend begeistert aneinander herum. Das Mädchen stöhnte leise, als der Junge sich eng an sie drückte. Zum trillionsten Mal in dieser Nacht wurde ich rot. Und Billy merkte es.

»Du weißt, dass ich dich toll finde, oder?«, sagte er.

Ich hatte keine Chance zu antworten, denn plötzlich drückte er seine Lippen auf meine. Der Kuss war sanft, ganz anders als der von Pete Jordan. Ich merkte, wie ich kurz nachgab. Doch dann stieß ich ihn weg. Mit Schwung. Er hatte eine Freundin. Eine schwangere Freundin!

»Was machst du da?«, fragte ich schleppend. »Was ist mit Kara?«

»Ist es wegen der Leute hier? Bist du schüchtern? Dann komm mit in mein Hotel«, flüsterte Billy und knabberte an meinem Ohrläppchen.

»Nein … nein.« Ich holte aus und verpasste ihm eine saftige Ohrfeige. »Das hier ist nie passiert!«

Ich sprang auf und stürzte aus dem abgegrenzten Bereich. Mein Kopf fühlte sich wattiger an als je zuvor. In diesem Moment sah ich James, der mich von der Bar aus anstarrte. Er prostete mir zu und lächelte steif.

Oh verdammt, bestimmt hatte er alles gesehen!

Keine Ahnung, ob es das Durcheinander an Getränken war, der Zigarrenrauch oder die Tatsache, dass mich ein hinreißender, aber leider vergebener Popstar in James' Anwesenheit geküsst hatte – jedenfalls hatte ich auf einmal das dringende Bedürfnis, mich zu übergeben. Die Operation »Ich muss eine Toilette finden, bevor es zu spät ist« war in vollem Gange.

Ich stürzte zu einem abgedunkelten Raum, hinter dem ich die Toilette vermutete, und stolperte in eine Cocktail-Lounge mit antiken smaragdgrünen Sofas, von der Decke hängenden Vintage-Vogelkäfigen und hochnäsigen, aufgedonnerten Leuten. Fans gab es hier keine.

Einer der Ober sah, dass ich mir eine Hand vor den Mund presste, und deutete in die entgegengesetzte Richtung. »Beeil dich«, zischte er.

Und das tat ich auch.

Zwar schaffte ich es in eine Toilettenkabine, doch die paar Millisekunden, die ich brauchte, um mich über die Kloschüssel zu beugen, waren ein paar Millisekunden zu viel. Und so reiherte ich an die Toilettenwand eines Fünf-Sterne-Nachtclubs.

Happy Birthday!

15.

Ich hatte mein Bestes getan, um die Kotzexplosion an der Toilettenwand zu beseitigen, allerdings schien ich nach ein paar Shots eine ganz andere Auffassung von »meinem Besten« zu haben als sonst. Eine nüchterne Josie hätte geschrubbt und gewischt, was das Zeug hielt, und zu guter Letzt noch die Fliesen neu verfugt. Alk-Josie hingegen schlug einmal kurz mit einem Taschentuch gegen die Wand und beschloss dann, es gut sein zu lassen.

Aus der Kabine herauszukommen, war sogar noch peinlicher als die Sache mit den knallgelben Fahrradhelmen damals. Mum hatte Kat und mich gezwungen, die Dinger im Auto zu tragen, nachdem sie irgendeinen Beitrag über tödliche Verkehrsunfälle gesehen hatte. (Und das ist noch nicht alles: Sie selbst trug eine neongelbe Sicherheitsweste. Und an der großen Kreuzung kamen wir an dem Oldtimer-Mercedes von Holly Bentleys Familie vorbei.) Aber das hier war schlimmer. Viel schlimmer.

Beim Reinkommen war die Damentoilette vollständig leer gewesen, doch als ich jetzt aus der Kabine taumelte, standen lauter glamouröse Frauen mit langem Haar und kurzen Kleidchen vor meiner Tür Schlange. Ich hatte keine Wahl. Eine von ihnen würde diese Toilette benutzen. Ich suchte nach einer guten Ausrede für die Kotzlawine, musste mich letztlich aber damit zufriedengeben, auf ein wunderschönes Mädchen mit roten Lippen zuzustolpern und zu lallen: »Da drin ist jemandem schlecht geworden.«

Von »Igitt«-Rufen begleitet verließ ich die Toilette. »Igitt, ich glaube, das war sie!« Betäubt schwankte ich in den Club zurück, wo James auf mich wartete. Ich sah mich um, doch von den anderen keine Spur.

»Geht's dir gut?«, fragte er und legte einen Arm um mich.

Nein, mir ging's nicht gut. Ich hatte Kopfschmerzen, Magenkrämpfe und rote Augen. Trotzdem nickte ich.

»Und wohin jetzt, Geburtstagskind?«

Ich wünschte, ich hätte ein Pfefferminzbonbon dabeigehabt. Um zu verhindern, dass er meinen Atem roch, lehnte ich mich so weit wie möglich zurück und presste die Lippen zusammen. »Nach Hause.«

»Oh, okay. Ich glaube, es ist schon ein bisschen zu spät, um dich zu deiner Mum zu bringen, aber …«

»Ich meinte zu dir und Tim.«

Lächelnd begleitete er mich durch die Menge zum Ausgang. »Also dann zu uns.«

Tim und die anderen tanzten immer noch, diesmal mit ein paar schnuckeligen Hipstern, die riesige Brillen und Strickjacken trugen. Tim sah wie ein Duracell-Hase aus, der noch die ganze Nacht hätte durchtanzen können, und Angel und Steph standen ihm in nichts nach.

James lehnte sich an eine Säule und bedeutete Tim, herzukommen. »Ich bringe Josie in unser Apartment«, schrie er über die Musik hinweg. »Ihr geht's nicht so besonders.«

»Was, wirklich? Oh Gott, ihre Mum wird mich umbringen. Und meine wird bei der Beerdigung eine Party feiern.«

»Also was ist, kommst du mit?«

»Ähm …« Tim hielt inne und ließ den Anblick meiner tanzenden Freundinnen auf sich wirken. Selbst im Vollrausch merkte ich noch, dass er was im Schilde führte.

»Hey, übernachtet ihr heute bei uns?«, rief er ihnen zu. Man hätte unmöglich sagen können, welche von beiden ihm besser gefiel.

»Hast du denn ein Bett für uns?«, fragte Steph keck.

»Und sauberes Bettzeug?«, fiel Angel ein.

»Jup«, erwiderte Tim. »Grün, grau oder braun – sucht's euch aus.«

Ich hoffte inständig, dass mein Cousin die gleiche Auffassung von sauber hatte wie meine Freundinnen.

»Okay, wir sind dabei«, sagte Steph.

Tim strahlte. Zweifellos plante er in Gedanken bereits eine ausgeklügelte Verführung. Ich war zu müde, um mir darüber Gedanken zu machen. Zu müde, um darüber nachzudenken, was eventuell schiefgehen könnte. Zu müde, um irgendwas zu tun, außer mich von James zur nächsten Haltestelle bringen zu lassen. Die anderen liefen hinter uns her und kreischten vor Vergnügen, als Tim Elvis Presley imitierte.

Die Blasen an meinen Füßen brannten höllisch. Im Vorort-Zug zog ich meine Highheels aus und nahm sie auf den Schoß. Ich weiß noch, dass ich James zumurmelte: »Ich hätte wirklich nicht gedacht, dass du heute kommst.« Dann schlummerte ich an seiner Schulter ein, während wir langsam dahinzuckelten.

* * *

Die Sprungfedern der Couch bohrten sich in meinen Rücken. Ich hustete und wälzte mich von einer Seite auf die andere, fand jedoch keine bequeme Liegeposition. Es war stickig und heiß, denn wir hatten beim Heimkommen vergessen, die Fenster aufzumachen. Ich hatte mich erst vor einer Stunde hingelegt, aber meine Gedanken wirbelten immer noch durcheinander und meine Schläfen pochten – eine vage Erinnerung an den Beat der Musik. Ich lag auf dem Rücken und fragte mich, ob ich schon einen Kater haben konnte, obwohl ich noch gar nicht geschlafen hatte. Über mir an der Decke zogen verschwommene Bilder des heutigen Abends vorbei. Eine altmodische Diashow. Ich sah, wie wir uns auf der Tanzfläche amüsierten, wie Rachel mir ihre Tiara aufsetzte, und ich sah die Shots. Oh, die Shots … Ich sah, wie Billy mich anlächelte, mit mir flirtete und mich küsste. Ich sah, wie James sah, dass Billy mich küsste.

Und dann sah ich nur noch James.

Eine Sekunde lang dachte ich, ich sei wieder in einen meiner üblichen Tagträume abgeglitten, wo ich zum Ein-Meter-achtzig-Model mutierte und Summer nicht mehr existierte. Endlich begriff ich, dass James wirklich vor mir stand – am anderen Ende der Couch und mit einer Bonbonpackung in der Hand.

Abrupt setzte ich mich auf. »Hey!«

»Hey, wie geht's?«

»Ganz okay, mir ist nur noch ein bisschen schwindlig. Ich dachte, ich wäre … Ach egal.«

»Du hast was von einem großen, gut aussehenden Typen gemurmelt, der James heißt.«

»Ich habe *was?!*«

Oh scheiße, scheiße, scheiße. Vielleicht war ich doch kurz eingenickt? Das klang *genau* nach mir. Vor allem in noch alkoholisiertem Zustand. Oder mit einem Kater. Oder mit irgendwas dazwischen.

James grinste. »War'n Witz.«

»Ha ha.« Ich warf ein Kissen nach ihm und setzte mich noch etwas aufrechter hin. »Ich kann nicht schlafen.«

»Bonbon?«, fragte er und hielt mir die Packung hin.

Meine rauschende Geburtstagsparty hatte mich eingeholt. Jede Faser meines Körpers wollte ihm die Bonbons aus der Hand reißen und sie auf einmal runterschlingen. Und dazu noch einen Schokoladenkuchen – mit Schlagsahne. Und als Beilage Bratkartoffeln mit einem in Butter getränkten Maiskolben.

Stattdessen begnügte ich mich mit einem Bonbon. »Danke.«

James, der meinen animalischen Blick bemerkt haben musste, drückte mir die Packung in die Hand. »Hier, Geburtstagskind, ich hol dir ein Glas Wasser.«

So gern ich lässig widerstanden hätte – wer war ich, dass ich ihm das Vergnügen verwehrte, mich in seinen Bonbons schwelgen zu sehen? Also griff ich tief in die Tüte und leckte mir den Zucker von den Fingern. »Mmmmm«, seufzte ich. Endlich war ich glücklich.

Ohne es zu wissen, hatte James einen Weg in mein Herz gefunden (naja gut, *noch* einen Weg). »Ein Typ, der mich mit leckerem Essen versorgt« – das war Nummer sechs auf meiner Traummann-Wunschliste, dicht gefolgt von Nummer sieben: »Ein Typ, der mich so zum Lachen bringt, dass ich heule oder grunze.«

James kam mit dem Wasser zurück. »Weißt du, was mir in Bezug auf uns beide aufgefallen ist?«

Ich wickelte mich in meine Decke. In meinem Bauch knisterte und zischte ein Feuerwerk. »Äääh …« Mein üblicher Wortdurchfall hatte ausgesetzt. Ich hatte keinen Schimmer, was er als Nächstes sagen würde. Und vor allem: Es gab ein *uns?* Was auch immer jetzt kam, endete hoffentlich nicht mit den Worten: »… dass du eine totale Spinnerin bist, Josie.«

»Nein, was denn?«, fragte ich. Ich hatte Angst vor seiner Antwort.

»Wir sind noch gar nicht zu deiner Show gekommen. Du weißt schon, die Folge, wo du mich interviewst.«

Ich schluckte. »Stimmt. Hey, gibst du mir mal das Wasser?«

James reichte mir das Glas. »Also, willst du heute moderieren?«

»Jetzt? Naja, ich schätze, ein, zwei Fragen könnte ich dir schon stellen.«

»Super.« James setzte sich so nah vor mich hin, dass ich jeden Farbtupfer seiner Iris und die leichte Rötung seiner Wangen sehen konnte.

Ich hielt mir einen dicken schwarzen Filzstift an die Lippen. »Willkommen bei *Josie* … Moment, ich habe vergessen, wie man das spielt. Muss ich … oder machst du … Herrje, ich hab Kopfweh.«

James lachte. »Okay, vielleicht verschieben wir das lieber auf ein anderes Mal. Du brauchst deinen Schlaf.«

Du vergraulst gerade deinen Traumtyp, du Idiotin, schrie eine Stimme in meinem Kopf. Ich zwang mich zur Konzentration. »Warte, nein, ist schon okay«, stammelte ich. »Ehrlich.«

»Echt?« Er klang nicht sonderlich überzeugt. Und warum sollte er auch? Schließlich hatte er meinen Niedergang vom Streber-Schulmädchen zum besoffenen Trash-Girl miterlebt.

»Ja«, sagte ich. »Los geht's … Okay, Leute … Okay … Unser heutiger Gast ist ein großartiger, ritterlicher Held, der die Damenwelt vor sich selbst rettet und im Bedarfsfall mit Bonbons versorgt. Ladies und Gentlemen, wir heißen den Mann der Stunde willkommen … James!«

Er reckte die Fäuste in die Luft und spannte seinen Bizeps an. »Danke, danke.«

»Also …« Ich war wie vernagelt.

»Also …?«

Mein Blick verweilte auf einem Haufen Schallplatten, die in einer Ecke des Wohnzimmers lagen. »Wie viele Platten hast du?« Okay, das war nicht gerade brillant, aber was Besseres fiel mir nicht ein.

»Insgesamt? Wenn man die, die noch bei meinem Dad rumliegen, mitzählt, sind es eintausendzweihundertfünfunddreißig. Drei hab ich verloren, eine ist handsigniert und sieben sind zerkratzt.«

»Im Ernst?«

»Nö. Wahrscheinlich sind noch mehr zerkratzt.« Er zwinkerte.

»Du liebst deine Musik, richtig?«

James hielt kurz inne. »Ja«, antwortete er dann.

»Cool«, sagte ich. »Weißt du, ich habe gehört, was du in deinem Zimmer getrieben hast.«

»Was?!«, entfuhr es James.

»Neeeiin, ich meine doch musiktechnisch! Was du in deinem Zimmer mit deinem Musik-Equipment getrieben hast und … du weißt schon.«

James schüttelte grinsend den Kopf. »Solltest du mir nicht lieber Fragen stellen?«

Stimmt. Stimmt, sollte ich.

»Okay, eine Frage … Also … Wenn du so auf Musik abfährst, warum studierst du dann Informatik? Also wirklich – ausgerechnet *IT*. Ich hab dich noch nie vor einem Computer gesehen. Hast du überhaupt einen?«

»Ja«, erwiderte er lachend und deutete auf einen zugeklappten Laptop, der unter einem Stapel Zeitungen auf dem Tisch lag. »IT … Naja, ich schätze, das war der Traum meines Dads. Von wegen sichere Grundlage und so. Heutzutage läuft doch alles nur noch online.«

»Ja … Das hat mein Dad auch immer gesagt«, murmelte ich.

»Echt?«

»Jup, unter anderem. Nicht, dass er mir je einen Laptop gekauft hätte. Dabei hätte ich wirklich gerne einen zum Schreiben gehabt … Aber hier geht's um dich, schon vergessen?«, fügte ich schnell hinzu, um uns wieder in die Spur zu bringen. Obwohl ich James sonst alles erzählte, war ich noch nicht bereit, ihm von Dads plötzlichem Verschwinden zu berichten. Zum Glück war James zu sehr in sein eigenes Vater-Drama vertieft, als dass er etwas gemerkt hätte.

»Ich meine, wie stehen die Chancen, dass ich ein erfolgreicher Musikproduzent werde? Mal ehrlich – ein Prozent oder so?«

»Vielleicht.«

»Ich will das wirklich, aber … Ich weiß nicht. Es ist, als hätte Dad mir einen giftigen Samen ins Hirn gepflanzt, und jetzt krieg ich ihn nicht mehr los. Schätze, ich werde weiter in dem Musikladen arbeiten, diesen blöden Abschluss machen und mich dann wie alle anderen ins Hamsterrad begeben.«

»Also ich sehe dich nicht als IT-Nerd, der in einer Tour Sprüche à la ›Haben Sie schon versucht, den Computer neu zu starten, Ma'am?‹ ausspuckt«, neckte ich ihn.

»›Sind Sie sicher, dass er richtig eingesteckt ist?‹ Noch so ein Klassiker«, fügte James hinzu. »Das ist echt High-Tech, ich weiß.«

Ich lachte. »Also, James …«, sagte ich mit übertrieben amerikanischem Akzent. »Ich denke, wir sollten zur Sache kommen.«

»Okay.« Er grinste. »Schieß los.«

»Was würdest du sagen, ist dein dunkelstes Geheimnis? Gibt's da eine geheime Hochzeit oder ein uneheliches Kind, von dem wir wissen sollten?«

James hielt inne, und einen Moment dachte ich, mir würde das Herz stehen bleiben. »Nein, nichts dergleichen. Aber jetzt, wo du es erwähnst … Ich habe tatsächlich ein Geheimnis.«

»Oh? Und wirst du es uns verraten?« Ich deutete auf unser imaginäres Studiopublikum.

»Es ist aber ziemlich brisant.«

Mir gingen die verschiedensten Möglichkeiten durch den Kopf: James töpferte. Dunkelpink war seine Lieblingsfarbe. Er war eine wiedergeborene Jungfrau.

Ich schluckte. »Also? Was ist es?«

»Komm.« James stand auf und hielt mir die Hand hin.

»Ich zeig's dir.« Er zog mich von der Couch hoch und wirbelte mich mit kreisenden Hüften herum.

»Was machst du da?«, fragte ich. Ich versuchte, mit ihm Schritt zu halten, hatte aber nicht die leiseste Ahnung, wo ich welchen Fuß hinsetzen sollte. Als ich spürte, wie seine Hände über meinen Körper wanderten, hätte ich fast vergessen, dass ich Kopfschmerzen hatte, meine Kehle so trocken war wie das Outback und meine Zehen voller Blasen. Fast. »Im Ernst, James, was machst du da?«

»*Tanzen,* Geburtstagskind. Du wolltest ein anstößiges Geheimnis? Da hast du es. Meine Mum ist Salsa-Lehrerin, und ich, ähm, habe ein paar Moves aufgeschnappt.«

Wir hatten keine Musik. Außer dem Ticken der Uhr war nur unser leiser Atem zu hören, während wir versuchten, in einen gemeinsamen Rhythmus zu kommen. Irgendwann begann James zu summen. Langsam, ganz langsam, passte ich mich seinen Bewegungen an und ging ganz im Moment auf. Und während wir so durchs Wohnzimmer tanzten, war es mir vollkommen egal, dass ich über heruntergefallene Kissen stolperte, über herumliegende Schuhe und ein oder zweimal auch über James' Füße. Alles, was zählte, waren sein Summen, unser Tanz und James.

»Du bist ziemlich gut«, sagte ich.

Inzwischen fühlte ich mich so wohl, dass ich ihm eine Hand auf die Schulter legte. Er verzog weder das Gesicht, noch stieß er mich weg, noch sagte er mir, dass ich mich vom Acker machen sollte. Ich weiß nicht, ob es die Aufregung war, weil ich sein klopfendes Herz spürte, oder ob sich mein angeborenes Talent für schlechtes Timing bemerkbar machte – jedenfalls zerstörte ich den Moment, indem ich sagte: »Tanzt Summer auch so gern mit dir?«

Ich spürte, wie James sich verkrampfte. »Ähm, nein«, antwortete er. »Das ist nicht so ihr Ding.«

Er ließ meine Hand los und trat einen Schritt zurück. »Also ich bin ziemlich müde … Ich geh jetzt mal besser ins Bett.«

»Oh, okay.«

»Entschuldige, wenn ich kneife, aber du weißt ja … die Nacht war anstrengend.«

»Natürlich, kein Problem. Ich habe eh schon die Minuten gezählt, bis ich wieder ins Bett kann.« Lügnerin.

»Ja, du hattest einen langen Tag – eine lange Nacht. Du hast ja auch mit diesem Promi-Typ getanzt …«

»Ach – das? Das hatte nichts zu bedeuten.«

Am liebsten hätte ich ihn geschüttelt, damit er mir glaubte. Und noch lieber hätte ich die Rückspultaste gedrückt, um die Nacht noch einmal von vorne beginnen zu lassen.

»Happy Birthday, Jose.« Er gab mir einen flüchtigen Kuss auf die Wange. »Träum was Schönes.«

»Okay … danke für alles und, ähm, grüß Summer von mir«, erwiderte ich schwach. Doch James war schon in sein Zimmer verschwunden und ließ mich allein zurück.

Bis jetzt fühlte sich das Leben mit achtzehn auch nicht wesentlich anders als das mit siebzehn an. Meine Kleider waren ein bisschen fleckiger, die Jungsdramen ein bisschen komplizierter und ich ein bisschen benommener.

Ich schlief, bis sich die Sonnenstrahlen durch die Jalousien zwängten, und tastete nach meinem Handy, um zu sehen, wie spät es war. Es lag weder neben dem Sofa noch unter dem Beistelltisch noch auf dem Küchentresen.

Hoffentlich habe ich es nicht verloren, dachte ich. Aber möglich war es. Sogar ziemlich wahrscheinlich. Wenn es nur nicht in die Kloschüssel gefallen war ... oder auf den Tisch im VIP-Bereich. Keine Ahnung, was schlimmer gewesen wäre.

Ich konnte mir noch nicht mal ein Handy leihen, um im Club anzurufen, denn mir fiel der Name nicht mehr ein. Lemon Tree? Oder Lemon Treehouse? Oder Lemon Treacle? In jedem Fall kam irgendwo das Wort »Lemon« vor, so viel wusste ich noch.

Bis auf den dröhnenden Straßenlärm (ganz zu schweigen von dem Dröhnen in meinem Kopf) und das Schnarchen, das aus Tims Zimmer drang, war es still in der Wohnung. Ich fragte mich, ob Angel und Steph bei ihm schliefen. Und wenn ja – wie machten sie das? Mein Cousin klang wie ein Rasenmäher, der versuchte, an einem warmen Sommertag auf Touren zu kommen.

Gähnend schaltete ich den Fernseher ein und zappte

mich durch diverse Kanäle, durch griechische Nachrichten, italienische und chinesische, bis ich schließlich bei Channel 3 landete. Dort war *First* in vollem Gange, eine Mischung aus Morgennachrichten und Lifestyle-Format, eines dieser Programme, wo man von einer attraktiven Moderatorin und ihrem dämlichen Kollegen, der abgedroschene Witze reißt, durch die Sendung geführt wird. Ich machte es mir auf der Couch bequem und freute mich auf geistlosen Fernsehkonsum und ein paar kurze Nickerchen. Cynthia und Arch, die Moderatoren, neckten sich. Ab und zu wurde ich von einem Satz oder Kichern geweckt. Immer wieder döste ich weg, als plötzlich eine tiefe Stimme sagte: »Und nun zu unserem Lieblingsformat, der ›Welt der Frau‹. Im Studio begrüßen wir Rae Swanson, Chefredakteurin von *Sash* sowie Promi-, Beziehungs- und Mode-Guru.«

Rae Swanson? *Sash?* Als ich die Augen aufschlug, erblickte ich meine Chefredakteurin auf dem Bildschirm. Sie trug eine terracottafarbene Bluse zu einem dunkelvioletten Bleistiftrock. Colour-Blocking at its best. Sie sah unglaublich aus.

»Ich freue mich, hier zu sein, Arch«, sagte sie mit keck gespitzten Lippen. Offenbar hatte sie ihr Ich-bin-so-charmant-dass-es-dem-Moderator-die-Nadelstreifensocken-auszieht-Alter-Ego angeknipst.

»Also, Rae«, zwitscherte Cynthia, »wir würden gerne wissen, was Sie zu Beziehungen und Eheschließungen zwischen Promis sagen, ein Thema, das immer wieder in den Medien auftaucht. Kann das funktionieren? Chelsea Mancini aus Melbourne meint Ja, Georgi Craft aus Kalgoorlie antwortet mit einem Nein. Einem dicken, fetten Nein. Und Sie – was meinen Sie?«

Ehrfürchtig hörte ich zu, wie Rae eine nahezu druckreife Antwort gab. Sie sagte, viele Menschen, die im Rampenlicht stünden, würden liebevolle, glückliche Beziehungen führen. Allerdings würden sie auch hart an ihrer Standhaftigkeit arbeiten und nichts als selbstverständlich ansehen. Anschließend nannte sie ein paar Beispiele glücklich liierter Promi-Pärchen, die es gemeinsam durch harte Zeiten geschafft hatten, und fügte noch hinzu, dass schon sehr viel Engagement von beiden Seiten nötig sei, um zusammenzubleiben, wenn man nonstop von den Medien beobachtet würde.

»Trotzdem ist nicht alles Gold, was glänzt, nicht wahr?«, schaltete Cynthia sich wieder ein. »Zahlreiche Experten sagen, dass die Zahl untreuer Beziehungspartner stetig steigt. Und wenn man sich die Fotos so anschaut, die gestern von Greed-Leadsänger Billy geschossen wurden, kann man dem nur zustimmen.«

»Fotos?«, fragte Rae und richtete sich in ihrem Stuhl auf.

Oh nein, dachte ich mit klopfendem Herzen. Das hatte *nichts Gutes* zu bedeuten, so viel war mir jetzt schon klar.

»Irgendjemand hat Billy im Limestone fotografiert, wo er einer Brünetten die Zunge in den Hals steckt«, erklärte Arch, während Cynthia laut vor sich hin lachte. »Und das, obwohl seine schwangere Freundin zu Hause auf ihn wartet, wie wir alle wissen.«

Limestone? So viel zu Lemon Tree. Aber immerhin gehörten sowohl die Limonen als auch die Zitronen zur Familie der Zitrusfrüchte, ganz so falsch lag ich also doch nicht.

»Wir haben die Fotos da«, fuhr Arch fort. »Exklusiv für unsere Zuschauer.«

Bitte nicht ich, zitterte ich in Gedanken. Bitte sag, dass Billy noch mit einer anderen grenzdebilen Tussi rumgemacht hat. Auch, wenn er dann ein noch größeres Arschloch wäre.

Fotos flimmerten über den Bildschirm. Billy hatte die Arme um die »mysteriöse Brünette« geschlungen und seine Lippen auf ihre gepresst, sodass man ihr Gesicht kaum erkennen konnte. Genau genommen sah man nur die Andeutung einer Nase und gerötete Wangen. Das Mädchen hatte dickes, gewelltes Haar, einen Fischgrätenzopf und trug ein knallgelbes, in der Taille gerafftes Kleid mit lauter Flecken drauf. Wasser wahrscheinlich. Oder Wein. Oder Shots.

Arch und Cynthia hatten keine Ahnung, wer die mysteriöse Unbekannte war. Ich hingegen wusste es mit absoluter Sicherheit, ohne den Hauch eines Zweifels – die Unbekannte war ich.

Als das Foto auf dem Bildschirm erschien, schaute Rae zweimal hin. Atemlos wartete ich auf ihre Antwort.

»Nun«, sagte sie schließlich. »Da haben Sie mich jetzt

auf dem falschen Fuß erwischt. Ich bin schockiert. Ich dachte wirklich, Billy hätte sich geändert.«

»Das dachten wir auch«, erwiderte Cynthia. »Aber wie es aussieht, hat er die Nation in seinem letzten *Sash*-Exklusivinterview an der Nase herumgeführt. Dieses Bild hier beweist in aller Deutlichkeit: Wer einmal betrogen hat, tut es immer wieder. Mir bricht das Herz, wenn ich an die Kindsmutter denke.«

»Rae, was, glauben Sie, bedeutet das für Billys Ruf?«, fragte Arch. »Und haben Sie irgendeine Ahnung, wer sich hinter dem mysteriösen Mädchen verbirgt?«

Rae spitzte die Lippen. »Ich glaube, es ist nicht wichtig, wer das Mädchen ist, Arch. Wichtig ist nur, dass Billy es schon wieder getan hat, und das, obwohl er behauptet hat, er hätte ein neues Leben angefangen.«

»Richtig«, stimmte Cynthia zu.

»Das wird ein harter Tag für die Leute von Greed«, fuhr Rae fort. »Die Fotos sind ganz, ganz schlecht für sein Image … und für das Mädchen auch, sofern die Medien etwas über sie in Erfahrung bringen. Ich kann nur hoffen, dass sie schlau genug ist, das Rampenlicht zu meiden und nicht noch mal denselben Fehler zu machen.«

Ich konnte nicht anders: Ich fragte mich, ob Rae ihre Warnung direkt an mich gerichtet hatte. Aber vielleicht war es auch nur das überwältigende Schuldgefühl, das in meinen Ohren rauschte.

Plötzlich hörte ich, wie mein Handy klingelte. Hervorragend, dann hatte ich es also doch nicht im Club verloren. Der Klingelton klang gedämpft, als würde irgendetwas auf dem Gerät liegen. Ich sprang von der Couch und folgte dem Klingeln in die Küche, wo ich den Kühlschrank öffnete – da lag es, surrend und piepend auf einem Stück Käse. Was bitte war denn letzte Nacht passiert? Ich wollte es lieber nicht wissen.

Kats Name leuchtete auf dem Display auf.

»Du kleine Schlampe!«, rief sie, als ich ranging.

»Danke, mir geht's gut, und selbst?«, gab ich zurück.

»Du machst mit Billy rum und erzählst mir kein Wort davon?«, zischte sie leise, was ich als positives Zeichen auffasste. Wenigstens schrie sie nicht das ganze Haus samt Nachbarschaft zusammen. Aber so wie ich Kat kannte, kam das noch.

»Ich, äh … was?«, murmelte ich.

Herrje, ich war eine genauso schlechte Lügnerin wie Mum. Wäre ich damals nur in diesen Schauspielkurs gegangen, zu dem sie mich angemeldet hatte, damit ich mehr Selbstbewusstsein bekam! Ich hatte in der letzten Sekunde einen Rückzieher gemacht. Weil ich nicht selbstbewusst genug gewesen war.

»Lüg mich nicht an«, flüsterte Kat. »Ich habe dich in *First* gesehen – da war ein Foto von dir.«

»Ach das?«, erwiderte ich. Meine Stimme klang schon wieder grenzwertig. »Das hab ich auch gesehen. Aber das war doch total … verschwommen. Keine Ahnung, wer die ist. Wahrscheinlich das Mädchen, das diese Nachmittags-Cartoon-Sendung moderiert, oder vielleicht …«

»Josephine Browning, dieses gelbe Kleid würde ich überall erkennen. In der Taille gerafft, am Rücken ausgeschnitten und seit Neustem nicht mehr in meinem Kleiderschrank aufzufinden.«

»Ich kann dir das alles erklären«, sagte ich, obwohl ich keine Ahnung hatte wie.

»Dann fang mal an, Jose. Und zwar flott.«

16.

Ich habe ja schon einige schreckliche Dinge gesehen. Twinkles zum Beispiel, den Welpen unserer Nachbarn, der eines Samstagnachmittags jaulend durch den Verkehr geflitzt war und es gerade noch auf die andere Straßenseite geschafft hatte. Oder Onkel Reg, der auf dem Klo gesessen und Zeitung gelesen hatte, als Kat und ich versehentlich hereingeplatzt waren (seither habe ich immer, aber auch wirklich immer angeklopft). Und nicht zu vergessen das Trauma, als ich gesehen habe, wie sich Mr Stevens, mein Erdkundelehrer aus der Neunten, unterm Pult mit einem Lineal am Sack gekratzt hatte, als er dachte, niemand würde hinschauen. Doch nichts hätte mich auf das vorbereiten können, was ich jetzt entdeckte, als ich nach meinem Telefonat mit Kat online ging.

Ich lieh mir James' eingestaubten Laptop und öffnete Google. In der kurzen Zeit, seit *First* gemeldet hatte, dass Billy seine Freundin mit einem »mysteriösen Mädchen« betrog, war ein waschechter Shitstorm auf mich niedergegangen. Ich las Blog-Posts, Tweets und Kommentare, einer hasserfüllter, brutaler und wütender als der nächste. Die Entertainment-Sparten vieler Webseiten präsentierten zusammengeschusterte Storys und ein vergrößertes Foto, auf dem Billy mich küsste. Ich las jeden Artikel, den ich finden konnte, und begriff, dass achtzig Prozent davon erstunken und erlogen waren. In einem Bericht stand: »Ein enger Vertrauter behauptet, das Ganze sei ein riesiges Missverständnis. Das Mädchen habe sich dem Sänger an den Hals geworfen und ihn mit einem leidenschaftlichen Kuss überrumpelt.« *Äh, nein.* In einem anderen stand, die Unbekannte habe Billy, der ja bald Vater würde, einen One-Night-Stand in einem nahe gelegenen Hotel angeboten. *Was?!*

Jetzt verstand ich, warum Kat mir so eindringlich davon abgeraten hatte, online zu gehen. Ich – oder besser gesagt, das »mysteriöse Mädchen« – wurde als versiffte Hure denunziert, die versucht hatte, einer Schwangeren den gefährdeten Freund zu stehlen.

Jeder, aber auch wirklich jeder, hatte eine Meinung zu der Sache. Menschen, die mich nicht kannten. Menschen, die nicht wussten, dass ich eine Streberin war und wie wichtig ich gute Noten nahm. Menschen, die nicht wussten, dass meine Schwester mich für mein erstes Vorstellungsgespräch in der großen, fremden Stadt hatte anziehen müssen. Menschen, die nicht wussten, dass ich zu keiner Party eingeladen wurde, noch nie länger als fünf Tage einen Freund gehabt hatte und in etwa so verführerisch war wie eine besoffene Schnecke.

Die Trolle warfen mit allen möglichen Beschimpfungen um sich – von »Hässliche Nutte, er hat was Besseres verdient« bis zu »Debiles Gerippe, das aussieht wie ein zehnjähriger Junge«. Über Tippfehler versuchte ich zu lachen (»Du bis ein Aschloch«), aber die grammatikalisch fehlerhaften Morddrohungen erschwerten die Sache erheblich. Immerhin: Ein paar User verteidigten mich (»Den würde ich auch abschlecken«), aber alles in allem schien sich die Gesellschaft zusammengerottet und beschlossen zu haben, dass ich, Josie, alias das »mysteriöse Mädchen«, ein schrecklicher Mensch war und eine Brust wie ein Surfbrett hatte. (Unzählige Posts erwähnten die Tatsache, dass ich so gut wie keinen Busen hatte).

Ich hatte mir immer gewünscht, berühmt zu sein. Im Traum hatte ich mir eine Buchpräsentation mit Fanhorden ausgemalt, die mich mit Blumen und Schokolade überhäuften und um ein Autogramm anbettelten. Und nun stand ich hier: berühmt und in Verruf geraten. Mehr in Verruf geraten ging gar nicht.

Ich fragte mich, wer sonst noch wusste, dass ich das Mädchen auf dem Foto war.

Als ich in Tims Zimmer stürzte und Angel erzählte, was los war, nahm sie die Sache in die Hand: Sie weckte Steph, die neben ihr ins Bett sabberte, und zerrte uns zu einer Krisenbesprechung ins Wohnzimmer. Tim lag komatös auf einem Kleiderhaufen am Boden und bekam nichts von dem Drama mit, das sich um ihn herum abspielte. James war immer noch in seinem Zimmer.

Seit unserer peinlichen/wunderbaren/verfänglichen Begegnung letzte Nacht hatte er sich nicht mehr blicken lassen.

»Es könnte schlimmer sein«, begann Angel.

Steph gähnte. »Richtig.«

Ihre Gesichter waren mit Mascara verschmiert. Ich sah bestimmt auch nicht anders aus.

Angel deutete auf das Foto auf einer der einschlägigen Webseiten. »Man merkt echt nicht, dass das du bist. Ich meine, *wir wissen,* dass du es bist. Aber das war's auch schon.«

»Und Kat weiß es«, erinnerte ich sie.

»Glaubst du wirklich, dass Rae dich auf dem Foto erkannt hat?«, fragte Angel. »Ich glaub's ja nicht.«

»Ich versuche mich gerade zu erinnern, ob ich Rae erzählt habe, dass du an deinem Geburtstag ausgehst«, murmelte Steph.

Ich seufzte. »Ich bin geliefert, wenn sie mitkriegt, dass ich das bin.«

»Beruhig dich.« Angel klopfte mir beruhigend auf die Schulter. »Gibt's hier irgendwo was Essbares? Ich mach uns ein Frühstück. Vielleicht hilft das.«

Die gute Angel – sie wusste, dass Essen immer die Lösung für mich war. Sie ging in die Küche und stöberte in den Schränken, im Kühlschrank und in der Gefriertruhe herum.

»Ich weiß genau, dass ich Rae nichts gesagt habe. Du bist auf der sicheren Seite. Versprochen. Und was würde schlimmstenfalls schon passieren, wenn sie es doch herausfindet?«

»Wenn die *Sash*-Chefredakteurin rausfindet, dass ich mit meinem Interviewpartner rumgemacht habe, der zufälligerweise eine Freundin hat und bald ein Baby bekommt?« Mein Kiefer schmerzte vor Anspannung. »Keine Ahnung … Was glaubst du? Dass ich für das Praktikum die schlechteste Bewertung aller Zeiten kriege? Dass sie mich feuert? Mich landesweit nie wieder etwas veröffentlichen lässt? Mich für einen schrecklichen Menschen hält?«

»Okay, jetzt, wo du es sagst …«, erwiderte Steph kleinlaut.

»Entschuldige, ich wollte dich nicht so anblaffen«, sagte ich. Meine Müdigkeit machte die Situation nicht gerade besser.

Angel tauchte mit einem Laib Brot hinter dem Küchentresen auf. »Vielleicht ist es gar nicht so schlimm, Jose. Ich meine, vielleicht …«

»Hallo, die Geschichte steht auf sämtlichen Klatschseiten im Netz!«, platzte ich heraus. »Die nennen mich ›mysteriöse Nutte von Down Under‹. Und die Follower geben auch alle ihren Senf dazu.«

»Okay, das ist nicht ideal«, stimmte Angel zu und versuchte, nicht zu lachen. »Aber du bleibst doch trotzdem anonym. Und auf Billy drischt auch ein Haufen Leute ein, vergiss das nicht. Immerhin ist *er* der Betrüger. Und dass du hinter der Unbekannten steckst, weiß keiner. Rae nicht, die Medien nicht – niemand. Also bist du in Sicherheit.«

»Aber was soll ich denn morgen bei *Sash* machen?«, jammerte ich. »Alles gestehen?«

»Nein«, antwortete Steph. »Natürlich nicht. Abstreiten, abstreiten, abstreiten, Baby. Du hast nichts falsch gemacht. Also halt deine hübsche kleine Klappe.«

In diesem Moment kam James, mit nichts als Boxershorts bekleidet, aus seinem Zimmer gestolpert und zog sich ein zerknittertes blaues T-Shirt über – allerdings nicht schnell genug, als dass ich nicht einen Blick auf den Flaum auf seiner Brust erhascht hätte.

»Morgen Ladies«, krächzte er und ließ sich auf die Couch fallen. Nach letzter Nacht konnte ich ihm kaum in die Augen schauen. »Wie geht's euch?«

Schweigen. Angel und Steph sahen mich hilfesuchend an.

»Gut, nur ein bisschen müde. Angel macht uns Toast«, erwiderte ich, um einen lässigen Tonfall bemüht. »Willst du auch einen?«

»Gern, danke.« Er gähnte. »Mann, habt ihr schon die Fotos gesehen, die Tim gestern von euch gemacht hat? Zum Piepen.«

»Ach, das hatte ich ganz vergessen …« Steph lachte. »Meine Erinnerung daran ist sehr, sehr vage.«

»Fotos, die Tim gemacht hat?«, fragte Angel dazwischen.

»Ja, es gibt ein paar Grimassen-Bilder von Jose und

Steph und eins, wo du einen Spagat machst, was übrigens völlig abgefahren ist, Angel. Und dann hat er noch ein paar Selfies von sich, der alter Poser. Hey, krieg ich ein bisschen Honig auf meinen Toast? Danke.«

Ich atmete aus. »Ich dachte schon, er hätte Fotos von … Naja, egal.«

Je weniger ich James an meinen Kuss mit Billy erinnerte, desto besser.

»Er hat die Bilder auf Facebook gepostet – ihr seid getagged, also könnt ihr sie euch anschauen«, fügte er hinzu. »Ein nächtliches Tagging-Gelage, so was findet er cool.«

»Er hat uns getagged?«

Was für schreckliche Worte, ich hasste sie. Das letzte Mal, als mich jemand getagged hatte, hatte ich in einem Bugs Bunny-Kostüm mit vorstehenden Zähnen gesteckt und an einer angebissenen Karotte genagt. Nicht gerade das Image, das ich den fünfhunderteinundsechzig meiner sogenannten engsten »Freunde« hatte vermitteln wollen.

»Ja – und?«, fragte James und blickte verwirrt drein.

»Auf den Fotos hat Jose einen Zopf, nicht wahr?«, murmelte Steph. »Und sie trägt das gelbe Kleid?«

»Schätze schon«, antwortete James.

»Und wenn ich auf dem Foto getagged wurde, können es auch alle meine Freunde sehen, richtig?«, fragte Steph.

»Ja«, erwiderte Angel.

»Jose, ich würd's ja lieber nicht sagen, aber ich bin mit Rae auf Facebook befreundet.«

»Das kann nicht sein«, erwiderte ich. Meine Stimme wurde immer lauter.

»Doch. Wir haben uns gegenseitig angeklickt, als sie und Dad … naja, du weißt schon.«

»Oh mein Gott«, stammelte ich. »Sie weiß Bescheid … Rae weiß Bescheid … Das muss sie ja.«

»Jetzt lasst uns alle mal tief Luft holen«, sagte Angel und schwenkte das Honigglas. »Vielleicht können wir die Situation noch retten, wenn wir die Fotos gleich von unseren Pinnwänden entfernen.«

»Was ist denn los?« Die Verwirrung stand James deutlich ins Gesicht geschrieben.

Ich schlug mir die Hände vors Gesicht. Der Geruch von Toast zog durchs Apartment. Ich würde ihm die Geschichte nicht erklären. Es war schlimm genug, dass James meinen Kuss im wahren Leben mit angesehen hatte. Da brauchte er jetzt nicht auch noch eine virtuelle Zugabe.

Nach dem Frühstück versteckten Steph und Angel den Laptop, damit ich nicht online gehen und in der Häme böser Trolle ertrinken konnte. Allerdings hatten sie mein Handy vergessen, und ich erinnerte sie nicht daran. Angel bettelte darum, dass ich mit ihr nach Hause fuhr, aber so sehr ich auch zu meiner Mum zurückwollte, musste ich morgen doch zu meinem Praktikumstag bei *Sash* erscheinen. Ich würde bleiben, ob ich wollte oder nicht.

Als die beiden weg waren, scrollte ich durch Twitter.

Ich war schockiert, wie viel Gift die Leute in nur einhundertvierzig Zeichen verbreiten konnten. Nicht nur, dass sie gemeine Kommentare über Billy, das »mysteriöse Mädchen« und Greed ins Netz stellten, nein, jetzt war auch noch der Hashtag #Billysmieseaffäre an den Start gegangen und wurde weltweit aufgegriffen. Na toll. Das also war meine Strafe. Diesen ganzen Müll lesen und mich auf der Couch unter einer Decke verkriechen. Und was für eine Strafe das war! Einige Tweets waren schlicht grausam: »Ich hoffe, sie stirbt an Pfeifferschem Drüsenfieber. Billy gehört mir, du Schlampe, LOL.« Die Tatsache, dass Pfeiffersches Drüsenfieber nur sehr selten zum Tode führte, machte die Sache auch nicht besser.

Ich zog mir die Decke über den Kopf und drückte meine Nase ins Kissen. Ich spürte, wie die Tränen in mir aufstiegen, bis ich sie nicht länger zurückhalten konnte. Schluchzend und bebend lag ich unter der Decke und hinterließ Schlieren aus bröckeliger alter Mascara auf dem Kissenbezug.

»Her mit dem Handy, Jose«, sagte eine Stimme und ich schreckte hoch.

Ich lugte unter der Decke hervor und wischte mir die Spuren meines unansehnlichen Heulkrampfs vom Gesicht. James stand vor mir, den Arm ausgestreckt.

»Her damit«, wiederholte er. »Die anderen haben mir erzählt, was passiert ist. Tims Fotos sind von Facebook verschwunden, es ist also alles in Ordnung. Nun komm schon, du hast dich genug gequält.«

Ich schüttelte den Kopf. Meine Lippen zitterten. »Es gibt sogar schon einen Blog über den Kuss. Da sind lauter Bilder mit Gegenständen drin, die Billy statt mir hätte küssen sollen. Oder statt dem ›mysteriösen Mädchen‹. Ein Klavier ist dabei und ein angebissener Apfel. Was ist denn nur mit den Leuten los?«

»Manche von denen haben einfach zu viel Zeit«, sagte James, während er mir das Handy aus der Hand riss und ich mich wieder unter der Decke verkroch. Er deckte mich auf, um mir in die Augen zu schauen. »Willst du reden?«

Ich konnte nicht antworten, weil mir sonst gleich wieder die Tränen über die Wangen gekullert wären.

»Jose … Ist zwischen uns alles okay?«, fragte er. »Ich weiß, ich hab mich letzte Nacht ziemlich abrupt davongemacht …«

Ich nickte.

»Weißt du, nicht, dass es irgendeinen Unterschied machen würde, aber ich habe den Kuss mitbekommen und für mich sah das nach gar nichts aus. Ich meine … Es hat dir nichts bedeutet, oder?«

»Genau. Es hat nichts bedeutet«, sagte ich, als ich endlich meine Stimme wiedergefunden hatte.

»Und ich habe gesehen, wie du Billy geohrfeigt hast. Da hast du ordentlich ausgeholt«, fügte er hinzu.

Seine Worte brachten mich zum Lächeln. »Schon, oder?« Ich setzte mich auf und wickelte die Decke um mich. »Das kommt wohl von der jahrelangen Übung mit

Mums Tae-Bo-DVDs. Äh, also … von diesen coolen, super-toughen Box-Kursen, die ich gemacht habe.«

James schüttelte den Kopf und sah mich an. »Dieses Bild werde ich nie vergessen.«

»Du liebes bisschen, ich kann's nicht fassen, dass ich morgen wieder zu *Sash* muss«, stöhnte ich, um schnell das Thema zu wechseln. »Beim letzten Mal hätte mir Rae fast den Kopf abgerissen. Was, wenn sie Bescheid weiß? Also wirklich über *alles* Bescheid weiß? Ich bin so nervös, dass mir richtig schlecht ist.«

»Schon wieder?«, frotzelte er.

»Hey!« Bei der Erinnerung an meine epische Geburtstags-Kotz-Orgie lief ich rot an.

»Du wirst es in diesem Praktikum voll reißen. Das weiß ich«, sagte er.

Ich hoffte, dass er recht hatte.

Die Stimmen vor dem Konferenzraum wurden lauter und leiser. Ich verstand keinen einzigen Satz, und durch die Wand aus Opakglas konnte ich nicht sehen, wer sich da draußen unterhielt. In dem Streifen Klarglas unten an der Glaswand sah ich bloß zwei Paar Füße und erkannte Raes dürre Knöchel und ihre Füße, die in roten Peep-Toes steckten. Es gab nicht viele Frauen, die so dünne Beine hatten wie sie. Die anderen Schuhe sahen nach Lianis schwarzen Ballerinas aus. Hoffentlich war sie es.

Dieses Meeting war seit Wochen geplant und Teil meines Uni-Studienplans. Trotzdem hatte ich das dumme Gefühl, dass ich gleich gewaltige Schwierigkeiten kriegen würde. Seit dem Kaffee-Unfall hatte ich nicht mehr mit Rae gesprochen. Ich hatte keine Ahnung, ob sie mich mit ihren detektivischen Fähigkeiten als Billys »mysteriöses Mädchen« entlarvt hatte. Aber allem Anschein nach hatte sie in Stephs Gegenwart nichts über Billy und den Nachtclub verlauten lassen und darauf zählte ich. Sollte sie mich fragen, war »abstreiten, abstreiten, abstreiten« mein einziger Plan. Ich musste nur die nächsten zehn Minuten überstehen, ohne alles zu ruinieren – ganz einfach.

Meine Gedanken wanderten zu Billy. Er war so an Skandale gewöhnt, dass die Geschichte mit dem Club wahrscheinlich unterhalb seines Radars geblieben war und allenfalls eine unwichtige Anekdote in seinen Memoiren abgeben würde. Inzwischen war er bei *News At Nine* aufgetreten und hatte seine Sichtweise dargelegt (Übersetzung: Er hatte gelogen wie gedruckt). Es hieß, *Marilyn* wolle einen Vertrag mit ihm abschließen, um sich die Exklusivrechte an den ersten Babyfotos zu sichern. In den vergangenen vierundzwanzig Stunden hatte er in einer Tour die Ich-bin-auch-nur-ein-Mensch-mit-Fehlern-Nummer abgezogen. Er mochte vielleicht die Mutter seines zukünftigen Kindes überzeugt haben, aber ich kaufte ihm das nicht ab. Kein bisschen.

Die Tür zum Konferenzraum öffnete sich und Rae und Liani kamen mit jeder Menge Ordner, Zeitschriften und Schreibblöcken herein. Rae hatte die Lippen gespitzt

(Steph nannte das ihr »verstopftes Entengesicht«), während Liani wie üblich warm lächelte.

Rae sagte während des ganzen Meetings kein Wort. Ihr etwas vom Gesicht abzulesen, war so gut wie unmöglich. Das lag wahrscheinlich am Botox. Statt etwas zu sagen, starrte sie permanent irgendwohin: auf Liani, auf ihr Handy, auf mich (natürlich) oder auf eine Pflanze in einer Zimmerecke. Ihrem bösen Blick entging nichts.

Die meiste Zeit sprach Liani. Über *Sashs* Geschichte (die Zeitschrift existierte seit nunmehr dreizehn Jahren), die Veränderungen, die sich nach und nach ergeben hatten (aus der vierteljährlich erscheinenden Ausgabe war eine zweimonatlich erscheinende und schließlich eine monatliche geworden) und über das Team (Rae war seit sechs Jahren Chefredakteurin und hatte *Sash* zu dem gemacht, was es heute war). Sie sagte, der Markt sei im Wandel begriffen und ein Haufen Zeitschriften seien in den letzten Jahren eingestellt worden, was sie und ihre Leute immer wieder daran erinnerte, ihr Bestes zu geben.

Ich nickte nach jedem Punkt, auch wenn ich mir nicht sicher war, was das alles mit meinem Praktikum zu tun hatte.

»Irgendwelche Fragen bisher?«, fragte Liani, deren Wangen vom vielen Sprechen gerötet waren.

»Nein, alles klar«, erwiderte ich. Das meiste hatte ich ohnehin schon auf der Firmenwebseite gelesen.

»Fragen zum Praktikum?«, drängte sie weiter. »Macht

es dir Spaß? Bist du glücklich mit deinen Aufgaben? Willst du noch was anderes ausprobieren?«

»Ähm … nein, ja, ja und nein«, scherzte ich. Liani strahlte mich an. Rae nicht. »Also, von der redaktionellen Arbeit kann ich gar nicht genug kriegen«, sagte ich. »Das war fantastisch. Aber vor allem möchte ich mich noch mal für letzte Woche entschuldigen, als ich den Kaffee verschüttet habe. Ich bin wirklich ein Tolpatsch und … ich werde mich bessern. Versprochen.«

»Ach, das ist schon okay«, antwortete Liani. »Wir haben keinen Gedanken mehr daran verschwendet. Du machst dich wirklich gut.«

Aus dem Augenwinkel warf ich Rae einen Blick zu. Immer noch nichts. Du lieber Gott, in Anwesenheit dieser Frau würden noch Eisskulpturen wie schmusige Teddybären wirken.

Liani fuhr fort: »Okay, Josie, wir werden dafür sorgen, dass du während deiner Zeit hier immer wieder mal für die Textredaktion arbeitest. Eloise kriegt sich sowieso nicht mehr ein, weil ihr deine Artikel so gut gefallen, das dürfte also kein Problem sein. Und Sia singt auch permanent ein Loblied auf dich.«

»Toll. Danke!«

»Das war's von meiner Seite«, sagte Liani und stand auf. »Dieses Meeting war sowieso eher eine Pro-forma-Veranstaltung. Ich sage deinem Professor Bescheid, dass alles gut läuft. Und wenn du Fragen hast, weißt du ja, wo du mich finden kannst.«

»An deinen Computer gekettet?«

»Wie immer.« Eilig verließ Liani den Raum. Zweifellos, weil das nächste Meeting oder irgendeine Produktpräsentation auf sie wartete. Oder vielleicht ein Anruf von ihrem Mann, der wissen wollte, wo die Feuchttücher für das Baby lagen. Ich folgte ihrem Beispiel und schickte mich an, meine Sachen zusammenzupacken.

»Einen Moment noch, Josie« sagte Rae. Sie beugte sich vor und stützte die Ellbogen auf den Tisch. »Hast du noch ein bisschen Zeit?«

»Natürlich …« Halb verwirrt, halb aufgeregt, weil Rae endlich wieder mit mir sprach, sank ich in meinen Stuhl zurück. Dann machte sich Angst in mir breit. Sie wusste Bescheid. *Sie wusste über mich und Billy Bescheid.* Ich musste mich hinlegen.

Rae warf ihr Haar zurück. »Ich möchte dir eine kurze Geschichte erzählen, die dir gefallen könnte …«

»Okay.« Ich hoffte sehr, die Geschichte würde nicht mit den Worten »Verschwinde aus meinem Büro und lass dich hier nie wieder blicken« enden.

»Vor Jahren – vor wie vielen ist egal – habe ich als Nachwuchs-Sportjournalistin für eine der größten Zeitungen des Landes gearbeitet.« Sie hielt inne, um ihre Worte wirken zu lassen. »Ehrgeizig würde mich nicht mal ansatzweise beschreiben. Als ich den Job bekam, hatte ich von nichts eine Ahnung. Ich hatte keinen Schimmer von Cricket, Netball, Hockey oder Football, aber das war mir egal. Ich lernte – und zwar schnell. Ich wollte eine erfolgreiche Journalistin sein. Ich gierte danach. Ich musste die Beste sein.«

Ihre Stimme hatte einen melancholischen Unterton. Ich wartete, dass sie fortfuhr.

»Dann habe ich ein Interview geführt, das mein Leben verändert hat«, sagte sie. »Er war fünfundzwanzig, ein berühmter Footballspieler. Ein echter Erfolg für die Zeitung – und für mich auch. Du kennst diese Art von Typ: attraktiv, athletisch, reich … aber eben auch verheiratet und mit einem Kind. Glücklich verheiratet. Zumindest glaubten das damals alle. Ich habe ihn nur ein einziges Mal interviewt, aber mehr war gar nicht nötig. Eine andere Journalistin hat gesehen, wie er mir in den Hintern gekniffen hat, als ich den Raum verließ.«

Rae verstummte. Ich merkte, dass ich vor lauter Spannung den Atem angehalten hatte.

»Bis zum Nachmittag hatte sich das Ganze in einen einzigen Albtraum verwandelt. Sogenannte ›Quellen‹ behaupteten, wir hätten miteinander geschlafen. Meine Kollegen waren entsetzt über mein angebliches Verhalten, und von den Medien wurde ich als ›Rae die Ehebrecherin‹ gebrandmarkt. Es war vernichtend und wurde sogar noch schlimmer, als mir meine eigene Zeitung in den Rücken gefallen ist. Ich wurde bis auf Weiteres beurlaubt, gegen Bezahlung, versteht sich, aber mir ging es damals nicht ums Geld. Ich war diskreditiert. Dabei hatte ich überhaupt nichts falsch gemacht.«

So langsam fühlte sich die Geschichte schaurig vertraut an.

»Der Footballspieler hat die Sache nur noch schlimmer gemacht«, fuhr Rae fort. »Er hat Interviews gegeben, Geschichten über mich erfunden und mich beschuldigt, ihn verführt zu haben. So, als hätte er keinerlei Kontrolle über sich.«

»Und was ist dann passiert? Hat seine Frau ihn verlassen?«

Rae hob eine Augenbraue. »Nicht gleich. Aber zwei Jahre später, als sie ihn mit seiner Physiotherapeutin erwischt hat. Sie hat ihn bei der Scheidung bis auf Hemd ausgezogen. Das Letzte, was ich über ihn gehört habe, war, dass er zwanzig Kilo zugenommen hat und bei seiner Schwester im Gästezimmer wohnt.«

Fragen schwirrten mir durch den Kopf. »Wer war er?«

»Das ist Schnee von gestern, Josie. Heute kräht kein Hahn mehr danach. Und so wird es auch mit Billy sein … falls du verstehst, was ich meine.«

»Ja, tue ich«, erwiderte ich fast flüsternd. »Ich weiß genau, was Sie meinen.«

»Gut. Oh, und Josie?«

»Ja?«

Rae spitzte wieder die Lippen. »Vorerst wird nicht mehr mit Steph durch die Clubs gezogen, okay?«

17.

»Also?«, fragte Kat, während sie ihren Milchshake schlürfte. »Details, Jose!«

Ich zuckte die Achseln. »Da gibt's nicht viel zu erzählen.«

»Soll ich's sagen? Also gut, ich sag's: Ich habe die Tatsache, dass du in der Schule ein Niemand warst, zu den Akten gelegt und bin jetzt abartig eifersüchtig auf dich. So. Bist du jetzt happy?«

»Ein Niemand? Los, komm schon, gib mir was von deinem Milchshake.« Ich beugte mich über den Tisch und griff nach Kats Becher. Der Versuch, von meinem nicht existenten Zungenkuss mit Billy abzulenken, lief ins Leere.

»Nein, im Ernst, was für ein Typ«, seufzte sie. »Also, was ist wirklich zwischen euch passiert?«

»Geht's auch ein bisschen leiser?«, flüsterte ich und sah mich im Café um. Mrs Pratt, unsere alte Nachbarin, saß am Nebentisch und trank ihren Cappuccino. Da sie für ihre 1-A-Lauschangriffe bekannt war, wollte ich kein Risiko eingehen. »Nichts. Nichts ist passiert, okay?«

Kat hob zweifelnd eine Augenbraue. »Das sagen alle, denen was passiert ist.«

»Oder vielleicht sagen sie es auch, wenn *wirklich* nichts passiert ist«, erwiderte ich lauter als beabsichtigt.

»Aber da war schon mehr als der kurze Kuss auf die Lippen, den Billy erwähnt hat, oder?«

Ich brauchte eine Sekunde zu lang mit der Antwort.

»Oh nein ... Was ist passiert?«, platzte Kat heraus und beugte sich über den Tisch. »Du hast sein Ding gesehen, oder?!«

»Nein! Und was weißt du überhaupt über ... *Dinger?*«

Kat verdrehte die Augen. »Noch gar nichts. Ich warte darauf, dass du mich einweihst.«

»Okay, wir haben uns geküsst. Ein bisschen. Dann hab ich ihm eine runtergehauen. Das war's.«

»Zunge?«

Ich hielt inne. »Kat, du darfst keinem davon erzählen. Mum würde ausflippen. Du hast das ganze Zeug im Internet doch gesehen.«

»Sie wäre einfach nur hingerissen, dass ein Typ versucht hat ... Hey Moment mal, das darf doch nicht wahr sein!« Kats Augenbrauen zogen sich zusammen.

Ich drehte mich um. Pete Jordan stand in der Tür des Cafés – und er war nicht allein. Sein haarloser, sonnenstudiogebräunter Arm lag um ein blondes Mädchen, das ungefähr so breit war wie mein kleiner Finger. Ich kannte sie aus Kats Jahrgang. Stacey irgendwas.

Die beiden bahnten sich einen Weg durchs Café und

drückten sich an Tischen und anderen Gästen vorbei, die standen und ihren Kaffee in der Hand hatten. Ich hielt den Atem an, als sie sich unserem Tisch näherten. Ob Pete sich wohl entschuldigen würde? Vielleicht würde er etwas sagen wie: »Tut mir leid, dass ich dich auf der Party wie den letzten Dreck behandelt habe.« Und dabei vielleicht noch auf die Knie fallen.

Doch nichts dergleichen. Er latschte an mir vorbei, drückte Staceys Hand und flüsterte ihr etwas ins Ohr. Zweifellos hatte er mich gesehen. Und trotzdem war er eiskalt an mir vorbeimarschiert, die speckige Nase in die Luft gereckt.

»Hast du das gesehen?«, fragte ich Kat, die den beiden nachstarrte.

Sie ließen sich an einem Ecktisch nieder, steckten die Köpfe zusammen, schmusten herum und küssten sich.

Mein Magen zog sich zusammen. »Iiieh … Komm, lass uns verschwinden.«

Ich trat zum Bezahlen an den Tresen. Angestellte rannten umher und rempelten einander an, während sie Kaffee servierten, Brot aufschnitten und Muffins in den Auslagen arrangierten. Das Ganze lief nicht annähernd so glatt wie bei den Lokalen der Stadt. Ich wartete fünf Bestellungen ab. Endlich war ich an der Reihe. Als ich bezahlte, hörte ich sie. *Stacey.* Sie flüsterte in ihr Handy, war aber immer noch so laut, dass ich jedes Wort verstehen konnte. Genauso gut hätte sie kommen und mir alles ins Gesicht plärren können.

»Ja, ja genau die, diese frigide Tussi. Ja, hier im Café. Das hab ich auch gesagt! Ich meine, so toll ist sie ja nun echt nicht. Stimmt. Ja, oder? Und du solltest erst mal sehen, was sie anhat … Ich meine, hallooo, schau dich doch mal an! Ja, okay. Jup, ich ruf dich heute Abend an.«

Mit zusammengebissenen Zähnen nahm ich den Kassenzettel entgegen. Ich hatte diese Woche schon eine Person geohrfeigt und wenn ich dieses Café nicht innerhalb der nächsten fünf Sekunden verließ, würden es zwei werden.

Kat und ich standen in der Auffahrt. Vom Haus dröhnte Mums Stimme zu uns herüber.

»Bestimmt telefoniert sie mit Tante Julie«, flüsterte Kat. »Schnell, komm.«

»Und was dann?«, murmelte ich. Es war schon schlimm genug gewesen, Pete und Stacey im Café zu treffen. Erzählte Tante Julie vielleicht gerade von meiner volltrunkenen Nacht mit Tim und den Mädels? Keine Ahnung, wie viel meine Nerven noch aushalten würden.

Kat und ich stürzten durch die Eingangstür ins Haus. Die Szene, die sich uns bot, war so bizarr, dass es schon wieder lustig gewesen wäre, hätte Mum nur nicht so verstört ausgesehen. Sie plärrte etwas ins Telefon und schwenkte ein gefrorenes Huhn an einem seiner dürren Beinchen durch die Gegend. Unsere alten Kinderspielsachen, abgetragene Kleider, Bücher und CDs mit gesprungenen Hüllen lagen über den Teppich verstreut. In der Ecke entdeckte ich eine kaputte Vase. Sie sah aus wie die, die Mum vor einigen Jahren von Dad zum Hochzeitstag geschenkt bekommen hatte.

»Was ist denn hier los?«, fragte ich mit lauter Stimme. »Mum?«

»Ja genau, was ist jetzt schon wieder passiert?« fiel Kat ein. »Hier sieht's ja aus wie auf einer Müllhalde.«

Mum wirkte entsetzt, dass wir mitten in ihren Ausraster geplatzt waren. »Julie, ich rufe dich zurück«, sagte sie hastig und legte auf.

»Mum?«, versuchte ich es erneut.

»Ach wisst ihr, ich habe etwas darüber gelesen, wie man mit einer Beziehung abschließt. Also habe ich ein paar Sachen von eurem Vater aussortiert und … naja … das Ganze ist ein bisschen ausgeufert«, murmelte sie mit einem Blick auf das gefrorene Hühnchen.

Das Telefon klingelte. Wir zuckten alle drei zusammen.

»Lasst es läuten«, sagte Mum.

Doch Kat ging ran, ratterte die üblichen Höflichkeiten herunter und hielt mir dann das Telefon hin. »Josie, für dich.« Sie verdrehte die Augen. »Die Uni.«

Ich griff nach dem Telefon. »Hallo?«

Fillys freundliche Stimme drang aus der Leitung. Für einen Augenblick sperrte ich alle Probleme – Mum, Billy, James, *Sash* und Rae – in eine winzige Nische meines Hirns, um mich ganz auf die Worte meines Professors zu konzentrieren.

»Ja gut, ich komme morgen vorbei«, sagte ich, als er geendet hatte. »Ja, bis dann. Danke, Filly.«

Ich legte auf. Die Neuigkeiten würden warten müssen. Mums tränenüberströmtes Gesicht brachte mich abrupt in die Gegenwart zurück, die sich leider gerade in einen kompletten Albtraum verwandelt hatte.

Kat, deren Wangen ein tiefes Rot angenommen hatten, wedelte mit einem zerrissenen Foto vor Mums Nase herum. »Warum tust du dir das an?!«, rief sie. »Du bestrafst dich. Ich bin's echt leid. So was von leid.«

»Leg das wieder hin«, erwiderte Mum. »Leg es … einfach wieder hin, Katherine.«

»Nenn mich nicht so – ich heiße Kat. Abgesehen davon hast du die Fotos rausgeholt und zerrissen. Dad kommt nicht zurück nach Hause. Ja, er ist ein Idiot und hat alles kaputt gemacht, aber solltest du hier nicht die Erwachsene sein?«

»Reg dich ab, Kat«, griff ich ein. Es schockierte mich, wie sie mit Mum sprach.

»Du hast doch keine Ahnung«, blaffte mich meine Schwester mit funkelnden Augen an. »Während ich hier feststecke und versuche, mit allem fertigzuwerden, verschwindest du in deine Welt aus Rockstars und Magazinen in die Stadt!«

»Ich war hier, wann immer ich konnte!«.

Das stimmte wirklich. Wenn ich nicht gerade bei *Sash* rotierte, war ich an der Uni. Warum empfand ich dann ein so erstickendes Schuldgefühl?

»Katherine Browning«, sagte Mum mit zitternder Stimme. »Ich habe dir doch gesagt …«

»Kann in diesem Haus nicht mal ein Tag ohne irgendein Drama vergehen?«, schrie Kat, bevor sie hinausstürzte und die Tür zu ihrem Zimmer hinter sich zuknallte.

Mum ließ das gefrorene Hühnchen auf den Küchentresen fallen und flüchtete in den Garten. Ich wusste, ich würde sie später zwischen den Rosen oder der Minze finden.

Ich überlegte, Tante Julie anzurufen, um mehr über Mums Ausraster herauszufinden, entschied mich jedoch dagegen. Am Ende würde sie ihre riesige, nach Mottenkugeln stinkende Tasche packen und uns besuchen kommen. Ich würde lieber abwarten, bis sich die Gemüter beruhigt hatten, und dann weitersehen. Fürs Erste ging ich durchs Haus und stellte alles wieder an seinen Platz zurück. Die Vase war ruiniert und ließ sich nicht mehr reparieren. Ich wickelte die Scherben in Zeitungspapier und warf sie in den Mülleimer. So wie Dad es mit uns gemacht hatte.

* * *

Filly hatte schon am Telefon angedeutet, was er mir zu sagen hatte. Es persönlich zu hören, war allerdings noch besser.

»Die *Weekly Mail* will einen Artikel über achthundert Worte von Ihnen«, sagte er, während er mir den getippten Brief überreichte. »Dafür gibt es kein Geld, aber Ihr

Name wird genannt und mit ein bisschen Glück wird sogar ein Foto von Ihnen abgedruckt. Sie müssten das umsonst in Ihrer Freizeit machen und es ist auch keine überregionale Zeitung, aber die Regionalpresse eignet sich hervorragend für den Aufbau eines Portfolios. Das Thema dürfen Sie sich aussuchen. Nehmen Sie etwas, für das Sie eine Leidenschaft haben. Die Geschichte sollte sich ›echt‹ anfühlen.«

Ich überflog den Brief. »Die wollen mich? Äh … aber warum denn?«

Filly hob eine Augenbraue. »Warum denn nicht?«

Warum nicht?, dachte ich. Ich wagte nicht, ihm all die Gründe aufzuzählen, die mir in den Sinn kamen, sonst änderte er seine Meinung am Ende noch. Ich hätte ihm auf Anhieb mindestens sieben Gründe nennen können, unter anderem, ob er denn nicht mitbekommen hätte, dass ich im Zentrum des Medienskandals um Billy stand.

»Äh«, sagte ich. »Warum nicht? Naja, also da wäre zum einen mein zu spät abgegebener Aufsatz. Dann habe ich bei keiner Zeitung einen Praktikumsplatz bekommen und …«

»Josie, Sie schreiben hervorragend. Ich weiß das und die *Mail* weiß es auch. Ich habe ihnen einige Ihrer Arbeiten vorgelegt. Wann glauben Sie denn endlich mal, dass Sie für diesen Job gut genug sind?«

Ich wollte ihm glauben, unbedingt. Doch eine nagende Stimme in meinem Kopf hatte mich fast schon überzeugt, dass es sich um eine Art Scherz handelte. Dass jeden Moment ein alberner Moderator unter einem Schreibtisch hervorspringen, »War nur ein Wi-hiiitz« schreien und mich mit grünem Glibber bewerfen würde. Nur für den Fall warf ich einen raschen Blick unter das Pult, doch ich sah nur Fillys dicke, haarige Beine, die in khakifarbenen Shorts steckten.

»Josie, es ist Zeit, dass Sie nicht länger jede positive Entwicklung in Ihrem Leben hinterfragen«, fuhr er fort. »Seien Sie einfach ehrlich, seien Sie mutig … und vor allem: Halten Sie sich an die Deadline, ja? Wenn Sie fertig sind, mailen Sie mir Ihren Text, dann leite ich ihn weiter.«

»Danke, Filly. Ich weiß das zu schätzen.« Ich faltete den Brief und steckte ihn in meine Handtasche. »Ähm, hat *Sash* eigentlich kürzlich bei Ihnen angerufen?«

»Ja, Liani hat sich gemeldet und meinte, sie seien dort alle sehr zufrieden mit Ihrer Arbeit.«

»Wunderbar … sonst hat sie nichts erwähnt?« Zum Beispiel meine nicht vorhandenen Kaffeetransport-Fähigkeiten, mein Talent, Promis zu küssen, oder meinen Internet-Troll-Magnetismus?

Filly zuckte die Achseln. »Nein, das war's. Und jetzt raus hier. Machen Sie sich an die Arbeit.«

Ich lächelte, als ich sein Büro verließ. Und ich lächelte noch, als ich zur Bushaltestelle ging und als ich vor unserer Haustür stand. Doch als ich eintrat, war niemand da, der meine großartige Ankündigung hätte hören können.

Das Wohnzimmer lieferte nicht den kleinsten Hinweis. Nach meiner großen Aufräum-Aktion war immer noch alles makellos. Ich ging durch den Flur. Kats Tür war wie immer zu und aus ihrem Zimmer dröhnte laute Musik. Ich hörte, wie sie mitsang, mal richtig, mal ziemlich schief. Als ich ins große Schlafzimmer spähte, sah ich Mum angezogen auf ihrem Bett liegen. Kats grauenvolle Karaoke-Versuche schienen sie nicht weiter zu stören. Ich seufzte und fühlte mich schon wieder schuldig, weil mein Morgen so erfreulich verlaufen war, während der Friede hier im Haus auf tönernen Füßen stand.

Auf Zehenspitzen schlich ich in die Küche und griff nach einem Schneidebrett, einem Messer, Käse und ein paar Crackern. Ein Essenskoma schien mir jetzt genau das Richtige, auch wenn ich wusste, dass ich mir nachher heulend den Bauch halten und »Warum?!« schreien würde, wenn ich es mit dem Käse übertrieb. Aber damit muss mein zukünftiges Ich klarkommen, dachte ich, während ich den Käse auswickelte. Mein gegenwärtiges Ich hingegen musste das seltsame, alles verzehrende Schuldgefühl betäuben, das mich angesichts des katastrophalen Zustands meiner Familie überkam.

»Hände weg vom Camembert«, sagte Kat, die plötzlich vor mir stand. »Ich wette, die schicken Magazin-Mädels nehmen keine Überdosis Käse zu sich. Geh und hol dir eine Selleriestange oder ein Glas Luft.«

Ich verdrehte die Augen. »Sprichst du wieder mit Mum?«, fragte ich, während ich ein cremiges Stück Käse auf einen Cracker strich.

Kat zuckte die Achseln und griff ebenfalls nach einem Cracker.

»Das heißt also nein? Dann solltest du vielleicht mit ihr reden, wenn sie aufwacht.«

»Mal sehen. Also, was wollte dein Prof von dir? Hast du schon wieder eine Deadline vergessen?«

Ich erzählte Kat von dem Artikel für die *Weekly Mail.* Dass ich nicht dafür bezahlt wurde, ließ ich unter den Tisch fallen. Ich wusste, dass sie die Sache dann nur schlechtmachen würde. »Schau mal«, fuhr ich fort, »es tut mir leid, dass ich nicht hier sein konnte und es … so schwer war. Du weißt schon, mit Mum und allem.«

Es war ziemlich offensichtlich, dass ich mich unwohl fühlte. Im Besprechen von ernsten Angelegenheiten waren Kat und ich nie besonders gut gewesen. Wir konnten uns wunderbar übers Fernsehprogramm oder über Musik streiten, uns wegen unserer Frisur aufziehen und wegen der Jungs, in die wir uns verliebt hatten. Aber wenn es darum ging, uns zu sagen, was wir wirklich fühlten, waren wir beide ziemliche Memmen.

Kat presste die Kiefer aufeinander. »Ähm, okay.«

»Ich mein es ernst. Du hast das alles super gemanagt und Mum wird sich schon wieder einkriegen. Ich glaube, sie ist einfach nur erschöpft und braucht ein bisschen Schlaf.«

Ich hatte keine Ahnung, ob das stimmte oder ob ich einfach bloß naiv war – aber fürs Erste hatte ich beschlossen, an meine Worte zu glauben.

»Danke, Jose. Und das mit deinem Artikel ist ziemlich cool«, fügte sie hinzu. »Hey, geht's dir nach dem dämlichen Treffen gestern eigentlich gut? Stacey ist echt eine blöde Kuh.«

»Ja, ist schon okay.« Wenn okay hieß, dass ich Petes Freundin in schönster Jackie-Chan-Manier attackieren wollte …

»Gut. Ich ruh mich jetzt ein bisschen aus. Lass uns noch was von dem Käse übrig, ja?« Kat verschwand. Ich brauchte ein paar Momente, bis ich merkte, dass sie die Cracker mitgenommen hatte.

Ich platzte fast, so gern hätte ich Mum erzählt, dass ich eine richtige Journalistin werden würde – eine echte Journalistin, die Artikel für eine Zeitung schrieb, die auch tatsächlich gelesen wurde. Ich hielt mich gerade noch zurück, in ihr Zimmer zu stürzen und sie mit meinen großen Neuigkeiten und einer Tasse Earl Grey zu wecken. So wie sie in letzter Zeit drauf gewesen war, machte sie nicht den Eindruck, als könnte sie … naja … sich für irgendwas begeistern. Stattdessen ging ich dazu über, in meine Fantasie abzutauchen, eine Technik, die mir über die vielen tragischen, stumpfsinnigen und frustrierenden Momente des Lebens hinweghalf. Wenn Mum im richtigen Leben schon keine Freude empfinden konnte, musste ich eben ein Fantasieuniversum entwerfen, in dem das ging. In Gedanken jubelte sie und nahm mich in den Arm – eine Umarmung von der Sorte, wo man so fest gedrückt wird, dass man sofort glücklich ist und einem gleichzeitig die Luft wegbleibt. Sie würde sagen: »Ich bin so stolz auf dich, Schatz«, und ich würde mich noch tiefer in ihre Arme fallen lassen. Sie würde nach Koriander, türkischem Honig und Weichspüler riechen. Nach meinem Zuhause.

Ein paar Stunden später saß Kat immer noch in ihrem Zimmer, Mum trank Tee und spielte Solitär, und ich genoss einen Moment des Friedens, ohne dass a) jemand ein Foto von mir veröffentlichte, das fast mein Leben ruinierte, b) Mum oder meine Schwester einen Wutanfall bekamen und ich c) einem schmierigen Typen aus meiner Vergangenheit begegnete.

Dann klingelte mein Telefon. Auf dem Display leuchtete Stephs Name auf. Ich ging ran.

»Hey Lady, was ist los?«

»Es ist passiert«, sagte Steph atemlos. »Kein Witz. Sie haben Schluss gemacht. Aus und vorbei.«

Meine Gedanken wirbelten wild durcheinander. »Wer? Billy und Kara?«

»Noch besser«, antwortete Steph. »James und Summer.«

Ich bekam Herzflattern und ein ängstliches Zittern erfasste mich. Jede Faser meines Körpers wollte einen Flashmob organisieren, um diese Neuigkeit zu feiern, und den Film anschließend auf YouTube stellen.

»Ach wirklich?«, sagte ich mit meiner Und-was-geht-mich-das-an-Stimme.

Doch Steph durchschaute meine gespielte Lässigkeit sofort. »Ja, wirklich, Miss Ich-bin-ja-so-cool. Es ist vorbei. Hast du gehört, was ich gesagt habe? James ist Single.«

»Alles klar, Frau Detektivin. Was ist passiert?«

»Na, es ging ganz schön zur Sache.«

»Warte mal, woher weißt du das? Hast du James in der Stadt getroffen, oder was?«

»Ähm … warte mal 'ne Sekunde.«

Zuerst hörte ich, wie hastig mit dem Telefon herumhantiert wurde, dann kam ein Räuspern.

»Hey, Cousinchen, wie geht's dir?«

»Tim? Hey! Was machst du denn bei Steph?«

»Ähm, Steph wollte, dass ich dir was sage. Sie hat zu viel Angst davor … Okay, also … naja, sie denkt, es wäre besser, wenn das Geständnis von mir kommt.« Ich hörte noch mehr Gerangel und wie Steph etwas im Hintergrund flüsterte, aber ich verstand nicht, was sie sagte. Tim räusperte sich nochmals. »Cousinchen, wir, äh, sind so was wie zusammen.«

»Wer ist zusammen? Du und … Du und Steph?«

»Naja, wir wollen nicht gleich heiraten oder so, aber ja, wir hängen zusammen rum.«

Ich hatte einen fassungslosen Was-zum-Geier-Moment und vergaß vorübergehend, wie man ganze Sätze formulierte.

Tim murmelte: »Ähm … ich geb dir Steph.«

»Da bin ich wieder«, sagte Steph verlegen. »Ach J, jetzt hasst du mich doch hoffentlich nicht, oder?«

»Nein, natürlich nicht. Ich bin nur …« Ich suchte nach Worten. »Nein, ich hasse dich ganz sicher nicht. Und Tim auch nicht. Ich muss das bloß erst mal verarbeiten … Äh … heißt das, wir sind jetzt so was wie verwandt?«

»Na logo.«

»Dann erzähl mir mal lieber *alles,* wenn er außer Hörweite ist. Also, nicht alles-alles – aber du weißt schon, was ich meine.«

Sie lachte. »Okay, mach ich. Aber sag mal, ist das mit James und Summer nicht total abgefahren? Tim hat's mir erzählt und da musste ich einfach anrufen. Wahnsinnsneuigkeiten, nicht wahr?«

»Schätze schon.«

Unfassbare Neuigkeiten!, rief eine Stimme in meinem Kopf. Die unfassbarsten Neuigkeiten, die ich seit Langem gehört hatte. Ich konnte mir nichts Unfassbareres vorstellen.

Mir kam ein schrecklicher Gedanke: James war süß, intelligent und nett – der Hattrick unter den Jungs und ein super Fang. Wenn sich einer zum festen Freund eignete, dann er. Er war genau die Art Junge, den jedes Mädchen nur zu gerne ihren Eltern vorgestellt hätte. Und ich hatte keine Lust, dass mir ein atemberaubendes langbeiniges weibliches Exemplar dazwischenfunkte. Wenn hier jemand funkte, dann war ich das.

18.

Mein Haar glänzte, meine Augen funkelten und ich roch unglaublich (vielleicht ein bisschen zu unglaublich, denn ich hatte mich mit Parfum eingenebelt, statt es sparsam zu versprühen, wie Sia empfohlen hatte). Steph hatte mir gezeigt, wie man die schöne, wellige Frisur von meiner Geburtstagsnacht hinbekam. Sie hatte recht gehabt: Es war wirklich ganz einfach. Ich steckte die letzte Haarsträhne fest. Perfekt. Und mein Outfit war auch neu. Ich hatte mit Kat ein paar Läden unsicher gemacht und im Ausverkauf ein taubenblaues flügelärmeliges Kleid gefunden. Ein Hauch kirschfarbener Lipgloss rundete den Look ab. Ich hatte mich noch nie besser gefühlt – und das hatte nur ungefähr fünfzig Prozent damit zu tun, dass sich James unsterblich in mich verlieben sollte.

»Josie, bist du da?«, hörte ich ihn im Flur rufen.

»Ja, hier auf dem Klo«, antwortete ich, bevor ich merkte, dass das etwas seltsam klang. »Also, im Bad, meine ich. Nicht auf dem Klo, falls du reinkommen willst. Ich meine, ich sitze auf nichts, benutze nichts und tue auch nichts. Du verstehst, was ich meine?«

Natürlich verstand er. Sogar die toten Ameisen auf dem Balkon hatten kapiert, was ich meinte. In Momenten wie diesen fühlte ich mich immer wieder in der Idee bestärkt, mir die Lippen zusammenzunähen.

Als James den Kopf zur Tür hereinsteckte, trug ich gerade eine Extraschicht Bräunungscreme auf.

»Jose …«, begann er. Als er mein Gesicht sah, rief er entgeistert: »Wow! Ist lehmfarben neuerdings en vogue?«

»Ach weißt du, ich dachte, ein gesunder Teint kann nicht schaden.« Ich machte eine Pause. »Ich sehe wie ein Hummer aus, oder?«

Er grinste. »Ein bisschen. Aber wenn du was von dem Zeug abwischst, siehst du bestimmt umwerfend aus.«

Ich wurde rot. Vielleicht war es aber auch immer noch die Creme.

Forschend suchte ich sein Gesicht nach irgendwelchen Spuren von Kummer ab, aber von Tränen oder geschwollenen Augen keine Spur.

»Also, ähm, Steph hat mir erzählt, dass bei dir zu Hause und bei *Sash* ziemlich was los war«, meinte James.

»Ja.« Ziemlich was los, so konnte man es natürlich auch nennen. Oder ohrenschlackermäßig durchgeknallt.

»Wenn du, also, wenn du über irgendwas sprechen möchtest, bin ich für dich da.«

Ich zuckte die Achseln. »Danke, aber da gibt es eigentlich nicht viel zu sagen.«

So gerne ich Zeit mit James verbrachte, wollte ich doch nicht, dass mein Achterbahnleben zu sehr in den Mittelpunkt unserer Freundschaft rückte. Stattdessen hätte ich lieber mal erwähnt, wie unfassbar gern ich mir meinen BH vom Leib reißen oder sonst irgendwas nicht Jugendfreies tun würde.

»Okay, wenn du meinst …« Lächelnd setzte er sich auf den Badewannenrand. »Und, wie läuft's sonst? Immer noch so beschäftigt?«

»Zählt es, dass ich Mum ständig davon abhalten muss, sich die Haare auszureißen?«

»Allerdings.« James neigte den Kopf. Eine scheinbar unschuldige Geste, doch als er mir tief in die Augen starrte, verdrängte er jeden logischen Gedanken aus meinem Kopf.

»Ich, ähm, hab da was über dich gehört«, begann ich.

»Ach ja? Was denn? Oh, hat Tim dir erzählt, dass ich die Musik für den Kurzfilm eines Freundes mache?«

»Nein. Ist ja Wahnsinn.«

»Danke«, antwortete er. »Unser Gespräch neulich hat mir zu denken gegeben. Und da habe ich meine Fühler ausgestreckt, eins hat zum anderen geführt und … Aber egal! Was hast du über mich gehört?«

»Ach, äh, vergiss es.« Um ihm nicht in die Augen schauen zu müssen, wischte ich mir noch ein bisschen Creme aus dem Gesicht. »Jedenfalls sind das tolle Neuigkeiten. Sehr beeindruckend, wohlverdient und …«

»Jose, was hast du gehört?«

Ich hielt inne, weil ich nicht recht wusste, wie ich weitermachen sollte. Das hier war meine Chance – allerdings hätte ich nicht gedacht, dass sie um acht Uhr morgens in einem Bad kommen würde. Eine nörgelige Stimme in meinem Kopf ermahnte mich, dass das alles vermutlich keine besonders gute Idee war. Aber dann fielen mir die sexy-smarten Mädels aus meiner Fantasie wieder ein, die nur darauf warteten, dazwischenzufunken.

»Ich habe gehört, ihr habt Schluss gemacht«, sagte ich. »Steph hat es mir erzählt.«

»Ach das. Naja …«

»James«, fiel ich ihm ins Wort. Die Worte purzelten nur so aus mir heraus, egal ob ich es wollte oder nicht. »Du weißt vielleicht schon Bescheid, aber ich sag es dir jetzt trotzdem.«

»Okay …«

»Naja, du weißt doch, manchmal begegnen sich zwei Menschen und es ist wie … wie Erdnussbutter mit Honig. Es funktioniert einfach.«

»Erdnussbutter mochte ich noch nie«, sagte James. »Eine eklige Pampe.«

»Du magst keine Erdnussbutter?! Okay, egal, das ist nicht der Punkt. Also … du weißt doch, dass manche Menschen perfekt zusammenpassen, oder? Wie Minnie und Mickey.«

James grinste. »Du meinst die sprechenden Mäuse?«

»Herrje, blödes Beispiel. Okay, okay … Batman und Robin? Ja genau, die beiden halten es keine Sekunde ohne einander aus.«

»Was bitte willst du mir sagen?«

»Aaah! Vergiss alle Nager und die Superhelden-Kumpel-Romanze! Denk einfach an zwei Sachen, die zusammenpassen … Kreis und Kreuz oder Erbsen und Mais …«

»Ich bin ja mehr für Erbsen und Karotten.«

»Jetzt … jetzt halt doch mal für 'ne Sekunde die Klappe!«

»Wie bitte?«

»Ich mag dich«, platzte ich heraus. »Schon seit einer Ewigkeit.«

Mein atemloses Geständnis war laut und deutlich aus mir herausgekommen, und fast hatte ich den Eindruck, als würde es von den Kacheln widerhallen, während ich auf James' Antwort wartete. Stellt euch eine Filmszene vor, wo sich zwei Menschen ihre unsterbliche Liebe gestehen und sich anschließend die Kleider vom Leib reißen – ja, also so war es nicht.

»Jose«, sagte James. »Die Sache ist die …«

Sein Handy klingelte – laut, schrill, dominant. Er warf einen Blick auf die Nummer.

»Hör zu, es tut mir wirklich leid, aber ich muss rangehen. Wir reden bald weiter, okay? Versprochen.« Er klopfte mir auf die Schulter und verließ das Bad. Obwohl er die Tür hinter sich zuzog, hörte ich, wie er »Hey Summer« sagte.

Ich starrte auf mein geschminktes, tränenüberströmtes Gesicht im Spiegel. Einerseits weinte ich vor Peinlichkeit, und andererseits, weil mich der schnuckeligste, klügste, netteste Typ, den ich je getroffen hatte, allein gelassen hatte, um sich mit einem anderen Mädchen zu unterhalten. Mit dem Mädchen, mit dem er doch angeblich gerade Schluss gemacht hatte.

Was hatte er sagen wollen, ehe sein Handy geklingelt hatte? Ich konnte es nicht fassen, dass er einfach gegangen war und ich hier wie eine Bekloppte versuchte, den Rest seines Satzes auszuknobeln. War es a) »Jose, die Sache ist die … Ich durchlaufe gerade den physisch und emotional sehr anstrengenden Prozess, eine Frau zu werden«, b) »Jose, die Sache ist die … ich liebe dich und will mir deinen Namen auf den linken Bizeps tätowieren lassen.« Oder war es c) »Jose, die Sache ist die … Summer und ich sind wieder zusammen. Sie ist die Richtige für mich, wir haben viermal am Tag unglaublichen Sex, und ich will Kinder mit ihr.«

Bingo. Das war's. Sie waren wieder zusammen. *Natürlich.* Damit ergab alles einen Sinn. Erst gestand ich ihm meine Gefühle, dann rief Summer an, und er machte sich schneller vom Acker als ein olympischer Sprinter, dem man eine Rakete an den Hintern geschnallt hat.

Ich hasste mich dafür, dass ich mich James an den Hals geworfen hatte (okay, ich gebe es zu: mein glamouröses Styling war zu achtundneunzig Prozent für ihn gewesen). Ich wischte mir die zusätzliche Schicht Bräunungscreme komplett ab, steckte meine Frisur noch mal fest und trug eine extra Schicht Lipgloss auf. Wenn James vorhatte, noch mehr Zeit mit Summer zu vergeuden, war das sein Problem. Ich jedenfalls wollte nichts davon wissen (vor allem wollte ich nicht wissen, ob meine Vermutung mit dem unglaublichen Sex stimmte). Ich griff nach meiner Jacke und marschierte grußlos zur Tür hinaus. Ich war für einen weiteren Tag bei *Sash* gewappnet und würde nicht zulassen, dass mir ein Junge – wenn auch ein sehr schnuckliger, smarter, netter – die Sinne vernebelte und mir meine Chance auf den Praktikumsbonus kaputt machte.

Als ich in der Redaktion ankam, waren die Jalousien an Lianis Bürotür nur halb heruntergelassen. Ich sah, wie sie ins Telefon schnatterte. Hören konnte ich nicht viel, abgesehen von einem gedämpften »Ja, das sehe ich genauso«, einem »Glaubst du wirklich?« und einem »Klingt gut«. Letzteres konnte so gut wie alles heißen, angefangen von »Ja, lass uns heute Abend Butterhähnchen essen« bis hin zu »Ich würde wahnsinnig gerne zu dem Musiklaunch kommen«.

Da ich sie nicht unterbrechen wollte, ging ich zurück zur Rezeption und setzte mich auf die Couch. Raes Tür war geschlossen und die Jalousie ganz heruntergelassen. Der Rest des Teams arbeitete schweigend vor sich hin. Es war so still, dass ich hören konnte, wie der Ventilator in der Kunstredaktion klickte und manikürte Finger über Tastaturen flogen. Nach einem raschen Blick in die Textredaktion sah ich, dass Esmeralda und die beiden anderen wie verrückt tippten und Eloise Kopfhörer aufhatte und sich irgendeine Serie anschaute. Unfassbar, dass sie dafür bezahlt wurde, in Sachen Unterhaltung auf dem neuesten Stand zu bleiben. Mal ehrlich, ein Job, bei dem man schreiben und fernsehen durfte? Sei willkommen, Traumkarriere!

»Josie, sweetie, wie geht's dir?«, fragte eine sanfte, seidige Stimme.

Als ich aufblickte, strahlte Sia mich an. Sie hatte ihr Haar zu einem dicken Seitenzopf gebunden, und auf ihren vollen Lippen schimmerte ein korallenfarbener Lippenstift.

»Hübscher Zopf, Sia.«

»Ebenso«, erwiderte sie und trat einen Schritt näher, um meine neue Frisur zu begutachten. »Da war jemand in der Beauty-Do-it-yourself-Schule. Ich bin beeindruckt. Hast du dir die Webseite angeschaut, die ich dir gezeigt habe?«

Ich wollte gerade sagen, dass Steph mir die Frisur beigebracht hatte, als sich die Lamellen von Raes Jalousie öffneten und die Tür schwungvoll aufgerissen wurde. Mit großen Schritten kam die Chefredakteurin ins Hauptbüro stolziert. »Meeting!«, verkündete sie kurz angebunden. »Und ja, ich weiß, es steht nicht im Kalender. Kann jemand die Mädels aus der Moderedaktion holen? Oh, und die Praktikantinnen dürfen gerne zuschauen. Das ist eine gute Gelegenheit, um einen Blick hinter die Kulissen zu werfen. Hat jemand meine große violette Agenda gesehen? Und kann irgendjemand Liani holen? Sofort!«

Das Team versammelte sich. Einige trotteten zu ihren Stühlen, andere schwebten mit einer Anmut herbei, die man nur in Ballerinas an den Tag legen konnte. Ich setzte mich Rae gegenüber zwischen Sia und ein Mädchen mit einem freundlichen, sommersprossigen Gesicht, das ich hier bisher noch nicht gesehen hatte.

Steph ließ sich mir gegenüber in einen Stuhl fallen. Sie trug ein Jersey-Kleid mit Leopardenmuster. »Uups, ich bin zu spät«, flüsterte sie. »Was ist los?«

Ich zuckte die Achseln. »Keine Ahnung.«

Ava, die Königin der großen Auftritte, kam in lilafarbenen Stilettos herbeigetippelt und setzte sich neben Rae. Sie hielt sich wie immer sehr aufrecht, verschränkte ihre schlanken Finger, löste sie wieder voneinander und verschränkte sie dann erneut. Sie trug drei Ringe: einen mit einem großen grünen Smaragd, einen schmalen goldenen und einen schwarzen im Rockerstil. Ihr Verlobungs-Diamantsolitär war anscheinend immer noch beim Polieren.

Liani stürzte aus ihrem Büro zum Meeting. Nach ihrem letzten Telefonat war ihr Gesicht leicht gerötet. Rae starrte sie wütend an, als wäre es irgendwie von Belang, dass sie fünf Sekunden später dran war als der Rest von uns. Während ich auf die große Ansprache wartete, lösten sich alle meine Gedanken an Avas Ring und an James, der wieder mit Summer zusammen war, in Luft auf.

Rae begann damit, dass sich das Team auf *Sashs* Stärken und Schwächen besinnen und neue Verbesserungsmöglichkeiten finden müsse. Dann bat sie ihre Mitarbeiter um ein spontanes Brainstorming. Der Vorschlag eines Mädchens, ein Duftposter von einem nackten Mann ins Heft zu nehmen, erntete Spott, und Gens Pitch für ein Modeshooting in Ägypten war zu sehr von *Marilyn* abgekupfert. Esmeraldas Idee, einen Wettbewerb auszuschreiben, um den gefragtesten neuen Blogger des Landes zu finden, stieß hingegen auf Zustimmung, genauso Eloises Pitch für das Feature »Ein Blick in die Handtasche der angesagtesten Stars«. Das Meeting dauerte fast zwei Stunden, und Liani schrieb ununterbrochen mit. Am Ende war ihr Notizblock mit Einfällen vollgekritzelt, und dem Rest von uns knurrte synchron der Magen.

»Und dann möchte ich noch auf ein weiteres Thema zu sprechen kommen, das uns die letzten Wochen in den Medien verfolgt hat«, sagte Rae schließlich. »Billys angebliche Affäre.«

Steph verdrehte die Augen und tat so, als würde sie gähnen. Ich hätte sie am liebsten umarmt. Die übrigen Foundation-veredelten, Designerklamotten tragenden Mädchen sahen mich an. Wie können sie davon erfahren haben?, fragte ich mich, während ich ihren Blicken auswich – auch denen von Steph und Liani – und mich stattdessen auf ein Marketingposter rechts neben Raes Kopf konzentrierte. Solange ich dorthin sah, war alles okay.

»Der Hauptgrund, aus dem *Sash* in die Geschichte reingezogen wurde, ist, dass Billy uns vor Kurzem ein Interview gegeben hat, in dem er sich als geläuterter

Mann dargestellt hat. Offensichtlich war das eine Lüge, aber damit müssen wir leben. Promis machen Fehler, genau wie wir anderen auch. Das hält die Leser nicht davon ab, mehr Informationen zu wollen. Im Gegenteil, sie scheinen nicht genug von dem Kerl zu kriegen. In diesem Zusammenhang möchte ich unserer hart arbeitenden Praktikantin Josie für die Publicity danken, die sie uns beschert hat.«

Mir klappte die Kinnlade runter. Sia drückte mir die Hand. Hatte Rae mich gerade allen Ernstes vor den anderen als Billys Gespielin geoutet, die im Nachtclub mit ihm rumgeknutscht hatte? Aber bevor ich gleich zur Tür rausrennen und »Ich hab ihn geohrfeigt, ich schwör's!« schreien würde, wollte ich noch den nächsten Satz abwarten.

»Dank Josies Exklusivinterview mit Billy konnten wir unsere Auflage halten – und das in einem sehr umkämpften Markt«, fuhr Rae fort, während sie mir knapp zunickte. Ich zwang mich zu einem Lächeln, erleichtert, dass sie nicht mehr verraten hatte. Doch den Blicken der anderen nach zu urteilen, wussten sie so oder so Bescheid.

»Aber Billy wird nicht ewig im Mittelpunkt des Interesses stehen, also müssen wir uns ein bisschen ins Zeug legen, um den nächsten angesagten Star, den nächsten Trend und die nächste Ikone vorherzusagen«, fuhr Rae fort. »Mehr noch als bislang. Ich will, dass ihr euch verbessert und über den Tellerrand schaut. Genug mit der Nachahmerei und dem Altbekannten. Ich will neue Ideen. Und unsere Leser auch.«

Alle machten sich eifrig Notizen auf ihren Blöcken.

»Unsere Anzeigenkunden kämpfen mit harten Bandagen, also sollten wir uns Gründe einfallen lassen, warum sich die Werbung bei uns besonders lohnt«, fuhr sie fort. »Uns steht ein wichtiger Monat ins Haus – ein enorm wichtiger. Ihr müsst hundert Prozent geben. Das war's von mir. Hast du noch was hinzuzufügen, Liani?«

»Strengt euch einfach weiter an, wir wissen das zu schätzen«, sagte sie. »Der Markt ist umkämpft, das ist kein Geheimnis, aber ähm ... also, wenn wir das nächste Mal wegen einer Deadline bis spät abends im Büro bleiben, gehen die Teigtaschen auf mich, okay? Ihr wisst schon, die nach Shanghai-Art mit Brühe drin. Köstlich.«

Alle lächelten. Das war typisch Liani – mit ihrer bodenständigen Freundlichkeit gelang es ihr immer, die Stimmung aufzuhellen.

»Also Leute, das wär's von uns beiden«, sagte sie. »Noch mal danke, und wir lassen euch jetzt erst mal ein bisschen Zeit zum Nachdenken.«

Erleichtertes Seufzen. Dem Stühlerücken und dem allgemeinen Magenknurren nach zu urteilen zählten die anderen genau wie ich die Sekunden, bis sie endlich zur Toilette sprinten, sich die Beine vertreten und einen Happen essen konnten.

»Okay, alle wieder an die Arbeit«, verkündete Rae mit einer unwirschen Handbewegung. Die Chefin hatte gesprochen.

Die anderen packten ihre Sachen zusammen, eilten zu ihren Schreibtischen und ließen mich, Steph und Ava auf unseren Stühlen zurück, unsicher, wo wir als Nächstes gebraucht würden.

Rae stöckelte zu mir herüber. »Josie, kommst du mal kurz?«

»Natürlich«, antwortete ich. Ich klang wie eine übereifrige Studentin, die sehr darauf bedacht war, eine Scharte auszuwetzen. Und das war ich ja schließlich auch.

Ich folgte ihr in ihr Büro. Die Jalousien waren offen, und auch die Tür blieb offen stehen. Rae setzte sich in den Stuhl hinter ihrem Schreibtisch. Ich ging zu ihrem gepolsterten Hocker.

»Lass nur – das geht ganz schnell«, sagte sie.

»Okay …« Und hoffentlich ist es schmerzfrei, fügte ich in Gedanken hinzu. Ich fummelte an meinem Armband herum, schluckte und warf einen raschen Blick Richtung Tür. Ava stand vor Raes Büro und blätterte in einem Buch.

Rae spitzte die Lippen. »Josie, ich wollte dir nur sagen, dass du nicht erschrecken musst, wenn du Billy heute im Gebäude über den Weg läufst.«

»Er ist hier?«, stammelte ich. »Ich meine, nicht, dass mir das was ausmacht … Ich … toll. Das ist toll. Super Nachrichten für *Sash.*«

»Billys Managerin hat eine Menge Geld hingeblättert, damit sie unsere Studios, unsere kreative Leitung und unsere Fotografen für ein Shooting nutzen kann. Und trotz aller Vorfälle können wir gerade nicht auf das Geld verzichten.«

»Ähm, natürlich, das verstehe ich«, faselte ich. Nein, ich verstand es nicht. Er war hier? Ich hätte am liebsten laut geschrien. Nach allem, was er getan hatte!

»Das Shooting hätte eigentlich gestern stattfinden sollen, als du nicht da warst, aber seine Freundin litt unter starker Morgenübelkeit, und er wollte sich um sie kümmern. Also wurde es auf heute verlegt.«

»Oh.« Ich senkte den Kopf.

»Aus Gründen, die wir beide kennen, würde ich sagen, du meidest Studio 8B und suchst dir stattdessen hier oben eine Beschäftigung. Die Mädchen haben jede Menge für dich zu tun und ich behalte derweil das Shooting im Auge.«

»Ja gut, kann ich machen.«

»Wunderbar«, sagte Rae. »Das wäre dann alles.«

»Okay. Gut.«

»Mach die Tür hinter dir zu.«

»Danke, Rae«, sagte ich. Wie betäubt verließ ich ihr Büro.

»Alles okay?«, ertönte eine Stimme hinter mir.

Als ich mich umdrehte, stand Ava vor mir. Ihr Kleidchen war winzig und hing trotzdem noch an ihr herunter. Sie war dunkel geschminkt, was ihr ein schauriges, geisterhaftes Aussehen verlieh.

»Ava, du hast mich erschreckt«, stammelte ich. Nach

meiner Unterhaltung mit Rae pochte mein Herz immer noch heftig.

»Ich wusste gar nicht, dass ich so furchteinflößend bin«, erwiderte sie und riss die Augen auf. »Rae hat dich da drin ganz schön durcheinandergebracht, was?«

Ich schluckte. »Entschuldige, mir geht's gut, es ging nur um … Praktikumszeug. Du weißt ja, wie das ist.«

»Ja klar, Praktikumszeug«, sagte sie. Ihrem Ton nach zu urteilen wusste sie, dass ich log.

Und wieder einmal hatte das Leben einen Weg gefunden, dass ich mich unbehaglich fühlte. Konkurrierende Praktikanten, arrogante Popstars … was kam als Nächstes? Ich traute mich nicht, an irgendwas Spezielles zu denken, für den Fall, dass es wahr würde.

Um weiteren peinlichen Büromomenten aus dem Weg zu gehen, gesellte ich mich zu den Textredakteuren und fotokopierte für sie. Eine ganz und gar langweilige Tätigkeit, bei der nicht mal ich etwas falsch machen konnte.

19.

»Na, das macht sicher ordentlich Spaß«, sagte eine sarkastische Stimme hinter mir.

Als ich von dem keuchenden, summenden Kopierer aufblickte, ragte Ava schon wieder über mir auf, die langen, schlaksigen Arme vor dem dürren Körper verschränkt.

Ich zuckte die Achseln. »Ist ganz okay.«

»Hast du schon gehört? Rae hat mich gebeten, Billy und seine Crew zum Shooting zu begleiten, ihnen alles zu zeigen und einen Tag lang ihre persönliche Assistentin zu sein. *Seine* persönliche Assistentin, um genau zu sein.«

»Bist du sicher, dass das eine gute Idee ist?«, platzte ich heraus.

»Eifersüchtig?« Sie hob eine Augenbraue.

»Nein, ich habe nur … Nein, natürlich nicht, warum sollte ich auch?«, entgegnete ich schnippisch und wandte mich wieder dem Kopierer zu. »Na, egal … also … du trägst deinen Verlobungsring ja immer noch nicht. Ist auch alles in Ordnung?«

Avas biss die Zähne zusammen. »Ja, alles ist gut. Ich habe ihn nur zu Hause gelassen.«

»Ach so? Ich dachte, er ist beim Juwelier? Zum Polieren?«

»Ja, das war er«, entgegnete sie, während sie über ihren nackten Ringfinger strich. »Er hatte es bitter nötig. Und wenn du dir je die Mühe gemacht hättest, dir hier die Hände schmutzig zu machen, wüsstest du, was ich meine.«

»Wie bitte?« Mir klappte die Kinnlade herunter. Ich dachte an all die Male, in denen Steph und ich den Lagerraum geputzt, aufgeräumt und entstaubt hatten, während Ava bei einem Beauty-Shooting »geholfen« oder Rae und die Moderedaktion mit ihrem Modelbook »inspiriert« hatte.

»Ich mache mich besser mal auf die Socken – könnte ja sein, dass Billy mich braucht.« Sie seufzte. »Oh, und noch was: Kara, Billys Freundin – du weißt schon, die, mit der er bald ein Baby bekommt – ist auch da. Ich dachte, das solltest du wissen.«

Sie schüttelte ihre lockige rote Mähne und stolzierte davon, und ich wandte mich wieder meiner Kopierarbeit zu, die mir auf einmal gar nicht mehr öde vorkam. Meine Hände schwitzten und ich hatte immer wieder dieselben Gedanken: Was, wenn Kara mich erkannte? Immerhin hatte sie das Foto gesehen. Oder noch schlimmer: Was, wenn sie mich erkannte, bevor ich sie erkannte, und ich mich nicht mehr rechtzeitig verstecken konnte? In den letzten Wochen hatte ich mir bestimmt über hundert Bilder von ihr angeschaut. Sie hatte langes pechschwarzes Haar, blaue Augen und eine makellose helle Haut.

Unter normalen Umständen hätte ich den ganzen Tag damit verbracht, mir über Kara Gedanken zu machen, doch Eloise kam mir zu Hilfe, das heißt, eigentlich kam ich ihr zu Hilfe. Den ganzen Tag hatte sie nach Kräften versucht, ihren schrecklichen Kater vor den anderen zu verstecken, doch jetzt, nachdem Rae, Liani, Ava und das halbe Redaktionsteam zum Fotoshooting gegangen waren, konnte sie sich nicht länger zusammenreißen. Sie wollte einen riesigen Berg Fastfood, und zwar schnell, nur leider sah sie zu elend aus, als dass sie sich nach draußen gewagt hätte.

Glücklich über die Ablenkung ging ich zwei Blocks bis zur nächsten Imbissbude und bestellte zwei Cheeseburger, eine große Portion Pommes, Schokoladeneis und zwölf Chicken Nuggets. Wie es schien, nahmen Zeitschriften-Frauen also doch mehr zu sich als Karotten und frisch gepresste Gemüsesäfte.

Der picklige Junge hinterm Tresen starrte fasziniert auf meine riesige Papiertüte, und ich überlegte schon, ob er eher angewidert oder eher beeindruckt war.

Im Büro stöhnte Eloise vor Begeisterung auf, als ich das fettige Zeug auf ihren Schreibtisch fallen ließ. »Ich könnte dich umarmen«, sagte sie gähnend und rieb sich die Schläfen. »Hast du dir auch was geholt?«

»Nein, ich hatte keinen Hunger.«

Das war gelogen. Ich hatte immer Hunger, aber ausnahmsweise machte mir das nichts aus. Zu Imbissbuden zu gehen und Kater-Essen zu besorgen war unterhaltsamer als Kopieren, Postsortieren und Büroaufräumen zusammen. Abgesehen davon fühlte ich mich fast so was wie integriert, wenn ich mit Eloise plauderte. Als würde ich zur Textredaktion gehören.

»Sei nicht albern«, spöttelte Eloise, schüttete die Pommes auf einen Pappteller und schob sie mir rüber. »Hier, nimm eine – oder gleich zehn.« Sie riss die Verpackung von ihrem ersten Burger und biss hinein.

Ich hörte, wie jemand »Iiieh« schrie. Als ich mich umdrehte, kam Steph auf uns zu.

»Ist das ein Plastikburger?«, fragte sie und beugte sich vor, um einen Blick darauf zu werfen. »Der kann nicht echt sein – der sieht aus wie Spielzeug!«

»Vielen Dank auch. Das ist meine Plastikmahlzeit.« Eloise grinste. Rote Soße tropfte ihr auf die Finger. »Man sollte meinen, du hast noch nie einen Burger gesehen.«

»Zählen thailändische Champignon-Sandwiches mit Curry auch?« Die Frage war irgendwas zwischen keck und überheblich, aber mit ihrem hübschen kleinen Gesicht, der vergnügten Ausstrahlung und ihrer weltoffenen Art konnte Steph sich das erlauben.

Eloise wischte sich Soße von den Lippen. »Okay, ihr beiden, es war nett mit euch, aber den Rest würde ich gerne ohne eure Kommentare genießen. Und bevor Rae vom Shooting zurückkommt, unter uns gesagt. Geht doch mal und schaut, was in der Kunstredaktion so los ist, ja?«

»Okay«, erwiderten wir gleichzeitig.

»Ach, und Jose? Nimm einen von diesen fiesen Cheeseburgern mit. Ich habe ein bisschen viel bestellt.«

Ich konnte nicht anders als einwilligen. Steph kicherte, als wir den frischen Burger und die fetttriefenden Pommes auf einen Teller luden. Wir wollten gerade in die Kunstredaktion, als ich Avas schrille Stimme hörte.

»Wo warst du denn, Josie?«, fragte sie. »Ich habe dich überall gesucht. Rae will dich sofort sehen.«

»Mich? Schon wieder?« Ich bekam Herzklopfen. Jetzt würde das Fass endgültig überlaufen. Ich wusste es. »Wo? In ihrem Büro?«

»Nein, beim Shooting. Es dauert nur eine Sekunde, meinte sie. Ich habe gefragt, ob ich dir was ausrichten soll, aber sie hat ausdrücklich nach dir direkt verlangt.«

Meine Hände wurden feucht. »Aber sie wollte doch, dass ich mich vom Studio fernhalte.«

»Komisch.« Ava zuckte die Achseln. »Na gut, mach, was du willst. Aber gib bloß nicht mir die Schuld, wenn du wieder Ärger kriegst. Ich weiß doch, wie sehr du das hasst.«

»Okay, ist ja schon gut, ich glaub dir ja. In welchem Stock sind die Studios gleich noch mal?«, fragte ich. »Im vierten?«

»Nein, da arbeiten die Leute von *Marilyn*«, entgegnete Ava. »Versuch's mit dem achten.«

»Ich habe gehört, bei den *Marilyn*-Mädels stehen Glätteisen auf dem Schreibtisch und sie schauen sich gegenseitig auf die Kleideretiketten, um zu sehen, ob auch wirklich alle Designerkleidung tragen. Glaubst du, das stimmt?«

Ava zuckte die Achseln. »Nein, glaube ich nicht. Also, wir sehen uns dann beim Shooting.« Mit diesen Worten stolzierte sie davon und warf erneut ihr fülliges rotes Haar nach hinten (mal ehrlich, das Mädchen gehörte in eine Shampoo-Werbung).

Ich beförderte Burger und Fritten in den Müll und betrat den Aufzug. Wenige Augenblicke später befand ich mich im achten Stock, wo das fluoreszierende Licht so grell war, dass ich mir eine Schutzbrille wünschte. Attraktive Mädchen stöckelten an mir vorbei, manche trugen Notebooks, andere riesige Geschenktüten, die wahrscheinlich von irgendwelchen PR-Agenturen geschickt worden waren.

Ein Schild wies den Weg zu Studio 8B.

Unterwegs kam ich an Jeremy, dem Fotografen, vorbei.

Er winkte mir zu. »Hallo! Wie geht's dir? Macht das Praktikum Spaß?«

»Ja, es ist super«, antwortete ich. »Hey, hast du Rae irgendwo gesehen?«

»Ja, die ist da drin.« Er deutete auf eine Tür. »Wir machen gerade Pause. Willst du einen Kaffee? Ich genehmige mir einen doppelten Espresso.«

»Nein, danke.« Ich lächelte. Ich genoss das Gefühl, einfach mal mit jemandem auf dem Gang zu stehen und mich zu unterhalten. Die meisten Leute hier – egal ob männliche oder weibliche – waren wie Roboter und ihre Persönlichkeit war in etwa so spannend wie Diätlimonade. Als Jeremys Handy klingelte, entfernte er sich.

Es war also gerade Pause. Wahrscheinlich wollte Rae mich deswegen sprechen. Billy und Kara hingen bestimmt in irgendeiner VIP-Garderobe rum, um sich gegenseitig mit Weintrauben zu füttern und ihre spektakulären Körper zu massieren. Ich atmete tief durch und öffnete die Tür.

Im Studio herrschte das übliche Durcheinander. In der Mitte stand ein Kingsize-Bett mit luxuriösen Kissen und Bezügen, die im Licht der Scheinwerfer blütenweiß leuchteten. Zwei Mädchen schüttelten die Kissen auf und zerwühlten die Laken. Das Ganze sah sexy aus, als hätte bis gerade eben noch jemand in diesem Bett geschlafen. In einer Ecke parkte ein knallrotes Motorrad. Auf der gegenüberliegenden Raumseite spielten bellende Welpen in einem Karton und beschnüffelten sich gegenseitig. Fast wäre ich an einer Überdosis Niedlichkeit krepiert.

Rae, Liani, Esmeralda und ein paar andere aus der Crew standen mit dem Rücken zu mir und plauderten mit einer vollbusigen Frau, die ein Papageientattoo am Arm hatte und mit heiserer Stimme über »Haarenergie«

schwadronierte und dass Billy nicht »leblos« wirken solle. Rae schien zuzuhören, doch sie hatte die Arme vor der Brust verschränkt. Defensiv und wie immer bereit, zuzuschlagen. Ich konnte Billy nirgendwo entdecken, geschweige denn ein Mädchen, das wie Kara aussah. Oder Billys Managerin. Puh.

Ich machte einen zittrigen Schritt in Richtung der Gruppe.

»Josie, Josie, Josie«, ertönte plötzlich eine aalglatte Stimme hinter mir.

Als ich mich umdrehte, sah ich Billy mit verschränkten Armen vor mir stehen und grinsen – na klar. Er trug ein enges schwarzes T-Shirt und dunkelblaue Jeans. Sein sonst so wild herabhängendes Haar war zu einer akkuraten Zwanzigerjahre-Frisur gestylt.

»Billy«, murmelte ich und senkte den Blick. »Ich geh besser wieder … Ich dachte, du wärst schon weg.«

»Ist doch okay. Bleib ruhig und rede mit mir. Hast du die Welpen gesehen?«

»*Die Welpen?* Was bitte ist denn mit dir los? Hör auf, so zu tun, als wäre alles in Ordnung«, flüsterte ich mit zusammengekniffenen Augen. »Ich hätte dich für anständiger gehalten. Die ganzen Lügen, die du über mich verbreitet hast …«

»Jetzt beruhig dich mal wieder. Ist ja nicht so, als hätten wir die Nacht zusammen verbracht.«

»Nein. Aber genau das wolltest du.«

»Es war ein Kuss.« Er verdrehte die Augen. »Ein einziger Kuss. Und jetzt hör auf, so zu tun, als hättest du ihn nicht auch genossen.«

»Natürlich, du hast ja so recht. Was genau hat mich verraten? Die Ohrfeige oder das anschließende Kotzgelage?«, blaffte ich.

Plötzlich hörte ich eine weibliche Stimme sagen: »Du bist das also.« Ich drehte mich um und erblickte ein Mädchen mit pechschwarzen Haaren, grünen Augen und gebräuntem Teint (nicht so hell, wie ich gedacht hatte). Mit zitternden Lippen starrte sie mich an. Ihre rechte Hand lag auf ihrem hervortretenden Bauch. »Du bist das Mädchen aus dem Club, das Billy geküsst hat. Ich hab dich von den Fotos her erkannt.«

»Ich … ich …« Meine Hand zuckte zu meinem Haar. Warum hatte ich nur ausgerechnet heute Stephs Frisur ausprobieren müssen?

»Du hast dich meinem Freund an den Hals geworfen!«, rief Kara. Ihr Gesicht wurde hart, und ihre Wangenknochen und der dominante Kiefer traten hervor.

»Nein, nein, so war das nicht, Ehrenwort«, erwiderte ich kopfschüttelnd. »Es ist kompliziert. Er war derjenige, der …«

»Spar dir das. Ich weiß nicht, was Billy sich gedacht hat, als er zugelassen hat, dass du ihn küsst.« Kara sprach betont langsam und effektheischend.

Wut stieg in mir auf. Von den Zehen zu den Knöcheln, in meine Beine und hinauf zu meinem Mund. »Dass *ich ihn* küsse? Ich weiß ja nicht, was er dir für Lügen aufgetischt hat, aber du liegst gewaltig daneben. Billy hat mich gefragt, ob ich mit ihm auf sein Hotelzimmer gehe.«

»Wie kannst du es wagen!«, rief Kara entrüstet und machte einen Schritt auf mich zu.

Plötzlich spürte ich, wie sich eine Hand um meinen Arm schloss und mich wegriss. Schmerz durchzuckte mich.

»Was machst du hier?«, zischte eine über mir aufragende Rae. Ihre Hand lag wie ein Schraubstock um meinen Arm. Billy stand irgendwo neben mir und versuchte, Kara zu trösten, die ihn wegstieß. »Josie, ich hatte dir doch gesagt, dass du im Büro bleiben sollst. Jetzt sieh dir nur an, was du angerichtet hast.«

»Ich weiß, aber Ava meinte, ich sollte kommen und ...«

»Was zur Hölle hast du dir dabei gedacht?«

»Aber es war nicht meine ...«

»Oh nein, es ist *nie* deine Schuld, oder?«, blaffte Rae. »Und nie dein Problem.«

»Das war ein Missverständnis ...«

»Nein. Du bist die, die hier was missversteht. Ich habe wirklich anderes zu tun, als mich um dieses Theater hier zu kümmern. Ich versuche, ein gottverdammtes Magazin zu leiten. Mir reicht's, Josie. Dein Praktikum ist beendet.«

»Was?! Nein, Rae, bitte.« Das konnte doch nicht allen Ernstes passieren. Das war einfach nicht möglich.

»Schau gefälligst in den Richtlinien nach – du bist entlassen. Und jetzt mach, dass du wegkommst.«

Mit zitternden Lippen blickte ich mich um. Billy und Kara standen händchenhaltend da und sagten kein Wort. Die vollbusige rothaarige Frau fummelte gelangweilt an ihren Fingernägeln herum. Ich wagte es nicht, Liani oder Esmeralda anzusehen, ich schämte mich zu sehr.

»Es tut mir wirklich leid«, stotterte ich, drehte mich auf dem Absatz um und stürzte aus dem Studio.

20.

Ich fühlte mich, als hätte man mir einen Schlag in die Magengrube verpasst und mich dann noch getreten. Weinend saß ich in einem Park in der Nähe der *Sash*-Redaktion und ignorierte die befremdet dreinblickenden Passanten. Mir war klar, dass ich die Sache total vermasselt hatte und diesmal wirklich nichts mehr zu retten war.

Obwohl ich gerne damit aufgehört hätte, spulte ich in Gedanken immer wieder den Vorfall ab. Ava, die mich ins offene Messer hatte laufen lassen. Meine hitzige Diskussion mit Kara. Rae, die mich in aller Öffentlichkeit gefeuert hatte. Das alles kam mir so surreal vor, so erschreckend. Ich gefeuert? Das Mädchen, das sich durch die Highschool gestrebert und nichts als Lob, Fleißkärtchen und glatte Einsen kassiert hatte? Das Mädchen, das so stolz auf sein Sauberfrauen-Image gewesen war? Ich wischte mir die Tränen ab und die Wimperntusche hinterließ Schlieren auf meinem Handrücken.

»Josie, da bist du ja!«, rief Steph, die plötzlich neben mir auftauchte. »Die anderen meinten, du wärst weggerannt. Ich hab dich überall gesucht. Hier ist deine Handtasche.« Sie ließ sie neben mir ins Gras fallen.

»Danke«, sagte ich und rutschte unter einen großen alten Baum mit dicht belaubten Ästen, der einen langen Schatten ins Gras warf. »Tut mir leid, aber ich musste einfach da raus. Das war alles zu viel. Rae hat mich gefeuert.«

»Ich weiß.« Steph setzte sich seufzend neben mich und legte mir einen Arm um die Schulter. »Aber du bist doch eigentlich viel stärker. Soll Rae wirklich mitkriegen, dass du zusammengebrochen bist?«

Ich zuckte die Achseln. »Richtig zusammengebrochen bin ich ja nicht.«

»Ich hab trotzdem Angst, dass du bald komplett durchdrehst und dir sämtliche Haare abrasierst.«

Steph war vermutlich die Einzige, der ich eine solche Bemerkung in einer derartigen Situation nicht übel nahm.

»Das ist alles so ein beschissenes Chaos!«, heulte ich. »Mein Praktikum ist vorbei, dabei hätte ich das Geld so dringend gebraucht! Und die ganze *Sash*-Redaktion weiß über mich und Billy Bescheid. Ava hat mir einfach so eine Falle gestellt, Mum dreht total am Rad, und dann soll ich auch noch einen Artikel für die *Weekly Mail* schreiben und habe mir noch nicht mal ansatzweise Gedanken darüber gemacht … Und diese ganzen Kommentare im Internet … die waren …«

»Schrecklich. Ich weiß.«

»Irgendjemand hat geschrieben, ich sollte mich am

besten gleich vom nächsten Hochhaus stürzen, so fett wie ich in dem Kleid ausgesehen hätte.«

»Josie, das ist doch nur irgendein anonymer Feigling. Der ist bestimmt schon vierzig, stinkt wie die Pest und lebt in der muffigen Omawohnung seiner Mutter.« Steph drückte mich fest an sich. »Mach dir über diesen Mist keine Gedanken. Und was das Praktikum betrifft: Das wird schon werden, das versprech ich dir. Für alles andere bist du zu talentiert, zu lieb und zu optimistisch.«

Ich lächelte sie unter Tränen an. Ihre Freundlichkeit rührte mich unheimlich.

»Abgesehen davon«, fuhr sie fort. »Willst du mal was über wirklich durchgeknallte Eltern hören? Hab ich dir schon erzählt, dass sich meine Mum einen zweiten Liebhaber genommen hat? Irgend so einen Kerl, den sie auf einem Biobauernhof kennengelernt hat. Ist das nicht das Bekloppteste, was du je gehört hast?«

»Einen zweiten? Du lieber Himmel.« Ich würde ja nicht mal einen schaffen.

Steph zuckte die Achseln. »Meine Familie hat ziemlich viel Übung darin, seltsame Sachverhalte normal aussehen zu lassen. Ich denke mal, Tim wäre nicht allzu begeistert, wenn ich es ihnen nachmachen würde.«

»Ich habe James gesagt, dass ich ihn mag«, sagte ich.

Der Satz hatte schon den ganzen Morgen in mir gewartet, aber ich hatte mich zu sehr geschämt, um Steph alles zu beichten. Doch jetzt, da ich mit ihr im Park saß und mir ununterbrochen die Tränen aus dem Gesicht wischte, konnte ich sowieso nicht mehr tiefer sinken.

»Und?«

»Er hat telefoniert.«

»Ja gut, aber was hat er gesagt?«

»Wie ich schon sagte, er hat telefoniert. Mit ihr. Ich glaube, die beiden sind wieder zusammen.«

»Er und Summer?« Steph stöhnte.

»Ich will jetzt schlafen«, sagte ich, streckte mich der Länge nach im Gras aus und blickte ins Blattgespinst des Baumes. Es versperrte mir die Sicht auf den Himmel. Auf alles.

»Danke, dass du mich aufheitern wolltest, Steph. Aber du solltest jetzt besser in die Redaktion zurück, sonst kriegst du auch noch Ärger.«

»Ich dachte, wir könnten nachher bei Tim Pizza essen.«

»Weiß noch nicht. Könnte ja immerhin sein, dass James auch da ist.«

»Mit extra viel Käse?«

»Vielleicht.« Ich rappelte mich hoch und umarmte Steph. »Danke für die Aufmunterung. Und was deine Mum betrifft: Zwei Liebhaber und ein Ehemann? Da ist sie vermutlich ziemlich beschäftigt. Hat sie einen Stundenplan, damit alle mal zum Zug kommen?«

Plötzlich kam mir ein schrecklicher Gedanke: »Verdammt! Ich muss ja noch meinen Ausweis an der Rezeption abgeben! Aber ich will da echt nicht mehr hin …«

Steph drückte meine Hand. »Ist schon okay, Jose. Wir gehen zusammen hin.«

»Ach, danke«, erwiderte ich seufzend.

Gemeinsam schlenderten wir durch den Park, vorbei an Anzugträgern, die kaffeeschlürfend in der Sonne saßen, vorbei an einer Gruppe Schulkinder, die sich mit Bratfisch und Pommes vollstopfte, und vorbei an einer alten Dame, die auf einer Bank kauerte und sich mit einer Zeitung zudeckte.

Bei *Sash* angekommen umarmte ich Steph zum Abschied und sah zu, wie sie im Aufzug verschwand. Ich versuchte, nicht zu weinen. Das war es also. Unser gemeinsames Praktikum war vorbei.

Ich wollte mich gerade an der Rezeption anstellen, als ich Ava entdeckte, die mit einem sperrigen Metallständer voller bunter Outfits kämpfte. Summend und wimpernklimpernd ging sie an mir vorbei, ganz so, als hätte sie nicht eben noch dafür gesorgt, dass ich entlassen wurde.

Ignorier sie, ignorier sie einfach, beschwor ich mich. Begib dich nicht auf ihr Niveau herab, sondern akzeptiere, dass du ein ganz normales Mädchen mit zu großen Träumen bist. Rae hatte mir deutlich zu verstehen gegeben, dass ich meine Pläne, eine erfolgreiche Journalistin zu werden, an den Nagel hängen konnte und niemand anders schuld daran war als ich. Ja, es war meine Schuld. Andererseits: Tief im Inneren wusste ich, dass es eben *nicht* allein meine Schuld war.

Okay, Billy hatte mich geküsst und ich hatte es zugelassen – und heftige Kritik dafür geerntet. Aber beim Fotoshooting war ich nur wegen Ava aufgetaucht. Sie hatte mir eine ganz hinterhältige Falle gestellt und ich Idiotin war darauf hereingefallen.

Während ich in der Schlange stand, ihre dürre Gestalt nur ein paar Meter entfernt, stellte ich mir vor, wie ich ihr das nervtötend hübsche Gesicht zerkratzen würde.

Es gab da allerdings ein Problem: Ich hatte mich noch nie geprügelt. Nicht richtig zumindest. Nicht so, dass sich die ganze Schule auf dem Pausenhof versammelt und »Kämpft!, kämpft!, kämpft!« geschrien hätte. Billy zu ohrfeigen und dem Nachbarskind »Nein, *du* bist scheiße!« hinterherzurufen, war das Waghalsigste gewesen, was ich mich je getraut hatte.

Also improvisierte ich einfach, wie so oft in letzter Zeit, und stürzte auf Ava zu. Meine Hände waren zu Fäusten geballt, die Zähne fest zusammengebissen, und mein Haar wehte so wild hinter mir her, dass ich wie eine psychotische Hexe aussah. Ava hielt abrupt inne. Sie hatte gerade ein Kleid aufhängen wollen, das vom Ständer gerutscht war.

»Ava, ich muss mit dir reden«, zischte ich.

Ich fragte mich, wann ich ihr wohl den ersten Faustschlag verpassen sollte. Oder den ersten Stoß oder Kinnhaken oder was auch immer – ganz egal. Ava sollte einfach nur genauso fiese Schmerzen haben wie ich.

Mit nervös flatternden Wimpern schaute sie mich an: »Was ist denn, Josie?«, fragte sie gespielt unschuldig.

»Das war eine Falle.«

»Wie bitte?«, fragte sie mit weit aufgerissenen Augen.

»Du hast mich schon verstanden«, erwiderte ich. Mein Puls beschleunigte sich. »Du hast mich belogen und zu allem Überfluss auch noch dafür gesorgt, dass ich entlassen werde!«

»Zu viel der Ehre«, sagte sie arrogant. »Ich bin sicher, das hast du ganz allein verbockt.«

Jetzt reichte es mir endgültig. Ich konnte ihre bösartigen Sticheleien keine Nanosekunde länger ertragen.

»Ava, was hab ich dir eigentlich getan?«, fuhr ich sie an. »Ich hab dir Komplimente gemacht, dir meine Hilfe angeboten, mir Sorgen gemacht, als es dir schlecht ging, und du? Du hast dich mir gegenüber die ganze Zeit einfach nur *beschissen* benommen.«

Ava starrte mich an. Ihre Nasenflügel bebten, und sie sagte kein Wort.

»Also?«, drängte ich und starrte sie böse an. »Sag schon. Was zur Hölle ist dein Problem?«

»Das weißt du wirklich nicht?« Sie senkte die Stimme, damit die anderen sie nicht hören konnten. »Du hast mich bei Liani verpetzt.«

»Ich … ich … Okay, das stimmt«, stotterte ich. »Aber nur, weil ich mir Sorgen gemacht habe und …«

»Du hast gesagt, ich hätte Bulimie.«

»Was?! Nein, hab ich nicht!«

»Lüg mich nicht an. Das ist ja wohl das Mindeste, was du jetzt tun kannst.«

»Ich schwöre, ich habe ihr nur von dem verdorbenen Schweinefleisch erzählt und dass ich gehört habe, wie du dich auf der Toilette übergeben hast ...«

»Sei gefälligst leise«, zischte sie und warf den Magazin-Leuten um uns herum ein künstliches Lächeln zu. »Das ist alles Quatsch, Josie. Ich bin schlank, weil ich gute Gene habe. Abgesehen davon kriegst du ja gar nicht mit, wie viel ich morgens und abends esse. Du hattest recht – mir ist von irgendeinem Fleisch schlecht geworden. Das ist alles. Aber dank dir habe ich jetzt Rae und Liani im Nacken, die mir ständig hinterherspionieren. Hast du eine Ahnung, wie sich das anfühlt?«

Trotz allem, was zwischen uns vorgefallen war, spürte ich, wie meine Wut verrauchte. Sprachlos sah ich sie an. Doch Ava war noch nicht fertig:

»Du hältst dich für unglaublich perfekt, was? Du glaubst, du wärst besser und schlauer als alle anderen und ...« Sie verstummte und fasste sich mit einer langen, schlanken Hand an den Kopf. »Oh ...«

»Ava? Was ist los?«

»Mir ist nicht gut.« Sie wurde bleich. »Es ist alles ... so verschwommen.«

»Hier, halt dich fest«, sagte ich und trat näher heran.

Doch es war zu spät. Ava schwankte und ihre Knie gaben nach. Dumpf schlug ihr Kopf auf dem Marmor auf, und ich spürte, wie sich mir bei diesem Geräusch der Magen umdrehte. Ihre Augen waren geschlossen und die langen Arme und Beine wirkten schlaff und leblos.

»Ava!« Ich warf mich über sie, um zu sehen, ob sie noch atmete. Tat sie. Plötzlich schien sich alles in Zeitlupe abzuspielen.

Ich weiß noch, dass ich schrie: »Hilfe! Helft mir doch! Meine Freundin ist ohnmächtig geworden!« Und ich weiß noch, dass Ava murmelte: »Blute ich? Mir tut der Kopf weh.« Irgendjemand versuchte, mich von ihr wegzuzerren. Dann war Liani da und legte mir beruhigend die Hand auf den Rücken.

Sicherheitsleute scheuchten die Umstehenden zur Seite, um zwei stämmigen Sanitätern Platz zu machen, die mit einer Trage ins Foyer kamen.

»Wird sie wieder gesund?«, fragte ich zittrig.

»Das ist nur eine Vorsichtsmaßnahme, Josie«, antwortete Liani. Sie umarmte mich und stieg mit Ava in den Krankenwagen. »Geh heim, Schatz. Geh heim und ruh dich aus.«

Ich nickte, zu überwältigt, um zu antworten.

»Alles wird gut, das versprech ich dir«, sagte sie, während sie in ihrer Tasche herumkramte und mir einen Zettel in die Hand drückte. »Hier, nimm den Taxigutschein und fahr auf dem schnellsten Weg nach Hause. Um die Ecke ist ein Taxistand. Unterschreib da unten, wenn er dich abgesetzt hat. Die Fahrt wird dich keinen Cent kosten.«

Ich nickte wieder.

Die Tür schlug zu und setzte unserem Gespräch ein jähes Ende. Liani winkte mir durchs Fenster zu. Ich sah dem davonbrausenden Krankenwagen nach, und die Sirenen klangen für mich wie widerhallende Schreie.

Zu Hause bei Tim warf ich Kleider, Accessoires und Kosmetika in meinen Koffer. Ich fragte mich die ganze Zeit, ob es Ava gut ging. Die schrillen Sirenen und das grässliche Geräusch, mit dem sie auf dem Marmor aufgeschlagen war, bekam ich nicht mehr aus dem Kopf. Warum war sie ohnmächtig geworden? Am liebsten hätte ich im Büro angerufen, um mich nach ihr zu erkundigen, aber da ich keine *Sash*-Praktikantin mehr war, war das wohl keine besonders gute Idee.

Da ich mich hier in den vergangenen Monaten häuslich eingerichtet hatte, brauchte ich fürs Packen länger als erwartet. Meine Sachen lagen überall verstreut, und um sie zu verstauen, musste ich sie erst mal in einer Art Schnitzeljagd ausfindig machen. Mein silberner Lieblingskuli lag auf dem Kühlschrank, mein Kamm in einer Topfpflanze, und hinter dem Sofa fand ich einen Slip (einen sauberen, Gott sei Dank). Ich stopfte alles in meinen Koffer. Als ich ihn drei Versuche und viele Flüche später endlich zugekriegt hatte, merkte ich, dass ich mein Handtuch vergessen hatte, das zum Trocknen im Bad hing. Ich beschloss, es den Jungs dazulassen. Die zwei brauchten jeden Haushaltsgegenstand, den sie kriegen konnten.

Als ich mich auf die Couch setzte, dachte ich daran, wie oft ich hier geschlafen hatte. Die Chill-Out-Sessions mit James gehörten zu meinen schönsten Erinnerungen. Mit einem Mal schien das alles weit weg: unsere Talkshow-Interviews, das Flirten, die vielen Tassen Tee, der peinliche Tanz und nicht zuletzt die Geheimnisse, die wir einander anvertraut hatten.

Was zur Hölle war nur mit mir los? Ich hatte mir hoch und heilig geschworen, nicht mehr an die Vergangenheit zu denken, aber James kämpfte sich immer wieder in meinen Kopf durch. Und egal, wie oft ich ihn daraus verbannte – irgendwann war er wieder da.

Um mich abzulenken, ging ich den Fahrplan durch. Wenn ich mich beeilte, konnte ich in einer Stunde im Zug sitzen und spätabends zu Hause sein.

Und ganz ehrlich: Nach den heutigen Ereignissen war ich so was von bereit dafür. Ich brauchte Vertrautheit, Ruhe, Frieden – und die Stadt konnte mit nichts davon aufwarten, auch wenn man zugegebenermaßen mehr Möglichkeiten und mehr Spaß hatte. Aber das Bedürfnis, mich in meinem weichen, warmen Bett zu verkriechen, war zu übermächtig, als dass ich es hätte ignorieren können. Selbst wenn es in meiner Familie gerade nicht so toll lief – ich wusste einfach, dass ich jetzt dort sein musste.

Ich griff nach meinem Koffer und rollte ihn zur Tür. Auf der Schwelle drehte ich mich noch mal um und warf einen letzten Blick auf die Wohnung. Ich gab es nur ungern zu, aber ich würde ihren unordentlichen Charme vermissen. Sogar Tims müffelnde Socken und die Pappschachteln vom Thai-Imbiss, die seit einer Woche hier rumstanden. Plötzlich sprang die Tür auf. Tim und Steph stürzten herein und rissen mich zu Boden. Ehe ich's mich versah, hatten sich unsere Arme und Beine zu einer menschlichen Brezel verkeilt. Tim brach in schallendes Gelächter aus.

Steph tippte ihm auf die Schulter. »Mann, Tim, das ist eine ernste Sache, schon vergessen? Gib ihr die Cupcakes.«

»Ja, okay, 'tschuldigung.« Grinsend hielt er eine Schachtel mit zermanschten Törtchen hoch. »Hab mich leider draufgesetzt, Babe.«

Ich hob die Augenbrauen. Babe? Ich konnte es kaum glauben: mein fauler, tiefenentspannter Cousin stand komplett unter Stephs Fuchtel. Tante Julie wäre begeistert gewesen!

»Also, ähm …« Ich wusste nicht, wie ich es sagen sollte. »Hast du schon gehört …?«

»Das mit Ava?«, fragte Steph. »Ja, die ganze Redaktion spricht davon.« Sie löste sich aus unserem Arme-und-Beine-Knoten. »Fast die Hälfte der *Sash*-Mädels hockt im Krankenhaus, weil niemand Ava alleine lassen wollte. Wir anderen wurden nach Hause geschickt.«

Ich war verwirrt. »Wieso ist ihr Verlobter denn nicht bei ihr? Muss er arbeiten? Man sollte doch meinen, dass ihm sein Boss freigibt, wenn seine Zukünftige im Krankenhaus liegt!«

»Ja, es ist nur … Ava war da nicht ganz ehrlich«, sagte Steph.

»Wie meinst du das?«

»Sia hat mir eine SMS aus dem Krankenhaus geschickt. Sieht aus, als hätte ihr Verlobter die Hochzeit schon vor Monaten abgesagt. Er hat sie für eine andere sitzen lassen.«

»Nein! Du machst Witze!«

»Sie hat niemandem was davon gesagt. Ist das nicht schrecklich? So schrecklich, dass man sich für immer in seinem Zimmer verkriechen will?«

»Ihr Verlobungsring«, murmelte ich. »Sie hat gesagt, er würde poliert werden.«

»Anscheinend war das Mädchen, mit dem ihr Ex jetzt zusammen ist, auch noch eine Freundin von ihr.«

»Na super. Geht denn gerade jeder fremd?«

»Ich nicht«, erwiderte Tim.

Steph stieß ihm den Ellbogen in die Rippen, doch ein kleines Lächeln spielte um ihre Mundwinkel. Offensichtlich war auch sie bis über beide Ohren verliebt.

»Und weiß man schon, was mit Ava los ist?«, fragte ich. »Muss sie über Nacht bleiben?«

»Sia sagt, sie wird gerade untersucht. Die Ärzte glauben, dass sie seit Monaten nicht mehr richtig gegessen hat. Und wenn, dann hat sie sich anscheinend übergeben.«

Mein Magen zog sich zusammen, als ich an den Zwischenfall in der Toilette dachte. Ihr schmerzliches Schluchzen fiel mir ein. Auch wenn mich Ava im Verdacht hatte, gepetzt zu haben – ich hatte Liani nichts gesagt, sondern nur meine Theorie vom verdorbenen Schweinefleisch und Avas verdorbenem Magen kundgetan. Liani und Rae schienen ihre eigenen Schlüsse gezogen und im Vertrauen mit Ava gesprochen zu haben. Aber das machte meine Erinnerung an Avas wütend gezischten Auftritt im Foyer nicht besser und auch nicht die Erinnerung daran, wie böse und blutunterlaufen ihre Augen gewesen waren, als sie eine Essstörung abgestritten hatte.

»Glaubst du, sie wird wieder gesund?«, fragte ich. Ich hatte fast ein bisschen Angst vor der Antwort.

»Ja«, entgegnete Steph. »Wenn sie die richtige Hilfe bekommt.«

Einen Moment lang saßen wir schweigend da. Ich beobachtete, wie Tim abwesend mit Stephs Haar spielte.

Mein Handy klingelte. Kats Name leuchtete auf dem Display auf. Ich drückte auf »ignorieren« und schaltete den Klingelton aus. Ich würde später im Zug mit ihr sprechen.

»Ziemlich beängstigend, dass sie sich für fett gehalten hat, oder?«, fragte ich. »Sie ist das dünnste Mädchen, das ich je gesehen habe. Im wahren Leben zumindest. Das macht mich echt fertig … Ich hab versucht, ihr zu helfen, aber …«

»Jose, manche Dinge kann man nicht erklären«, erwiderte Steph.

Sie und Tim wechselten einen raschen Blick. Allerdings nicht rasch genug, als dass ich es nicht gemerkt hätte.

»Was?«, fragte ich beklommen. »Hab ich was im Gesicht? Oder zwischen den Zähnen? Ja, oder?« Ich hielt mir die Hand vor den Mund, nur für den Fall.

»Jose, wie geht's *dir* eigentlich?«, fragte Tim und zog meine Hand weg.

Ich zuckte die Achseln. »Mir geht's gut. Ich mache mir nur Sorgen um Ava.«

»Es wäre aber okay, wenn du sauer auf sie bist«, sagte Steph. »Jeder bei *Sash,* der auch nur ein halbes Hirn hat, weiß, dass Ava dich ins offene Messer hat laufen lassen. Und Rae wird da auch noch draufkommen. Du wirst die fünf Riesen in der Tasche haben, bevor du weißt, wie dir geschieht.«

»Du machst Witze, oder? Rae würde mich auf keinen Fall wieder als Praktikantin aufnehmen. Du hättest sie hören sollen. Außerdem bin ich gar nicht mehr sauer.«

Das war ich wirklich nicht. Selbst das letzte bisschen Hass auf Ava war verflogen, als der Krankenwagen mit Sirenengeheul davongebraust war.

»*Wirklich?*« Steph kniff die Augen zusammen.

»Ehrlich, Leute«, beharrte ich. »Ich besorge mir woanders ein Praktikum. Ist schon okay.«

»Okay?«, spöttelte Tim. »Ist ›okay‹ nicht der Mädchencode für: ›Es ist das Schlimmste, was mir hätte passieren können, aber ich weiß leider nicht, wie ich euch das sagen soll‹?«

Steph nickte. »Ja, so ungefähr. Und nun red endlich, Jose.«

»Ich kann nicht, ich muss los. Ich fahre nach Hause zu Mum.«

»Was?!«, riefen beide gleichzeitig.

»Ja, und zwar jetzt gleich.« Ich deutete auf meinen gepackten Koffer.

»Jetzt? Nein!«, sagte Steph. »Was ist denn mit unserer Pizza?«

»Es tut mir wirklich leid, aber ich muss meinen Zug erwischen.«

Steph und Tim wechselten noch einen Blick, diesmal einen längeren.

»Dann meinst du es also ernst?«, fragte Steph schließlich. »Du kommst nicht zurück?«

»Schätze nicht.«

Tim fluchte. »Mann, das haut rein.«

Ich wollte sie drücken und ihnen sagen, dass wir uns trotzdem noch oft sehen würden. Aber das tat ich nicht. Ich konnte mir Steph mit ihrem trendigen Haarschnitt und den coolen Schuhen nicht bei uns zu Hause in einer Kneipe vorstellen, wo sie mit mir und Angel Chicken Parmigiana aß. Irgendwas sagte mir, dass sie eine andere Vorstellung vom Leben hatte, als die Hauptstraße einer Kleinstadt auf und ab zu flanieren, tagein, tagaus im selben Café zu hocken und Mr Rickston aus dem Weg zu gehen, dessen berühmt-berüchtigter Zwiebelatem alle in die Flucht schlug. Und Tim war die halbe Zeit so verschnarcht, dass es ihn schon irrsinnig anstrengte, zu einer Vorlesung zu gehen – wie sollte er da einen Zug erwischen, der ihn aus seiner Band-Party-Schlafen-Party-Blase in eine Kleinstadt beförderte?

Ich hätte nicht überrascht sein dürfen, dass das Leben meiner Träume, in dem ich ein normales menschliches Wesen und zudem der Star der Zeitschrift war, nicht funktioniert hatte. Ich war eben nicht für diese Welt gemacht. Für Raes Welt. Die Glamourwelt. Gut, es hatte Momente gegeben, in denen ich mich für eine neue und verbesserte Version von Josie gehalten hatte (jetzt mit süße-Jungs-Anziehungskraft), aber da hatte ich mir etwas vorgemacht. Ich war kein Babe, jedenfalls nicht so wie die anderen Magazin-Mädels. War ich nie gewesen. Und eigentlich hatte ich das schon mit zwölf gewusst, als mein Gesicht voller Akne gewesen war, mir Wimperntusche Angst eingejagt und ich einen peinlichen Fleck in meinem Gymnastikanzug gehabt hatte. Aber wenn ich all das doch wusste (und das *tat* ich), warum fiel es mir dann so schrecklich schwer, dass ich die Stadt verlassen musste?

Stephs Lippen zitterten. Wir schlossen uns in die Arme. Tim drückte uns ebenfalls fest an sich.

»Es war toll, dich hier zu haben, Cousinchen«, sagte er. »Oh! Das hätte ich fast vergessen: Hat James dir seinen Laptop schon gegeben?«

»Seinen Laptop? Nein …«

Tim irrte im Apartment herum, schaute in die Küche, auf die Bücherregale (wo nicht ein einziges Buch stand) und auf den Couchtisch. Schließlich grub er James' PC unter irgendwelchen Unterlagen auf dem Esstisch aus.

»Hier«, sagte er, während er mir den staubigen Laptop in die Hand drückte. »Er wollte ihn dir geben, wenn ihr euch das nächste Mal seht.«

»Nein. Ich kann das nicht …«

»Jose, nimm ihn einfach. Er sagt, dass du Journalistin bist und ihn dringender brauchst als er.«

»Bist du sicher?«

»Ja Süße, er giert doch schon nach einem neueren Modell, mit dem er seine Musik produzieren kann«, erwiderte Tim.

»Wow … Sag ihm danke, okay? Das ist … wirklich nett von ihm.« Ich biss mir auf die Lippe, um die aufsteigende Flut schwärmerischer Bemerkungen zurückzuhalten.

»Warum bleibst du nicht, um dich persönlich zu bedanken?«, fragte Steph. »Er wird bestimmt bald wieder hier sein.«

»Richtet es ihm einfach aus, okay? Ich gehe jetzt besser«, erwiderte ich mit gesenktem Kopf. »Danke für alles, Leute.«

Ich drückte Steph einen Kuss auf die Wange, winkte Tim noch einmal zu und rollte meinen Koffer aus der Wohnung. Ich musste meinen Zug erwischen.

21.

Am Bahnhof herrschte hektisches Treiben. Ich war so in Gedanken versunken, dass ich den stechenden Gestank nach Urin gar nicht wahrnahm, der von den öffentlichen Toiletten zu mir herüberwaberte, und auch nicht die vielen Füße, die über den Asphalt stapften, stöckelten und trotteten. Da ich, anders als Harry Potter, nicht über einen Tarnumhang verfügte, begnügte ich mich damit, mir die Kapuze über den Kopf zu ziehen und mich über einen Tisch zu beugen, um mich, so gut es ging, unsichtbar zu machen. In den Augen der anderen war ich einfach nur ein Niemand aus der Stadt. Noch eine Versagerin, die versuchte, sich ihren Lebensunterhalt zu verdienen und nach Hause zu fahren, ohne angespuckt oder um Kleingeld angebettelt zu werden.

Ich konnte nicht glauben, wie sehr sich mein langweiliges Ich-schlaf-gleich-ein-Leben in den letzten beiden Monaten verändert hatte. Jahrelang hatte ich hart für meine guten Noten geschuftet, öde Familienveranstaltungen besucht und Mum samstagabends beim Geschirrspüler-Ausräumen zugeschaut. Dann, *wumm!*, hatte ich plötzlich zwei Features auf einer Magazin-Webseite veröffentlicht und versehentlich mit einem Promi rumgemacht. Ich war im Netz gemobbt worden, bei einem atemberaubenden Typen abgeblitzt, von einer verschrienen Chefredakteurin gefeuert worden und hatte gesehen, wie das Leben einer anderen Praktikantin den Bach runtergegangen war. Ich wusste nicht, was ich von alldem halten sollte.

Wie konnte ich mich so in Ava getäuscht haben? Sie tat mir wirklich leid. Ich fühlte mich schrecklich. Sie war sitzen gelassen worden, deprimiert, aß nichts und zwang sich obendrein noch, sich zu übergeben … Und die ganze Zeit hatte ich gedacht, sie sei die Queen in Sachen Selbstvertrauen. Denn sie war ja nicht nur schön, sondern auch intelligent und begabt. Im Kampf um den Bonus hatte ich sie als riesige Konkurrenz empfunden. Doch unter der ganzen teuren Schminke und den Designerklamotten schien sie genauso ängstlich, einsam und verunsichert zu sein wie wir anderen, vielleicht sogar noch mehr. Aber wenn sich schon Mädchen wie Ava wie unbedeutende Ameisen fühlten, die jeden Moment zertrampelt werden konnten, was hatten wir Nicht-Glamazonen dann noch für eine Chance?

Plötzlich kam mir eine Idee für die *Weekly Mail.* Eine göttliche Eingebung. Aber sie hatte mir nicht sanft auf die Schulter geklopft oder mir ins Ohr geflüstert, sondern mir so richtig eins über den Schädel gezogen. »Schreib mich!«, rief die Eingebung flehentlich. »Schreib mich jetzt sofort.« Ich merkte, wie die Worte in meinem Kopf durcheinanderwirbelten, sich zu Sätzen anordneten und es gar nicht erwarten konnten, sich auf ein Blatt Papier zu ergießen. Es war ihnen völlig egal, dass ich bei Rae und James abgeblitzt und viele Kilometer von zu Hause weg war. Sie wollten einfach nur geschrieben werden, und ich würde den Teufel tun, mich mit ihnen anzulegen, sonst explodierten sie am Ende noch und ließen sich nie wieder blicken. Ich war eine Journalistin. Okay, eine Möchtegern-Journalistin, aber auch dafür brauchte ich Worte.

Aus dem Lautsprecher dröhnte die monotone Stimme, die meinen Zug ankündigte, doch ich konnte jetzt nicht fahren. Die Worte mussten raus, bevor sie mir verloren gingen.

Ich sprintete zum Fahrkartenschalter und drängte mich an zwei kaugummikauenden Teenagern, drei Typen in Kunstlederjacken und einem benommen dreinblickenden Geschäftsmann vorbei. Ich flehte den Angestellten an, meine Fahrkarte umzutauschen, damit ich einen späteren Zug nehmen konnte, und versuchte, ihn mit einer halb leeren Lollitüte und einem Schokoriegel zu bestechen. *Endlich* rückte er einen Fahrschein für den nächsten Zug heraus. Damit blieben mir noch gut zweieinhalb Stunden im Bahnhofscafé – mit Wi-Fi und Snacks.

Mit verkrampftem Magen setzte ich mich an einen Tisch, schaltete den Laptop an und wartete darauf, dass er hochfuhr. Ich hoffte sehr, dass James kein Knutschfoto von sich und Summer als Hintergrundbild eingerichtet hatte. Die Polaroids waren schlimm genug gewesen. Zum Glück ploppte nur ein Schwarz-Weiß-Foto von Jimi Hendrix auf, der auf seiner Gitarre herumschrammelte. Puh.

Ich hatte das Gefühl, James nahe zu sein. Bestimmt hatte er die Tasten als Letzter berührt. Aber die liebvoll-strenge Seite von mir ließ mich nicht zu lange bei diesem Gedanken verweilen. Es ist ein Laptop, Josie, kein Diamantring, sagte ich mir. Summer war immer noch James' Freundin und ich die alberne Journalisten-Mieze, die seinen ausrangierten Laptop geerbt hatte. Damit musste ich mich zufriedengeben.

Ich öffnete ein Word-Dokument und konzentrierte mich auf meine große Idee. Mein Kopf war randvoll mit Gedanken zu Avas problematischer Körperwahrnehmung, den Internet-Trollen, die mich wegen meines Aussehens attackiert hatten, und wie unzulänglich man sich neben den perfekten Bilderbuchdamen der Zeitschriftenredaktionen vorkam. Dann dachte ich noch darüber nach, wie es war, abgewiesen und mit gebrochenem Herzen zurückgelassen zu werden – eine gleichermaßen banale wie niederschmetternde Überlegung. Ein universelles Gefühl. Als Single konnte man das Gefühl haben, nur von Paaren umgeben zu sein. Steph hatte Tim, Kara hatte Billy, Summer hatte James. Und ich? Ich hatte eine Deadline.

Zeit, mit dem Schreiben anzufangen.

Als ich fertig war, speicherte und schloss ich das Dokument und begann mit einer ausführlichen Mail an Filly. Ich berichtete ihm von meinem Reinfall bei *Sash,* von den Lektionen, die ich gelernt, und von denen, die ich nicht gelernt hatte, von der Niederlage, die die Entlassung für mich bedeutete, und von den Zukunftsängsten, die mich insgeheim quälten. Denn obwohl ich mich Steph und Tim gegenüber recht cool gegeben hatte, war ich in Wirklichkeit überzeugt, keine andere Berufsmöglichkeit mehr zu haben, als unsere Zoogehege auszumisten. Aber vor allem schrieb ich, wie wichtig mir der Text war, den ich meiner Nachricht angehängt hatte. Ich hatte die Deadline für die *Weekly Mail* eingehalten, und jetzt sollte er bitte jedes einzelne Wort lesen.

Als Nächstes musste dann die Zeitung meinen Text annehmen. Der Ruhm, die Verfasserangabe und mein Portfolio waren mir egal. Natürlich wollte ich meine Sätze gedruckt sehen, aber mein Name oder mein Gesicht mussten nicht in Goldlettern daneben prangen. In letzter Zeit war ich oft genug in den Medien aufgetaucht, das reichte für den Rest meines Lebens. Die Story war das einzig Wichtige. Und ich sprach ja nicht nur für mich selbst – ich hatte den Text jeder Mutter, jeder Tochter und jeder Schwester gewidmet, die sich je wegen ihres Aussehens fertiggemacht hatten.

Der Cursor schwebte über dem Senden-Button. Unsicher öffnete ich den Artikel und überflog ihn ein letztes Mal, saugte jedes Wort in mich auf, bis ich mich bereit fühlte – oder zumindest einigermaßen bereit. Die Worte waren anders als alles, was ich je zu Papier gebracht hatte. Sie waren ungeheuer persönlich. Ich wusste, dass Kat mich dafür aufgezogen hätte, dass ich mein Herz mal wieder auf der Zunge trug. Ich hatte das Gefühl, ein altes Tagebuch zu lesen, nur dass dieser Text schwarz auf weiß gedruckt werden würde – neben Anzeigen für gebrauchte Rasenmäher und Escort-Services.

Beinahe zufrieden fügte ich der Mail noch einen letzten Satz hinzu: *Ich hasse es, diese Frage stellen zu müssen, aber: Bin ich jetzt wegen der Geschichte in der Redaktion durchgefallen?* Bevor ich mir noch mehr Gedanken machen konnte, setzte ich meinen Namen unter den Text und drückte auf »senden«.

Ich fuhr den Laptop herunter und steckte ihn in seine Hülle. Ich war noch nicht bereit für Fillys Antwort. Und trotzdem: Als ich meinen Koffer über den Bahnsteig rollte, fragte sich ein Teil von mir, ob in seiner Mail stehen würde: »Ja, Sie sind durchgefallen.«

Wieder warf ich einen Blick auf die Uhr. Es waren erst wenige Minuten vergangen. Die Zugfahrt zog sich, als hätte sich das gesamte Universum gegen mich verschworen, um mich noch ein letztes Mal leiden zu lassen. Meine Strafe? Folter durch Langeweile. Und es funktionierte. Alles, was ich hörte, waren ein schnarchender Mann auf der anderen Gangseite und zwei kleine, mit ihm reisende Mädchen, die um eine schmuddelige Stoffpuppe stritten. Es gab nichts zu tun, und es war niemand Interessantes da, mit dem man sich hätte unterhalten können. Da es inzwischen dunkel geworden war, konnte ich nicht mal auf die Pferdekoppeln vor dem Zugfenster starren und gleichzeitig von zu Hause träumen. Als ich vor lauter Verzweiflung und um wenigstens *irgendwas* zu tun zu haben, mein Handy einschaltete, bekam ich den Mund nicht mehr zu: Einundzwanzig verpasste Anrufe – alle von Kat. Ich rief sie zurück, doch sie ging nicht ran. Nachdem ich es erneut versucht hatte, schaltete sich sofort die Mailbox ein.

»Scheiße«, murmelte ich.

Ich versuchte es noch mal. Keine Antwort. Als Nächstes rief ich Mum an. Wieder nichts. Ich stellte mir ein Horror-Szenario nach dem anderen vor, und sie wurden mit jeder Sekunde düsterer. Tränen traten mir in die Augen. Wieder versuchte ich es bei Mum, wählte einmal, zweimal, dreimal, bis ich den Überblick verlor.

Als ich gerade in die Schulter meines Sitznachbarn weinen wollte, erwachte mein Handy zum Leben. Kat.

»Josie, wo bist du?«, fragte sie. »Ich versuche seit Stunden, dich zu erreichen.«

»Es tut mir so leid«, erwiderte ich. »Mein Handy war auf stumm geschaltet. Was ist los? Geht's dir gut, Kat?« Ich feuerte meine Fragen so schnell ab, dass ihr kaum Zeit blieb zu antworten.

Sie seufzte: »Jose, Mum ist im Krankenhaus. Es war ein Unfall.«

»Was? Was ist passiert?«

»Das will ich am Telefon nicht sagen.«

»Um Himmels willen! Ist sie okay?«

»Ja, ich glaube schon. Sie ist gestürzt … und ein paar andere Dinge sind auch noch passiert. Komm bitte einfach nach Hause, Jose. Bitte.«

Ich sagte, dass ich so schnell wie möglich da sein würde. Zumindest glaubte ich, dass ich das sagte, denn ich hatte das Gefühl, als hätte meine Seele den Körper verlassen und all das würde jemand anderem passieren. Der Schock hielt mich wach und ließ mich die Zugfahrt irgendwie überstehen. Schließlich stand ich auf dem vertrauten Bahnsteig. Nur, dass es auch hier auf einmal ganz anders aussah.

In Mums Krankenhauszimmer hörte ich nur das leise Summen der medizinischen Geräte und meinen eigenen nervösen Atem. Sie schlief. Eine Krankenschwester hatte ihr Haar zu einem niedrig sitzenden Knoten gebunden, der jede Falte und jede Sommersprosse zur Geltung brachte. Am Anfang hatte mich das fast beunruhigt. Mums Gesicht war doch immer von wildem Haar umgeben. Doch so langsam konnte ich ihre ungewohnte Schönheit wertschätzen. Sie sah friedlich aus. Vielleicht träumte sie gerade von einer Zeit, als alles noch in Ordnung war.

»Meine Güte, das hat ungefähr eine Stunde gedauert«, sagte Kat, die mit zwei Tassen Tee hereinkam. »Die können hier Leben retten, aber einen Wasserkessel bringen sie nicht zum Kochen? Willst du einen Tee?«

Wollte ich nicht, aber ich nahm ihr die Tasse trotzdem ab. »Danke.«

Sie ließ sich auf einen Stuhl neben mich fallen. »Also … Mum hat fünf Frakturen am Arm. Sie wird eine ganze Weile einen Gips tragen müssen.«

»Na wunderbar. Unfassbar, dass sie auf diese Leiter gestiegen ist. Sie hat Glück, dass sie sich nicht das Genick gebrochen hat! Was sollte das denn?«

»Anscheinend wollte sie Dads Golfausrüstung vom Dachboden holen und sie verkaufen. In letzter Zeit hatte sie ziemlich seltsame Launen.«

»Seltsam?«

»Ja. Sie hat gelacht, geheult, rumgeschnauzt und sich wieder entschuldigt. Und heute Morgen hat sie ihr Handy kaputt gemacht. So aufgelöst habe ich sie noch nie gesehen. So als hätte sie erfahren, dass ihr linkes Ohr amputiert werden muss.«

»Du lieber Gott.«

Mir fiel ein, wie heftig Mum auf das heruntergefallene Besteck reagiert hatte. »Glaubst du, sie erholt sich wieder?«

»Irgendwann bestimmt.«

Schweigend saßen wir da und wachten über ihren Schlaf. Ich wusste, dass sie ziemlich zu kämpfen gehabt hatte, seit Dad gegangen war, aber dass es so weit kommen würde, hätte ich nie gedacht. Der Unfall. Der Krankenwagen. Die Fahrt zur Notaufnahme. In gewissem Sinn war es eine Erleichterung, dass Krankenschwestern und Ärzte hier waren, die um sie herumwuseln, Fieber messen und uns Anweisungen geben konnten. Aber irgendwie war es auch grässlich, so als hätte ich ihr nicht genug geholfen. Als hätte ich das alles verhindern können. Als wäre ich so sehr in meinem eigenen Drama gefangen gewesen, dass ich als Tochter jämmerlich versagt hatte.

Und was Kat betraf, hatte ich erst recht ein schreckliches Gefühl. Als ich hier angekommen war, hatte sie in Tränen aufgelöst im Wartezimmer gesessen und die Hände gerungen. Zum Glück hatte sie sich inzwischen ein wenig beruhigt.

Ich durfte gar nicht darüber nachdenken, dass ich mir um ein dämliches Praktikum und irgendeinen vergebenen Typen so viele Gedanken gemacht hatte, während sich meine kleine Schwester um unsere erschöpfte Mum hatte kümmern müssen, die sich die Knochen gebrochen hatte.

»Es tut mir so leid, dass ich nicht hier war, Kat.«

»Muss es nicht. Jetzt bist du ja da.«

Mein Blick wanderte zu Mum, doch sie sah immer noch genauso aus wie vor ein paar Minuten. Ein Teil von mir hatte gehofft, bei unseren Stimmen würde sie vom Bett aufspringen und uns mit Küssen und Umarmungen bombardieren.

Doch sie rührte sich nicht.

Zum ersten Mal seit Langem wünschte ich mir, Dad wäre hier. Ich wollte auf ihn einschlagen, ihn anschreien und sagen: »Mum geht drauf, und das alles nur, weil du mit deiner Midlife-Crisis uns verlassen hast!« Ich wusste, woher diese Wut rührte. Ich fühlte mich schuldig, weil ich nicht da gewesen war, als Mum jemanden gebraucht hätte. Kat hätte das nicht übernehmen sollen. Ich war die Ältere – es war meine Aufgabe, meine Verantwortung.

Mum entfuhr ein kleines Stöhnen. Abrupt setzten Kat und ich uns auf. Wir brauchten mehr. Noch ein Zeichen. Dann, als hätte sie unsere Gedanken gelesen, hustete sie leise.

Sie öffnete die Augen. Als sie uns sah, lächelte sie. »Meine lieben Mädchen, ihr seid da«, murmelte sie.

Dann schlossen ihre Augen sich wieder. Ich drückte ihr die Hand und Kat und ich saßen weiterhin da und betrachteten sie schweigend.

22.

Als wir am nächsten Morgen um Mum herumwuselten, ihre Tasche holten und versuchten, ein paar letzte Angelegenheiten mit dem Pflegepersonal zu klären, sprach sie kaum ein Wort. Das Gleiche galt für den Nachhauseweg, obwohl es ihr für gewöhnlich schreckliche Angst einjagte, wenn ich hinterm Steuer saß. Auch zu Hause ließ sie uns kommentarlos das Regiment übernehmen, einen riesigen Haufen Wäsche waschen, die Fliesen wischen, den Geschirrspüler vollladen und den Teppich saugen. Während wir wirr umherrannten und mit Ausrufen wie »Wo ist denn unser Staubwedel?« und »Wie macht man die Spülmaschine an?« demonstrierten, wie nichtsnutzig wir eigentlich waren, setzte sich Mum schweigend an die Kopfseite des Tischs, wo seit jeher ihr Platz gewesen war, weil sie von hier aus am schnellsten in die Küche kam.

Als die gröbsten Arbeiten erledigt waren, ließen Kat und ich uns einander gegenüber auf die Plätze fallen, wo wir schon als Kinder gesessen hatten.

»Wie geht's deinem Arm?«, fragte ich und wies mit einem Nicken auf den Gips, auf dem ihr Name stand und den Kat mit ein paar Herzen und Blumen bemalt hatte. »Schätze, du wirst einige Zeit nicht schreiben können.«

»Oder arbeiten«, seufzte sie und verschränkte die Finger ihrer gesunden Hand mit meinen. »Aber im Garten und beim Kuchenbacken brauche ich zwei Hände. Naja, wir schaffen das schon … das tun wir ja immer.«

Ich schüttelte den Kopf, wütend, weil ich mir die Chance auf fünftausend Dollar durch die Lappen hatte gehen lassen. Aber wenn ich das Geld schon nicht selbst verdienen konnte, würde ich mein Bestes tun, um eine andere Lösung zu finden.

»Was ist mit der Bibliothek?«, schlug ich vor. »Die werden dich doch sicher weiter beschäftigen?«

»Mit diesem Ding hier?«, fragte Mum und deutete auf ihren Gips. »Ich weiß nicht, Schatz. Ich bin ja nur hin und wieder dort. Aber ich rede mit ihnen, okay?«

»Kriegst du im Krankheitsfall denn kein Geld?«, fragte Kat. »Brenna Jadensons Dad ist während der Arbeit gestürzt und hat eine Wahnsinns-Entschädigung bekommen. Könntest du das nicht auch versuchen? Der liegt jetzt die ganze Zeit auf der faulen Haut.«

»Bei mir ist das was anderes«, erwiderte Mum. »Außerdem sind wir keine Faulpelze.«

»Es gäbe noch eine andere Möglichkeit«, begann ich. Als ich Mums und Kats erwartungsvolle Blicke sah, verschlug es mir kurzfristig die Sprache. »Ähm … also … wir könnten versuchen, ihn aufzuspüren.«

»Wen?«, fragte Kat.

»Dad«, stieß ich hervor.

Ich hatte ihn kaum noch erwähnt, seit er uns verlassen hatte, und Mums Gesicht nach zu urteilen, hätte ich es dabei belassen sollen.

»Dieser Mann hat schon genug getan«, antwortete sie mit zitternden Lippen.

»Es ist nur … Ich mache mir Sorgen«, sagte ich. »Wir müssen ja irgendwie die Rechnungen bezahlen.«

»Ja, und er soll ruhig ein bisschen leiden für das, was er uns angetan hat«, fügte Kat mit funkelnden Augen hinzu.

»Keine Chance«, entgegnete Mum.

Meine Gedanken wirbelten durcheinander. »Gut, dann besorge ich mir einen neuen Job – oder besser zwei –, um uns aus der Patsche zu helfen«, sagte ich. »Und Kat ist auch alt genug zum Arbeiten. Wir springen für dich ein und dann …«

»Mädels!«, unterbrach mich Mum mit geröteten Wangen. »Ich bin die Erwachsene, also bezahle ich die Rechnungen, klar? Kat soll sich auf die Schule konzentrieren und du auf die Uni. Mein Haus, meine Verantwortung, meine Entscheidung. Und jetzt will ich kein Wort mehr über Geld oder Arbeit oder *ihn* hören. Es reicht.«

»Aber Mum …«, versuchte Kat es erneut.

»Ende der Diskussion«, erwiderte sie unwirsch. »Und jetzt lege ich mich noch ein bisschen hin, bevor wir zu Mittag essen. Könnt ihr zwei etwas kochen, kriegt ihr das hin?«

»Ja«, antworteten wir gleichzeitig. Während Mum ins Nebenzimmer trottete, um sich dort auf die Couch zu legen, warfen wir uns unsichere Blicke zu. Aber wir würden es hinkriegen müssen.

Unsere erste Herausforderung: das Mittagessen.

Paprikaschoten, Karotten, Gurken, Tomaten, Gemüsezwiebeln – im Geiste ging ich die Zutaten für einen Salat durch. Ach ja, und Rucola! Ich stöberte im Kühlschrank herum, wo ich eine Packung mit grünen Blättern fand, warf sie zu den übrigen Zutaten in eine Schüssel und bewunderte mein Regenbogenwerk.

»Ich weiß, dass Mum einen auf cool macht, aber ich habe gehört, wie sie am Telefon bei Tante Julie ausgeflippt ist«, flüsterte Kat, die neben mir Würstchen briet.

»Schon wieder?«

»Ja, im Krankenhaus. Sie hat irgendwas von Rechnungen und Arztgebühren gefaselt, dass sie nicht in die Arbeit kann und … Die Lage ist ernst, Jose. Ich fühl mich irgendwie so hilflos.«

Das tat ich auch, aber das durfte ich meiner kleinen Schwester nicht sagen.

Der behandelnde Arzt hatte gemeint, dass Mum abgesehen von einem gebrochenen Arm noch an einer leichten reaktiven Depression litt, die vermutlich dem Stress des vergangenen Jahres zuzuschreiben war. Er sagte, sie solle sich gesund ernähren und Sport treiben. Kat hatte versprochen, Mum so oft wie möglich für einen einstündigen Spaziergang ins Freie zu zerren, und ich hatte mir vorgenommen, unseren Heimtrainer aus der Garage zu holen. Doch das alles schien noch nicht zu reichen.

Ich kaute auf einer Gurke herum und dachte nach.

»Vielleicht sollte ich Tante Julie anrufen«, sagte ich und hätte es am liebsten sofort zurückgenommen. Unsere Tante war eine Sauberkeitsfanatikerin und, das Schlimmste, sie roch ganz entsetzlich nach Desinfektionsmitteln. Mir schauderte bei dem Gedanken, dass sie mit einer Liste Haushaltstätigkeiten und einem Koffer voller stinkender Reinigungsmittel bei uns vor der Tür stehen könnte.

Zum Glück dachte Kat dasselbe: »Nee, auf keinen Fall«, stöhnte sie. »Die ist so ein Freak. Wusstest du, dass sie ihre Unterhosen bügelt? Wer bitte macht so was?«

Ich stieß einen Seufzer aus. »Okay, also … Was können wir dann tun? Es muss doch noch irgendwas geben?«

Nachdenklich neigte Kat den Kopf. »Du bist ja nun erst mal zu Hause, oder? Jetzt, wo dein Praktikum vorbei ist?«

Ich nickte. Im Krankenhaus hatte ich ihr kurz von dem Reinfall erzählt, aber ich ertrug es nicht, schon wieder daran zu denken.

»Lass uns einfach abwarten«, meinte Kat achselzuckend. »Und sollten wir in ein paar Tagen tatsächlich Hilfe brauchen, rufen wir Tante Julie an.«

»Aber nur, wenn wir wirklich verzweifelt sind.«

»Einverstanden.«

»Das ist mal ein Plan B.«

»Die Würstchen sind fertig«, sagte Kat. »Ich koche hervorragend, muss ich sagen. Was ist mit deinem Salat?«

»Der ist auch fertig«, erwiderte ich und hegte insgeheim die naive Hoffnung, er würde uns von Mums gesundheitlichen Problemen, unserer finanziellen Lage und meiner Entlassung ablenken.

Doch irgendwas sagte mir, dass dem nicht so sein würde.

Inzwischen hatte ich die halbe Gurke verputzt.

Keine neuen Nachrichten. *Wieder nichts.* Verärgert klappte ich meinen Laptop zu und fragte mich, warum Filly so lange brauchte, um mir ein Feedback zu meinem Artikel für die *Weekly Mail* zu geben und mir zu sagen, ob ich durchgefallen war oder nicht.

Ich hatte nichts von ihm gehört, keinen Piep. Als ich in der Uni angerufen hatte, hatte mir einer der Tutoren gesagt, Filly hätte seinen letzten Angelausflug zu einem »Arbeitsurlaub« ausgeweitet, was auch immer das heißen mochte. Je länger ich nichts von ihm hörte, desto mehr Panik bekam ich. Meine Gedanken schwankten zwischen »Alles ist gut, Filly wird mir helfen« und »Ich fliege von der Uni, weil ich bei einer Chefredakteurin in Ungnade gefallen bin und niemand etwas dagegen tun kann«.

Zum x-ten Mal aktualisierte ich meinen Posteingang, nur für den Fall. Und da war es wieder: *keine neuen Nachrichten.*

Es konnte doch nicht so schwer sein, mir mal eben eine

kurze Antwort zu schicken? Man tippte ein paar Worte, machte Satzzeichen, hier und da einen Punkt, und schon konnte man auf »senden« klicken. Ganz einfach, oder? Aber für Filly offensichtlich nicht.

Abgesehen davon fragte ich mich die ganze Zeit, was James wohl gerade machte und ob er in letzter Zeit an mich gedacht hatte. Das war wie ein nervtötender Song, den man nicht mehr aus dem Kopf bekam.

Nein, sagte ich mir. Er ist viel zu sehr mit seinen Sex-Eskapaden mit Summer beschäftigt.

Seufzend trottete ich ins Wohnzimmer und ließ mich auf die Couch fallen. Mum war draußen im Garten und sah zwei Spatzen zu, die über den Rasen hüpften.

In den letzten beiden Tagen hatte sie glücklicher gewirkt. Ruhiger. Das Krankenhaus hatte Kontakt zu einem Krisenberater hergestellt, der sie Sätze sagen ließ wie: »Echtes Selbstvertrauen kommt aus dem Inneren« und »Ich bin jeden Tag dankbar, dass ich lebe«. So ging das in einer Tour, wenn sie sich schminkte oder die Zähne putzte. Ich persönlich fand das ein bisschen lahm, aber ich wollte mich nicht beschweren, denn es schien zu funktionieren. Wir hatten unsere Mum wieder und nichts schien wichtiger als das. Kat und ich hatten ihr geholfen, den Rest von Dads Sachen auszusortieren: alte ausgeblichene Shirts, Arbeitsstiefel – solche Dinge eben. Dabei hatte sie vergnügt vor sich hin gesummt, ihre Rosenbüsche bewundert und uns anschließend sogar noch gezeigt, wie man Bananenmuffins backt.

Die Damen aus der Bibliothek hatten es gut mit ihr gemeint und einen Kuchenbasar organisiert, um zu den Kosten für ihre ärztliche Behandlung zuzuschießen. Außerdem hatten sie sich kurzerhand eine neue Tätigkeit für sie ausgedacht, damit sie mit dem Gipsarm keine schweren Bücherstapel durch die Gegend schleppen musste. Ihre neue Hauptaufgabe bestand darin, den Kindern in der Nachmittagsbetreuung etwas vorzulesen. Ich glaube, sie hatte schon immer davon geträumt, eine Filmschauspielerin oder ein Musical-Star zu werden. Dementsprechend erfreut war sie, als sie ihren neuen Job in der darauffolgenden Woche antreten und eine grüne Perücke tragen konnte, mit der sie selbst die hartgesottensten Kids erschreckte. Das Geld war immer noch knapp, aber Mum hatte ihr Versprechen gehalten. Sie hatte die Angelegenheit auf ihre Art geregelt. Es begeisterte uns, wie gut sie zurechtkam, und insgeheim waren wir auch ein bisschen erleichtert, dass wir nicht auf Plan B zurückgreifen mussten.

Jemand, der offensichtlich gerade versuchte, unsere Tür einzutreten, riss mich aus meinen Gedanken.

Mum brüllte: »Kannst du hingehen, Schatz?«

»Ja, ja«, murmelte ich und rannte zur Tür, bevor der Jemand da draußen seine Faust durch das Holz rammte.

Ich hörte Kat rufen: »'tschuldigung, hab meine Schlüssel vergessen! Kann mir bitte mal jemand aufmachen?«

Als ich meine Hand auf die Türklinke legte, sprang die Tür so abrupt auf, dass sie mir fast gegen den Schädel geknallt wäre.

»Hab ihn gefunden!« Kat grinste und schwenkte den Schlüssel in ihrer manikürten Hand hin und her.

Ich verdrehte die Augen und ging zur Couch zurück.

»Hey, Frau Griesgram, wohin des Weges? Ich habe Neuigkeiten, die dich interessieren werden«, sagte Kat und wedelte mit einer Zeitung herum. »Josie, hast du gehört? Das hier wird dich in null Komma nichts aufwecken.«

Sie lachte. »Also erstens: Billy hat nach dir noch ungefähr ein Dutzend andere Mädchen abgeschleckt. Die Mitbewohnerin von Shirley Pipers Friseuse sagt, er hätte sie letzte Woche in einem Club nach ihrer Telefonnummer gefragt.«

Ich seufzte. Offensichtlich hatte Billy sich keinen Deut gebessert. »Und was willst du mir noch zeigen?«, fragte ich, während ich mich über den Tisch beugte, wo Kat die Zeitung ausgebreitet hatte. Sie deutete auf einen mittellangen Artikel in der oberen rechten Ecke. Noch im Halbschlaf begann ich, ihn zu lesen. Es dauerte nur eineinhalb Zeilen, bis es klick machte.

Das war meine Story!

Mein Artikel für die *Weekly Mail,* den Filly mir nie zurückgeschickt hatte.

»Oh mein Gott!«, kreischte ich. »Das ist ja meiner! Warum hast du mir das nicht gesagt?«

Kat flocht sich ihr langes Haar zu einem Zopf. »Bin ich eine coole Schwester oder was?«

»Die coolste.« Ich hielt inne und blickte auf. »Danke!

Aber woher wusstest du, dass meine Story da drin sein würde? Ich selbst hatte keine Ahnung.«

»Der eklige Typ aus dem Zeitschriftenladen – du weißt schon, der mit den scheußlichen Ohrringen – hat sie gerade gelesen, als ich reingekommen bin«, antwortete Kat und zog die Nase hoch. »Ist ziemlich gut … also dein Text, meine ich.«

»Ja?«, fragte ich begierig. Komplimente von meiner kleinen Schwester waren etwas Rares und Kostbares.

»Diese Online-Freaks waren ganz schön brutal zu dir, was?«

»Man könnte sagen, dass ich von ihnen ein paar Dinge gelernt habe«, erwiderte ich. »Hey, hat die Redaktion eigentlich den Absatz über Anlaufstellen für Essgestörte dringelassen? Es gibt Anlaufstellen für Menschen mit Bulimie, Anorexie, einem verzerrten Körperbild und …« Ich überflog die Sätze so schnell, dass ich ihren Sinn fast nicht begriff. »Haben sie. Unglaublich. Die haben wirklich jede Zeile gedruckt.«

»Und hast du schon gesehen, was da unten steht? Das ist das eigentlich Coole.«

Mein Blick wanderte ans Ende meines Artikels. Und da war er: mein Name. Fettgedruckt. Ich schluckte. Mein Artikel war in einer richtigen Zeitung erschienen. Ein Artikel, der mir etwas bedeutete. Ein Artikel mit einer echten Botschaft.

Kat räusperte sich. »Ich will ja nicht das Thema wechseln, aber hast du's schon gehört?«

»Was denn?«

»Stacey hat mit Pete Jordan Schluss gemacht.«

»Im Ernst?«

»Ja. Und jetzt weiß die ganze Schule, dass sein Du-weißt-schon-was winzig klein ist.« Kat wackelte mit dem Finger. »Wie's aussieht, hat er ihr ein Selfie aufs Handy geschickt. Nur leider hat ihr Dad Wind davon gekriegt und es versehentlich an alle ihre Kontakte weitergeleitet.

»Das kann doch nicht wahr sein!«

»Doch. Alle haben Petes … naja, bescheidene Ausstattung gesehen.«

Ich war sprachlos und konnte nur grinsend den Kopf schütteln. Das Glück war wieder auf meiner Seite – ein wunderbares Gefühl. Am liebsten hätte ich auf Holz geklopft und mir Salz über die Schulter geworfen, um dann auf ewig jeder schwarzen Katze auszuweichen, damit sich die Lage nie wieder änderte.

Zufrieden mit ihrer guten Tat zog sich Kat summend in ihr Zimmer zurück. Sie wollte noch ein bisschen laute Musik hören und mit ihren Freunden chatten. Der simple Kaugummi-Sound war eingängig und kam mir bekannt vor. Ich brauchte nicht lang, bis ich begriff, dass es der neue Greed-Song war, den sie da vor sich hin trällerte. Ich hatte ihn gerade noch im Radio gehört. Und trotz aller Vorfälle hatte ich den Takt mitklopfen müssen.

Ich sprudelte nur so vor Energie. Vor lauter Freude über meine erste Verfasserangabe hätte ich am liebsten laut geschrien. Doch vor allem wollte ich mich bei Filly bedanken, dass er mir die Chance gegeben hatte, über etwas Wesentliches zu schreiben und es zu veröffentlichen. Ich musste mit ihm sprechen.

Ich rief ihn zweimal an und ließ es längere Zeit klingeln, bis ich schließlich aufgab. Ein Anrufbeantworter schaltete sich nicht ein. Als mein Handy ein paar Minuten später zum Leben erwachte, ging ich ran, ohne auf den Namen des Anrufers zu achten.

»Hallo, ich habe Ihre Nummer auf meinem Handy«, sagte eine verdrießliche Stimme.

»Filly? Ich bin's, Josie!«

»Josie, wie geht es Ihnen?«

»Hervorragend. Ich, ähm, wollte Ihnen was erzählen.«

Ich war ein bisschen traurig. Eigentlich sogar sehr. Tagelang hatte ich auf seine Antwort gewartet und nichts war passiert. Nicht mal eine lausige Nachricht auf dem AB hatte er mir hinterlassen. Und jetzt telefonierte ich ihm wie ein nerviger Verkäufer hinterher.

»Entschuldigen Sie, sind Sie im Urlaub?«, fragte ich.

Er räusperte sich. »Lassen Sie mich raten – Sie haben die Zeitung gelesen?«

»Ähm, ja, eben gerade.«

»Und?«

»Mir ist schwindlig.«

»Hey, das haben *Sie* geschrieben und *die* fanden es klasse«, sagte er. »Ich übrigens auch. Der Teil über Leute, die andere schikanieren, weil die keinen perfekten Körper haben, ist brillant. Meine Tochter fand es auch toll. Sie will den Artikel morgen allen ihren Freunden in der Schule zeigen. Großartige Arbeit, Josie. Wahrscheinlich sogar Ihre beste bislang.«

»Danke.« Vor lauter Lächeln tat mir das Gesicht weh. »Ich dachte, der Artikel würde Ihnen nicht gefallen, weil Sie gar nichts von sich haben hören lassen.«

»Sie müssen entschuldigen, ich habe viel Zeit mit Fischen … und ähm … Gutachtenschreiben verbracht. Als ich wieder aufgetaucht bin, dachte ich, Sie hätten eine schöne Überraschung verdient.«

Ich lächelte, doch dann fiel mir der Kurs wieder ein. »Haben Sie, äh, auch den Teil der Mail gelesen, wo ich geschrieben habe, dass ich gefeuert worden bin?«

Filly schwieg. »Ja, habe ich, und das ist in der Tat ein bisschen schwierig. Es wäre besser, wenn Sie zu mir ins Büro kämen, damit wir noch mal ausführlich darüber sprechen können.«

»Bin ich denn jetzt durchgef…«

»Entschuldigen Sie, Josie, könnten Sie kurz dranbleiben? Da kommt ein zweiter Anruf … Oder kann ich Sie zurückrufen? Ich habe die Nummer heute schon zum dritten Mal auf meinem Handy, scheint wichtig zu sein.«

»Oh, okay«, stammelte ich, doch Filly hatte mich schon weggedrückt, bevor ich überhaupt zu Ende geredet hatte.

Ich legte mich wieder auf die Couch, den Blick auf der Verfasserangabe. *Von Josephine Browning.* Ich hatte es geschafft. Zwar hatte ich die fünftausend Dollar nicht gewonnen und eine wöchentliche Kolumne durfte ich auch nicht schreiben, aber die Dinge bewegten sich definitiv in die richtige Richtung. Vielleicht musste ich doch keine Fliesen schrubben oder Toilettenrohre reinigen.

Ich hatte mein Feature gerade noch mal zur Hälfte gelesen, als mein Handy erneut klingelte. »Hey, Filly, ich wollte nur wissen, ob …«

»Josie, ich bin's, Liani.«

»Oh, hey!«

Ich bekam Herzklopfen, als ich ihre Stimme hörte. Ich hatte nicht mehr mit ihr gesprochen, seit … naja seit … ihr wisst schon. Es war mir einfach zu peinlich gewesen.

»Ich weiß, das kommt jetzt ein bisschen plötzlich … also genau genommen sehr plötzlich … aber wäre es irgendwie möglich, dass du in die Stadt kommst? Ich hätte was Wichtiges mit dir zu besprechen.«

Ich setzte mich auf. »Ach ja? An wann hast du denn gedacht?«

»So bald wie möglich. Geht das?«

»Ich, also … geht klar. Ich nehme den nächsten Zug.«

Ich fragte nicht nach dem Warum oder was los war. Liani hatte mich gebeten zu kommen, und das war alles, was zählte.

Als ich aufgelegt hatte, ging ich zu Mum und fragte, ob sie allein zurechtkommen würde. Sie war etwas besorgt, ob es nach meinem Rauswurf richtig war, wieder zu *Sash* zurückzugehen, und da konnte ich ihr keine Vorwürfe machen, ich war ja selbst ziemlich verwirrt. Trotzdem versicherte ich ihr, dass alles in Ordnung war, und hoffte sehr, dass das auch stimmte.

Einundvierzig Minuten später saß ich umgezogen und mit einem Koffer im Zug. Ich hatte keine Ahnung, was mich in der Stadt erwartete. Machte ich gerade einen riesigen Fehler? Oder hatte Steph am Ende recht behalten und sie zogen mich doch wieder für das Praktikum in Erwägung? Würde ich vielleicht doch nicht durchfallen?

Als das Gedankenkarussell nicht aufhörte sich zu drehen, rief ich Steph an, um mich mit ihr zu beratschlagen. Der Zug ratterte so laut, dass ich meine Neuigkeiten regelrecht ins Handy brüllen musste. Zwei Teenager, die mir gegenübersaßen, musterten mich finster. Einer legte den Finger an die Lippen, das internationale »Halt den Rand«-Zeichen.

»Mich hat Liani auch angerufen!«, sagte Steph. »Von dir hat sie allerdings nichts gesagt.«

»Was glaubst du ist da los?«, flüsterte ich mit einem Blick auf die Jungs, die sich inzwischen Kopfhörer in die Ohren gestöpselt hatten. Sie blickten nicht auf, also war wohl alles okay.

»Keine Ahnung … Vielleicht wollen sie verkünden, wer den Bonus gewonnen hat?«

Ich lehnte mich ans Fenster. »Das kann nicht sein. Ich bin doch nicht mehr dabei, schon vergessen? Es sei denn, sie wollen mir das noch mal so richtig unter die Nase reiben.«

»Aber was könnte es denn sonst … Halt! Ich weiß es! Rae will sich in aller Form bei dir entschuldigen.«

»Das wäre zu schön, um wahr zu sein«, erwiderte ich. »Sag Bescheid, wenn du irgendwas mitkriegst, okay? Ach, und Steph: Findest du es verrückt, dass ich da schon wieder hingehe?«

»Du wärst verrückt, wenn du es nicht tätest. Was hast du schon zu verlieren?« Da hatte sie auch wieder recht. Meine Ehre war mir ja bereits abhanden gekommen.

Wir versprachen, uns gegenseitig anzurufen, sollten wir irgendetwas hören, und legten auf. Wieder gingen meine Gedanken auf Wanderschaft – ein gefährlicher Zeitvertreib. Wenn Steph und ich beide in die *Sash*-Redaktion gerufen worden waren, würde Ava dann auch da sein?

Lianis mysteriöser Anruf nahm mich so gefangen, dass mir gar nicht auffiel, dass Filly nicht zurückgerufen hatte.

23.

Der erstickende Parfumgeruch war immer noch der gleiche, und auch die Empfangsdame grüßte mich wie gewohnt, doch irgendwas war los. Die Stimmen der *Sash*-Mitarbeiter hatten etwas Gestresstes, Hektisches und auf ihren perfekten Gesichtern zeichnete sich ein sorgenvolles Stirnrunzeln ab. Ich sah mich nach Steph um. Nirgendwo eine Spur von ihr. Und auch keine Ava auf der Couch vor dem Empfang.

Ich holte tief Luft und betrat die Redaktion, wo fünf Männer in weißen Overalls dabei waren, Poster und Bilderrahmen von den Wänden zu nehmen und zusammen mit Büchern in Müllsäcken zu verstauen. Mitten in dem Durcheinander hockten ein paar Mädchen und tippten schweigend vor sich hin. Hin und wieder sahen sie sich verstohlen an, doch überwiegend starrten sie auf ihre PCs. Ein rascher Blick auf die Bildschirme sagte mir, dass die meisten von ihnen lange E-Mails schrieben, die nicht unbedingt etwas mit der Arbeit zu tun hatten. So viel gab es nicht zu sagen, wenn man ölfreies Make-up fürs nächste Beauty-Shooting bestellte.

Ich ging wie besprochen in Lianis Büro. Meine Hände waren feucht und ich war sehr angespannt. Ich hielt den Kopf gesenkt und hoffte sehr, Rae nicht über den Weg zu laufen. Doch dafür war sie leider zu präsent. Genau genommen war sie überall – in Zeitungsausschnitten und auf Fotos, wo sie mit irgendeinem Promi plauderte. Ich hatte vergessen, dass praktisch das gesamte Büro mit ihrem Gesicht gepflastert war. Nach gerade mal zwei Minuten in der *Sash*-Redaktion hatte ich schon das Gefühl, mich im Lager des Feindes aufzuhalten. Und das war auch noch meine eigene Schuld, denn ich war ja selbst wie ein Opferlamm hier hereinspaziert.

»Hey Liani«, sagte ich, als ich meinen Kopf durch ihre Bürotür steckte.

Sie drehte sich um. Ein Grinsen machte sich auf ihrem Gesicht breit. Ihre Wangen waren leicht gerötet und ihre Haut schimmerte so zart wie die eines Babys. Anders als die anderen strahlte sie etwas Friedliches aus, und das trotz der Unmenge an Kisten, die bis oben hin mit Ordnern vollgestopft waren, und der leeren Regale über ihrem Schreibtisch.

»Josie, da bist du ja!« Sie kam zu mir herüber, um mich zu umarmen. Sie fühlte sich weich und warm an. Sie bedeutete mir, Platz zu nehmen. »Diese ganze Geheimnistuerei tut mir leid. Du fragst dich sicher, warum du hier bist.«

»Nur ein bisschen.« Lächelnd schlug ich die Beine übereinander. »Aber bevor du irgendwas sagst: Ich hatte noch keine Chance, mich zu entschuldigen und zu erklären, was an meinem letzten Tag passiert ist. Es war alles so ein Durcheinander und …«

»Ich weiß, Schatz, das ist schon okay«, unterbrach sie mich. »Ava hat mir im Krankenhaus alles erzählt.«

»Alles?«

In meiner Kehle formte sich ein Kloß. Wahrscheinlich konnte ich mir nur ansatzweise vorstellen, was für infame Lügen Ava über mich verbreitete.

»Alles«, wiederholte Liani. »Mittlerweile hat man sie aus dem Krankenhaus entlassen und jetzt ruht sie sich zu Hause aus. Sie fühlt sich schrecklich nach allem, was zwischen euch passiert ist.«

»Es ist nur, dass … Moment, *sie* fühlt sich schrecklich?«

»Ich verstehe schon, das ist gerade alles ziemlich viel auf einmal«, erwiderte Liani. Sie warf einen raschen Blick auf ihre Armbanduhr.

»Dann weißt du also, dass ich nicht … Ich meine, du weißt über alles Bescheid? Aber mich hat niemand angerufen. Ich bin so verwirrt …«

»Josie, es tut mir leid. In letzter Zeit war hier alles ein bisschen … Naja, du wirst es ja gleich hören. Alles Weitere besprechen wir später. Jedes noch so kleine Detail, das verspreche ich dir. Aber jetzt komm erst mal mit. Das Meeting geht gleich los.«

»Oh, okay, wunderbar.« Ich stand auf und strich mir das Kleid glatt. »Moment, was für ein Meeting? Weiß Rae, dass ich hier bin?«

Ich hatte keine Ahnung, ob ich einer weiteren giftigen verbalen Attacke standhalten würde.

»Ja, sie weiß Bescheid.« Liani schien meine Unsicherheit zu bemerken, denn sie klopfte mir beruhigend auf die Schulter. Ich konnte nichts erwidern. Ich war zu sehr damit beschäftigt, nicht umzukippen, jetzt, wo mir die nächste von Rae geleitete Konferenz bevorstand. »Genau genommen wollte sie sogar, dass ich dich dazuhole. Bist du bereit?«

Nein, ich war kein Jota bereit. Trotzdem folgte ich Liani in den Halbkreis aus Designerkleidern, Selbstbräuner, Schimmerfrisuren und karierten Notizbüchern. Rae stand ganz vorne und vermied es, uns in die Augen zu sehen. Stattdessen starrte sie auf ihr Klemmbrett und auf ihre perfekt manikürten Nägel. Kein einziger Blick in meine Richtung. Ich befahl mir, nicht zu viel darüber nachzugrübeln und einfach das Meeting hinter mich zu bringen.

Während sich Rae mit ihrer geraden, schwungvollen Schrift Notizen machte, konzentrierten sich die *Sash*-Mädchen auf irgendwelche Punkte im Raum: auf ein Buch im Regal oder ein gerahmtes Poster neben dem Fenster. Auf alles, nur nicht auf die Chefredakteurin oder eine Kollegin. Bei mir war es ein schwarzer Fleck an der Wand rechts von Raes Kopf. Seltsamerweise erinnerte er mich an einen fahrradfahrenden Elefanten, was mich beruhigte (und mich andererseits fast dazu brachte, hysterisch loszulachen).

Rae legte ihr Notizbuch auf ihren Schoß und los ging's. Das erste Warnsignal waren Schlagwörter wie »Wirtschaftslage« und »vorankommen«, die sie in jeden ihrer Sätze einstreute. Ich hatte keinen Schimmer, was dieser Business-Jargon zu bedeuten hatte. Den Gesichtern der anderen nach zu urteilen, ging es nicht nur mir so.

»Ein paar von euch wird es nicht überraschen, dass vieles hier im Wandel begriffen ist«, begann Rae und schlug die Beine übereinander.

Bei dem Wort »Wandel« richteten sich manche auf, andere sackten in ihren Stühlen zusammen.

»Ich sollte die Dinge wohl einfach beim Namen nennen, denn wenn ich es nicht tue, hört ihr es von jemand anderem.« Liani senkte den Kopf. Rae warf ihr einen besorgten Blick zu. »Ihr Lieben, wir haben alles gegeben … und ich weiß, dass das jetzt ziemlich plötzlich kommt, aber wir kämpfen nun schon seit einiger Zeit und …« Sie hielt inne und machte eine lange, schmerzliche Pause. Ich hatte sie noch nie derart um Worte ringen sehen. »Liani und ich müssen euch leider mitteilen, dass das Magazin eingestellt wird.«

»Waaaas?!«, riefen Eloise, Gen und Carla gleichzeitig. Die anderen schlugen sich die Hand vor den Mund oder ließen die Köpfe hängen.

Shania, die Herstellungsleiterin mit der schlimmen Akne und dem fettigen Haar, meldete sich zu Wort: »Moment mal, und was heißt das jetzt?«

Die Anmerkung, dass sie nicht gerade die hellste war,

kann ich mir wohl sparen. Doch Rae verzichtete ausnahmsweise auf eine schneidende Antwort und erwiderte stattdessen ruhig und langsam: »Wir schließen, Shania.« An die ganze Gruppe gewandt fuhr sie fort: »Es tut mir leid. Der Markt ist hart umkämpft, sehr hart, und die Firma hat nicht mehr genug Kapazitäten für beide Magazine, *Marilyn* und uns. Unsere redaktionellen Beiträge, für die ihr alle hart gearbeitet habt, sind zwar erstklassig, aber aufgrund der fehlenden Anzeigen und der sinkenden Auflage können wir einfach nicht mehr mithalten.«

Alle starrten Rae an. Einige hatten schon jetzt Tränen in den Augen. Niemand sagte ein Wort.

»Wir sind nicht die Ersten, die schließen, und wir werden nicht die Letzten sein, also nehmt es bitte nicht persönlich. Ich weiß – und das Management weiß es auch –, dass ihr für dieses Magazin alles gegeben habt, und dafür möchte ich euch danken.«

»Was … was passiert denn jetzt mit uns?«, fragte Eloise mit zitternder Stimme.

»Bella aus der Personalabteilung wird mit euch über mögliche Alternativen sprechen. Und die gibt es für jeden, also traut euch ruhig, Fragen zu stellen.«

Es sah aus, als wollte Rae noch etwas hinzufügen, doch gegen das allgemeine Gemurmel kam sie nicht an. Mit Tränen in den Augen versprachen sich die Mädchen, »zusammenzuhalten«. Andere saßen stumm und mit gesenkten Köpfen da, zu schockiert, zu wütend oder zu traurig, um zu reagieren.

Janice, eine ältere Dame, die halbtags im Korrektorat aushalf, rief über das allgemeine Stimmengewirr hinweg: »Rae, und was bedeutet das für unsere aktuelle Ausgabe? Die machen wir doch noch fertig, oder?«

»Genau«, fiel Sia ein. »Die machen wir noch, oder? Ich habe ein paar wunderbare Produkte bestellt, die ich mir extra für diesen Monat aufgespart hatte.«

Rae verschränkte die Finger. »Tut mir leid, aber das geht nicht. Wir sollen alles löschen, was wir bis jetzt erarbeitet haben – wirklich alles. Wir wollen lieber nicht riskieren, dass irgendwas zur Konkurrenz durchsickert.«

»Aber unsere ganze Arbeit …«, murmelte Carla kopfschüttelnd.

»Wir stehen das durch«, sagte Liani. Die vertraute Röte breitete sich auf ihrem Gesicht aus.

»Ja, wir alle. Und du auch«, fügte Rae herausfordernd und zu niemandem im Speziellen hinzu. Bestimmt wollte sich jede Frau im Raum angesprochen fühlen.

Als erneut wildes, spekulatives Gerede aufbrandete, winkte ich Steph, die auf der gegenüberliegenden Seite des Raums saß, unbeholfen zu. Ihre Lippen formten das Wort »Wow«. Sie bedeutete mir, zu ihr zu kommen. Als ich mir einen Weg durch die verwirrten Kolleginnen bahnte, stolperte ich über Handtaschenriemen und stieg allen möglichen Leuten auf die Zehen. Als ich endlich bei Steph angelangt war, fielen wir uns in die Arme.

»Wusstest du davon?«, fragte ich.

»Nein! Ich hab die ganze Zeit dagesessen und mich

gefragt, warum wir eigentlich hier sind«, flüsterte sie. »Ich hatte nicht die leiseste Ahnung. Dad hat kein Sterbenswörtchen verraten und Rae war gestern Abend noch ganz guter Dinge. Gut, sie wirkte ein bisschen verspannt und ziemlich hochnäsig, aber das ist ja immer so.«

»Schon komisch«, sagte ich, während ich mich umsah. Die Männer in den Overalls waren immer noch dabei, Tastaturen, Zeitschriften, Poster und sogar Topfpflanzen in Tüten zu verstauen. »Das ist das Ende einer Ära. Ich komme mir wie ein Eindringling vor.«

Zu den *Sash*-Mädchen zu gehen, schien uns irgendwie nicht richtig, also steckten wir weiter tuschelnd die Köpfe zusammen.

»Hey ihr zwei, habt ihr schon gehört?«, unterbrach uns Gen. »Wie es aussieht, wurde Rae zur Chefredakteurin von *Marilyn* ernannt. Eins der Mädchen hat es mir gerade erzählt. Wir verlieren unsere Jobs und sie wird befördert. Herrlich, wie sie das in ihrer Rede ›vergessen‹ hat zu erwähnen.«

»Ist das dein Ernst?«, fragte ich. »Sie geht zu *Marilyn?* Zur Konkurrenz?«

»Ja«, erwiderte Gen. »Die alte Chefin wurde entlassen – ihr wisst schon, die laute, kettenrauchende Frau mit der Hakennase – und an ihrer Stelle hat sich Rae ins Spiel gebracht. Angeblich hat sie sogar eine Gehaltserhöhung bekommen, als sie gedroht hat, zu einer anderen Firma zu wechseln.«

»Unglaublich«, hauchte Steph. »Sie ist wirklich skrupellos.«

»Oh ja, und das ist noch nicht alles«, feuerte Gen weiter. Ihr Hirn-Mund-Filter befand sich offensichtlich im Streik. »Esmeralda ist schwanger.«

»Was?« Mein Kopf zuckte zu der Kulturredakteurin hinüber. Sie hatte eine Hand in die Hüfte gestützt, die andere lag auf ihrem Bauch.

»Ja, sie macht sich selbstständig. Ich habe gehört, wie sie einem anderen Mädchen davon erzählt hat. Ich kann nur sagen: Lauft um euer Leben, solange ihr noch könnt. Diese Branche frisst Leute und speit sie dann wieder aus.« Mit diesen Worten drehte sich Gen um und gesellte sich zu Eloise und ein paar anderen, die weinend im Foyer standen.

»Na, wenn das nicht motivierend ist«, meinte Steph grimmig.

»Was die jetzt wohl alle machen?«, fragte ich. »Liani muss am Boden zerstört sein.«

Steph verzog das Gesicht. »Ich weiß. Die Hypothek und das Baby …«

»Eloise wird schon klarkommen, oder?«, fragte ich mit einem Blick auf unsere ehemalige Kollegin, die sich die Tränen vom Gesicht wischte. »Ich meine, sie ist großartig.«

»Ganz bestimmt, irgendjemand wird sie einstellen«, erwiderte Steph. »Und Sia ist so charismatisch, dass sie wahrscheinlich schon jetzt angerufen und zum Vorstellungsgespräch gebeten wird.« Im Prinzip hatten weder Steph noch ich eine Ahnung, wovon wir da sprachen, aber wir wollten einfach das Beste für diese Frauen, die so nett zu uns gewesen waren.

Rae räusperte sich, um die allgemeine Aufmerksamkeit wieder auf sich zu lenken. »Ich weiß, dass es nicht leicht war, sich das anzuhören, aber ich möchte euch trotzdem danken«, sagte sie. »Wir haben gute, schlechte und – sagen wir doch einfach, wie's ist – beschissene Zeiten zusammen durchgestanden. Aber eines Tages wird *Sash* nur noch ein kleiner pinkfarbener Punkt in euren Lebensläufen sein, eingebettet in Erfolge, Niederlagen sowie positive und negative Erfahrungen. Und ich hoffe sehr, dass ihr dann alle wohlwollend auf eure Zeit hier zurückblickt.«

Sie warf Liani einen Blick zu. Als diese nickte, fuhr sie fort:

»Wie ich schon sagte, wird sich die Personalabteilung mit euch in Verbindung setzen. In der Zwischenzeit habe ich jeder von euch ein hervorragendes Zeugnis ausgestellt. Und wer weiß, vielleicht arbeiten wir ja bald wieder zusammen. Wie einige von euch vielleicht schon mitbekommen haben, gebe ich künftig eine andere Zeitschrift heraus. Dafür muss ich nicht allzu weit weg, ich bleibe hier im Gebäude. Ich würde mich freuen, von euch zu hören. Und weil das alles ziemlich viel auf einmal ist, habe ich Sekt, Käse und Cracker kommen lassen. Der Brie wird uns beim Auszug helfen, der uns jetzt noch bevorsteht. Vielen Dank.«

Als sie ihre Ansprache beendet hatte, entschuldigte sie sich. Sie ging in ihr Büro, wo sie die Tür hinter sich schloss und die Jalousien herunterließ.

»Sie glaubt, ein bisschen Käse könnte alles richten? Diese Idiotin. Die Hälfte von uns isst doch gar keine Milchprodukte!«, hörte ich Gen hinter mir zischen. Zwei andere Mädchen stimmten ihr zu und fluchten laut, um ihrem Unwillen Nachdruck zu verleihen.

Ich fragte mich, ob Rae verstohlen in ihrem Büro weinte, weil sie soeben die Welt ihrer Mitarbeiter zum Einsturz gebracht hatte. Ein anderer Teil von mir stellte sich vor, wie sie sich kichernd die Hände rieb, weil bei *Marilyn* der nächste Chefposten auf sie wartete. Wahrscheinlich empfand sie eine Mischung aus beidem, denn genauso war Rae: temperamentvoll und kühl, glücklich und ernst, freundlich und frostig – alles zugleich.

Natürlich hatte ich nicht jede Minute mit ihr genossen – einige waren sogar die nervenzerfetzendsten meines Lebens gewesen –, aber in puncto Arbeit war diese Frau eine Genie. Und das respektierte ich (auch wenn sie eine 1-a-Tyrannin war und sich ihre neuen Teammitglieder demnächst in ihren Designerklamotten ganz gewaltig gruseln würden). Mein Praktikum mochte vorbei sein, die Chance auf fünftausend Dollar und eine Kolumne war verpufft, aber die Zeit bei *Sash* war es trotzdem wert gewesen. Ich hatte für Australiens gefürchtetste und meist respektierte Chefredakteurin gearbeitet. Raes Leidenschaft und die nie versiegende Energie, die sie in ihre Arbeit steckte, waren in jeder Hinsicht erstaunlich. Außerdem trug sie jeden Tag fünfzehn Zentimeter hohe Absätze, ohne sich je den Knöchel zu brechen. Allein deshalb hatte sie sich eine vergoldete Trophäe verdient.

»Hey Josie, bist du bereit für unser Gespräch?«, fragte Liani mit einem Lächeln. Um sie herum tobte immer noch das Chaos, doch die charakteristische Röte war aus ihrem Gesicht gewichen. »Wir machen einfach da weiter, wo wir stehen geblieben sind.«

»Klar«, antwortete ich und folgte ihr in ihr Büro.

Jetzt ist es so weit, dachte ich. Jetzt werde ich endlich herausfinden, warum sie mich hergeholt hat. Leider schien ich meine gesamte Coolness im Foyer vergessen zu haben. Ich wollte unbedingt wissen, was Liani mir zu sagen hatte. Ob ich von dem ganzen Adrenalin eine Gänsehaut bekam? Und wie.

Lianis Poster standen zusammengerollt in einer Ecke. Auf ihrem Schreibtisch türmten sich ordentlich übereinandergestapelte Blöcke und Schreibwaren. Auch hier würde es nie wieder so sein wie früher.

»Wow, große Neuigkeiten, was?«, fragte ich, während ich mich ihr gegenüber auf einen Stuhl setzte. »Ich meine, wer hätte gedacht, dass so etwas passiert? Also, ich meine, du hast es wahrscheinlich gewusst und Rae natürlich auch und, äh, Esmeralda, aber naja, für die anderen sind es große Neuigkeiten.«

Liani nickte. »Ja, heute ist kein leichter Tag.«

»Ja, da explodiert ja eine Bombe nach der anderen! Dein Praktikum ist vorbei, Josie! *Bumm!* Halt, wartet, es gibt gar keine Praktika mehr! *Bumm!* Und auch kein Magazin mehr, liebe Leute! *Bumm, bumm, bumm!*« Ich wedelte mit den Armen herum, als wollte ich eine La-Ola-Welle initiieren.

»Ja, es ist heftig. Eine heftige Nachricht.«

»Ich weiß, dass ihr alle irgendwo unterkommen werdet. Vor allem du. Ich wette, die stehen alle schon Schlange und du weißt gar nicht, für wen du dich entscheiden sollst. Oder vielleicht wünschst du dir auch einfach nur ein bisschen Zeit zu Hause mit deinem Kind. Oder einen Urlaub. Oder …«

»Josie, kann ich jetzt bitte auch mal was sagen?«, fragte Liani ohne die geringste Anspannung in der Stimme.

»Oh, natürlich. Klar. Du weißt ja, wenn ich nervös bin, fange ich an zu plappern und … ja. Du weißt Bescheid.«

»Du hast dich doch bestimmt gefragt, was du hier sollst.«

Das brachte mich zum Schweigen. Ich nickte.

»Ich habe mich mit deinem Uni-Dozenten in Verbindung gesetzt und …«

»Mit Filly? Er hat dir doch nichts von dem dämlichen Aufsatz erzählt, den ich zu spät abgegeben habe, oder? Das war ein Missgeschick!« Ich hielt inne, als mir klar wurde, was ich gerade getan hatte. »Entschuldigung, jetzt habe ich dich schon wieder unterbrochen.«

»Nein, das hat er mir nicht erzählt«, erwiderte sie.

»Aber er hat mir deinen Artikel für die *Weekly Mail* weitergeleitet.«

»Oh.« Wow, Filly. Ich sollte ihm eine Vermittlungsgebühr bezahlen.

»Josie, dein Text ist wundervoll, bewegend und … er hat so viel Kraft«, fuhr Liani fort. »Und das Thema erst! Das Bild, das wir von unserem Körper haben, und die Shitstorms, denen wir durch die Medien ausgesetzt sind – atemberaubend. Das war so aktuell und vor allem so *nötig*. Ich habe nachgedacht. Die Leute brauchen mehr davon! Und sie sollten deine Worte lesen.«

»Wirklich?«, platzte ich heraus.

War das der lebendigste Tagtraum aller Zeiten? Ich kniff mich in den Oberarm. Das tat weh. Sehr. Nein, das passierte also alles wirklich.

»Ich habe über die Jahre Hunderte von Artikeln zum Thema Körperwahrnehmung gelesen, aber dieser hier war so feinfühlig und die Perspektive endlich mal etwas jünger. Ich war sofort begeistert. Ich wollte mehr darüber lesen, und zwar von dir. Und die Themen waren ja nicht gerade leicht: Bulimie, Mobbing, sich fehl am Platz fühlen … Genau diese Dinge müssen immer wieder diskutiert werden, bis sich endlich etwas in der Welt ändert.«

»Ganz meine Meinung«, stieß ich hervor.

»Und wenn man bedenkt, dass sich deine Story an die überregionalen Zeitungen verkauft hat und du das in Rechnung stellen kannst, ist das einfach …«

»Überregionale was?«, unterbrach ich sie. »In Rechnung stellen?«

»Hat Professor Fillsmore dir nichts gesagt? Alle großen Zeitungen wollen deinen Artikel drucken.«

»Ich … ich …«

»Sie waren begeistert.«

Ich war fassungslos. Um mich abzulenken, kniff ich mich noch mal fester, doch jetzt stiegen mir erst recht die Tränen in die Augen.

Liani beugte sich vor. »Josie, dein Text war herzzerreißend, echt und zu hundertfünfzig Prozent du. Du hast die perfekte Stimme.«

»Stimme?«

»Naja, den perfekten Stil eben.«

»Das ist … Ich kann es nicht fassen«, sagte ich. »Ich glaube, das hier ist der schönste Augenblick meines Lebens.«

Lianis Lächeln wurde zu einem breiten Strahlen, das noch die dunkelste Nacht durchdrungen hätte. »Josie, ich würde dir gerne eine Vollzeitstelle als Juniorredakteurin anbieten.«

Am liebsten hätte ich »Ja, ja, tausend Mal ja!« geschrien, aber ich war zu schockiert, um etwas zu sagen. Mein Mund bewegte sich, doch es kam nichts heraus. Ich hatte das Gefühl, als würde ich gerade eine riesige Ladung Waffeln hinunterschlingen. Als wäre mein Gehirn überlastet und mein Körper bloß noch zur Aufnahme von Seelenfutter in der Lage. Mit einer extra-dicken Karamellglasur obendrauf.

»Ich … ich …«

»Josie, ich übernehme die Chefredaktion von *indi*, einem Online-Magazin. Die Betreiber wollen ihm eine neue Richtung geben und sich an Mädchen und Frauen wenden. Es wird wunderbar, ein Herzensanliegen, und sehr arbeitsintensiv. Ich weiß, wie gerne du schreibst, und es tut mir leid, dass hier alles den Bach runtergegangen ist, aber wenn du bei mir anfängst, kriegst du eine wöchentliche Kolumne.«

Die Buchstaben J und A tanzten auf meiner Zunge und zwischen meinen Zähnen herum. *Ja, ja, ja,* schrie ich in Gedanken.

»Es ist ein Start-up-Unternehmen, die Büros sind also nicht so schick wie hier«, fuhr Liani fort. »Aber ich kann dir ein festes Gehalt und flexible Arbeitszeiten garantieren. Was sagst du dazu?«

»Ja«, sprudelte es aus mir heraus, und ich fiel meiner künftigen Chefin in die Arme. »Vielen vielen Dank!«

»Sia leitet das Beauty-Ressort und die Textredaktion. Und ich glaube, das wird dich freuen.«

»Das ist fantastisch«, antwortete ich. Ich sah die Cupcake- und Schokoladenlawine, die uns in unserer neuen Büroheimat überrollen würde, geradezu vor mir.

»Wird es ganz bestimmt«, sagte Liani. Wenn wir in ein paar Tagen einen Producer haben, kann's losgehen.«

»Klingt perfekt.« Plötzlich fiel mir etwas ein. Es traf mich wie ein Schlag. Ein harter Schlag. »Oh nein, die Uni! Ich habe ja immer noch Kurse, die ich besuchen muss.«

Ich hätte es wissen müssen – das alles war zu schön gewesen, um wahr zu sein. Der Wisch, den ich brauchte, um einen Job zu bekommen, verhinderte gleichzeitig, dass ich einen Job bekam. Würde ich mich exmatrikulieren, umziehen oder gar dieses unglaubliche Angebot ausschlagen müssen? Tausend Möglichkeiten wirbelten in meinem Kopf durcheinander.

»Na, na, na, eins nach dem anderen«, sagte Liani und setzte sich in ihrem Stuhl auf. »Solange du weiter so gute Noten schreibst und wenigstens einmal im Semester bei Professor Fillsmore vorbeischaust, wäre er mit einem Fernstudium einverstanden.«

»Nur, um das klarzustellen: Ich darf in der Stadt leben und arbeiten? Und ich muss nicht mit der Uni aufhören? Ich werde eine Vollzeit-Online-Redakteurin? Bei *indi?* Im Ernst?«

Liani grinste. »Fast. Eine Vollzeit-*Junior*-Online-Redakteurin. Also? Ist das immer noch ein Ja?«

»Ja!«, lachte ich.

»Wunderbar. Du kannst am Montag anfangen. Und jetzt mach, dass du rauskommst, und geh feiern.«

Ich grinste. »Danke. Das ist wirklich unglaublich … Boss.«

24.

Außer mir vor Freude trat ich ins Hauptbüro, mitten hinein in das aufgeregte Stimmengewirr. Die meisten Mädchen standen zornig und wild gestikulierend in Grüppchen zusammen. Meine gute Laune löste sich augenblicklich in Luft auf. Das alles tat mir wirklich leid. Vor allem für Eloise, die immer so nett zu mir gewesen war.

Als ich zu ihr hinüberging, um ihr auf die Schulter zu klopfen, drehte sie sich um und fiel mir in die Arme. Ihre Augen waren gerötet.

»Das letzte Mal, als ich mich so mies gefühlt habe, hatte ich einen ziemlich üblen Kater, weißt du noch? Vielleicht sollte ich mir wieder ein paar Cheeseburger reinpfeifen«, scherzte sie, doch es war deutlich zu sehen, dass sie nicht mit dem Herzen bei der Sache war.

»Du findest ganz schnell wieder einen super Job, das weiß ich«, sagte ich.

»Hoffentlich«, murmelte sie. »Und wenn nicht, kann ich ja immer noch PR machen. Die zahlen sowieso besser, hab ich gehört.«

Gen, Sia und Carla kamen auf uns zu. »Eloise, wir gehen ins Pub. Kommst du mit?«

»Naja, eigentlich bin ich ja jetzt arbeitslos, nicht wahr?«, erwiderte sie. »Dann sollte ich das wohl lieber sein lassen.«

Sia schwenkte einen Umschlag. »Wir zahlen mit dem Geld vom Kosmetikverkauf. Und vergiss das Aufräumen. Rae meinte, wir können alles so stehen lassen.«

»Das ist ja auch das Mindeste, was die hier für uns tun können«, stieß Gen hervor, die immer noch ziemlich aufgebracht war.

»Josie, kommst du auch mit?«, fragte Carla.

»Äh, danke, aber ich gehe mal besser«, antwortete ich. »Ihr Lieben, tausend Dank für alles.« Ich umarmte eine nach der anderen. Eloise und Sia drückte ich besonders fest an mich.

»Bis bald, Kollegin«, flüsterte Sia mir zu. Den anderen zuliebe behielt sie die Tatsache für sich, dass sie im Gegensatz zu ihnen schon einen neuen Job hatte.

Als ich zusah, wie die Mädchen das Büro verließen, wurde mir klar, dass ich sie nie wieder alle gemeinsam bei *Sash* sehen würde.

Steph stand allein in einer Ecke. Ich ging zu ihr rüber, um ihr die großen Neuigkeiten zu berichten. Sie war kalkweiß im Gesicht. »Was ist denn los, Steph?«

»Ich soll in Raes Büro kommen, jetzt gleich. Ob sie mitgekriegt hat, dass ich neulich abends Dads Auto genommen habe, um die Küste entlangzufahren?«

»Du hast das Auto von deinem Dad gestohlen?«

Sie kicherte. »Psssst.«

»Steph, Rae hat jetzt Zeit für dich«, rief die Empfangsdame zu uns herüber.

»Okay«, antwortete Steph und wandte sich wieder an mich: »Sehen wir uns nachher noch? Du übernachtest doch bei Tim, oder?«

»Sollte ich eigentlich«, erwiderte ich. »Aber ich hab mir gedacht, ich schlage ein bisschen Zeit in der Stadt tot. Ich habe keinen Bock, in irgendwas reinzuplatzen, wenn James und Summer auf der Couch rummachen.«

Steph zog die Nase kraus. »Also erstens: widerlich. Zweitens: James arbeitet.«

»Echt?«

»Ja, also nimm meinen Schlüssel. Ich komme später nach und dann können wir ein bisschen quatschen und uns gegenseitig auf den neuesten Stand bringen.«

»Klingt perfekt«, antwortete ich. »Viel Glück da drin. Ich hoffe, es geht dir nicht wegen schweren Autodiebstahls an den Kragen.«

»Das hoffe ich auch.« Sie verdrehte die Augen.

Als ich mich von allen verabschiedet hatte, verließ ich das Büro, doch nicht, ohne vorher noch einmal alles auf mich wirken zu lassen. Auf der Straße tippte ich Kats Nummer in mein Handy – ich musste ihr einfach sagen, was gerade passiert war. Ob sie einen Tobsuchtsanfall bekommen würde, weil ihre Lieblingszeitschrift eingestellt worden war? Ich beschloss, ihr nur zu sagen, dass ich fürs Erste in die Stadt zog und sie mein Zimmer mit dem großen Schrank haben konnte. Die Ruhe-in-Frieden-*Sash*-Neuigkeiten konnten warten, bis ich persönlich mit ihr sprach.

»Was ist?«, fragte sie, als sie meinen Anruf entgegennahm.

»Hey, wie geht's?«

»Bin ziemlich beschäftigt.«

»Oh … okay. Wie geht's Mum?«

»Wie immer. Sie liest, macht hin und wieder mal ein Nickerchen im Garten und isst Kuchen.«

»Cool. Und du? Kommst du klar?«

»Ja, wieso auch nicht?« Die alte Kat war wieder da. Selbstbewusster denn je.

»Okay … Also, ich habe ziemlich coole Neuigkeiten. Ist Mum da? Stell mich doch mal kurz auf Lautsprecher.«

Kat brach in lautes Gelächter aus. »Haha, das ist ja cool!«

»Ach ja?«

»'tschuldige, was hast du gesagt?« Sie kicherte. »Koby hat mir ein total süßes Video geschickt. Da fällt ein Hund in eine Schachtel Kekse. Okay, hört sich blöd an, ist aber echt lustig.«

Verwirrt schüttelte ich den Kopf. »Koby?«

»Ja. Mein Freund. Maaann, Josie.«

Natürlich. Ich meine, ich hatte noch nie von dem Kerl gehört, aber *natürlich.*

»Hör zu, ich ruf lieber noch mal an, wenn du mehr Zeit hast«, sagte ich.

»Alles klar«, erwiderte sie und drückte mich weg, bevor ich noch etwas hinzufügen konnte.

Früher wäre ich sauer gewesen, wenn Kat mich wegen eines YouTube-Hundefilmchens abgewürgt hätte – ziemlich sauer sogar. Aber nach allem, was wir gemeinsam durchgemacht hatten, brachte es mich jetzt einfach nur zum Lachen. Manche Dinge änderten sich eben nie und im Falle meiner quirligen Schwester war das gar nicht so schlecht. Meine Neuigkeiten konnten warten.

In Tims Wohnung legte ich mich auf die Couch und träumte vor mich hin. Langsam wurde alles gut. *Endlich!* In der Uni war ich wieder in der Spur, ich hatte einen tollen Job in Aussicht, das Leben in meiner Familie normalisierte sich und ich hatte ein paar wunderbare neue Freunde gewonnen. Natürlich gab es immer noch ein paar nicht so schöne Dinge – das mit James zum Beispiel –, aber im Großen und Ganzen war mein Leben gerade großartig. Zur Abwechslung mal.

Langsam dämmerte mir, dass ich Angel meine Neuigkeiten erzählen musste. Keine Ahnung, wie sie reagieren würde.

»Warte kurz, ich mache gerade mit meiner Zahnseide rum«, sagte sie. Ihre Stimme klang gedämpft.

Als sie fertig war, berichtete ich ihr, dass *Sash* eingestellt worden war, dass Liani und Rae von Avas fieser

Falle erfahren hatten, und von meinem unglaublichen Redakteursjob bei *indi.*

Entgegen meiner Erwartungen schrie, kreischte oder quietschte Angel nicht, sondern ihre Stimme wurde weich. »Wow, Jose, jetzt ist es also so weit«, sagte sie. »Der Job in der Stadt … du trittst ihn wirklich an.«

Ich schluckte. »Ja, irgendwie beängstigend, oder?«

Angel wurde ganz still. »Ich werd dich vermissen.«

»Ach komm, halt die Klappe, bevor ich anfange zu heulen. So weit ziehe ich ja nun auch nicht weg«, sagte ich, doch es war zu spät. Warme salzige Tränen liefen mir über die Wangen. Ich fragte mich, ob es zwischen uns je wieder so sein würde wie früher. Angel und ich hatten so viel gemeinsam durchgestanden – Zahnspangen, Schulschikanen, Partys (zu denen uns für gewöhnlich niemand eingeladen hatte), zum ersten Mal verliebt sein, gebrochene Herzen, Prüfungen, Hausaufgaben und Familiendramen. Doch aus irgendeinem Grund wurde ich das seltsame Gefühl nicht los, dass sich etwas ändern würde – und zwar gewaltig.

»Also … eigentlich wollte ich dir schon die ganze Zeit was sagen …«, begann Angel.

Ich hatte geglaubt, inzwischen würde ich all ihre Tonlagen kennen, aber diese hier konnte ich nicht deuten. Ein bisschen klang es so, als hätte sie gerade mit irgendwem rumgemacht. Oder den neuesten Tratsch über einen fiesen Typen gehört, den wir früher mal gehasst hatten. Irgendwas dazwischen.

»Schieß los«, antwortete ich.

»Ich breche mein Studium ab.«

Erschrocken richtete ich mich auf dem Sofa auf. »*Was?* Weiß dein Dad davon?«

»Ja, und er ist nicht besonders glücklich darüber. Aber die Uni ist nichts für mich. Jetzt mal im Ernst: *Kunst*. Was hab ich mir bloß dabei gedacht? Jeder weiß, dass das nur eine Entschuldigung ist, um sich Teewärmer statt Mützen aufzusetzen und mit dem Tutor rumzumachen.«

»Ist das so?«

Angel wurde ernster. »Schau, du bist aus diesem Kaff hier abgehauen und hast damit so viel Glück gehabt. Wenn ich nicht auch bald verschwinde, tue ich es nie mehr. Und dann bestücke ich eines Tages Regale wie Tahnees Tante. Ich bin achtzehn! Das, was du hast, will ich auch.«

»Und was hast du vor?«, fragte ich.

»Ich gehe nach Europa«, quietschte sie. Ich konnte mich nicht erinnern, wann sie zuletzt so glücklich geklungen hatte. »Ich werde in Jugendherbergen übernachten, mir den Bauch mit viel zu viel Pasta vollschlagen, in Bars arbeiten …«

»Im Ernst?«

»Soll ich in meinem Rucksack ein bisschen Platz für dich lassen?«

»Und wann geht's los?«, fragte ich statt einer Antwort.

Angel schwieg kurz. »Nächste Woche.«

»Nächste Woche? Nein, das geht nicht! Das ist viel zu schnell!« Ich konnte es nicht glauben.

»Du kannst doch mitkommen, Jose. Stell dir das mal vor: Du und ich erobern Europa. Das wär irre! Und für den Flug würden wir uns die gleichen Nackenkissen kaufen.«

Ich biss mir auf die Lippen. Angel war meine beste Freundin, und es wäre wunderbar, mit ihr auf Reisen zu gehen. Aber ich wollte schreiben. Geschichten erzählen. Ich wollte Tatsachen zutage fördern und darüber berichten. Ich wollte Journalistin werden, und Liani gab mir die Gelegenheit dazu, und zwar noch bevor ich einen Abschluss in der Tasche hatte. So toll es auch wäre, mit Angel unterm Eiffelturm zu picknicken – meinen Traum würde es mir nicht erfüllen.

»Ich kann nicht mitkommen«, antwortete ich also. »Es geht einfach nicht. Aber wenn dir dein Leben lieb ist, schickst du mir jede Menge Postkarten.«

»Postkarten! Schon mal was von Skype gehört, du Oma?« Angel lachte, und ich wusste, dass sie klarkommen würde.

»Okay, dann machen wir das also elektronisch. Aber du tust gut daran, Kartenlesen zu lernen, bevor du dich auf den Weg machst.«

»Ja, die Navi-Queen warst leider immer du. Wenn ich dran war, haben wir uns gerne mal in zwielichtigen Stadtvierteln verirrt.«

»Weiß du noch, wie du uns in die falsche Straße geführt hast und wir gesehen haben, wie ein paar Typen neben der Metzgerei mit Drogen gedealt haben? Und wie wir dachten, sie würden uns hinterherrennen, um uns umzulegen?«

Angel grunzte, und wir brachen beide in schallendes Gelächter aus.

»Und jetzt werd ich ganz allein im großen, bösen Europa unterwegs sein«, sagte sie, als sie wieder sprechen konnte. »Glaubst du, die unterrichten da, wie man sich orientiert? Kartenlesen für Dummies? Was, wenn ich die Sprachen nicht verstehe? Naja, vielleicht engagiere ich dann einfach einen heißen Lehrer oder so. Ich weiß nur, was ›Hallo‹ auf Französisch heißt. ›Adios‹, richtig?«

Ich hätte es fast nicht übers Herz gebracht, ihr zu sagen, dass »Adios« das spanische Wort für »Auf Wiedersehen« war, aber dann stellte ich mir vor, wie sie einen sexy Kellner vor den Kopf stieß, obwohl sie einfach nur ein Schoko-Croissant bestellen wollte, und weihte sie ein. Und ein paar andere Vokabeln brachte ich ihr auch noch bei. Während Angel aufgeregt vor sich hin brabbelte, traf es mich wie ein Schlag: Sie war nicht die Einzige, die sich allein würde zurechtfinden müssen.

In nur wenigen Tagen würde auch ich wissen, wie sich Einsamkeit anfühlte. Richtige, echte Einsamkeit, wo ich nicht mal eben bei meiner wunderbaren, tapferen besten Freundin vorbeischauen konnte. Ob ich Angst hatte, sie zu verlieren? Ja, ich hatte schreckliche Angst. Aber da ich sie nicht traurig machen wollte, schluckte ich und zwang mich zu einem Lachen, während sie irgendetwas über die Flugbeförderungsbedingungen faselte. Ich verdrängte den Gedanken, dass mein Leben schon wieder dabei war, sich zu ändern, und ich absolut nichts dagegen tun konnte.

25.

Als Angel aufgelegt hatte, streckte ich mich auf dem Sofa aus und sann darüber nach, ob ich mir die Mühe machen sollte, mich auszuziehen und mir ein Schaumbad einzulassen. Die Antwort lautete schlicht und einfach nein, denn gleich darauf steckte James den Kopf ins Zimmer. Sein Lächeln war … na, ihr wisst ja Bescheid. Der Kerl sah so umwerfend aus, dass ich schon bei dem Gedanken daran errötete, dieselbe Luft zu atmen wie er. Er hatte wunderhübsche Grübchen, sein wuscheliges Haar war noch wuscheliger als sonst, und seine Jacke verlieh ihm etwas von einem Indie-Rockstar. »Hey James«, sagte ich. Immerhin zwei zusammenhängende Worte. Unfassbar, dass ich mich in seiner Gegenwart jedes Mal wieder in ein schmachtendes, ängstliches Etwas verwandelte.

»Hey Fremde«, erwiderte er und betrat das Zimmer. »Ich dachte mir doch, ich hätte jemanden gehört. Schmeißt du deine eigene kleine Party, oder was?«

»Wie geht's?«, fragte ich. »Ich dachte, du wärst in der Arbeit.«

»War ich auch.« Er zuckte die Achseln. »Ich habe ein

paar Anrufe entgegengenommen, Mails geschrieben, Kunden bedient … und mich dann feuern lassen.«

»Nein! Was ist passiert?«

»Ich habe meinen Boss einen Idioten genannt«, sagte er und lehnte sich gegen die Wand. »Uups – dumm gelaufen.« Er biss sich auf die Lippen. »Aber es ist wohl das Beste so.«

»Ach ja?«

»Es gibt da einen ziemlich coolen Kurs zum Thema Musikproduktion. Ich werde dann zwar nichts zu essen haben, aber wer braucht schon was zu essen, wenn er ein Rockstar werden kann, nicht wahr?« Er grinste und zeigte dabei wieder seine spektakulären Grübchen.

»Dein Dad wird stolz auf dich sein«, zog ich ihn auf. »Im Ernst, das klingt wirklich toll … Ach und danke übrigens für den Laptop. Er ist toll.«

»Gern geschehen.«

James hockte sich auf die Couchlehne. Ich konnte sein Cologne riechen, ein leichter, maskuliner Duft, der mich an eine Meeresbrise erinnerte. Jetzt, da er so dicht neben mir saß und ich ausgestreckt auf der Couch lag, hatte ich fast das Gefühl, als würden wir gegen irgendwelche Regeln verstoßen. Taten wir aber nicht. Das war alles vollkommen unschuldig und über jeden Zweifel erhaben. Abgesehen davon konzentrierten wir uns auf unverfängliche Themen wie »Arbeit« und »Eltern«.

Zumindest so lange, bis ich wieder zu sprechen anfing.

»Also, ähm, Summer macht sich bestimmt große Sorgen, weil du deinen Job verloren hast.« Ich zog die Knie an. »Ich meine, nicht wegen des Geldes, aber, naja, wegen dir halt. Das würde jede Freundin tun, zumindest stelle ich es mir so vor …«

Halt die Klappe, Jose.

James senkte den Blick. »Weiß nicht, ob sie das tut.«

»Ach nein?« Ich neigte den Kopf. »Aber wieso denn nicht? Ich dachte, ihr beide wärt glücklicher denn je.«

»Machst du Witze?«, fragte er. »Jose, sie hat sich eingeredet, dass ich sie monatelang betrogen habe. Sie ist komplett ausgerastet.«

»Was?!«

»Sie ruft mich ununterbrochen zu Hause oder in der Arbeit an und nervt sogar meine Freunde mit ihrer Paranoia.«

»Oh«, sagte ich.

»Dann hat sie was mit meinem Chef angefangen.«

»Oh! Jetzt verstehe ich, warum du ihn einen Idioten genannt hast.«

»Und mit zwei Freunden von meinem Chef.«

»Das ist ja schrecklich.« Meine Worte klangen leer und gekünstelt, aber mir fiel nichts Besseres ein. »Es tut mir leid, ich hatte ja keine Ahnung«, plapperte ich weiter. »Tim hat mir nichts von alldem gesagt.«

»Tim? Der würde ja nicht mal mitkriegen, dass er seine Boxershorts verkehrt rum anhat.«

Ich nickte. »Stimmt.«

Unglaublich, dass James die ganze letzte Zeit Single

gewesen war, und Summer, der Bulldozer, sein Herz platt gewalzt hatte.

»Das Verrückte ist – ich hab sie gar nicht betrogen!«, rief er. »Ganz und gar nicht. Obwohl …«

Oh je … gleich würde mein Glaube an die Männerwelt für immer erschüttert werden. Wenn sich jetzt herausstellte, dass James genau wie Billy log und betrog, würde ich mich noch heute Nachmittag ins Kloster verabschieden.

»Naja, also die Sache ist die … Summer hat mich erwischt, wie ich, ähm …«

»Wie du …?« Eigentlich wollte ich es nicht wissen. Gleichzeitig musste ich es wissen. Ich wollte – und musste – alles wissen.

»Wie's aussieht, habe ich im Schlaf gesprochen, Jose, und, äh, es könnte sein, dass ich dabei deinen Namen gesagt habe. Irgendwas von wegen wie heiß ich auf dich bin und dass ich dich küssen will. Angeblich.«

Ich schluckte. »Angeblich, hm?«

»Summer hat sich da total reingesteigert und das Ganze … naja, nicht so richtig gut verkraftet.«

Vor lauter Schreck über dieses Geständnis schluckte und seufzte ich gleichzeitig und wurde dabei auch noch rot, was mir einen spektakulären Hustenanfall bescherte. Ich schlug mir die Hand vor den Mund und klammerte mich an die andere Sofalehne. Ich fühlte mich wie einer dieser alten Männer, die sich im Supermarkt vor den Karotten und dem Brokkoli die Seele aus dem Leib röcheln.

»Bist du okay?« James kniete sich auf den Boden und strich mir sanft über den Rücken.

Ich nickte. »Ähm, ja, mir geht's gut. Was wolltest du gerade sagen?«

»Angeblich waren Summer und ich das perfekte Paar. Das haben alle gesagt. Und ich habe es nicht hinterfragt. Bis ich dich getroffen habe. Du warst … so nervig!«

»Wie bitte?« Ich meine, mir war durchaus bekannt, dass ich nervig war, aber der Mann meiner Träume sollte das doch bitte schön nicht denken.

»Aber auf eine nette Art und Weise. Du hast mich verzaubert, ohne es überhaupt zu merken oder zu wollen.«

»Hab ich das?«

»Ich habe versucht, es zu ignorieren. Du bist siebzehn und …«

»Jetzt bin ich achtzehn.«

»Maaaann, würdest du mich einfach mal ausreden lassen?«

»'tschuldige.« Ich versuchte, nicht zu lächeln. Klappte nicht.

»Dann haben Summer und ich Schluss gemacht, und du meintest, dass du … dass du … naja, du weißt ja, was du gesagt hast.«

»Ja«, seufzte ich. »Ich weiß. Ich hab's verbockt. Aber du musst verstehen – ich bin eine Kämpferin. Und total vertrottelt. Wirklich, eigentlich sollte man mir einen Preis verleihen, weil ich es durch den Tag geschafft habe, ohne mir die Hand in der Tür einzuklemmen.«

James grinste. »Die Sache ist die …«

»Der Satz kommt mir bekannt vor«, unterbrach ich ihn.

»Könntest du mich bitte einfach mal … Ich bin verrückt nach dir.«

Ich schluckte. »Kannst du das bitte wiederholen? Ich habe gerade geträumt, dass du gesagt hast, du würdest mich mögen.«

James setzte sich aufs Sofa. Wir sahen einander an. Er hatte seine langen Beine überkreuzt und angezogen, als wäre er eine Gottesanbeterin. »Eigentlich habe ich gesagt, dass ich verrückt nach dir bin.«

»Aber ich bin doch so …«

»Macht nichts.«

»Und was ist mit meinem …«

»Mir egal.«

»Aber ich esse wahnsinnig gerne Nutella direkt aus dem Glas und schaue mir dabei Musicals an.«

Er lachte. »Gut, daran können wir noch arbeiten. Aber wenn du mir nicht gerade tierisch auf die Nerven gehst, weil du in mein Apartment eingebrochen bist oder meine komplette Pizza Hawaii verputzt hast, muss ich ununterbrochen an dich denken.«

Fassungslos starrte ich ihn an. Unsere gemeinsamen Momente zogen vor meinem inneren Auge vorbei (und wäre mein Leben ein Film, würde ich meine Bildmontage jetzt mit Achtziger-Jahre-Musik unterlegen).

»Also?«, sagte er. »Lass mich bitte nicht hängen.«

Was sollte ich einem Jungen sagen, dem ich schon seit Monaten verfallen war? Ich liebe dich! Heirate mich! Ich will Kinder von dir! Okay, lieber nicht. Stattdessen entschied ich mich für die Wahrheit.

»James, ich hab das noch nie gemacht …«

Er beugte sich vor und küsste mich. Sanft berührten sich unsere Lippen. Seine Hände umfassten mein Gesicht.

Ich wich zurück. »Das passiert doch jetzt wirklich, oder? Wenn das nur ein Traum ist …«

Lachend zog mich James zu sich heran, bis ich auf seinem Schoß saß. Wir küssten uns erneut, zögerlich zuerst, dann immer schneller und heftiger. Mein ganzer Körper kribbelte.

Als plötzlich die Tür aufflog, kreischte ich erschrocken auf.

»Jooooosie!«, brüllte Tim.

»Oh Gott, die küssen sich!«, schrie Steph.

Peinlich berührt grinsten wir einander an und prusteten schließlich alle gleichzeitig los. Ich merkte, dass James immer noch den Arm um mich gelegt hatte.

»Ihr Süßen!«, gurrte Steph.

»Hey Kumpel, müssen wir jetzt ein Gespräch von Mann zu Mann führen, weil du was mit meiner kleinen Cousine angefangen hast?«

James lachte. »Wenn du willst.«

Als sich die Betretenheit gelegt hatte, stieg mir der vertraute Geruch nach Speck, Käse, Ananas und Tomaten in die Nase. »Ist das …?«

»Komm mit, Kind«, sagte Steph. »Abendessen ist fertig.«

Ich warf James einen verstohlenen Blick zu. Grinsend half er mir auf. Unser leidenschaftlicher Moment war verstrichen. Am liebsten hätte ich ihn jeden Tag an die dreißigmal heraufbeschworen – so lange wie meine Lippen mitmachten.

Der Mond spähte zum Wohnzimmerfenster herein und tauchte alles in ein fahles Licht. Steph und Tim hatten es sich auf dem Sofa gemütlich gemacht. Tim rieb sich den Bauch, er hatte die Herausforderung angenommen und zwölf Pizzastücke verdrückt. James und ich saßen am Boden. Unsere kleinen Finger waren ineinander verhakt, aber das reichte schon, dass mich kleine Stromschläge durchjagten. Ich fragte mich, ob er es auch fühlte. Im Hintergrund summte der Fernseher.

»Schnell, schalt das aus«, zischte Steph und deutete auf die Fernbedienung neben Tim.

Er griff danach, aber wahrscheinlich hatte der ganze Käse seine Reflexe verlangsamt, denn gleich darauf sah ich, was Steph mir so verzweifelt hatte vorenthalten wollen: Billy und Kara, die für *Your Night,* ein trashiges Boulevardmagazin, interviewt wurden. Ein Schriftzug flimmerte über den unteren Bildrand. *Ich kann es nicht erwarten, Vater zu werden.* Dazu strich Billy seiner Kara über den sichtlich dicker gewordenen Bauch.

Steph, Tim und James musterten mich erschrocken,

doch ich zuckte nur die Achseln. »Fängt der schon wieder an …«

»Er ist zumindest konsequent, das muss man ihm lassen«, seufzte Steph. »Meine Herren, was für ein Idiot. Da hast du dir jetzt definitiv das bessere Modell ausgesucht.« Sie zwinkerte James zu.

»Ach, das hab ich ja ganz vergessen: Was wollte Rae von dir?«, fragte ich. »Ging es um das gestohlene Auto?«

»Gestohlenes Auto, Babe?«, fragte Tim.

»Das erzähl ich dir später«, wiegelte Steph ab. »Nein, also eigentlich … Rae hat mir eine Stelle bei dem neuen Magazin angeboten.«

»Bei *Marilyn?* Aber das ist ja fantastisch!«, rief ich. »Und da sagst du, ich würde alles auf die Reihe kriegen! Was ist das denn für ein Job?«

»Design-Assistentin oder Assistentin bei den Features oder irgendwas Redaktionelles … Ich hab nicht richtig zugehört.«

Ich starrte sie an. »Du hast das Angebot doch angenommen, oder?«

Steph warf Tim einen Blick zu. »Naja, die Sache ist die …« Schon wieder dieser Satz.

»Wir wollen für ein paar Monate nach Indien«, sagte Tim. »Überraschung!«

James klopfte ihm auf den Rücken. »Das ist ja unglaublich, Kumpel.«

»Machst du Witze?!«, fragte ich entgeistert. Ich konnte es nicht fassen, dass ich innerhalb weniger Stunden noch zwei weitere Freunde an ein Reiseabenteuer verlieren sollte. »Wie seid ihr denn darauf gekommen?«

»Jose, du kennst mich doch. Es hat mich fast verrückt gemacht, eine normale Person mit einem normalen Job sein zu müssen«, erwiderte Steph. »Das fühlt sich so falsch an. Tim und ich haben darüber gesprochen. Wir wollen uns ehrenamtlich engagieren, Yoga lernen, Curry essen … und einfach ein bisschen in den Tag hinein leben.«

»Wow. Ich … ich …« Zum billionsten Mal am heutigen Tag fehlten mir die Worte.

Steph hopste von der Couch und schlang die Arme um mich. »Du wirst schon klarkommen, Süße. Und hey, wer weiß, vielleicht stellen wir gleich in der ersten Woche fest, dass wir es gar nicht so toll finden. Sollte das passieren, nehmen wir den ersten Flieger zurück nach Hause.«

»Wann geht's los? In ein paar Tagen?« Ich musste einfach fragen. Ich konnte nicht drei Freunde in einer Woche verlieren. Das ging einfach nicht.

»Auf keinen Fall, so gut organisiert sind wir nicht«, lachte Steph.

»Was hat Rae gesagt, als du abgelehnt hast?«

»Ich glaube, sie hat es verstanden. Dad wollte, dass sie was für mich findet, wie immer.« Als sie mich noch einmal fest an sich drückte, fiel ihr ein zerknittertes Stück Papier aus der Tasche.

»Was ist das?«, fragte ich.

Steph blickte nach unten. »Oh Mann! Das hätte ich fast vergessen. Liani wollte dir das vorhin im Büro geben. Hab's gelesen, sorry.«

Ich strich den Zettel glatt. In der Mitte stand in geschwungener, altmodischer Schrift: *Josie, es tut mir leid, dass ich so gemein zu dir war. Bitte verzeih mir. Liani hat mir deinen Artikel gegeben. Ich weiß nicht, was ich sagen soll außer danke, dass du für mich da warst, auch wenn ich es nicht verdient hatte. Ava.* Ich las die Nachricht laut vor.

»Wow«, sagte Tim.

Ich faltete die Notiz zusammen und steckte sie in meine Tasche.

»Willst du nicht irgendwas sagen?«, fragte Steph. »Jose, bist du denn gar nicht mehr wütend?«

»Nein.« War ich nicht.

»Aber die Tussi hat alles ruiniert!« Stephs Stimme wurde lauter. »Sie hat dafür gesorgt, dass du dein Praktikum verlierst.«

»Es gibt gar kein Praktikum mehr, schon vergessen?«, erwiderte ich achselzuckend. »Und auch keine lebensverändernden fünftausend Dollar, keine magische Verfasserangabe und keine Kolumne. Nichts davon.«

»Du hast recht«, sagte Steph. »Aber warum flippst du nicht aus? Die Josie, die ich kenne, würde jetzt total am Rad drehen.«

Ich blickte in die besorgten, neugierigen Gesichter der anderen und lachte, als Steph Tim auf die Finger klopfte, weil er sich noch ein Stück Pizza nehmen wollte.

»Also?«, fragte James mit leuchtenden Augen. »Was ist los?«

»Ja«, sagte Tim. »Nun sag schon.«

Und so berichtete ich ihnen von meinem neuen Job in der Stadt.

Ich wartete auf donnernden Applaus und Jubelrufe. Auf Luftballons, die von der Decke fielen, und dass die anderen mich abklatschten und mich auf die Schultern hievten, um mit mir durch die Nachbarschaft zu defilieren. Doch nichts geschah. Tim, der inzwischen das fünfte Glas Cola getrunken hatte, rülpste nicht mal.

»Habt ihr gehört, was ich gesagt habe?«, fragte ich. »Ich habe einen Job. Ich werde Junior-Redakteurin in der Stadt. Hallo? Leute?«

Ohne Vorwarnung schrien die anderen auf und stürzten sich auf mich, um mich alle gleichzeitig zu umarmen. Beinahe wäre ich umgefallen. Überall Arme und Beine. James rammte mir fast seinen Ellbogen ins Gesicht, und ich hatte Stephs Haare im Mund. Aber das machte mir nichts aus. Doch als mir Tim einen Kuss auf die Wange drückte, blieb mir fast die Luft weg, weil sein Atem so stark nach Knoblauch roch.

Irgendwann lösten sich Steph und Tim aus unserer Umarmung. James und ich blieben eng umschlungen stehen und blickten uns tief in die Augen. Für einen kurzen Moment waren wir die Einzigen im Raum. James strich mir eine Locke hinters Ohr und lächelte. Mit Herzklopfen beugte ich mich vor, sodass sich unsere Lippen berührten.

»Komm, wir lassen die beiden ein bisschen in Ruhe«, flüsterte Steph. Ich hörte, wie sie aus dem Zimmer verschwanden.

Endlich waren James und ich allein. Ich spürte nur seine Finger, die mir über die Wangen strichen, unsere Zungen, die sich berührten, und seine warme Haut. Mehr wollte ich auch gar nicht spüren. Aber grüblerisch, wie ich nun mal war, wartete ich geradezu darauf, dass irgendwas dazwischenkam. Ein Feuer. Ein Anruf von Mum, die mich daran erinnerte, dass ich mit der Wäsche dran war. Eine haarige Spinne, die ganz in meiner Nähe eine Wand hochkrabbelte. Doch nichts passierte, und ich würde keine Zeit auf die Frage verschwenden, warum das Leben mich gerade jetzt verschonte. Stattdessen gab ich mich James' Küssen hin – ich hatte eine Pizza Hawaii im Bauch, einen Wahnsinns-Typen im Arm, und um dem Ganzen die Krone aufzusetzen, wartete noch ein unglaublicher Redakteursjob auf mich. Unterbrechungen, Chaos oder Drama durfte es nicht geben.

Okay – abgesehen von Steph und Tim vielleicht. Es dauerte keine Minute, da kamen die beiden mit einer riesigen Schüssel Schokoladeneis und vier Löffeln ins Zimmer gestürzt.

Außer Atem und lachend, weil wir schon wieder gestört wurden, fuhren wir auseinander.

»Ey Mann!« James schlug Tim auf den Schenkel.

»Ich weiß, ich weiß, aber es war langweilig, euch in

Ruhe rummachen zu lassen«, sagte Tim, setzte sich aufs Sofa und hackte seinen Löffel ins Eis.

»Tut mir leid«, sagte Steph. »Ich habe versucht, ihn aufzuhalten, aber da war nichts zu machen.«

James fing meinen Blick auf. Beim Anblick seiner süßen Grübchen wünschte ich, wir wären wieder allein. Doch allem Anschein nach wollte er sich nicht von Tim übertrumpfen lassen, denn auch er steckte sich jetzt eine riesige Ladung Eis in den Mund, die in etwa so groß war wie ein Tennisball. Die beiden Jungs explodierten vor Lachen und stöhnten über ihr Eis-Kopfweh. In dem dunklen Raum konnte man es nicht besonders gut erkennen, aber ich wusste, dass Steph Tränen in den Augen hatte. Sie sagte kein Wort, sondern drückte einfach nur meine Hand.

Lächelnd griff ich nach einem Löffel.

Danksagung

Mein teuflisch glamouröses Praktikum von der ersten Idee bis zur Veröffentlichung zu begleiten, war wie eine Achterbahnfahrt – jede Menge Gelächter, Kreischen und Übelkeit. Alles Liebe und mein größter Dank an alle, die sich mit mir angestellt und für die Fahrt angeschnallt haben.

Danke an die wunderbare Helen Littleton, die etwas in mir gesehen hat, das ich selbst noch nicht sehen konnte. Du hast mich in die richtige Richtung geschoben, und dafür werde ich dir ewig dankbar sein.

Danke an Lisa Berryman, die Verlegerin meiner Träume. Ohne dich wäre das alles nicht möglich gewesen. Danke, dass du das Risiko eingegangen bist, mir vertraut und mich bei jedem Schritt ermutigt hast. Ich kann es nicht erwarten, dass es bald wieder von vorne losgeht.

Ein Dankeschön an die brillante, freundliche Nicola O'Shea, die *Mein teuflisch glamouröses Praktikum* in die bestmögliche Form lektoriert, diskutiert und gesäuselt hat. Es war ein großes Privileg, mit dir zu arbeiten.

Den anderen bei Harper Collins möchte ich für die

Begleitung und Unterstützung und für ihre harte Arbeit danken, ganz besonders Rachel Dennis, Gemma Fahy, Amanda Diaz, Tim Miller, Libby Volke und Hazel Lam.

Danke an Sam Full, Amanda Ryan und Simone McClenaughan – eure Freundschaft, euer Zuspruch und das Feedback nach dem ersten Entwurf waren unbezahlbar.

Einen großen Dank an alle Lehrer, Lektoren, Autoren, und Journalisten, die mich in meiner Kreativität gefördert und mich dazu inspiriert haben, genau diesen Weg zu beschreiten (manche mit Absicht, manche eher zufällig): Danke also an Cathy Edwards, Marg Ryan, Peter Cox, Felicity Packard, Simone ›Boss Lady‹ Amelia, Fiona Wright, Gemma Crisp, Jacqueline Mooney, Zoë Foster Blake, Andrew Humphries, Gretel Killeen, Martine Allars, Kylie Ladd, Kerri Sackville, Margaret Clark und John Marsden.

Einen besonderen Dank an Sarah Ayoub, die tapfer als Erste mit mir Achterbahn gefahren ist und mir während der schlimmsten Kurven und Loopings die Hand gehalten hat, und an Georgia Kemmis, noch jemand, der mich in Sachen Kreativität inspiriert hat – es war ein Vergnügen, im Vorfeld der Veröffentlichung mit dir zu arbeiten.

Danke an meine lieben Freunde – ihr wisst ja, wer gemeint ist. Ihr bringt mich dazu, nach den Sternen zu greifen (und danke, dass ihr Verständnis hattet, als ich mich nicht mit euch treffen konnte, weil mich das Buch zu sehr in Atem gehalten hat).

Danke an die McMillans und die Tozers, ich liebe euch alle. Dafür, dass ihr mir so viel Freude am Lesen vermittelt habt. Ganz besonders danken möchte ich Allan und Annette, den besten Eltern, die ein Mädchen sich wünschen kann. Die Manuskript-Lese-Marathons und die vielen Bücher zu Weihnachten haben sich ausgezahlt! Alles Liebe und tausend Dank auch an meine kleine Schwester Jacqui, die mich für mein erstes Vorstellungsgespräch in Sydney gestylt hat (ja, dieser Teil von *Mein teuflisch glamouröses Praktikum* könnte halbwegs der Wahrheit entsprechen …).

Und schließlich noch ein Dank an Jason, meinen geliebten Mann und Erstleser – für deine Geduld, deine Kreativität, dein logisches Denken, deine Begeisterung und vor allem dafür, dass du mich samt meiner guten und schlechten Eigenschaften liebst (sogar in Zeiten, in denen ich Erdnussbutter direkt aus dem Glas gelöffelt habe und der Abgabetermin noch so weit weg schien). Wir haben es geschafft!

Und jetzt lasst uns alle noch mal Achterbahn fahren.